KNAUR

Von Katja Maybach sind bereits folgende Titel erschienen:

Eine Nacht im November
Irgendwann in Marrakesch
Melodie der Erinnerung
Die Stunde der Schwestern
Das Haus unter den Zypressen
Das Haus ihrer Kindheit
Die Nacht der Frauen
Dem Himmel entgegen
Die Stunde unserer Mütter
Der Mut zur Freiheit

Über die Autorin:

Katja Maybach war bereits als Kind eine echte »Suchtleserin«, was beinahe automatisch zum eigenen Schreiben führte. Schon mit zwölf Jahren schrieb sie ihren ersten Roman und einige Kurzgeschichten. Doch sie hatte immer schon eine zweite Leidenschaft: die Mode. Und so gewann sie mit fünfzehn Jahren den Designerpreis einer großen deutschen Frauenzeitschrift für den Entwurf eines Abendkleides. Mit siebzehn ging sie nach Paris und wurde zuerst Model in einem Couture-Haus, später eine erfolgreiche Designerin.

Nach einer schweren Krankheit begann sie erfolgreich, Romane zu schreiben. Bereits ihr Debütroman »Eine Nacht im November« war ein großer Erfolg und wurde in Frankreich ein Bestseller. Heute lebt die Autorin in München, sie hat zwei erwachsene Kinder.

Mehr über Katja Maybach auf ihrer Website: www.katja-maybach.de

Katja Maybach

Die Zeit der Töchter

Roman

KNAUR

Besuchen Sie uns im Internet:
www.knaur.de

FSC
www.fsc.org
MIX
Papier aus verantwortungsvollen Quellen
FSC® C083411

Originalausgabe September 2019
Knaur Taschenbuch

Ein Imprint der Verlagsgruppe
Droemer Knaur GmbH & Co. KG, München

Redaktion: Catherine Beck
Covergestaltung: Patrizia Di Stefano, Berlin
Coverabbildung: tomograf / gettyimages, ullsteinbild
Satz: Adobe InDesign im Verlag
Druck und Bindung: CPI books GmbH, Leck
ISBN 978-3-426-52365-0

2 4 5 3 1

Für meine Mutter

München
1957

Kapitel eins

Anna

Der Zug aus Wien fuhr mit quietschenden Bremsen im Münchner Hauptbahnhof ein. Die Türen öffneten sich, die Reisenden stiegen aus und umarmten ihre Freunde oder Verwandten, lachten oder weinten, Blumen wurden von den Wartenden überreicht. Langsam zerstreuten sie sich. Der Schaffner lief an den Waggons entlang und warf die Türen zu.

Anna stand noch auf dem Bahnsteig, der sich immer mehr leerte. Jetzt erst nahm sie ihren Koffer hoch, verließ den Bahnsteig, blieb in der Bahnhofshalle stehen und sah sich um. Weitere Züge kamen an, Leute liefen aufeinander zu, drängelten sich an ihr vorbei.

Eine Stimme im Lautsprecher kündigte die Verspätung des Zuges aus Hamburg an.

Anna ging langsam an den Gleisen entlang. Sie hatte vergessen, wo damals genau ihr Vater abgefahren war. Vor diesem Moment ihrer Ankunft hier hatte sie sich gefürchtet, hatte geglaubt, dass die Erinnerungen sie überwältigen könnten. Aber nichts passierte. Sie brach nicht in Tränen aus, denn der Bahnhof heute erinnerte nicht an die gespenstische Stille, die am 13. Juni 1942 über der Halle gelegen hatte. Damals hatte Anna mit ihrer Mutter an dem blumengeschmückten Zug gestanden, der die vielen Soldaten nach Russland brachte.

Dieser Moment hatte über die Jahre an Schärfe verloren, wirkte jetzt verschwommen. Einer der wichtigsten Augenblicke ihres Lebens war im Laufe der Zeit verblasst, so sehr, dass sie sogar jetzt, da sie hier stand, nichts mehr empfand.

Anna fröstelte. Es war ein regnerischer Sonntagnachmittag, und sie musste an die Gegenwart denken, die kompliziert genug war. Gleich würde sie ihrer Cousine Antonia gegenüberstehen und sich noch einmal dafür bedanken, während ihres Engagements am Residenztheater bei ihr wohnen zu dürfen. »Ich bin so stolz auf dich«, hatte Antonia ihr am Telefon erklärt. »Meine Cousine, eine berühmte Schauspielerin aus Wien, wohnt bei mir.«

Antonia hatte angeboten, Anna am Bahnhof abzuholen, doch die lehnte ab. Ein Wiedersehen nach so vielen Jahren auf einem kalten, zugigen Bahnsteig erschien ihr besonders schwierig, und Antonia hatte offenbar das Gleiche empfunden.

Anna spürte ihre eiskalten Füße. Im Zug war die Heizung ausgefallen, und an ihren Schuhen waren die Sohlen durchgelaufen. Sie sah sich um. Sie könnte noch schnell irgendwo einen heißen Tee trinken, den Moment der Wahrheit hinauszögern. So betrat sie kurz entschlossen einen der Wartebereiche, über dem der Name stand: *Europasaal.* Sie setzte sich an einen der Tische zwischen jeweils zwei hohen Sofas aus rotem Kunstleder. Hier warteten Reisende auf die Abfahrt ihres Zuges oder Angehörige, die zu früh am Bahnhof waren, um Freunde oder Familie abzuholen. Manche trafen sich auch einfach nur hier.

Als die Kellnerin an den Tisch kam, bestellte Anna keinen Tee, sondern einen Kognak.

»Einen französischen oder einen deutschen, Fräulein?«

Anna lächelte. Sie war dreißig, und die Anrede *Fräulein* bewies, dass sie vielleicht doch jünger wirkte. »Einen deutschen, bitte.«

Er war nicht so teuer wie der französische, doch er würde sie wärmen und ihr ein wenig Mut machen, bevor sie gleich Antonia gegenüberstand. Vor elf Jahren hatten sie sich tränenreich in den Armen gelegen und ewige Freundschaft geschworen.

Sie hatten sich gegenseitig besuchen wollen, einander schreiben, die Verbindung halten. In den schwierigen Kriegsjahren waren sie miteinander aufgewachsen, hatten sich ein Zimmer geteilt: zwei junge Mädchen zwischen Kindheit und Erwachsenwerden. Was war davon geblieben? Ein Briefwechsel, zuerst ellenlange Erzählungen, Austausch ihrer Erlebnisse, ihrer Wünsche und Träume. Doch die Briefe wurden seltener, Besuche fanden nicht statt, die Zeit fehlte. Vielleicht auch der Antrieb, die durchlebten Enttäuschungen, die Anna davon abhielten, ihre Cousine einzuladen. Wohin auch? Es hätte bedeutet, ihre Situation preiszugeben: dass sie in einer schäbigen Künstlerpension lebte.

Aber auch Antonia blieb in ihren Einladungen nach München vage und halbherzig. Bis vor zwei Wochen, als Anna sie angerufen hatte. Anna hatte all ihren Mut zusammennehmen müssen, weil sie wusste, dass in dem noch teilweise zerstörten München große Wohnungsnot herrschte. Aber Antonia hatte sofort zugesagt. Sie schien sich zu freuen, dass Anna kam.

Gleich würde sie also in der Wohnung in der Widenmayerstraße ankommen, in der sie als Kind bereits mit ihrer Mutter zu Besuch gewesen war. Unwillkürlich blickte Anna an sich hinunter. Sie trug einen grauen, taillierten Mantel mit einem großen Persianerkragen, den sie in einem Laden gekauft hatte, in den auch bekannte Schauspielerinnen ihre Garderobe brachten. Der Mantel habe einmal Paula Wessely gehört, hatte der Inhaber mit großem Respekt erklärt. Er kostete kaum etwas, also nahm Anna ihn. Vielleicht verlieh der Mantel des Wiener Theaterstars auch ihr ein wenig Glanz.

Anna sah auf die Uhr. Antonia wusste, wann der Zug ankam, sie konnte sie nicht länger warten lassen. So erhob sie sich, zahlte, nahm den Koffer und ihre große Tasche und verließ den Europasaal, der sich jetzt immer mehr füllte. Sie durchquerte die zugige Halle und ging an den Gleisen entlang und in den Flügelbahnhof, den Starnberger Bahnhof, hinüber, vor dem die Straßenbahnen abfuhren.

*

Antonia stand vor dem Spiegel und beugte sich ihm entgegen. Sie hatte sich das Gesicht gepudert, um die Narbe zu verdecken, die sich von der Oberlippe bis zur Nase zog. Seufzend sah sie sich an. Dann aber schüttelte sie den Kopf. Letztendlich kannte Anna doch die Narbe, das Zeichen einer durchgestandenen Qual, eines Ereignisses, das sie verändert hatte. Manchmal kehrte der Albtraum zurück. Dann sah sie das Messer aufblitzen, spürte den furchtbaren Schmerz, der vom Gesicht durch den ganzen Körper jagte. Eine dreckige Engländerin war sie genannt worden, die im Land des geliebten Führers nichts zu suchen habe.

Es war Anna, die sie gerettet hatte, und das schweißte die beiden Cousinen zusammen, hatte sie Freundinnen fürs Leben werden lassen, wie sie sich damals schworen. Aber erst heute, nach elf Jahren, sahen sie einander wieder. Zum Begräbnis des Großvaters in Speyer war Anna nicht gekommen, und bei der von ihnen so geliebten Großmutter Elsa hatten sie sich nur kurz gesehen; Anna hatte es eilig gehabt, nach Wien zurückzukommen. Sicher wegen einer großen Rolle am Wiener Burgtheater. Langsam strich sich Antonia durch die blonden Haare, die ihr glatt auf die Schultern fielen. Sie trug einen weiten grauen Rock, einen hellblauen Angorapulli mit einem schmeichelnden Rollkragen und kurzen angeschnittenen Ärmeln. So war sie chic, aber nicht zu aufgeputzt. Konnte sie gegen eine berühmte, sicher sehr elegante Schauspielerin bestehen?

Als Annas Anruf kam, war sie so überrascht gewesen, dass sie ihr sofort anbot, bei ihr zu wohnen. Aber dadurch kam jetzt auch die Wahrheit ans Licht. Die Realität, beschönigt in den wenigen Briefen, die sie im Laufe der Zeit an Anna geschrieben hatte. Wie viele waren es in elf Jahren gewesen? Drei? Mehr sicher nicht.

Und gleich war es so weit: Anna, die berühmte Schauspielerin vom Wiener Burgtheater, kam her, um die nächste Zeit bei ihr zu wohnen.

*

»Endlich, ich dachte schon, du hast den Zug verpasst, oder er hatte Verspätung.«

Antonia öffnete und bat Anna herein. »Ich hätte dich abholen können, schließlich hast du Gepäck.«

»Es sind doch nur ein Koffer und eine Tasche, alles ist gut gegangen«, lächelte Anna. Sie stellte ihr Gepäck ab, sah Antonia nur an.

Antonia ging auf Anna zu, umarmte sie hastig, doch bevor Anna die Umarmung erwidern konnte, war ihre Cousine bereits zurückgetreten. Annas Arme fielen herab.

Antonias Blick glitt rasch über ihre Cousine, von den kurz geschnittenen braunen Haaren zu dem ausdrucksvollen Mund und weiter über den tellergroßen grauen Persianerkragen bis zu ihrer überschlanken Taille, um die der Mantel schlotterte. Der Saum war an einer Seite heruntergerissen, hatte Anna es nicht bemerkt? Antonia lächelte unwillkürlich – es war wie damals.

Vor siebzehn Jahren war Anna mit ihrer Mutter Vivien zu ihnen aufs Land gekommen. Anna stand neben dem russischen Dienstmädchen Nadja Pimarova vor der Gartentür, aufgelöste Zöpfe, eine Schleife fehlte, und der Saum ihres Kleides war lose.

Antonias Unsicherheit verflog. Dieses kleine Detail zeigte ihr, dass Anna sich vielleicht nicht so sehr verändert hatte, dass in der berühmten Burgschauspielerin noch immer das kleine achtlose Mädchen steckte. »Ich freue mich so, dass du da bist. Du hast mir schrecklich gefehlt.«

Der nächste Umarmungsversuch gelang den beiden Frauen und trieb ihnen die Tränen in die Augen. Plötzlich wollten sie sich gar nicht mehr loslassen.

Nachdem sie sich voneinander gelöst hatten, zeigte Antonia ihrer Cousine das Zimmer, in dem sie wohnen würde, das ehemalige Gästezimmer mit dem großen Barockschrank, hinter dem sich eine fast unsichtbare Tapetentür verbarg. Hier hatten während des Kriegs jüdische Ehepaare gelebt, sogar Familien, die Philip Kroll, Antonias Vater, versteckte, bis sie mit falschen Papieren aus Deutschland fliehen konnten.

»Daddy hat ein Haus am Staffelsee, dort wohnt er mit Jette. Er ist nur selten hier. Ich habe uns eine Gemüsesuppe gekocht, sicher bist du noch Vegetarierin, oder?«

Anna nickte, und Antonia redete nervös weiter: »Mach dich frisch, und lass dir Zeit. Komm dann einfach in die Küche.«

Anna stellte den Koffer ab und strich mit der Hand über die altrosa Seidensteppdecke, dann wanderte ihr Blick weiter zum Tisch mit der Jugendstillampe, die ihr als Kind so imponiert hatte. Eine Frau aus Porzellan, halb nackt, die in einer Drehung den Lampenschirm aus buntem Glas hielt. Unwillkürlich dachte sie an ihre Pension in Wien.

»Ich hoffe, du fühlst dich wohl hier«, hörte sie Antonia sagen, die sich bereits zum Gehen wandte.

Anna konnte nur stumm nicken.

»Daddy ist übrigens ein erfolgreicher Anwalt, er vertritt jetzt Filmfirmen und ihre Rechte. Er wird hochgeachtet, auch wegen damals, weißt du.«

Anna nickte abermals stumm.

Die Vergangenheit, immer wieder war sie präsent.

Doch da redete Antonia bereits weiter, ein wenig überdreht. »Daddy und Jette freuen sich, dass du einziehst, da ich dann nicht so allein bin, wie sie meinen.«

»Wieso allein?«

»Sie bleiben meist im Haus am See. Nur selten ist einer von ihnen in der Stadt, und am Wochenende sind sie sowieso draußen.«

Ihre Blicke trafen sich. Philip hatte seine Frau Vivien, Antonias Mutter, mit ihrer besten Freundin Jette betrogen und sie dann geheiratet.

»Also bis gleich.«

Die Tür schloss sich, und Anna setzte sich kerzengerade auf die seidene Steppdecke, sah sich einfach nur um. Erst als Antonia klopfte und fragte, ob sie nicht kommen wolle, erhob sie sich und ging hinaus zu ihrer Cousine, die ganz offensichtlich ein gutes, ein privilegiertes Leben führte. Während sie …

»Nun erzähl«, bat Antonia, kaum dass sie saßen.

»Ach …« Anna stopfte sich rasch ein Stück Brot in den Mund, um nicht sofort antworten zu müssen. Sie wollte vorsichtig sein, Wien und das Burgtheater nicht gleich heute erwähnen. »Übermorgen fange ich mit den Proben im Residenztheater an. Ich werde die Viola in Shakespeares *Was ihr wollt* spielen.«

»Ist das eine gute Rolle?«

»Eine sogenannte Hosenrolle, ich bin im Stück eine junge Frau, die sich als Mann verkleidet. Es ist eine leichte Komödie. Ein Herzog mit Namen Orsino liebt eine bildschöne Frau, Olivia. Die aber verliebt sich in Viola, erkennt aber nicht, dass Viola eine verkleidete Frau ist, und Viola verliebt sich in den Herzog, der sie aber für einen Mann hält.«

Antonia lachte. »Ganz schön kompliziert.«

»Ja, wie das richtige Leben!« Jetzt lachte auch Anna. »Jemand verliebt sich, es ist der Falsche, denn der wiederum liebt eine andere und so weiter. Aber in dem Stück findet alles ein gutes Ende, denn Viola hat einen Zwillingsbruder, der sich dann in Olivia verliebt.«

»Ja, das ist schön. Ich mag keine Liebesgeschichten, die schlecht ausgehen«, erklärte Antonia. »Aber du hast bei unserem Telefonat gesagt, ein sehr berühmter Regisseur inszeniere das Stück?« Antonia war begierig, alles über die Theaterwelt zu erfahren.

»Ja, Julian Winter hat mich engagiert. Als Ersatz«, fügte sie hinzu. »Die Schauspielerin, die für die Rolle vorgesehen war, hat ihm nicht gefallen.«

»Und bist du gern vom Burgtheater weggegangen?« Antonias Fragen kamen schnell, hastig.

Nachdenklich sah Anna sie an. Wollte Antonia durch ihre Fragen von sich ablenken? Ohne darauf zu antworten, erklärte sie, wie gut die Suppe sei, und auch das dunkle Bauernbrot.

Antonia fragte weiter: »Hast du in Wien die Julia gespielt? Ich erinnere mich, das war doch deine Traumrolle.«

Anna schüttelte den Kopf, und Antonia begriff, dass ihre Cousine nicht darüber reden wollte, also wechselte sie rasch das Thema. »Ich sitze gern hier am Fenster«, erzählte sie. »Wenn ich morgens frühstücke, beobachte ich von hier oben die Leute, die ihre Hunde spazieren führen, das macht Spaß.«

Schweigend löffelten sie weiter die Suppe, bis Anna die gefürchtete Frage stellte. »Über was hast du deine Doktorarbeit geschrieben?«, wollte sie wissen, während Antonia bereits aufgestanden war und die Teller im Spülbecken abstellte.

Antonia drehte jetzt Anna den Rücken zu. »Das erzähl ich dir demnächst«, erklärte sie in leichtem Ton über die Schulter. »Ich muss morgen sehr früh aufstehen.«

Auch Anna erhob sich sofort. »Ich denke, ich sollte auch ins Bett gehen. Sollen wir das Geschirr noch spülen?«

Antonia schüttelte den Kopf. »Das ist nicht nötig, es ja schon so spät. Morgen früh kommt Frau Mayr, unsere Putzfrau, die macht das schon.«

Sie wünschten sich Gute Nacht, und jede ging in ihr Zimmer.

Die Stunden vergingen zäh. Immer wieder sah Anna auf ihren kleinen Reisewecker, der auf dem Nachttisch stand. Der Zeiger schob sich unlustig und langsam weiter. Und morgen, wäre da alles besser?

Als sie draußen auf dem Gang ein Geräusch hörte, hob sie den Kopf und horchte angespannt. Kein Zweifel, die Tür von Antonias Zimmer hatte sich geschlossen, und der Parkettboden im Gang knarzte unter ihren Schritten.

Anna schwang ihre Beine über die hohe Bettkante und öffnete leise die Tür. Sie hatte sich nicht geirrt, in der Küche brannte Licht. Sie atmete durch, warf sich ihre Wolljacke über den Flanellschlafanzug und ging zur Küche. Sie öffnete die Tür, verharrte dort und lehnte sich an den Türpfosten. Antonia saß am Tisch und strickte.

»Das mache ich noch immer«, erklärte sie fast entschuldigend. »Stricken entspannt mich.«

Sie wechselten einen Blick und lächelten sich zu. Beide erinnerten sich, dass Antonia in der Schule für Anna, die Linkshänderin war, immer die Wollsocken gestrickt hatte. Sie mussten sie für die Soldaten an der Front anfertigen.

Dafür hatte Anna ihr dann ein »Geheimnis« aus ihrer Kindheit anvertraut. Diese Erinnerung an eine Gemeinsamkeit ließ Anna plötzlich sagen: »Antonia, ich denke, wir müssen reden.«

*

Ein trüber Morgen dämmerte bereits herauf, und die beiden Cousinen saßen immer noch an dem kleinen Tisch am Fenster, tranken längst kalt gewordenen Tee, warfen manchmal Blicke hinunter auf das Isarufer und den Weg, wo schon die ersten Spaziergänger ihre Hunde ausführten.

Und Anna erzählte. Wie sie in der Schauspielschule als besonderes Talent hochgelobt wurde. Wie sie ihre Abschlussprüfung mit Bravour bestand und im Gefühl, etwas Besonderes zu sein, Angebote kleiner Bühnen ablehnte. Sie wollte hoch hinaus, sie wollte ans Burgtheater.

Und das kam sie auch. Doch dort ging es nicht weiter. »Ich war das ewige Talent«, erklärte sie mit Bitterkeit in der Stimme. »Aber ich bekam nur kleine Rollen, meist fand man mich unter den Statisten.«

»Aber dieser ... Julian Winter, der hat dich jetzt nach München geholt.«

Anna, die den Kopf gesenkt hielt und mit beiden Händen den Becher mit Tee umklammerte, sah hoch. »Ja, dieses Wunder ist geschehen. Ich weiß nicht, warum. Er war in einer Vorstellung von *Dantons Tod,* in der ich eine kleine Rolle spielte, die Grisette. Hinterher lud er mich zu einem Vorsprechen ein. Zuerst dachte ich, er verwechselt mich.« Hier lachte Anna kurz auf. »Und nach dem Vorsprechen war ich sofort engagiert. Ich kann das Wunder noch gar nicht fassen.«

»Weißt du«, Antonia begann leise, lehnte sich in ihrem Stuhl zurück, suchte Abstand. »Ich hatte solche Angst vor unserem Wiedersehen, aber jetzt, da du so offen über deine Vergangenheit gesprochen hast, will ich es auch versuchen. Die Wahrheit ist, ich habe mein Studium geschmissen und natürlich dann auch nicht promoviert. Also nichts mit dem großen Traum der erfolgreichen Frau Doktor.«

Ihre Blicke begegneten sich.

»Und warum nicht, warum hast du aufgegeben?«

Antonia zuckte seufzend die Schultern. »Ich habe das Physikum nicht bestanden, und da gab ich auf. Fing an, fürs Rote Kreuz zu arbeiten, ich habe ja damals im Lazarett eine Schwesternausbildung gemacht. Ich betreue Frauen und Kinder im Lager Frauenholz. Sie leben dort in Baracken außerhalb der Stadt.«

Antonias Stimme wurde lebhafter, und Anna spürte ihr starkes Engagement.

»Dann kümmere ich mich noch um die sogenannten Suchkinder, die im Krieg zwischen Trümmern gefunden wurden und für die wir ihre Verwandten suchen. Auch Kinder, die aus Ostpreußen vor der Roten Armee geflüchtet sind und verloren gingen. Wir haben hier viele, die stark traumatisiert sind. Inzwischen sind sie bereits zwischen vierzehn und siebzehn Jahre alt.«

Anna hörte fasziniert zu.

»Diese Jugendlichen leben teilweise in Heimen oder Pflegefamilien, verteilt auf ganz Deutschland, und manchmal, wenn uns eine Familienzusammenführung gelingt, ist das ein sehr starker emotionaler Moment.«

»Das ist bewundernswert, Antonia. Du kannst helfen, ist das nicht das Wichtigste? Und ist es letztendlich nicht egal, ob du einen Doktortitel hast?«

Annas Antwort war ein stummes Schulterzucken. Sie schwiegen, sahen sich im aufkommenden Tageslicht an, lächelten einander zu.

»Weißt du«, erklärte Anna, »vielleicht wollten wir unser Scheitern nicht zugeben, weil unsere Mütter so außergewöhnlich sind. Nach dem Krieg wurden sie mit einem Orden für ihre Tapferkeit ausgezeichnet, in den Zeitungen schrieb man über sie. Da fühlten wir beide uns als Versagerinnen, als es bei uns nicht so recht klappen wollte, und hatten nicht den Mut, uns gegenseitig die Wahrheit zu sagen.«

»Das kann schon sein«, überlegte Antonia. »Vielleicht waren wir einfach nur feige, zu sehr am Erfolg orientiert.«

Wieder lächelten sie einander zu, müde, blass und sehr erleichtert, dass sie sich zur Wahrheit bekannt hatten.

Spontan erhob Antonia sich und umarmte ihre Cousine, und beide fühlten sich angenommen und unterstützt, was auch kommen würde.

*

Wenn die Musik der Liebe Nahrung gibt, spielt weiter.

Der erste Satz, der Beginn der Komödie von Shakespeare. Erster Akt, erste Szene.

Anna stand in der Bühnengasse und hörte angespannt der Probe zu. »Nein, nein«, rief Julian Winter, der unten am Regiepult im Zuschauerraum saß, jetzt aufsprang, die paar Stufen auf die Bühne sprintete. »Du musst in der Haltung bereits deinen Schmerz ausdrücken, mehr Gefühl, bitte, nicht so routiniert.«

Hans Dunker, der Darsteller des Herzogs, erhob sich und versuchte, dem Regisseur seine Interpretation der Szene klarzumachen. Seiner Meinung nach sei das Ganze ein wenig ironisch gemeint, der Herzog nehme seinen Liebeskummer nicht so ernst.

Anna faszinierte der Widerspruch des Schauspielers, es war bekannt, dass sich niemand gegen die Anweisungen des berühmten Julian Winter stellte. Schließlich war es eine große Ehre, dass er hier in München eine Regiearbeit übernommen hatte. Aber Hans Dunker konnte es sich erlauben, er war der Star des Theaters, umschwärmt und umjubelt.

Am Tag zuvor hatte Anna ihre erste Einzelprobe mit Julian gehabt, heute war sie nur Zuschauerin, morgen aber, kurz vor zehn Uhr, wurde sie offiziell dem Ensemble vorgestellt und sollte an der ersten Probe teilnehmen.

»Schläfst du mit ihm?«

Unwillig drehte sich Anna um. Ein zierlicher kleiner Mann stand vor ihr und streckte ihr die Hand entgegen. »Martin, ich spiele den Malvolio.« Links hielt er einen Apfel, in den er hineinbiss, während er sie neugierig anstarrte.

Sie übersah seine Hand, nickte ihm nur zu und machte einen kleinen Schritt zur Seite. Er folgte ihr, wieder stand er ganz nahe.

»Das ganze Ensemble fragt sich das.« Er kaute an dem Apfel, sprach aber weiter: »Es ist schon ungewöhnlich, Thekla Wirth hatte bereits mit den Proben für die Viola angefangen, da lehnte Julian sie ab. Sie ist eine bekannte Schauspielerin, und dann kommst du. Niemand kennt dich, das ist schon seltsam, gib es zu.« Wieder biss er in den Apfel. »Oder bist du Jüdin?«

Anna wusste, dass Julian Winter, selbst Jude, Deutschland 1931 verlassen hatte, im Alter von zwanzig Jahren. Aber sonst gab es keine Informationen über ihn, keine Interviews. Niemand kannte seine Vergangenheit. Auch nicht sein Privatleben, das er streng geheim hielt.

Anna hatte keine Lust zu antworten, sie sah fasziniert Hans Dunker zu. Martin war ihr lästig, und so machte sie einen weiteren Schritt von ihm weg, doch der Schauspieler folgte ihr.

»Wenn du mit ihm schläfst, darfst du nicht zu besitzergreifend sein, er entzieht sich den Frauen, die verrückt nach ihm sind.«

Anna wurde wütend, aber bevor sie antworten konnte, klatschte Julian Winter in die Hände. »Kurze Pause«, rief er den Schauspielern zu, schlug Hans noch kurz auf die Schulter, wandte sich ab und ging die Stufen in den Zuschauerraum hinunter.

Hans Dunker aber hatte Anna gesehen, lächelte, kam jetzt auf sie zu und hielt ihr strahlend die Hand entgegen, die sie ergriff.

»Wir hatten noch keine Gelegenheit, uns persönlich kennenzulernen.«

Anna wusste, dass er für seine Affären mit Kolleginnen bekannt war. Er hatte eine schöne Stimme, wache blaue Augen, einen Mund, der sie anlächelte. Er fesselte sofort ihre Aufmerksamkeit, sie konnte sich gegen seine Ausstrahlung kaum wehren. Anna wurde sich ihrer achtlosen Kleidung bewusst, sie trug ihren alten weißen Pullover, der ihr zu ihrem blassen Teint nicht besonders schmeichelte. Auch ein wenig Lippenstift hätte nicht geschadet.

In dem Moment tippte ihr der Inspizient auf die Schulter. »Herr Winter möchte Sie sprechen, er wartet in der Kantine auf Sie.«

*

Achtlos warf Anna ihren Mantel auf den Stuhl am Eingang, ging zum Telefon, das auf der Konsole stand, zögerte, hob die Hand, ging dann aber weiter in die Küche. Vom Fenster aus sah sie in einen tiefblauen Himmel, an dem der starke Föhnsturm die Wolken auseinanderriss. Ein Tag, an dem man von der Stadt aus bis ins Gebirge sehen konnte, so als sei man nur ein paar Momente von den Bergen entfernt.

Das Gespräch mit Julian war anders verlaufen, als sie gedacht hatte. Er wartete in der Kantine auf sie, hatte ihr an der Theke einen Tee geholt, sie habe so verfroren in der Bühnengasse gestanden. Die Kantine war ein fensterloser Raum im Keller, ausgestattet mit einfachen Holztischen, über denen die Lampen tief hingen. Sie hatte ihren Tee getrunken, angespannt gewartet. Vielleicht sogar den Satz erwartet, sie erfülle die Rolle nicht, er habe sich in ihr getäuscht.

Ihre kalten Hände zitterten leicht, als sie Julian betrachtete. Er sah nicht im eigentlichen Sinne gut aus, aber seine hohe Stirn brachte die dunklen, lebhaften Augen zur Geltung und bewirkte, dass man sich diesem Blick nicht entziehen konnte.

Er hatte Charisma, war auf eine spezielle Art sehr attraktiv. Er strahlte Energie und Willenskraft aus, und das machte ihn zu einem außergewöhnlichen Mann. *Er mag keine Frauen, die verrückt nach ihm sind …* Martins Satz schoss ihr durch den Kopf.

So saß sie da und wartete auf ihr Urteil, wie sie es innerlich nannte. War ihre Zeit in München bereits beendet, bevor sie überhaupt anfing?

Doch es war anders gekommen. Er erzählte, dass er ihren Onkel, Philip Kroll, bei einer Veranstaltung des Bayerischen Rundfunks getroffen habe. Er hatte nicht gewusst, dass er Annas Onkel sei. Julian sprach über seine große Hochachtung und Bewunderung für Philip Kroll, der während des Kriegs unter Einsatz seines Lebens Juden versteckte und dem Wehrkreis VII angehörte, der als Mittelpunkt des intellektuellen Widerstands in München galt. Und vor allem, dass er sich der Widerstandsgruppe Freiheitsaktion Bayern angeschlossen hatte und damit sein Leben riskierte.

Vielleicht war das der Auslöser für Anna gewesen, um Julian auch von ihrer Mutter und ihrer Tante zu erzählen. Sie holte aus, da sie Julians starkes Interesse spürte, und erzählte von dem russischen Dienstmädchen Nadja Pimarova, das nach kurzer Zeit bereits zur Familie gehört hatte und von der Gestapo abgeholt worden war.

»Sie kam in ein nahes Lager. Meine Mutter wollte zuerst nur etwas für Nadja tun, aber dann ging es weiter. Bäcker Fesl, der im Widerstand war, stellte meiner Mutter die vorsichtige Frage, ob sie bereit sei, die Brotlieferungen ins Lager zu übernehmen.

Und meine Mutter sagte zu, meine Tante Vivien auch. Sie müssen wissen«, erklärte Anna, »in den Broten waren Botschaften für die Insassen des Lagers eingebacken. Dort waren Jüdinnen inhaftiert, Zigeunerinnen, aber die meisten Frauen waren Russinnen, Frauen aus Osteuropa.«

»Da haben Ihre Mutter und Ihre Tante ihr Leben riskiert.« Bewunderung sprach aus Julian, und so erzählte Anna weiter.

»Ja, das haben sie. Fesl aber wurde entdeckt und eines Tages ermordet in den Hopfenfeldern gefunden.«

Julian beugte sich ihr über den Tisch entgegen, er vergaß seinen Wein, hörte angespannt zu.

Und als sie weitersprach, erzählte, was sie so lange zurückgehalten hatte, war die Erinnerung so stark, so lebendig, dass ihr die Tränen kamen. »In den letzten Kriegstagen rückten die amerikanischen Panzer an, sie rollten auf die Stadt zu. Da zeigten meine Mutter und meine Tante wirklich Mut, sie radelten den Panzern entgegen und brachten sie dazu, ihre Route zu ändern und zum Lager zu fahren. Sie befreiten die Frauen in letzter Minute, denn Soldaten der Wehrmacht waren bereits im Anmarsch, um die inhaftierten Frauen zu erschießen.« Anna schwieg. In diesem Moment stand ihr die Szene ganz klar vor Augen: Sie war aus der Jagdhütte ihres Vaters gekommen, es war bereits später Abend gewesen. Sie war gerannt, als sie in der Straße ankam. Im diffusen Licht der Straßenlaternen hatte sie die Gestalten gesehen, nur noch in Fetzen gekleidet, abgemagert bis aufs Skelett, viele hatten keine Haare mehr. Schweigend kamen sie, gruppierten sich, bis endlich ein leises Weinen, ein Aufschluchzen zu hören war.

Ein Schauer hatte Anna damals erfasst. Sie hatte nicht glauben können, was sie sah. Wie Gespenster sahen sie aus, eine apokalyptische Szene.

Und da hatte Anna erkannt, es waren die Frauen aus dem Lager, die vor Vivien und Maria auf die Knie fielen, nach ihren Händen griffen, kaum fähig, etwas zu sagen.

In Erinnerung daran, an die große Stunde ihrer Mütter, schwieg sie.

Es war Julian Winter, der wieder das Wort ergriff. Er erzählte von seiner Tante Sarah Wertheim, die in London lebte und berichtet hatte, sie sei vom Lager Buchenwald in ein anderes, kleines nach Bayern gekommen. In den letzten Kriegstagen wurden die Insassinnen von den Amerikanern befreit, doch letztendlich waren es zwei mutige Frauen, denen sie ihr Leben zu verdanken hätten.

Als Anna mit einem überraschten Laut hochfuhr, bat er: »Sagen Sie Ihrer Mutter lieber noch nichts, warten Sie ab, bis ich Näheres weiß. Ich werde es herausfinden. Ich bin demnächst bei Sarah und sage Ihnen dann Bescheid.«

Als er sich bereits erhoben hatte, legte er ihr noch ganz kurz die Hand auf die Schulter, dann verließ er die Kantine.

Anna lief unruhig durch die Wohnung. Vor einer Stunde hatte sie über etwas gesprochen, worüber sie jahrelang geschwiegen hatte. Konnte es wirklich sein, dass Julian Winters Tante eine dieser geretteten Frauen gewesen war?

In der Küche blieb sie am Fenster stehen und beobachtete einen Mann, der fürsorglich seinen Pudel hochnahm, da ihn sonst der starke Föhnwind erfasst hätte. Sie legte die Stirn an die Scheibe und konnte die Tränen nicht mehr zurückhalten. Zu viele Erinnerungen kamen zurück. An die junge, schöne Nadja, die im Lager an den Folterungen gestorben war. An die kalten Winter, die Entbehrungen. Endlich löste sie sich vom Fenster und griff in der Diele nach dem Telefonhörer. Es läutete lange, bis abgehoben wurde.

»Hallo Mama, ich bin's.«

Kapitel zwei

Maria

Maria saß in der Küche und wartete, bis sie ihren Marmorkuchen aus dem Ofen holen konnte. Sie horchte auf das Klavierspiel, das aus dem Wohnzimmer zu ihr herüberklang. Dort saß Walter von Heimhausen an ihrem Flügel, ein höflicher älterer Mann, der vor fünf Jahren vom Wohnungsamt als Flüchtling aus Ostpreußen bei ihr einquartiert worden war. Er sei aus der Nähe von Insterburg, habe aber auch viel in Berlin gelebt, mehr wollte er nicht erzählen. Vivien und sie hatten Glück mit ihrem Untermieter. Er war ein ehemaliger Pianist, der sich mit Klavierstunden durchschlug.

Während Maria auf sein Spiel horchte, zog sie ihr altes Kochbuch aus der Schublade des Küchentischs. Zwischen den Seiten lagen Annas Kinderzeichnungen und der letzte Brief ihres Ehemannes Werner, den er geschrieben hatte, bevor er nach Stalingrad fuhr. Er war nicht mehr zurückgekommen, gestorben dann in einem Lazarett in Mähren, wohin man ihn ausgeflogen hatte.

Dann gab es noch Briefe ihrer Mutter Elsa Kroll, der Streitbaren, der Unangepassten, die sich nach dem Krieg für die Rechte von Flüchtlingsfrauen einsetzte. Auch für die Frauen, die von der Gesellschaft verachtet wurden, da sie gegen das Fraternisierungsgesetz verstießen, als sie sich mit den Männern der amerikanischen Besatzung *einließen,* wie man es nannte. Bis zu ihrem Tod vor drei Jahren hatte sie in der Zeitung *Anders leben* Artikel veröffentlicht, unter ihrem Pseudonym H.S.: Hanna Schwertlein.

Ach, Mutter, seufzte Maria stumm. Wie sehr fehlst du mir.

In Gedanken versunken, überhörte sie das Läuten des Telefons. Sie schreckte erst hoch, als Walter von Heimhausen in der offenen Tür stand, seine Schuhe in der Hand. Er spielte immer nur in Socken, da könne er das Pedal besser bedienen. »Das Telefon«, betonte er höflich, »haben Sie es nicht gehört?«

Jetzt sprang Maria auf, lief hinaus in den Gang und hob ab.

Es war Anna, ihre Tochter.

Erst zögernd, dann ein wenig mitteilsamer erzählte Anna von ihrem Engagement am Residenztheater, und dass sie jetzt bei Onkel Philip und ihrer Cousine Antonia wohne.

»Willst du zur Premiere kommen? Ich freu mich, wenn du kannst.«

Ein Zögern, ein Abwarten, doch Maria überlegte nicht lang, sie sagte sofort zu, erleichtert, lachend, ja natürlich, natürlich komme ich. Dann redeten sie noch ein wenig über das Wetter in München, und Anna fragte, wie es ihr denn so gehe.

»Ich backe gerade einen Marmorkuchen.«

»Ich kann dich ja mal besuchen«, schlug Anna spröde vor, »aber erst im neuen Jahr, vorher ist im Theater ziemlich viel los.«

»Du wirst erstaunt sein, wenn du kommst.« Maria wurde lebhaft. »Es gibt keine Badewanne mehr hinter dem Küchenschrank, Vivien hat zwei Badezimmer einbauen lassen, eine große Modernisierung vorgenommen, alles renovieren lassen.«

Sie verabschiedeten sich, und bevor Maria zurück in die Küche ging, wischte sie sich rasch die Tränen ab. Walter sollte nicht sehen, dass sie geweint hatte. Sie wollte seine diskrete Aufmerksamkeit nicht auf sich ziehen, denn die war oft schwerer erträglich als offene Neugier.

»Ich habe mir erlaubt, den Kuchen aus dem Ofen zu holen«, erklärte er und sprang sofort wieder vom Stuhl hoch, auf den er sich gesetzt hatte.

»Danke.« Maria reagierte fast euphorisch, so groß war ihre Freude über den Anruf ihrer Tochter. Plötzlich schien alles vergessen, die Auseinandersetzungen, die Jahre der Stille zwischen ihnen, da Maria die Berufswahl ihrer Tochter nicht akzeptieren konnte. Eine brotlose Kunst, aber jetzt schien sich das Blatt gewendet zu haben.

Vorsichtig stürzte sie den Kuchen auf das Kuchengitter, während Walter sich in die Zeitung vertiefte, die aufgeschlagen auf dem Tisch lag.

»Ich habe inzwischen diesen Artikel gelesen. Entschuldigen Sie.«

»Ja, macht doch nichts.« Maria reagierte ungeduldig, da sich Walter fast immer für alles und jedes entschuldigte.

»Er ist sehr interessant. Dieser Redakteur geht rigoros gegen die neue Partei, *Freunde der Heimat,* vor.«

»Ja, ja«, nickte Maria, »das ist richtig. Die Menschen lehnen die Flüchtlinge immer noch ab, auch jetzt noch, nach Jahren. Man hat ihnen die Eingliederung in unsere Stadt nicht leicht gemacht.«

»Ja, genau so beschreibt es dieser Journalist auch.« Walter reagierte lebhaft. Ganz offensichtlich wollte er Maria in eine längere Diskussion verwickeln, doch sie brach das Gespräch ab. Sie müsse jetzt noch ein wenig Schreibkram erledigen und würde dann auf Vivien warten.

Sofort schwieg Walter, verbeugte sich leicht, nahm seine Schuhe hoch und verließ auf Socken die Küche.

Maria sah ihm nach, wandte sich dann der aufgeschlagenen Zeitung zu und strich mit einem Lächeln darüber, bis zum Ende des Artikels und den Initialen, die darunter standen: H.S.

Das Vermächtnis ihrer Mutter, Marias kleines Geheimnis.

*

Wie hatte sie glauben können, alles ginge immer so weiter? Tassilo war zwölf Jahre jünger als sie. Und war sie letztendlich nicht selbst schuld, wenn er sie jetzt nach elf Jahren verließ, da sie das Wort *Beziehung* immer vermieden hatte und betonte, es sei eine Affäre?

Sie hatte ihm seine Freiheit lassen, ihn nicht an sich, die ältere Frau, binden wollen. Vivien liebte seine Zärtlichkeiten, er gab ihr das Gefühl, mit einundfünfzig Jahren schön und begehrenswert zu sein. Das war so kostbar für sie mit jedem Jahr, das sie älter wurde. Und nun?

Mit zittriger Hand zündete sich Vivien eine Zigarette an. Vor einer halben Stunde war sie aus Augsburg zurückgekommen, und jetzt saß sie in dem verlassenen Wartesaal des Bahnhofs, dessen einziger Schalter noch geöffnet war. Im trüben Licht starrte sie auf das alte Filmplakat an der Wand: *12 Uhr mittags* mit Gary Cooper und Grace Kelly. Daneben hing noch ein altes Poster aus dem Jahr 1942, eine Reklame für Ersatzkaffee, ein anderes warb für Drops für die Reise. Und es gab noch eine Schokoladenreklame mit der Abbildung eines kleinen Mohren in Pumphosen, irgendwas war darüber gekritzelt worden, von Weitem nicht zu entziffern.

Viviens Blick glitt an den teilweise abblätternden Wänden entlang und blieb an Schmierereien hängen: *Flüchtlinge raus.*

Hier im Wartesaal war das neu. Diese Parolen tauchten plötzlich immer häufiger auf, angeheizt durch Reden und Parolen der neuen Partei *Freunde der Heimat,* die alte NSDAP-Anhänger, Arbeitslose und Kriegsheimkehrer versammelte. Doch auch beunruhigend viele Jugendliche machten mit.

Vivien lehnte sich auf der Bank zurück, schloss die Augen. In Gedanken ging sie noch einmal den Abend durch.

Tassilo und sie waren nicht wie sonst im Hotel hinauf in *ihr* Zimmer gegangen. Stattdessen hatte Tassilo sie in die Bar gebeten, um etwas zu trinken, er müsse mit ihr sprechen. Und dort erklärte er der überraschten Vivien, er habe jemanden kennengelernt. Er müsse einfach nachdenken, eine Neuorientierung in seinem Leben suchen. Nach diesem Gespräch waren sie auseinandergegangen wie Fremde, ohne Zärtlichkeit, ohne Abschied, nur ein förmliches *Auf Wiedersehen.*

Dann war Vivien zum Bahnhof gegangen, ohne etwas zu spüren.

Und nun, zwei Stunden später, saß sie hier in diesem zugigen Wartesaal und zog nervös und zittrig an der Zigarette. Sie sollte nach Hause gehen, nicht den Moment hinauszögern. Maria würde sowieso auf sie warten, egal, wann sie kam. Maria hatte neugierig reagiert, als sie anrief, sie bleibe nicht über Nacht in Augsburg, wie sonst immer, sondern komme noch am Abend nach Hause.

Langsam erhob sie sich und drückte die Zigarette aus, als die Bahnhofstür aufsprang und ein kleiner Junge hereinrannte. Er lief direkt auf den Mann am Schalter zu, stellte sich auf die Zehenspitzen und fragte atemlos: »Ist der letzte Zug schon da?«

Der Beamte legte seine Zeitung ab, schüttelte den Kopf und erklärte, der sei wegen des Sturms ausgefallen, das habe man ihm gerade durchgegeben.

Enttäuscht wandte der Kleine sich ab und ließ sich auf die Bank fallen, auf der Vivien gerade noch gesessen hatte.

»Kennen Sie den kleinen Jungen?« Neugierig ging Vivien zu dem Mann hinter dem Schalter.

Er nickte. »Ja, das ist der Sohn einer Kellnerin, Veronika Freyberg, sie arbeitet drüben im Gasthof Grieser. Und ihr Kleiner hier büxt aus, wenn seine Mutter Spätdienst hat. Am Wochenende kommt er regelmäßig hierher.« Der Mann beugte sich ganz nahe an das kleine Fenster in der Scheibe. »Sein Name ist Daniel, und er wartet auf seinen Vater, glaubt, er kommt irgendwann zurück. Er ist Amerikaner, aber das sieht man ja«, betonte er mit einem vielsagenden Blick.

»Er kommt auch zurück.« Trotzig rief der Kleine es ihnen zu.

Nachdenklich wandte sich Vivien vom Schalter ab.

»Ich muss den Bahnhof jetzt abschließen«, rief ihr der Beamte nach, doch Vivien beachtete ihn nicht, sondern setzte sich neben den kleinen Jungen. Er war hübsch mit seinen krausen Haaren und der dunklen Haut, dazu sehr zierlich, und sie schätzte ihn auf ungefähr sechs Jahre. Sie erinnerte sich, Maria hatte erzählt, dass seit einem Jahr eine junge Frau, Flüchtling aus Ostpreußen, im Gasthof Grieser arbeite. Über sie wurde viel gesprochen, da ihr Kind ein kleiner Neger sei – so hatte sich Frau Hofer, die Nachbarin von Maria, abfällig geäußert.

»Hier«, sie kramte in ihrer Tasche, »willst du ein Stück Schokolade? Ich habe sie mir in Augsburg am Bahnhof gekauft, aber jetzt mag ich sie doch nicht mehr.« Sie zog eine rote Tafel Schokolade heraus, *Waldbaur Feinbitter Kernbeißer* stand darauf.

Daniel rutschte von ihr ab und sah sie feindselig an.

»Nun, Daniel, ich gehe jetzt, und du musst das auch, der Bahnhof wird abgeschlossen. Soll ich dich nach Hause begleiten?«

Ein Kopfschütteln war die Antwort. »Ich bin doch kein Baby mehr.«

Vivien unterdrückte ein Lächeln. »Ist dir nicht kalt?«

Wieder ein Kopfschütteln. Daniel trug eine Jacke, aber keine Handschuhe und sehr dünne Halbschuhe.

»Nun, ich lasse dir die Schokolade da, ich freue mich, wenn sie dir schmeckt, und dann auf Wiedersehen.«

Sie erhob sich, legte die Schokolade auf die Bank, nickte ihm und auch dem Beamten zu und verließ den Bahnhof. Sie überquerte den kleinen Vorplatz, an dem der Sturm Fahrräder umgeworfen und Äste auf die Straße geschleudert hatte. Doch jetzt war es windstill. Als sie am hell erleuchteten Gasthof Grieser vorbeikam, schallten laute Männerstimmen auf die Straße.

Dort arbeitete Veronika Freyberg. Und während sie Spätschicht hatte, lief ihr kleiner Sohn abends unbeaufsichtigt durch den Ort bis zum verlassenen Bahnhof, um auf seinen Vater zu warten.

Vivien blieb stehen und sah sich um. Hatte sie sich getäuscht oder ein Geräusch gehört? Aber niemand ging oder stand hinter ihr, und so lief sie weiter, drehte sich mehrmals um – nichts zu sehen. In einem plötzlichen Impuls machte sie einen kleinen Umweg bis zu den beiden Gymnasien des Ortes. Es waren zwei graue Gebäude, das Theodor-Storm-Gymnasium für die Jungen und das Maria-Theresia-Gymnasium für die Mädchen.

Hier arbeitete sie seit acht Jahren als Englischlehrerin, und jetzt würde sie ab Februar das Direktorat übernehmen. Sie wusste, dass einige der Lehrer gegen sie gestimmt hatten, sie immer noch als *die Engländerin* bezeichneten. »Sie leben noch das braune Gedankengut«, wie Maria spöttisch erklärt hatte. »Du wirst es schwer haben«, hatte sie ihre Schwägerin gewarnt, »überleg es dir gut, ob du das Angebot annehmen willst.«

Doch Vivien nahm die Herausforderung an. Die Schülerinnen mochten sie. Vivien Kroll sei modern, unterstütze die Mädchen, die einen Beruf ergreifen und nicht die soziale Passivität einer Ehe wählen wollten.

Und als Vivien die Treppen zu dem dunklen Gebäude hochblickte, lächelte sie. Sie konnte etwas bewirken, sie konnte Toleranz lehren, Pläne ernst nehmen, versuchen, die Mädchen aus pubertärer Unsicherheit ins Erwachsenenleben zu führen. Aber sie gingen weg, und sie selbst? Würde sie in zehn Jahren bis zu ihrer Pensionierung immer noch hier arbeiten?

Unerfreuliche Gedanken, stellte sie fest und wandte sich energisch zum Gehen. Nicht die richtigen Überlegungen gerade heute, wo sie von ihrem Liebhaber verlassen worden war. Und das sicher aus Altersgründen.

Wieder hörte sie ein Geräusch hinter sich, wieder sah sie sich rasch um, und da entdeckte sie den kleinen Daniel, der ihr offenbar gefolgt war. Schnell drückte er sich hinter den Sockel, auf dem sich die imposante Statue von Theodor Storm erhob.

Jetzt lief Vivien langsam weiter, in der Gewissheit, dass Daniel ihr in gebührendem Abstand folgte. Wieder drehte sich Vivien um. »Schmeckt dir die Schokolade?«, rief sie in die Dunkelheit hinein, und ganz zögernd kam der Kleine näher und lief auf sie zu, blieb vor ihr stehen, nickte.

»Weißt du was«, schlug Vivien vor, »ich begleite dich nach Hause, wo wohnst du denn?«

»Am Stadtwall.«

So gingen sie schweigend nebeneinander her, bis er seine kalte Hand in ihre schob. Sie liefen durch die Friedenstraße, vorbei an Marias Haus. Hier blieb Vivien stehen. »Siehst du? In der Nummer sieben, da wohne ich, und wenn du am Wochenende allein bist, kannst du mich jederzeit besuchen. Versprochen?«

Jetzt lächelte Daniel. »Versprochen«, sagte er mit großem Ernst. »Aber in dem Haus daneben«, er zeigte auf das Nachbarhaus, »da wohnt eine böse Frau. Sie mag mich nicht, sie sagt, ich soll verschwinden.«

»Das tut mir leid.« Wut packte Vivien, als sie in sein kleines trauriges Gesicht sah. »Ich spreche mit ihr. Aber komisch, dich habe ich noch nie gesehen.«

»Ich kann mich ja auch unsichtbar machen«, erklärte Daniel mit ernster Miene.

»Ach so, ja, dann ist alles klar.« Vivien unterdrückte ein Lachen, sie wollte ihn nicht kränken. »Und arbeitet deine Mama jeden Abend?«

»Ja, und auch Sonntagvormittags und abends und eigentlich immer. Aber da passt unsere Nachbarin Frau Fischer auf mich auf.«

»Ah ja? Das scheint sie ja nicht besonders gut zu machen«, lächelte Vivien, nicht ohne Besorgnis.

Daniel grinste und sah mit einem Augenzwinkern zu ihr hoch. »Sie ist eingeschlafen, und da habe ich mich rausgeschlichen. Sie schläft sicher noch, wenn ich jetzt heimkomme, ich habe ihr den Schlüssel weggenommen.« Ein kleines kindliches Lachen, voller Freude über den gelungenen Streich.

»Na ja, dann hoffe ich, dass das gut geht.«

»Wird schon«, erklärte Daniel großspurig.

Jetzt bogen sie in den Weg am Stadtwall ein, bis Daniel stehen blieb. »Hier wohnen wir.«

Vivien erschrak. Sie war schon seit einigen Jahren hier nicht mehr entlanggegangen. Sie erinnerte sich, wie im Krieg eines dieser Häuser eingestürzt war, als die Tiefflieger kamen. Heute war es immer noch teilweise zerfallen. Gras und Bäume wuchsen in der Ruine. In den Häusern daneben hatte man einen großen Teil der Flüchtlinge untergebracht. Graue, baufällige niedrige Häuser, auf deren Wänden überall die Parolen standen: *Flüchtlinge raus, die Stadt gehört uns.* Das Zeichen einer riesigen Blase aus Aggression und Hass, die wuchs und größer wurde, bis sie vielleicht bald in viele Stücke zerplatzte und eine Katastrophe auslöste.

»Siehst du?«, fragte Daniel. »In diesem Haus wohnen wir oben im ersten Stock, und bei Frau Fischer im Erdgeschoss brennt noch Licht.«

»Na, dann beeil dich mal, hoffentlich klappt alles.«

Sie wartete noch und sah zu, wie Daniel den Hausschlüssel aus seiner Tasche zog, aufsperrte und die Tür hinter sich zuzog. Dann erschien sein Kopf am Fenster im Erdgeschoss. Er hob die Hand und machte das Victory-Zeichen.

Vivien schüttelte lachend den Kopf. Daniel hatte es erreicht, dass ihre depressive Stimmung, die Gedanken an die Trennung von Tassilo, die Zweifel über ihre neue Position in den Hintergrund traten. Doch bevor sie sich umwandte, erkannte sie im fahlen Licht der Straßenlaterne noch das Wort, das in roten Buchstaben quer über die Hauswand gemalt war: *Flüchtlings-Amihure.*

Langsam ging Vivien nach Hause. Einem plötzlichen Impuls folgend, schlenderte sie die paar Schritte weiter bis zum Haus der Frau Hofer. Weder Maria noch sie selbst sprachen auch nur ein Wort mit ihr. Vor vielen Jahren hatte sie Nadja Pimarova, die junge Russin, die Maria bei sich aufgenommen hatte, denunziert. *Russen haben in unserem Deutschen Reich nichts verloren …* wie gut erinnerte sich Vivien an ihre Worte. Nadja war damals von der Gestapo abgeholt worden.

Und jetzt stand sie vor Frau Hofers Tür, bei der ihr Neffe Roland ein und aus ging. Er war ein Mitglied der *Freunde unserer Heimat,* ein geduckter Mitläufer dieses Vereins.

Sie würde Frau Hofer warnen: Wenn sie noch ein einziges Mal den kleinen Daniel angriff oder ihn verächtlich Neger nannte, würde das Folgen haben. Wut stieg in Vivien hoch, sie vergaß die Trennung von Tassilo, vergaß, wie deprimiert sie noch vor einer Stunde gewesen war.

Sie erinnerte sich an einen Satz ihres Ex-Ehemannes Philip. Er hatte ihn ausgesprochen, als er sich entschied, Juden vor dem Regime zu retten. *Jeder ist für jeden verantwortlich …*

Sie läutete und läutete Sturm, und obwohl im ersten Stock Licht brannte, wurde nicht geöffnet. Aber das Fenster stand offen, und so rief Vivien nach oben: »Wenn Sie, Frau Hofer, noch ein einziges Mal den kleinen Daniel oder seine Mutter beleidigen und angreifen, dann zeige ich Sie an.«

In den umliegenden Häusern gingen die Lichter an. Hatte sie wirklich so laut geschrien? Sie wartete. Keine Reaktion, oder hatte sie oben ganz kurz den Neffen am Fenster gesehen, der einen Blick zu ihr herunterwarf?

»Vivien, was machst du, wieso schreist du hier so herum?«

Auch Maria hatte es gehört, sie erschien am Gartentor. Vivien hatte sich inzwischen beruhigt. Es war eigenartig. Vor einigen Stunden hatte ihr jüngerer Geliebter sie verlassen, sie war so niedergeschlagen gewesen, und plötzlich fühlte sie sich gut.

Das Leben ging weiter, und sie würde es nicht mit Traurigkeit vergeuden. Es gab viel zu tun. Vivien fühlte sich von einer Last befreit. Sie hatte ihre Freiheit wieder.

»Und wieso bist du schon zu Hause?« Bei Maria brach die Neugierde durch.

Sie folgte Maria ins Haus. »Tassilo hat sich von mir getrennt«, sagte sie ruhig. »Und bevor ich dir jetzt leidtue, es gibt keinen Grund dazu. Alles ist gut«, erklärte sie ihrer Schwägerin, die sie nur erstaunt ansah. »Und übrigens, ich möchte mich für die Flüchtlingskinder einsetzen. Kennst du eigentlich den kleinen Daniel? Ich möchte erreichen, dass er nicht ausgegrenzt bleibt, und seine Mutter auch nicht.«

»Da hast du dir viel vorgenommen. Aber ich helfe dir.«

Kapitel drei

Veronikas Geschichte

Das kleine Mädchen rennt, rennt über die Wiesen voller Margeriten, Glockenblumen und Zittergras. Es rennt weiter bis zu dem wogenden Kornfeld mit seinen blauen Blumen und dem roten Mohn dazwischen, weiter zu den Weiden, auf denen die Pferde grasen und die Köpfe heben und mit einem Wiehern auf sie zukommen. Sie freuen sich, das Mädchen zu sehen, wie auch die Bauern auf den Feldern, die ihr lachend zuwinken, wenn sie weiterrennt. Sie rennt immer, sie ist ein Kind, und sie ist glücklich. Ein Mädchen, das an die Liebe der Menschen glaubt, an Zuneigung und die Beständigkeit ihres Lebens. Ihren Eltern gehört das große Gut, das größte in der Gegend, seit Jahrhunderten im Besitz der Familie von Freyberg, umgeben von Wiesen, von Rapsfeldern, von Heckenrosen, die im Mai besonders schön duften, und an jene Maitage wird sich Veronika immer erinnern, auch wenn die Heimat längst untergegangen ist.

Ein paar sorglose Jahre vergehen noch, bis sich drohende Wolken über dem Gutshof des Barons von Freyberg, seiner Frau und seiner Tochter Veronika Vera zusammenziehen. Es passiert langsam, stetig. Die Sorglosigkeit, die Geborgenheit und das Gefühl von Freiheit gibt es nicht mehr. Ein Wort hat alles zerstört: Krieg. Sie ist neun Jahre alt, als im Radio die Meldung kommt: Adolf Hitler ist in Polen einmarschiert.

Die Knechte verlassen das Gut, sie haben einen Einberufungsbefehl, ihr Vater muss an die Front. Die Gesichter der Frauen sind blass, die Augen verweint. Und wo ist der liebe

Gott, zu dem sie all die Jahre so vertrauensvoll betete, als das Schlimmste passiert, was sie sich vorstellen kann? Ein Brief trifft ein, ihr Vater ist gefallen. Wo ist Gott, wie kann er es zulassen? Wie kann es passieren, dass ihre Mutter jeden Lebensmut verliert, sich in die Depression zurückzieht, nicht mehr ansprechbar ist?

Stille kehrt auf dem Gutshof ein, die Pferde werden weggebracht, das Vaterland braucht sie.

Sechs Jahre Krieg. Zeit des Frierens, des Hungers, der Angst vor Luftangriffen, vor Dieben, Verbrechern, vor Deserteuren, die sich in der Scheune verstecken. Tagelöhner, die sich herumtreiben. Früher arbeiteten sie für den Vater, heute kommen sie, stellen frech ihre Forderungen, wollen Geld, Lebensmittel, den Schmuck der Mutter. Eine Zeit, in der sie lernt, mit dem Gewehr und der Pistole ihres Vaters umzugehen. Ohne Waffe geht die Zwölfjährige nicht mehr aus dem Haus.

Ist nicht sie jetzt die Starke, die Bewahrerin des Gutshofs, die Bewahrerin der Vergangenheit, die Beschützerin der Mutter? Sie und ein paar weibliche Hausangestellte, etwa die Köchin Emmi, sind noch hier. Die Bauern, die für sie gearbeitet hatten, sind zurückgegangen zu ihren Familien. Sie und Emmi sind es, die das Tafelsilber ganz hinten im Gemüsegarten vergraben, zusammen mit dem Familienschmuck. Doch dann, Anfang 1945, ist es so weit: Sie packen, sie müssen weg, Deutschland ist besiegt, die Rote Armee im Anmarsch. Man sieht ihre Spur der Vernichtung, Feuer am Horizont, die Dörfer brennen, die Alten auf ihren Höfen werden erschossen und die jungen Frauen vergewaltigt.

Sie ist jetzt fünfzehn, sie müssen weg, weg aus dem Haus, in dem sie aufwuchs, weg in eine unsichere Zukunft. Es ist der eiskalte Januar des Jahres 1945, einer der kältesten Winter des Jahrhunderts. Deutschland ist vernichtet. Täglich sehen sie Pferdefuhrwerke, beladen mit Habseligkeiten der Menschen, die flüchten, während die Rote Armee näher rückt, während der Himmel Tag und Nacht rot von Feuer ist. Immer schrecklichere Gerüchte machen die Runde: dass Menschen abgeschlachtet werden und zerstückelt, dass Frauen nach Vergewaltigungen verbluten. Doch ihre Mutter, Emmi und sie bleiben, denn ihre Mutter weigert sich, schreit, schlägt um sich. Wir müssen weg, warnt Emmi, aber sie schafft es nicht, die Mutter allein zu lassen, und sie mitzunehmen geht nicht mehr.

Da sie bleibt, erlebt sie mit fünfzehn Jahren den schrecklichsten Albtraum ihres Lebens.

Kapitel vier

Anna

Doch das Stück ist nun aus, und ich wünsch euch viel Heil
Und dass es euch künftig so gefallen mag.

Der letzte gesungene Vers des Narren. Der Schluss der Komödie.

Blass und erschöpft sahen sich die Schauspieler an.

Die erste Durchlaufprobe in Kostüm und Maske war gestern am späten Abend zu Ende gegangen. Mit Pannen, Verzögerungen, Lichtproben, Texthängern. Die Kostümbildnerin, der Bühnenbildner und die Maskenbildnerin saßen in der Reihe vor Julian, der immer wieder die Probe unterbrach, weil ihm das Kostüm oder ein Hut oder eine Perücke nicht gefiel, der das Licht geändert haben wollte, der unzufrieden war.

Es war später Abend gewesen, als Julian endlich die Probe beendet hatte. Er wusste, dass er nicht länger proben durfte, weil die Gewerkschaft es nicht erlaubte.

Da er nicht zufrieden war, hatte er für heute Morgen eine weitere Probe angesetzt und sie jetzt, kurz vor drei, beendet.

»Das war gestern und auch heute nichts.« Julians Stimme klang ruhig. »Oder sagen wir, es war noch nicht das, was ich mir vorgestellt habe. Morgen früh möchte ich vor der Probe eine Besprechung mit einigen Damen und Herren des Ensembles ansetzen, die Namen gebe ich noch bekannt.«

Er sah sich um, sah den Schauspielern in die müden, geschminkten Gesichter und wählte einige aus. Anna war nicht dabei, und so verließ sie mit einem kurzen Gruß an die Kollegen die eiskalte Bühne. Sie lief in ihre Garderobe und zog sich um. Als Viola trug sie am Schluss ein schönes helles Kleid, und Julian wollte, dass sie keine Perücke trug, damit ihr kurzes Haar sichtbar blieb.

Als sie das Theater verließ, wartete Hans Dunker am Bühneneingang auf sie. »Gehen wir noch einen Kaffee trinken? Der Tag ist ja noch jung.« Ein charmantes Lächeln, ein Griff nach ihrem Arm.

Sie zögerte, dabei fiel ihr Blick auf Julian, der neben der Portiersloge stand. Fast hatte sie den Eindruck, er warte auf sie.

Einen kurzen Moment blieb sie stehen, ihre Blicke trafen sich, doch da drehte sich Julian um und ging durch die Glastür ins Freie. Sie sah ihn die paar Stufen hinunter in den Innenhof steigen.

Hans hatte in einer vertraulichen Geste ihren Arm genommen, so gingen sie bis zur Maximilianstraße. Es war ein strahlender, warmer Herbsttag, fast zu warm für Ende November. Im Theater hatte man nichts von dem schönen Wetter mitbekommen. »Sei mir nicht böse, Hans, aber verschieben wir's.«

Sie hatte keine Lust, sich auf Hans einzulassen, außerdem sah sie Antonia, die lässig an einem roten VW Cabriolet lehnte. Die Füße überkreuzt, winkte sie ihrer Cousine zu, die erstaunt auf sie zulief. »Hast du auf mich gewartet?«, fragte Anna.

Antonia lachte. »Auf wen denn sonst? Glaubst du, ich stehe hier einfach so an der Straße herum?«

»Was ist das für ein Auto, ist das neu?«

»Ich habe es heute abgeholt, ich habe es von meinen Ersparnissen gekauft und dir noch nichts gesagt, es sollte eine Überraschung sein.«

»Die ist dir gelungen.« Tief beeindruckt umlief Anna das glänzende neue Gefährt.

»Es ist Traumwetter, lass uns an den Starnberger See fahren. Hast du Lust? Ich habe mir nämlich heute Nachmittag freigenommen«, erklärte Antonia.

Anna kam aus dem Staunen nicht heraus. »Du hast mir ja nicht einmal gesagt, dass du den Führerschein gemacht hast.«

»Jetzt weißt du's.«

Schon öffnete sie die Beifahrertür, und Anna rutschte hinein. Antonia ging um das Cabrio herum und setzte sich hinters Steuer.

»Also dann los.«

Sie nickten sich zu, und Antonia fuhr couragiert ab. Viele Blicke folgten den beiden jungen Frauen, wie sie lachend im Auto saßen, laute Musik aus Antonias Kofferradio hörten und so durch die Stadt und auf die Landstraße brausten, bis sie in Possenhofen den Starnberger See erreichten. Antonia bremste scharf. Sie stiegen aus, liefen ein wenig am See entlang, bis sie einen stillen Steg gefunden hatten, wo sie sich setzten. Es war so warm, dass Anna ihre Schuhe und Söckchen auszog und die Füße in den See baumeln ließ. Antonia war das doch zu kalt, sie kramte in ihrer Tasche und holte eine Schachtel heraus.

»Zur Feier des Tages.«

Anna sah zu, wie eine Reihe Nougatpralinen zum Vorschein kam.

Nougatpralinen ...

Sie sahen sich an, erinnerten sich. »Weißt du noch?«, fragte Anna. »Kurz nach eurer Ankunft bei uns hast du beim Bäcker Fesl Nougatpralinen gestohlen.«

»Oh, gestohlen ist so ein hässliches Wort«, lachte Antonia und wiederholte damit die Worte von damals.

»Du hast sie für mich mitgehen lassen, wie du gesagt hast.«

Sie nahm eine der Pralinen aus der Schachtel und biss vorsichtig hinein.

»Ja, das habe ich. Aber sonst habe ich dich ziemlich schikaniert«, erinnerte sich Antonia. »Ich war ein egoistisches kleines Biest.«

»Nein«, widersprach Anna, die sich die Praline auf der

Zunge zergehen ließ. »Ich habe dich hemmungslos bewundert. Und nicht nur ich. Die Mädchen in der Schule wollten so sein wie du, deine Klassenlehrerin hat gesagt, du bist der Inbegriff des deutschen Mädchens, und alle Jungs standen auf dich.«

»Ja.« Antonia biss ebenfalls in eine Praline. »Bis zu dem Moment, als herauskam, dass ich halbe Engländerin bin.«

Schweigend aßen sie. Sie lauschten auf das Plätschern des Sees, dessen Wasser den Steg umspülte, sahen hoch in einen blauen Himmel mit weißen Wolken und horchten auf die kurzen Schreie einiger Möwen, die über das Wasser schossen.

»Der Überfall damals hat mich verändert.«

Antonias Stimme war leise und brüchig, Anna spürte, wie schwer es ihrer Cousine fiel, darüber zu reden, auch jetzt noch, nach bald achtzehn Jahren.

»Nach dem Überfall ist man von mir abgerückt. Die Jungs und auch die Mädchen wussten nicht, wie sie sich verhalten sollten. Sie wussten auch, dass eine meiner Freundinnen mich verpfiffen hat, eine, der ich anvertraut hatte, dass meine Mutter Engländerin ist. Man mied mich. Vor allem, weil ich nicht mehr die schöne Antonia war. Plötzlich war ich ein Mädchen mit einer schrecklichen Narbe im Gesicht. Wer wollte da noch schwärmen?« Antonias Stimme klang ruhig, es schien, als habe sie mit der Vergangenheit abgeschlossen und sich in das Schicksal gefügt, eine junge Frau zu sein, die ein rote Narbe im Gesicht hatte. Jetzt schlüpfte auch sie aus ihren Ballerinas und prüfte vorsichtig mit dem großen Zeh, wie warm das Wasser war. Mit einem kleinen Schrei zog sie ihn zurück.

Dann erzählte Antonia weiter: »Ich habe dir neulich gesagt, ich wollte nicht mehr weiterstudieren, da ich die Pathologie so schrecklich finde, aber das stimmt nicht. Damals hatte ich plötzlich das Gefühl, alle starren mich im Hörsaal an, ich bildete mir ein, jeder nannte mich nur Narbengesicht.«

»Du sagst, du hast es dir eingebildet. Weißt du heute, dass es nicht stimmte?«

Antonia nickte. »Ich denke ja, aber es war die Zeit, als ich anfing, im Lager zu arbeiten. Es waren Menschen, die mich mochten, die mir dankbar waren für meinen großen Einsatz für sie. Niemand scherte sich darum, wie ich aussah.«

»Du bist schön«, sagte Anna, »und das meine ich auch so. Und wenn du die Narbe überpuderst, sieht man sie doch kaum.«

Antonia zuckte die Schultern, lächelte. »Weißt du noch, damals ... Thomas.«

»Ja, den du im Lazarett gepflegt und geliebt hast«, warf Anna lebhaft dazwischen.

»Und der gestorben ist. Aber er sagte, die Narbe gehöre zu meinem Leben, sie zeige, dass ich etwas Furchtbares erlebt habe, und ich solle stolz darauf sein. Er fand mich schön«, setzte Antonia leise hinzu.

»Das bist du doch auch.«

»Heute ist es nicht mehr so wichtig.« Antonia streckte ihren Oberkörper.

»Doch, das ist es«, beharrte Anna. »Du bist schön, und basta.«

»Ja, ja, ist ja gut.« Jetzt lachte Antonia, und die leise Traurigkeit, die aufgekommen war, schien vergessen.

»Und gibt es jemanden in deinem Leben?«, fragte Anna.

Wieder lachte Antonia. »Wenn du mit *jemanden* einen Mann meinst, dann sage ich dir, nein, es gibt keinen.«

Antonia dachte an den Arzt Dr. Mähler, der sie manchmal nach Hause fuhr. Er arbeitete neben seiner Tätigkeit als Oberarzt in einem Münchner Krankenhaus noch freiwillig als Arzt im Lager Frauenholz. Antonia bewunderte ihn, er gefiel ihr auch, wenn sie ehrlich war, doch darüber wollte sie nicht sprechen. Auch jetzt nicht, da zwischen ihr und Anna tiefe Nähe entstanden war.

»Und du? Was ist mir dir? Gibt es oder gab es jemanden in Wien?«

»Nein, es gab niemanden, beziehungsweise … es gab zu viele.«

Antonia stieß einen überraschten Ruf aus.

»Ja, so ist es nun mal in der Theaterwelt. Nach einer Probe oder einer Vorstellung willst du *runterkommen,* und das ist schwierig. Man fürchtet sich vor seinem Zuhause, der Einsamkeit, und so geht man etwas trinken. Oft will man auch sein eigenes Leben vergessen, und manchmal wacht man dann in einem fremden Bett auf und spürt nur Reue, stellt sich die Frage nach dem Warum.«

»Du sagst *man,* meinst du auch … dich damit?«

»Es gab einige Affären, einmal war ich sogar verliebt, aber das hielt nicht an. Und als ich erfuhr, dass er neben mir noch zwei weitere *große Lieben* hatte, trennte ich mich. Aber das ist vorbei, es war eine traurige und auch schwierige Zeit.«

»Also *tempi passati,* wie unser Großvater immer sagte.«

»Ja, so ist es.«

Sie streckten beide die Beine über dem Wasser aus, beugten sich über den See und entdeckten kleine Fische, die unter dem Steg hindurchschwammen.

Sie blieben noch, bis es langsam kühler wurde und Anna schließlich die Füße hochzog. »Ich gehe barfuß«, erklärte sie, als sich beide erhoben.

»Was für ein schöner Nachmittag!« Anna dehnte und streckte sich, und beide gingen zurück, sammelten auf dem Weg glänzende Kastanien auf und fuhren zurück nach München.

Antonia ließ ihre offenen Haare flattern, und Anna schloss die Augen und hielt ihr Gesicht dem Wind entgegen.

Antonia sah sie von der Seite an, und Anna lächelte ihr zu.

»Heute sind wir beide glücklich, oder?«

Und Antonia nickte, ja, Anna, ja, das sind wir.

Kapitel fünf

Anna

Anna stand in der Bühnengasse und sah noch beim letzten Dialog zu. Sie war als Viola gerade abgegangen, nach der Szene mit Olivia, die sie für einen Mann hielt und sich in sie verliebte.

Anna beobachtete die Schauspielerin, die die schöne Olivia darstellte und gerade den letzten Satz in den dunklen, heute noch leeren Zuschauerraum richtete.

Nun walte, Schicksal! Niemand ist sein eigen;

Was sein soll, muss geschehen: so mag sich's zeigen.

Dann ging sie ab, der Scheinwerfer erlosch, die Szene war zu Ende.

Nur noch das fahle Arbeitslicht beleuchtete die Bühne.

Im Zuschauerraum brannte weiterhin die Tischlampe an Julians Regiepult, das in der sechsten Reihe aufgebaut war. Neben ihm saßen seine beiden Assistenten und vor ihm die Kostümbildnerin und der Bühnenbildner. Julian klatschte kurz, dann sprintete er wie üblich auf die Bühne hoch, indem er immer zwei Stufen auf einmal nahm. »Wunderbar, ganz wunderbar.«

Endlich schien der große Regisseur zufrieden mit der Leistung seiner Schauspieler, die sich jetzt müde und ausgelaugt auf der Bühne versammelten. Heute war das Theater geschlossen, darum war wieder bis in den späten Abend geprobt worden.

»Also Schluss für heute, ruht euch bis übermorgen aus, kommt frisch zur Generalprobe. Anna, ich möchte Sie noch sprechen, in der Kantine.« Damit ging er von der Bühne.

»Wir schließen gleich«, rief der Kantinenwirt verärgert, als Anna hereinkam.

Julian saß am hintersten Tisch, ignorierte den lauten Einwand des Wirts und winkte Anna zu sich heran. »Nur noch einen Moment«, rief er dem Mann beschwichtigend zu. »Ich habe Ihnen eine Cola bestellt, mehr gibt es nicht mehr«, sagte er, »aber wir brauchen ja nicht lang.« Julian wirkte ungeduldig, müde.

Das Gespräch fing nicht gut an, fand Anna.

»Eine gute Schauspielerin«, begann Julian ohne Einleitung, »erkennt man daran, dass das Publikum sofort interessiert ist, wenn sie die Bühne betritt. Man sieht sie an, will wissen, was macht sie, was sagt sie. Und eine *sehr* gute Schauspielerin kann ihr Publikum in den Bann ziehen. Aber ein Star der Bühne kann noch mehr: nicht nur Interesse wecken, sondern Emotionen auslösen, dem Besucher unvergessen bleiben, und dazu gehört nicht nur Begabung oder eine gute Ausbildung, dazu gehören Intensität des Spiels, Charisma, Persönlichkeit, Leidenschaft. Das ist das Geheimnis eines Stars. Und dann gibt es noch die ewigen Talente, die sich so durchlavieren, aber nie wirklich etwas erreichen.« Julian lehnte sich weit zurück, sodass sein Gesicht durch die tief hängende Lampe kaum beleuchtet wurde. So sprach er aus dem Halbdunkel zu ihr. »Wo also, Anna, würden Sie sich selbst einordnen?«

Anna trank einen Schluck kalte Cola, da ihr Mund ausgetrocknet war. Die Antwort sprach sie nicht aus. Sie wusste, was sie gewollt hatte, und sie wusste auch, dass sie es nicht erreicht hatte.

Da sie schwieg, beugte sich Julian wieder vor, scharf beobachtete er sie. Doch was er dann sagte, traf sie mehr, als sie gedacht hatte.

»Für mich war es nicht wichtig, Anna, dass Sie am Burgtheater nur kleine Rollen gespielt haben, auch Ihr Vorsprechen war nicht wirklich überzeugend. Ich habe sie engagiert, weil ich bei Ihnen diese Intensität, die Leidenschaft, die Präsenz gespürt habe, die ein Star braucht. Aber es kam nicht viel, zumindest bis jetzt nicht, und übermorgen ist bereits Generalprobe.«

»Ich gebe alles.« Ein Versuch der Verteidigung.

»Alles ist nicht genug. Und das wissen Sie auch. Sie sind perfekt, sie vergessen keinen Text, sie bewegen sich sehr gut, alles genau nach Regieanweisung. Aber ich spüre kein Gefühl, ich sehe diese Präsenz, diese Ausstrahlung nicht, die ich mir wünsche. Ich weiß, die Rolle der Viola ist keine große tragische Heldin, und das Stück ist eine Komödie und gerade deswegen nicht leicht zu spielen. Aber es geht um Sie, um Ihr Charisma. Habe ich mich so sehr in Ihnen getäuscht?«

Was hatte Anna dem entgegenzusetzen? Sie spürte es selbst, tief in ihrem Innern wusste sie es. Sie besaß kein Selbstwertgefühl mehr, sie glaubte nicht mehr an sich. Die Jahre der Enttäuschungen und Niederlagen hatten sie geprägt. Julian wartete auf eine Erklärung von Anna, doch sie schwieg. Beide sahen zu, wie der Kantinenwirt Stühle auf die Tische stellte, laut, demonstrativ.

»Und im Übrigen sollten Sie sich nicht mit Affären verzetteln, das kostet Energie«, setzte er noch hinzu.

Sollte sie sagen, es gehe ihn nichts an? Sich verteidigen, sie habe Dunker vor ein paar Tagen abgewiesen? Doch sie schwieg weiterhin.

Julian erhob sich, legte ein paar Münzen auf den Tisch. »Gehen wir«, forderte er Anna kurz auf, und auch sie stand auf.

»Übermorgen bei der Generalprobe, da möchte ich mehr sehen, einverstanden? Ich glaube an Sie, werfen Sie sich rein, überwinden Sie Ihre innere Sperre, geben Sie alles. Sie können es«, betonte er.

Anna lief zu Fuß nach Hause. Seit gestern schneite es, und der Schnee knirschte unter ihren dicken Schuhen. Die kalte Luft drang durch ihren Mantel und ließ sie frösteln.

Auch damals war es ein eisiger Winter gewesen, als sie am Heiligen Abend des Jahres 1944 auf der Bühne des Saales im Lazarett stand. Sie durfte eine kleine Rolle spielen damals, und da hatte sie alles gegeben. Sie war zu diesem Mädchen geworden, das sie darstellte. Und als sich der Scheinwerfer auf sie richtete, hatte sie auch erkannt, es gab für sie nichts anderes als die Bühne.

In diesem Moment war sie vollkommen glücklich gewesen. So viele Jahre lagen dazwischen, Jahre der Selbstzweifel, der Enttäuschungen, der Gleichgültigkeit von Regisseuren und Produzenten.

Doch heute hatte ihr ein großer Regisseur gesagt, er glaube an sie.

Sollte sie es dann nicht auch tun?

*

»Wir beginnen in einer Viertelstunde …«

Die Stimme des Inspizienten klang durch den Lautsprecher in alle Künstlergarderoben, in die Kantine, Kostümabteilung und Maske.

Es ging los, der Abend der Premiere war da.

Anna saß an ihrem Schminktisch, angekleidet, geschminkt und mit dem Text vor sich auf dem Tisch. Viele Regieanmerkungen, viele Striche des Regisseurs am Text.

Plötzlich die Leere – wie lautete ihr erster Satz? Heute Nacht hatte sie geträumt, sie stehe auf der Bühne und habe den Text vergessen. Schweißgebadet war sie hochgefahren. Auch jetzt spürte sie ihr Herz klopfen, ihr wurde schwindlig. Was passierte, wenn sie auf der Bühne nicht mehr wusste, wohin sie gehen sollte, wenn der Text wegblieb, wie lautete ihr erster Satz?

Mit zitternden Händen griff sie nach dem Buch. Durchatmen, du schaffst es, befahl sie sich. Sie schloss die Augen, sie hatte Fieber, ihre Stirn war ganz heiß.

Doch dann fiel ihr der erste Satz wieder ein. Er war so einfach, so banal: »Welch Land ist dies, ihr Freunde?«

»Illyrien, Fräulein«, war die Antwort ihres Partners, des Schauspielers Gottfried, der die Rolle des Schiffshauptmanns übernommen hatte.

»Was soll ich in Illyrien?« Annas zweiter Satz.

Der Text war wieder da, ein Aufatmen, doch das Zittern hatte sich auf den Körper ausgedehnt. Gleich … gleich … musste sie raus, der Moment, auf den sie wochenlang hingearbeitet hatte, war da.

Vor ihr auf dem Tisch stand ein schöner Strauß aus vergoldeten Tannen und Amaryllis von Antonia, die ihr mit einer kleinen Karte toi, toi, toi wünschte und im Zuschauerraum in der zweiten Reihe saß. Die Premiere war ausverkauft, und so waren auch die Plätze neben Antonia besetzt. Dort hätten Maria und Vivien sitzen sollen, doch sie waren nicht gekommen. Vivien und Maria litten an einer schweren Grippe mit hohem Fieber. »Unser Untermieter versorgt uns, es tut mir so leid.« Maria war am Boden zerstört gewesen.

»Das macht nichts«, hatte Anna ihre Mutter getröstet. »Es gibt in der nächsten Zeit jede Woche mindestens eine Aufführung, und das Stück wird auch in die nächste Spielzeit übernommen. Ihr habt also jede Menge Zeit.«

»Es tut mir leid, ich hatte mich ja schon so gefreut.« Maria geriet ins Jammern, und erst als Anna ihr erklärte, sie freue sich, wann immer sie es in die Vorstellung schaffe, schien sie sich zu beruhigen.

Anna war sich nicht sicher, ob sie letztendlich nicht sogar erleichtert war. Ein erstes Treffen mit ihrer Mutter nach so langer Zeit barg Probleme.

»Herr Dunker, Herr Greindl und die Herren Musiker bitte auf die Bühne«, erklang es durch den Lautsprecher.

»Herein«, rief sie, als es klopfte. Die Tür öffnete sich, und Julian stand in ihrer Garderobe. Anna hatte sich nicht umgedreht, nur durch den Spiegel sah sie ihn an, beobachtete ihn, wie er hinter sie trat. Seit dem Gespräch in der Kantine hatten sie nicht mehr miteinander geredet, nur sein Nicken nach der Generalprobe hatte ihr gezeigt, dass er zufrieden gewesen war.

»Ich wollte Ihnen nur schnell toi, toi, toi wünschen.« Ihre Blicke begegneten sich im Spiegel. »In der öffentlichen Generalprobe haben Sie bewiesen, dass mein Vertrauen in Sie gerechtfertigt war.«

Anna hatte es selbst gespürt. Sein Vertrauen hatte ihr geholfen, die Selbstzweifel, das Gefühl einer eigenen Erfolglosigkeit zu überwinden, eine Barriere zu durchbrechen.

»Wir werden uns nicht mehr sehen«, erklärte Julian. »Direkt nach der Vorstellung verlasse ich das Haus. Ich nehme den Nachtzug nach Rom, denn ich fahre zu Besprechungen in der Oper. Von Italien aus fliege ich nach London.«

London! Abrupt drehte Anna sich um.

»Ja, Anna.« Julian nickte ihr zu. »London, ich habe es Ihnen ja neulich erzählt. Und sollte es sich bewahrheiten, was ich vermute, melde ich mich bei Ihnen. Ansonsten sehen wir uns im September, da bin ich wieder hier.«

Aus dem Lautsprecher hörte man die Anfangsmusik, gespielt auf alten Instrumenten aus Shakespeares Zeit. Dann sprach Hans Dunker den ersten Satz: *Wenn die Musik der Liebe Nahrung gibt …*

»Frau Richter, Herr Mayer«, die gedämpfte Stimme des Inspizienten holte sie auf die Bühne.

Bevor Anna sich erhob, legten sich Julians Hände auf ihre Schultern, eine leichte Berührung, ein Lächeln, dann verließ er die Garderobe. An der Tür drehte er sich noch einmal um. »Ich wusste, dass ich mich nicht in Ihnen geirrt habe.«

»Frau Richter! Bitte auf die Bühne.« Die Stimme des Inspizienten wurde eindringlicher. Anna atmete durch, legte die Hände aufs Zwerchfell, so wie Julian es sie gelehrt hatte. Aus der Mitte heraus sprechen, hier liegt die Kraft. Er hatte es ihr vorgemacht. »Sie müssen sich von der Taille aus aufrichten wie eine Blume, dann kommt der Ton richtig heraus.«

Ruhig bleiben. Ganz ruhig. Julian fuhr weg, nur nicht daran denken. Jetzt musste sie funktionieren, alles, was sie geprobt hatten, umsetzen, das Publikum unterhalten, ihm Freude bereiten, es aus seinem Alltag holen – war es nicht das, was sie wollte?

Noch einmal die Stimme des Inspizienten, dann hastete Anna aus ihrer Garderobe, und schon stand sie neben ihm in der Bühnengasse. Ihr Blick schweifte nervös über die Szene, blieb kurz am Souffleurkasten hängen. Hier sah man das weiße Gesicht der rothaarigen Zarah, die mit dem Buch vor sich den Text konzentriert mitsprach, bereit, sofort zu soufflieren. Vor allem jetzt gleich, wenn der Schauspieler Gottfried Mayer auf die Bühne kam, denn er vergaß oft seinen Text, auch wenn er nur kurz war. Alle im Ensemble schätzten Zarahs Zuverlässigkeit, und alle wussten, dass sie eigentlich Resi hieß, sich aber nach ihrem großen Idol Zarah Leander nannte. Auch sie hatte in ihrer Jugend von einer großen Karriere geträumt, die ihr jedoch versagt geblieben war. Jetzt flüsterte sie aus dem Souffleurkasten den Schauspielern den Text ein. Und doch war ihre Liebe zum Theater ungebrochen. Jeder mochte sie, jeden bemutterte sie, jedem Hauptdarsteller brachte sie vor einer Premiere Kuchen in die Garderobe, begleitet von gut gemeinten Ratschlägen, denn sie sei doch ein Profi, der mit dem Theater eng verbunden sei.

In ihrer Zeit in Wien wurde Anna beim Anblick des Souffleurkastens immer wieder von panischer Angst gepackt, als ältere Frau dort im Untergeschoss zu landen, sichtbar nur noch der Kopf. Jetzt aber war alles anders, denn sie ging hinaus auf die Bühne. Jetzt lebte sie ihren Traum. Gleich kam ihr erster Auftritt. Sie sah, wie die Scheinwerfer nach der ersten Szene erloschen, die Schauspieler auf der anderen Seite abgingen. Während des kurzen Umbaus hörte Anna das Publikum, das übliche Husten, das Scharren mit den Füßen. Gottfried kam, stellte sich neben sie und murmelte seinen Text, während sich hinter ihnen die Statisten versammelten, die gleich als Matrosen ihren großen Auftritt haben würden.

Dann der grelle Scheinwerfer, der sich auf Anna und Gottfried richtete, die jetzt zusammen langsam mit den Matrosen auf die Bühne schlenderten.

»Welch Land ist dies, ihr Freunde?«

Kein Lampenfieber mehr, sie spürte die Energie, die Freude darüber, auf der Bühne zu stehen und zu spielen. Nichts sonst war mehr von Bedeutung.

*

Antonia hatte auf sie gewartet, obwohl ihre Cousine erst gegen Morgen nach Hause kam. Anna schwenkte die frisch gedruckten Tageszeitungen in der Hand. Beim Gang ins Wohnzimmer zitierte sie bereits die Kurzkritiken. Die ausführlichen Besprechungen würden erst am nächsten Tag erscheinen, aber bereits heute waren sich die Münchner Tageszeitungen einig: nur Lobeshymnen, begeisterte Beurteilungen.

»Ein besonderes Lob für die Neuverpflichtung ans Residenztheater, die hinreißende Anna Richter, die das Publikum begeistern konnte.«

Da umarmten sich die jungen Frauen, lachten und konnten nicht aufhören, die Kritiken in den drei Zeitungen immer wieder zu lesen, das Foto anzuschauen, jeden Schauspieler zu kommentieren und sich zu freuen.

Kapitel sechs

Silvester 1957/58

Das Kaufhaus Hertie hatte die Weihnachtsdekoration noch beibehalten. Kinder standen davor, drückten sich staunend die Nasen platt und beobachteten die elektrische Eisenbahn, die durch kleine Hügel, Bahnstationen und an Häusern vorbeituckerte.

Im nächsten Schaufenster standen Teddybären in künstlichem Schnee, winkten und brummten. Unsicher lachten die Kleinsten unter den Kindern, ein wenig verwirrt – waren die Teddys lebendig?

Antonia hatte Zeit. Heute, am letzten Tag des Jahres, hatte Anna Nachmittagsvorstellung, doch am Abend wollten die beiden Cousinen zusammen feiern. So lief sie bei Hertie vorbei, beobachtete die Kinder, ging weiter durch die Bayerstraße, vorbei an Ruinen, an riesigen Schutthaufen, an Baugerüsten.

Am Karlsplatz drängelte sie sich an den kleinen Kabinen der Lotterie und ihren Glaskästen mit den Gewinnen entlang, sie galt dem Wiederaufbau des Nationaltheaters.

Vor den Schnee- und Eisskulpturen blieb sie kurz stehen. Von Münchner Künstlern gebaut, waren sie bei dem kalten Wetter von erstaunlich langer Lebensdauer. Dann lief sie weiter. Gestern hatten Anna und sie eine große Überraschung erlebt. Gegen elf Uhr schrillte das Telefon, und sie hatte sich aus dem Bett gerollt, da es immer weiterläutete und nicht aufhören wollte. Gerade als sie hinlief, hörte sie Anna bereits sprechen, begleitet von erstaunten Ausrufen: Das ist ja unglaublich, wunderbar … Anna lachte, dann drehte sie sich zu ihrer Cousine um und machte ihr ein Zeichen, im Wohnzimmer auf sie zu warten.

Antonia knipste das Licht dort an und blieb neugierig an der Tür stehen.

»… ja, nein, wir sagen unseren Müttern noch nichts … danke … danke … ja, Ihnen auch, ein gutes neues Jahr …«

Jetzt hängte Anna ein, lief zu Antonia, griff sie am Arm und zog sie ins Wohnzimmer und aufs Sofa. »Pass auf, Antonia, ich habe dir noch nichts davon erzählt, weil es noch nicht sicher war. Das war Julian Winter, der gerade angerufen hat.«

Dann erzählte sie, was sie bis jetzt für sich behalten hatte. Über Julian, seine Tante Sarah in London und darüber, dass die Welt doch klein sei. Seine Tante sei tatsächlich eine von den Frauen des Lagers, die ihre Mütter gerettet hatten. »Ist das nicht ein Wunder? Und sie hat gesagt, sie wird alles dransetzen, noch andere ehemalige Lagerinsassinnen zu finden. Sie will ein Treffen, einen Überraschungsbesuch bei unseren Müttern organisieren, um ihre Heldinnen zu feiern. Sie sagte, alle Juden seien doch eine große Familie, und sie ist sehr optimistisch, einige weitere Frauen zu finden.«

»Ich könnte über das Rote Kreuz noch nach weiteren Frauen suchen.« Antonia war wie elektrisiert, warum war ihr das nicht schon früher eingefallen?

Fieberhaft überlegte sie: »Erinnerst du dich an das kleine Mädchen, das unter der Laterne stand? Es ist mir aufgefallen, weil es ein so kostbares Kleid trug und seine Locken so gepflegt waren. Es stand so verloren dort.«

Anna dachte nach, schüttelte dann den Kopf. Nein, an ein Kind erinnere sie sich nicht.

»Nach diesem Kind will ich über die Familienzusammenführung suchen, vielleicht habe ich Glück. Das Mädchen müsste jetzt ungefähr sechzehn sein.«

Das also hatte sich in der Nacht zuvor ereignet und beschäftigte Antonias Gedanken auch jetzt noch.

Das Ziel, dieses Kind zu finden, gab ihr eine vollkommen neue Energie. Frische Pläne für das kommende Jahr. Und wenn heute um Mitternacht die Glocken der Münchner Kirchen läuteten, würden sie und Anna auf ein erfolgreiches 1958 anstoßen.

Anna hatte vor ein paar Tagen einen Dreijahresvertrag beim Residenztheater unterschrieben, mit der Option auf zwei Hauptrollen pro Saison. Sie war glücklich, und auch Antonia hatte jetzt ein Ziel. Doch dieses Ziel weckte auch Erinnerungen in ihr, da sie sich jetzt in Gedanken mit diesem Kind beschäftigte. Sie dachte an diesen Abend im Mai 1945 zurück, als die befreiten Frauen zum Haus gekommen und vor Maria und Vivien auf die Knie gefallen waren, um sich für ihr Leben zu bedanken.

Eine Stunde der ganz großen Gefühle – und da war sie wieder, die Erinnerung an die Empfindungen dieser Zeit und an Thomas von Lilienfeld. Die kurze Zeit ihrer Liebe, die Verzweiflung, die unsägliche Trauer, als er starb.

Als sie zu Hause eintraf, war Anna noch nicht da, und so ging Antonia in ihr Zimmer und setzte sich an den Schreibtisch. Aus der Schublade holte sie die wenigen Sachen heraus, die sie an Thomas erinnerten. Ein schmaler Ring mit seinem Familienwappen. Zwei Ansichtskarten aus Marrakesch. Eine zeigte den berühmten Marktplatz mit seiner Moschee und die andere ein Haus mit einem runden blauen Tor, auf der Rückseite stand eine Adresse. »Dort lebt mein Onkel Marius. Wenn ich tot bin, wirst Du ihn besuchen?«

Sie hatte es ihm versprochen und das Versprechen doch niemals eingelöst. Marokko, so unerreichbar wie ein Land aus dem Märchenbuch war es ihr damals vorgekommen. Lange sah sie die beiden Karten an, drehte sie um. Als Antonia sie wieder in die Schublade legen wollte, fiel ihr Blick auf eine Ansichtskarte von München, die sie sich irgendwann gekauft hatte, weil sie ihr so gut gefiel. Seit Monaten lehnte sie am Fuß ihrer Lampe. In einem plötzlichen Einfall griff sie danach.

München strahlt wieder, war die Unterschrift.

Sie nahm ihren Füllfederhalter und schrieb ein paar Grüße auf die Rückseite, gute Wünsche für das nächste Jahr aus München. Darunter kritzelte sie, sie sei Antonia Kroll und habe seinen Neffen Thomas gekannt und ihn geliebt, bis er in ihren Armen gestorben war. War das zu persönlich? Sie zögerte, doch dann schraubte sie mit einem Lächeln den Füllfederhalter zu.

Nein, es war genau richtig so. In den nächsten Tagen würde sie die Karte per Luftpost nach Marrakesch schicken.

Kapitel sieben

Vivien und Maria

Das Feuer brach aus, als Maria für den Abend einen Brüsseler Salat richtete, den kalten Braten auf eine Platte legte und nach oben rief, wann Vivien endlich fertig sei. Sie beide wollten mit Walter den letzten Abend des Jahres ein wenig feiern. Walter hatte sogar eine Flasche Champagner gekauft, und alle drei zogen sich festlich an, um das neue Jahr zu begrüßen.

Maria war verärgert. Vivien brauchte mal wieder am längsten, um sich umzuziehen und ein wenig Make-up aufzulegen. Aber sie besaß immer noch das Flair der eleganten Europäerin, die Jahre des Kriegs und des Lebens in der Kleinstadt hatten das nicht ändern können.

Viviens Absätze klapperten auf der Treppe, und Walter verließ gerade ebenfalls sein Zimmer, als die Katastrophe hereinbrach. Ein Krachen, grelle Schreie, die Sirenen der Feuerwehr, Krankenwagen. Zuerst einer, weitere folgten. Vollkommen erstarrt blieben sie in der Diele stehen, bis sie sich lösten und Maria als Erste aus dem Haus stürzte, gefolgt von Vivien und Walter. Der Abendhimmel war vom Feuer hell erleuchtet, dicke Rauchwolken nahmen ihnen den Atem, der heiße Wind des Feuers trug die Flammen über den Graben des Stadtwalls auf die Arbeitersiedlung zu, die hinter dem kleinen Bach lag.

Ohne nachzudenken, rannten Vivien und Maria mit vielen anderen Schaulustigen den Feuerwehrleuten bis zum Stadtwall hinterher.

»Die Siedlung«, rief Maria, hustete und kämpfte mit der Sicht, da der Rauch ihnen den Atem nahm und in den Augen brannte. Es waren die Häuser der Flüchtlinge, die in Flammen standen. Immer mehr Neugierige drängten sich in sicherem Abstand zusammen und starrten auf die Tragödie vor ihren Augen, aber niemand half.

Nur die Feuerwehrmänner drangen in die einstürzenden Häuser ein, trugen Verletzte aus den Flammen und gaben sie hastig an die Notärzte weiter, rannten zurück in den Rauch und die Flammen, während weitere Männer der Feuerwehr verzweifelt versuchten, mit ihren Schläuchen den Brand zu löschen.

Überall Qualm, Flammen, Schreie, dazwischen die Ärzte und die Feuerwehrmänner, die immer noch Verletzte aus dem Haus trugen, Tote auf Decken gleiten ließen und sie mit Planen bedeckten. Und Maria half, half, Decken auszubreiten, ließ es zu, dass Menschen sich an sie klammerten, um Trost zu suchen, unsinnigen, verzweifelten Trost. Aber Maria konnte sie nur wortlos umarmen, sie zu den Krankenwagen führen, denn beruhigende Sätze konnten bei dem heißen Wind des Feuers, den Rufen und Schreien nicht mehr verstanden werden.

Es gab letztendlich nur Gesten des Trostes. Sie konnte helfen, Menschen auf Decken zu legen und andere davon abzuhalten, sich kopflos zurück in das Flammenmeer zu stürzen, um Habseligkeiten zu retten. Letzte Erinnerungen, letzte Dinge, die ihnen gehörten und sie an die Vergangenheit, an ihr Leben in der Heimat erinnern konnten.

Vivien kümmerte sich um die hilf- und ziellos herumtaumelnden Menschen, sie stützte sie, versuchte, mit ihnen zusammen in dem Inferno Verwandte zu suchen, Mütter, die verzweifelt schluchzten und nach ihren Kindern schrien. Und dazwischen Momente des Glücks, wenn sich Mutter und Kind gefunden hatten.

Aber es gab so viele weinende Kinder. Unter ihnen entdeckte Vivien Daniel, der kopflos hin- und herrannte und nach seiner Mama rief. Wie Vivien später aus ihm herausbrachte, hatte er sich aus dem Haus geschlichen und war zum Bahnhof gerannt, während seine Mutter auf dem Sofa eingeschlafen war.

»Deine Mama wird leben, hörst du?« Vivien packte den Kleinen, der nicht zuhörte, nur schrie und weinte. »Sie ist schon ins Krankenhaus gebracht worden.«

Maria hatte es ihr erzählt, und die wiederum hatte von einem Helfer erfahren, dass Veronika Fryberg eine schwere Rauchvergiftung hatte und unter einem herabgestürzten Dachbalken hervorgezogen worden war. Sie war ohne Bewusstsein gewesen. Und während Vivien Daniel an Walter von Heimhausen übergab und ihn bat, ihn nach Hause zu bringen und ihm Kakao zu kochen, warf sie einen Blick hoch zum Himmel.

Zwischen Qualm und Rauch und letzten Flammen sah man das Feuerwerk, mit dem viele Bürger auf dem Rathausplatz der Stadt das Jahr 1958 begrüßten.

*

Ein grauer Januartag brach an, der beißende Geruch nach Feuer und Rauch lag noch in der Luft. Überall an der weitläufigen Absperrung waren Polizeibeamte postiert und hinderten die Leute daran, die Ruinen nach irgendwelchen brauchbaren Gegenständen zu durchwühlen. Nur die ehemaligen Bewohner durften sie passieren.

»Was ist aus unserer Stadt geworden?«, klagte Maria. »Jetzt versucht man auch noch die Flüchtlinge, die ohnehin alles verloren haben, zu bestehlen.«

In diesen Tagen wurden Details bekannt. Man sprach von vielen Verletzten, einige von ihnen starben noch Tage danach an den Brandfolgen. So stieg die Zahl der Toten auf siebenundsechzig. Das Feuer, das auf die Siedlung jenseits des Baches übergegriffen hatte, zerstörte dort ebenfalls einige Häuser. Auch hier kamen zehn Menschen ums Leben, darunter drei Kinder.

Die Polizei erklärte, die Ursache seien brennende Kerzen an einem schon trockenen Christbaum der alten Frau Fischer gewesen, die vor dem Baum saß, aber einschlief. Die brennenden Kerzen hätten den Baum in Sekundenschnelle abgebrannt, dann habe das Feuer auf die Vorhänge übergegriffen und so die Katastrophe ausgelöst. Frau Fischer sei in den Flammen umgekommen. Doch es gab noch eine andere Version, die man sich hinter vorgehaltener Hand zuflüsterte: Brandstiftung.

Die Polizei fahndete nach möglichen Tätern, doch sie konnten nicht ermittelt werden.

*

Vivien bewunderte Maria. Sie hatte sich schon seit Jahren für eine menschenwürdige Existenz für Flüchtlinge eingesetzt. Doch nach dem Brand in der Siedlung am Stadtwall gründete sie die Flüchtlingshilfe e.V. und schaffte es zusammen mit den Damen Reimann, Scheringer und Steeger, dass sie für ihre Zentrale das ehemalige NSDAP-Haus übernehmen konnten.

Von hier aus schaltete und waltete Maria, schaffte es, für viele der Flüchtlinge Familien zu finden, die sie aufnahmen, und andere in der leer stehenden Kaserne der Armee provisorisch unterzubringen.

Maria ging stets früh aus dem Haus, lange noch vor Vivien, und kam spätabends zurück. Vivien sah, wie Walter jetzt den Haushalt übernahm, sogar einkaufen ging und kochte. Wenn Vivien es richtig einschätzte, entsprang sein Einsatz nicht nur der Bewunderung für Maria, sondern war eindeutig ein Liebesbeweis. Gefühle, die er offenbar schon lange unterdrückt hatte. Und jetzt konnte er sie zeigen, so deutete es Vivien. Aber Maria? Vivien schüttelte oft den Kopf, denn Maria verstand einfach die Anspielungen nicht – oder wollte sie sie nicht verstehen?

Die Situation nach dem Brand spaltete die Stadt. Die eine Hälfte war bereit zu helfen, wo sie konnte, die andere Hälfte aber schloss sich der Partei *Freunde der Heimat* an. Überall gab es jetzt Schmierereien und rechtsextremistische Parolen an Mauern und Wänden.

Die Heimat gehört uns.

Flüchtlinge raus, wir brauchen sie nicht.

*

Inzwischen war es Anfang April.

Seit Februar war Vivien bereits Direktorin des Mädchengymnasiums. Damals ging ihr Antritt in der aufgepeitschten Stimmung der Stadt fast ganz unter. Ein großer Teil der Lehrer und des Elternbeirats begrüßte Vivien herzlich und wünschte ihr Glück für die neue Position. Letztendlich sei sie schon seit Jahren eine herausragende Lehrkraft.

Der restliche Teil stellte sich ganz klar gegen Vivien, mit Dr. Feldmann an der Spitze. Plötzlich schien es doch wieder eine Rolle zu spielen, dass sie Engländerin war – und dass sie sich so offen für den kleinen *Neger* einsetzte. Ein ungezogener kleiner Kerl, der am späten Abend durch den Ort flitzte … was er da genau anstellte, wusste man nicht, aber sicher nichts Gutes. Er war zu Recht nach dem großen Feuer ins Heim eingeliefert worden, das Jugendamt hatte richtig gehandelt.

Jetzt endlich, Anfang April, hatte Vivien es geschafft. Sie hatte für Daniel gekämpft und gewonnen. Im Heim hatte er zwischen Kindern gelebt, die nichts als Gewalt kannten, die das Jugendamt aus ihren Elternhäusern herausgeholt hatte. Auch Kinder von Obdachlosen, Kinder, die man ausgesetzt hatte. Gewalt erfuhr er auch von den Erzieherinnen, die die Prügelstrafe als normale Erziehungsmaßnahme ansahen.

Und jetzt, seit dem 1. April, lebte er bei Maria und ihr im Haus. Die Behörden aber machten zur Auflage, dass Veronika von Freyberg bei ihnen wohnte, um Mutter und Sohn nicht zu trennen.

Und so zog auch Daniels Mutter bei ihnen ein. Nach mehreren Operationen und monatelanger Angst, zeit ihres Lebens an den Rollstuhl gefesselt zu sein, schaffte Veronika es, wieder laufen zu können. Und so wohnten die beiden jetzt bei Maria und Vivien und Walter von Heimhausen.

Ein Neubeginn, erklärte Vivien, als sie die beiden herzlich begrüßte und Maria sie ebenfalls in ihrem Haus willkommen hieß.

Ein Neubeginn für was?

Diese Frage schien Veronika ins Gesicht geschrieben.

Eines Morgens ging Vivien sehr früh in die Schule. Sie war die Erste, und als sie im Lehrerzimmer an ihr Postfach ging, spürte sie plötzlich eine Bewegung hinter sich. Erschrocken fuhr sie herum. Dort stand Dr. Feldmann.

»Sie werden es schwer haben«, kündigte er an. »Ich kann Sie nur warnen. Vielen Eltern gefällt Ihr ganzes Gerede nicht, die jungen Mädchen sollten einen Beruf erlernen, das passt einigen hier gar nicht. Aber nicht nur das, Ihr Einsatz für diesen … diesen Neger kann Sie die Position kosten. Das wird sie noch zu Fall bringen, glauben Sie mir.«

Er stand so nahe bei ihr, dass Vivien den Ausdruck seiner Augen hinter den dicken Brillengläsern klar erkannte. Wut las sie darin, Wut und Abneigung.

Sie lachte ihr Unbehagen weg, machte eine wegwerfende Handbewegung und fragte ihn, ob er nichts Besseres zu tun habe. Sie habe gehört, die Klasse 6c sei sehr unzufrieden mit seinem Deutschunterricht. Dann drängte sie sich an ihm vorbei und verließ das Lehrerzimmer.

Sprach Dr. Feldmann nur aus, was viele dachten?

Auf dem Heimweg kam sie an Frau Hofers Haus vorbei, hier hielt sich immer öfter ihr Neffe Roland auf. Vivien hatte Daniel eingeschärft, aufzupassen, nicht stehen zu bleiben, wenn Frau Hofer ihn ansprach. »Am besten machst du einen großen

Bogen um das Haus, gehst sofort von unserem Gartenzaun auf die andere Straßenseite.« Und Daniel versprach es.

Als Vivien an diesem Tag aus der Schule kam, geriet sie in eine Demonstration von Flüchtlingsgegnern hinein, Gegnern der Besatzungskinder, denen man staatliche Hilfe zusagte, Gegnern von Frauen, die sich mit den Besatzern einließen, wie man es nannte. Sie hielten Schilder mit der Aufschrift hoch: *Flüchtlinge raus, Schwarze raus, Frauen raus, die fraternisieren … Sie alle stehlen unser Geld … Wir arbeiten schwer, und sie …*

Vieles konnte Vivien nicht lesen, denn als sie stehen blieb, beschimpften einige Demonstranten sie als Freundin der Schwarzen, Diebe und Faulenzer. Einen Moment zögerte Vivien, wollte auf sie zugehen, mit ihnen diskutieren, versuchen, sie zu Toleranz zu bewegen, doch dann spürte sie die Gewaltbereitschaft, die von ihnen ausging, und so ließ sie sich beschimpfen, drehte sich schweigend um und ging nach Hause.

»Sie demonstrieren gegen alles«, meinte sie, als sie nach Hause kam. Jetzt bedauerte sie es, sich nicht auf eine Diskussion eingelassen zu haben.

Sie sind unzufrieden, sie haben nach dem Krieg nicht mehr in ihr Leben hineingefunden, war Marias Meinung. »Eines Tages wird es besser. Menschen anderer Konfession und Heimat werden dann akzeptiert.«

Doch Vivien schwieg. Sie ahnte, dass sich Maria in diesem Punkt täuschte.

*

Einen Monat später

Der Nachmittagsunterricht war vorbei. Die Schulglocke schrillte, und auf dem Flur hörte Vivien das Gerenne und Getrappel der Schülerinnen, ihr Lachen, ihre Rufe. Alle hatten es eilig, so schnell wie möglich aus der Schule zu kommen.

Mit einem Lächeln erhob sich Vivien und trat ans Fenster ihres Direktionszimmers. Vor der Schule standen die Mädchen noch in kleinen Gruppen zusammen, einige holten ihre Räder aus den Ständern, winkten den anderen zu und radelten davon.

Vivien holte ein Päckchen Zigaretten aus ihrer Rocktasche, zündete sich eine an und nahm einen tiefen Zug. Der Elternbeirat hatte ihr in den vergangenen Wochen vorgeworfen, zu modern zu sein, den Schülerinnen der Klassen sechs bis neun Flausen in den Kopf zu setzen. Sie rede zu viel davon, dass die Mädchen einen Beruf ergreifen sollen. So würde sie sie nicht im Sinne der Eltern oder der alleinerziehenden Kriegswitwen führen und begleiten.

Seit einigen Monaten hatte sich die Stimmung der berufswilligen Schülerinnen verändert. An drei Abenden der Woche gingen sie in das neue Institut, das die volle Unterstützung vieler Eltern hatte. Dort lernten die Töchter Haushaltsführung, erhielten Kleidungs- und Frisurentipps. Man lehrte sie auch, wie man flirtete, ohne zu freizügig zu wirken, sondern vielmehr Signale auszusenden, dass sie geeignet für eine Ehe und die Aufgabe als Mutter seien. War es nicht letztendlich die Bestimmung der Frau, zu heiraten und sich dem Mann unterzuordnen?

Vivien hatte mit Kopfschütteln und Unverständnis darauf reagiert, sich jedoch nicht vorstellen können, wie viele Mädchen ihre Meinung änderten, was die Wahl zwischen Ehe und Beruf anging.

Es gibt doch kein Entweder-oder, versuchte Vivien die Mädchen zu überzeugen. Man kann glücklich verheiratet sein *und* einen Beruf haben.

Da sahen sich die Mädchen verstohlen an. Wieso aber war Vivien Kroll dann geschieden? Und erst eine Ausbildung zu absolvieren – war man dann eventuell nicht zu alt für den umkämpften Heiratsmarkt?

Vivien wurde nicht mehr so einhellig bewundert wie in den Jahren, als sie nur Lehrerin gewesen war. Jetzt war sie Schulleiterin und stand im Mittelpunkt der Aufmerksamkeit, der Kritik und auch des Neids einiger Kollegen. Allen voran Dr. Feldmann. Er hatte sich seit Jahren bereits in der Rolle des Direktors gesehen, und es schien bitter für ihn zu sein, dass diese Position an Vivien Kroll, die *Engländerin,* wie er sie nur noch nannte, übertragen worden war.

Durch das offene Fenster hörte Vivien jetzt, wie im ersten Stock im Musiksaal für das Pfingstkonzert geprobt wurde. Frau Scherer dirigierte das kleine Orchester, der Chor der Schule sang lauthals ein Lied, das Vivien nicht kannte. Jetzt schien die Probe aber zu Ende zu sein. Frau Scherer verabschiedete ihre jungen Künstler, wie Vivien durch das offen stehende Fenster verstand, und dann begann wieder das Getrappel auf der Treppe, am Direktionszimmer vorbei und hinaus in den Hof.

Eigentlich hätte auch Walter von Heimhausen als Pianist teilnehmen sollen, es war geplant, dass er als Abschluss die Kleine Nachtmusik von Mozart spielen sollte. Doch man hatte ihm abgesagt. Das Festkonzert würde dann zu lang werden, hieß es.

Oder spielte es plötzlich doch eine Rolle, dass er ein Flüchtling war? Hatte man das bei dem höflichen älteren Mann übersehen, bis er sich vor Kurzem der Flüchtlingshilfsorganisation von Maria angeschlossen hatte, die für deren Rechte kämpfte? Oder lag es vielleicht daran, dass er sich zu oft mit dem *Neger* zeigte, dem kleinen *Mohr,* wie ihn die Kinder in der Straße oder auf dem Spielplatz nannten?

Vivien schloss das Fenster, drückte ihre Zigarette aus, packte die englischen Aufsätze in ihre Mappe und verließ das Zimmer. Es war später Nachmittag, als sie den leeren, stillen Gang entlangging und rasch noch ins Lehrerzimmer schaute, um in ihrem Postfach nachzusehen. Dort lag ein großes Kuvert ohne Absender. Erstaunt griff Vivien danach, stellte ihre Mappe auf den Tisch und riss es auf.

Der Brief, auf eine karierte Heftseite geschrieben, bestand nur aus zwei Sätzen, die fett gedruckten Buchstaben waren aus Zeitungen ausgeschnitten.

Ein Negerkind und seine Mutter, diese Amihure, leben, während deutsche Kinder in den Flammen starben.
Wir werden für Gerechtigkeit sorgen. Und Sie werden dafür büßen. Tod den Verrätern am deutschen Volk.

Viviens Hände zitterten, mehrmals las sie den kurzen Brief. Ein nervöses Husten ergriff sie, sie versuchte durchzuatmen, sah sich im leeren Zimmer um. Aber dann stopfte sie den Brief rasch in die Mappe, lief aus dem Zimmer und den langen Gang entlang, bis zum Ausgang. Erst draußen atmete sie tief durch, während die schwere Tür hinter ihr zufiel.

Vivien blieb noch vor der Eingangstür stehen, der Platz war wie leer gefegt, die Schülerinnen hatten sich längst zerstreut. Nur eine Katze spazierte gelassen über den leeren Platz. Die Nachmittagssonne blendete Vivien, doch als sie die Augen mit einer Hand schützte, sah sie Daniel, der auf der untersten Stufe des Theodor-Storm-Denkmals saß, jetzt aufsprang und mit beiden Armen winkend auf sie zurannte.

*

Daniel stand am Gartentor und wartete ungeduldig. Hansi war doch sein neuer Freund, warum kam er nicht? Die Straße lag still und friedlich in der Nachmittagssonne des frischen

Maitags. Nur vom Stadtwall hörte man den Bagger auf der Baustelle, ferne Rufe der Arbeiter, jetzt fuhr ein Lastwagen mit Bauschutt langsam an ihm vorbei. Dann wurde es wieder still.

Seit einer Stunde wartete er bereits, doch Hansi tauchte nicht auf. Aber er hatte es versprochen. Wieso kam er nicht?

Hatte seine Mutter es ihm verboten? Weil Daniel schwarz war, weil er keinen Vater hatte? Er war der einzige Schwarze in der Stadt, die mit den Flüchtlingen nun genau 5901 Bewohner zählte. Das war im Rathaus am Brett angeschlagen, die erste Zählung nach dem Krieg, in dem man viele Gefallene betrauern musste. Jetzt schloss die neue Zählung die fast tausend Flüchtlinge mit ein.

Er wartete, er gab Hansi noch eine halbe Stunde, dann eine Viertelstunde, aber als es halb sechs Uhr schlug, gab er die Hoffnung auf. Tränen stiegen ihm in die Augen.

Er ging ins Haus zurück und horchte angespannt nach oben. Seine Mutter schlief, da sie heute Spätdienst hatte. Auch Walter von Heimhausen hatte sich zu einem »Schläfchen« zurückgezogen, wie er Daniel erklärt hatte, und Maria war mit dem Rad unterwegs, um Spargel beim Bauern Feldmayer zu holen.

Niemand passte auf ihn auf. Da schlich er sich aus dem Haus, lief die Friedenstraße entlang und flitzte an einer Gruppe Jungs vorbei, bevor sie ihn sahen. Daniel hatte gelernt, sich unsichtbar zu machen, sich schnell in den Ecken der Häuser oder hinter Bäumen zu verstecken, sofort zu reagieren, bevor ihn jemand als *Neger* beschimpfte oder ihn schubste, sich über ihn lustig machte. Die ganz kleinen Kinder starrten ihn auf der Straße an, lachten erstaunt oder streckten ihm die Zunge heraus.

Er war erst fünf Jahre alt und kannte die Menschen bereits, er hatte schnell gelernt, dass er ein Außenseiter war und dass es wenige gab, die ihm Zuneigung entgegenbrachten. Vivien, Maria und Walter waren die große Ausnahme, er fühlte sich von ihnen angenommen, wurde verwöhnt. Maria kochte, was er gern aß, und Walter brachte ihm auf dem Klavier ein paar Kinderlieder bei.

Summ … summ … summ … konnte Daniel bereits mit einem Finger spielen.

Aber an Vivien hing er mit ganzem Herzen. Vivien, die immer so elegant aussah, die so gut nach einem wunderbaren Parfum duftete und die mit ihm lachte und zärtlich war. Vivien, die ihm einige Worte Englisch beibrachte, denn wenn sein Vater kam, sollte er ihn doch auf Englisch begrüßen können. Als sie ihm das sagte, liebte er sie noch mehr, denn sie lachte ihn nicht aus, sondern nahm ihn ernst.

Und jetzt stand er außer Atem vor dem Mädchengymnasium. Er versteckte sich hinter der großen Linde, die ganz in der Nähe wuchs, und wartete, bis die Mädchen sich zerstreut hatten und sich der Platz davor leer vor Daniel ausbreitete. Da flitzte er hinüber zum Denkmal des großen Dichters und setzte sich auf die unterste Stufe.

Irgendwann hatte er das Gefühl, beobachtet zu werden, doch als er sich rasch umsah, war niemand da. Aber er blieb wachsam, rührte sich nicht, er spürte die Gefahr. Da kam Vivien aus der Schule. Sie blieb stehen, dann lachte sie und winkte ihm. Auch heute war Vivien so hübsch, sie trug ein schönes, groß geblümtes Kleid, und er rannte auf sie zu. Vivien hob ihn lachend hoch und drückte ihn, ganz fest schmiegte er sich an sie. Wenn er bei Vivien war, konnte ihm niemand etwas antun. Ihn nicht mehr schubsen, bis er hinfiel, ihn auslachen, verspotten, ihm nicht mehr *Neger* oder *Sarotti* hinterherrufen. Bei ihr war alles gut. Fast.

»Hansi hat mir versprochen, mich zu besuchen, wir wollten mit meiner Eisenbahn spielen. Aber er ist nicht gekommen, weil ich schwarz bin.«

Da setzte ihn Vivien sanft auf den Boden, ging in die Knie und sah ihn fest an. »Woher weißt du das?«

»Er hat mir schon auf dem Spielplatz gesagt, wenn er nicht kommt, dann hätten seine Eltern es ihm verboten.«

»Weißt du, Daniel, wenn er nicht zu dir steht, dann war Hansi es nicht wert, dein Freund zu sein. Irgendwann aber wirst du einen Freund haben, einen richtigen.«

Vivien konnte ihn immer trösten, also sah er sie an, lächelte und griff nach ihrer Hand. Er war ein kleiner Junge, dessen kindliche Welt zusammenbrach, als er zum ersten Mal begriff, dass er anders war, ein *Neger,* wie man ihn beschimpfte.

Er war ein Kind und glaubte an Märchen, glaubte, dass er eines Tages zu den anderen gehören würde, dass seine Mutter lachen und glücklich sein würde. Und er glaubte an das ganz große Wunder: dass sein Vater zurückkam.

Kapitel acht

München

Ihr glaubt, leben bedeutet
nichts anderes als nicht mausetot sein.
Brot und Wasser fürchte ich nicht, ich kann von Brot leben,
wann hätte ich je mehr verlangt? Aber ausgeschlossen zu sein
vom Licht des Himmels, vom Anblick der Felder
und Blumen … meine Füße in Fesseln zu halten …

Es war die fünfte Vorstellung der *Heiligen Johanna* von Bernard Shaw, und wie jedes Mal, wenn Anna den großen Monolog der Johanna sprach, hielt das Publikum den Atem an. Nichts regte sich, kein Scharren, kein Husten aus dem Zuschauerraum.

Wenn Anna spürte, wie sie das Publikum erreichte, Empfindungen in den Menschen wecken konnte, war sie glücklich. Und wenn die Zuschauer sie feierten, wusste sie nicht, was ihr Leben schöner machen könnte. Glück – wenn sie das Wort heute definierte, wusste sie, wie es sich anfühlte.

Wie nach jeder Vorstellung wurde sie auch heute gefeiert und bejubelt. Anna Richter hatte es geschafft. Mit nur zwei Rollen war sie zum neuen Stern am Theaterhimmel geworden.

Als sie sich in ihrer Garderobe aus dem schimmernden, eng anliegenden Kettenhemd helfen ließ, wurde mehrmals geklopft und Blumen für Anna Richter abgegeben. »Ich werde sie nicht alle mit nach Hause nehmen können«, bedauerte sie, als sie sich in ihrem Schminkmantel vor ihren Spiegel setzte und langsam anfing, ihr Make-up zu entfernen.

Wieder klopfte es. Peter Scheringer, der Bühnenbildner, blieb an der Tür stehen und fragte höflich, ob er sie kurz stören dürfe, er müsse ihr etwas von Julian Winter ausrichten.

»Ja, natürlich.«

Nervös sah sie Peter durch den Spiegel an. Sie wusste bereits, dass Julian eine kurze Stippvisite in München machte. Er sei auf der Suche nach einer Julia, hieß es. Ende der nächsten Saison inszenierte er *Romeo und Julia* von Shakespeare, und Anna hoffte, wünschte, fieberte dem Moment entgegen, in dem er ihr sagte, sie sei seine Idealbesetzung. Er wusste, dass die Julia ihre absolute Traumrolle war, das hatte sie ihm während der Arbeit an *Was ihr wollt* erzählt. Aber ihr Kollege Martin hatte ihr am Tag zuvor mit Häme in der Stimme erklärt, der Meister suche sich seine Julia unter den Schauspielschülerinnen der Falkenberg-Schule aus; sie dürfe nicht älter als sechzehn, höchstens siebzehn sein.

»Julian möchte Sie sprechen, Anna.«

Peter riss sie aus ihren Gedanken.

»Er führt schon seit Stunden Gespräche in seiner Hotelsuite, gerade sind die Kostümbildnerinnen bei ihm, und anschließend möchte er noch gern Sie zusammen mit seinem Regieassistenten Bruno Mayer sprechen.«

»Das kommt etwas plötzlich.« Anna wusste nicht, was sie davon halten sollte. Sie sah sich im Spiegel an, ihre verschwitzten Haare, das glänzende, gerade abgeschminkte Gesicht.

»Er fliegt morgen nach Rom und will einfach ein paar Sachen vorher abgeklärt haben. Ist es ein Problem für Sie, Anna?«

»Nein, nein, ich bin gleich so weit.«

»Er wohnt im Vier Jahreszeiten, hier ist seine Zimmernummer.« Peter legte einen kleinen Zettel auf Annas Schminktisch, grüßte und verließ die Garderobe.

Langsam fuhr sich Anna mit der Bürste durch die Haare und puderte ihr Gesicht etwas ab. Ein siebzehnjähriges Mädchen also, eine Anfängerin, das war es, was Julian suchte.

Sie war einunddreißig und plötzlich zu alt für ihre Traumrolle? Aber letztendlich wollte Julian sie ja noch sprechen. Rasch erhob sie sich. Noch war nicht alles verloren. Sie konnte ihm einen Text von Julia vorsprechen, ihn überzeugen, dass sie die richtige Besetzung war.

Gerade als Anna die Hand hob, um an die Tür von Julians Suite zu klopfen, kamen Elke und Inge, die beiden Kostümbildnerinnen, heraus.

»Wappne dich«, warnte Elke. »Er ist gereizt und überarbeitet.«

»Wir gehen jetzt in die Hotelbar, du kannst ja nachkommen, wenn du willst«, schlug Inge vor.

Anna sah den beiden nach, wie sie zum Aufzug gingen, dort warteten, miteinander flüsterten und ihr dann kurz zunickten, bevor sie in den Aufzug stiegen.

Auf Annas Klopfen rührte sich nichts, erst beim dritten Mal öffnete Julian und bat sie herein. Die Beleuchtung war gedämpft, leise Musik erklang, und Annas erster Blick ging direkt auf das breite aufgeschlagene Bett im angrenzenden Schlafzimmer der Suite.

»Guten Abend, ich habe gar nicht so schnell mit Ihnen gerechnet.« Julian trat auf sie zu und wollte sie leicht auf beide Wangen küssen, doch sie wich zurück.

»Ich dachte, Bruno Mayer ist bei der Besprechung dabei, kommt er noch?«

»Nein, er ist schon gegangen, er muss morgen ganz früh nach Zürich fahren.«

Anna blieb stumm. Misstrauen und Enttäuschung stiegen in ihr hoch. Sie hatte einmal erwähnt, sie würde alles tun, um die Julia zu spielen – hatte er das falsch verstanden?

»Was möchten Sie trinken – Rotwein? Ich erinnere mich, dass Sie gern Wein trinken. Nehmen Sie doch Platz«, forderte er sie auf.

Anna blieb stehen. »Ich denke, ich sollte morgen früh noch einmal kommen.«

»Morgen? Da fliege ich nach Rom, nein, nein, setzen Sie sich, kommen Sie, kommen Sie.«

Er beobachtete sie, als sie sich steif auf die Kante des Sofas setzte.

»Ich war übrigens vorgestern in Ihrer Vorstellung. Sie sind eine wunderbare Johanna. Sie haben offenbar gut mit dem jungen Regisseur Tim Roth zusammengearbeitet? Die Presse hat ihn und Sie über alle Maßen gelobt, und das deutschlandweit.«

»Ja, es war eine sehr schöne Zusammenarbeit.« Anna blieb einsilbig.

Nachdem Julian ihr eingeschenkt hatte, setzte er sich ihr gegenüber in einen Sessel. Da sie schwieg, nicht trank, ihn nur ansah, erzählte er: »Meine Tante Sarah hatte Erfolg. Sie hat weitere fünf Frauen aufgespürt, drei davon leben in den USA, die beiden anderen in der Schweiz. Und sie würden zusammen dann Ende nächsten Jahres nach München kommen. Das war der einzige Termin, um alle unter einen Hut zu bekommen.«

»Das freut mich.« Anna versuchte, sich zu entspannen. »Meine Cousine hat ein junges Mädchen gefunden, das damals als Kind im Lager inhaftiert war«, erzählte sie dann doch.

»Das ist ja wunderbar, dann sind es ja schon sechs Gerettete.«

Julian Winter hob sein Glas und prostete ihr zu, doch ihre Hände blieben steif im Schoß liegen.

»Und wie geht es Ihrer Mutter?« Julian schien erstaunt über ihre ablehnende Haltung, also fragte er höflich nach Maria.

»Gut, danke. Sie engagiert sich in der Flüchtlingshilfe und setzt hier ihre ganze Energie ein, das ist nicht einfach. Sie kämpft in der Stadt gegen eine neue Partei, die sich *Freunde der Heimat* nennt. Sie versucht, massive Vorurteile abzubauen.«

»Das ist sicher nicht leicht.« Nach dieser Bemerkung schwieg Julian, trank einen weiteren Schluck, schien in Gedanken versunken.

In die entstandene Stille hinein stellte Anna die Frage, warum er sie habe sprechen wollen. Er erhob sich, und als er sich ganz nahe neben sie aufs Sofa setzen wollte, erklärte sie kühl: »Ich habe Ihnen einmal erzählt, dass die Julia meine Traumrolle sei, aber ich bin nicht bereit, dafür alles zu tun.« Anna kannte viele Situationen wie diese hier. Ein Vorsprechen, ein Gespräch in einem Hotelzimmer, in der Wohnung, man sei da doch viel entspannter, habe seine Ruhe, im Theater gebe es keine Gelegenheit, sich kennenzulernen.

Anna hatte immer abgelehnt. Ihre Affären basierten auf Einsamkeit, Angst vor dem Alleinsein, manchmal auch auf Verliebtheit, niemals jedoch auf dem Ansinnen, eine Rolle zu bekommen.

Julian erhob sich und sah sie an, erstaunt, befremdet. Hatte er sie nicht verstanden?

Sie wurde deutlicher: »Wenn Sie glauben, ich schlafe mit Ihnen, um die Julia zu spielen, dann …« Sie verzettelte sich, spürte, sie war es falsch angegangen, was, wenn er …

Julian setzte sein Glas hart auf dem Tisch ab, ging ans Fenster und drehte ihr den Rücken zu. Er schwieg, er hatte noch nicht reagiert, doch dann drehte er sich um, lehnte sich gegen das Fensterbrett und verschränkte die Arme vor der Brust. »Das also denken Sie von mir, kennen Sie mich so schlecht?«

Hatte sie überreagiert, hatten ihre vielen schlechten Erfahrungen sie etwas vermuten lassen, das nicht zutraf? Sie wurde unsicher. »Ich kenne Sie nicht, aber was soll eine Frau denken, wenn sie abends zu einer Besprechung ins Hotel gebeten wird, der Assistent doch nicht dabei ist und das Bett aufgeschlagen ins Auge sticht?«

Er löste sich vom Fenster, ging an die Tür des Schlafzimmers und schloss sie mit einem harten Knall. »Dann muss ich mich entschuldigen, da habe ich offenbar einen falschen Eindruck gemacht.« Er kam zurück, blieb aber vor dem Tisch stehen. »Zuerst, ich weiß, dass die Julia Ihre Traumrolle ist. Aber Sie sind keine Julia, das müssen Sie begreifen. Sie müssen lernen zu erkennen, wo Ihre Grenzen, Ihre Schwächen und Stärken sind. Bei dieser Rolle sicher nicht.«

Sie atmete durch, spürte das Flattern ihres Herzschlags, die tiefe Enttäuschung. »Woher wollen Sie das wissen?«

Er zögerte, dann setzte er sich wieder neben sie auf das Sofa, jedoch mit großem Abstand.

Die Nähe zu ihm beunruhigte sie. Ihr ganzer Körper versteifte sich.

»Ich wollte etwas anderes mit Ihnen besprechen«, erklärte er ruhig. »Meine angebliche Suche nach der Julia basiert auf einem Gerücht. Ich hatte neulich einmal erwähnt, wenn ich *Romeo und Julia* inszenieren würde, dann nur mit einer blutjungen Schauspielerin, die ich von der Schauspielschule weg engagieren würde. Eine frische, unverbrauchte Anfängerin. Ich habe nur in der Möglichkeitsform gesprochen. Und es wird auch keine Spielplanänderung wegen mir geben. Vielleicht inszeniere ich das Stück in der übernächsten Spielzeit, in der Planung ist es noch nicht aufgeführt. Aber …« Er wandte sich ihr zu und sah sie mit diesem prüfenden Blick an, den sie bereits an ihm kannte. Er wollte ihre Gedanken erraten. »Ich werde *Maria Stuart* inszenieren, Premiere wird im Dezember sein. Und Sie, Anna, werden die Maria spielen. Sie sind genau die Richtige, eine junge, starke Frau mit einer enormen Ausstrahlung.«

Anna senkte den Kopf – die Maria Stuart? Sie hätte sich alles vorstellen können, doch nicht die Rolle, die stets von einer großen, meist nicht mehr jungen Tragödin gespielt wurde.

»Und? Freuen Sie sich nicht, Anna? Das ist doch eine echte Traumrolle, ein großes Drama, in dem jede Schauspielerin ihr ganzes Können zeigen kann. Und ich sage Ihnen, es ist eine große Auszeichnung für Sie, bereits in Ihrem Alter Maria Stuart spielen zu dürfen. Damit wechseln Sie ins Charakterfach. Und«, setzte er mit Ironie in der Stimme hinzu, »Sie müssen noch nicht einmal mit mir schlafen.«

*

Was hatte sie diesem großen Regisseur, dem man keine Affären nachsagen konnte, über den es privat keine bösen Gerüchte gab, unterstellt? Nur weil sie schlechte Erfahrungen gemacht hatte?

Sie hätte es besser wissen müssen.

Der letzte Satz hatte ihr die Röte ins Gesicht getrieben.

Jetzt aber, am nächsten Tag, lachte sie über sich, auch über die Ironie von Julian, der Humor bewies. Das gefiel ihr.

Sie war kurz danach gegangen. An der Tür sagte er noch, er werde sie anrufen, sollte es Neuigkeiten bei seiner Tante geben, und ja, er käme dann im Oktober nach München zu den Proben von *Maria Stuart*.

»Vorher nicht?«, hatte sie plötzlich gefragt, es war ihr so herausgerutscht.

Er hatte den Kopf geschüttelt. »Nein«, dann setzte er noch hinzu: »Ich komme hierher, um zu arbeiten. Und das kann ich nur, weil es Menschen wie Ihren Onkel, Ihre Mutter und Ihre Tante gibt, die mit großem Mut und unter Einsatz ihres Lebens Juden halfen. Sie machen es mir möglich, nach Deutschland zurückzukommen, aber nur, um hier zu arbeiten, nie mehr, um hier zu leben.«

Als sie ihn betroffen angesehen hatte, nahm er ihr Gesicht zart in seine Hände und küsste sie leicht auf den Mund. Und Anna konnte sich nicht erinnern, dass ein Mann jemals so zärtlich zu ihr gewesen war.

*

Heute Abend hatte sie Vorstellung von *Was ihr wollt*. Es war noch Zeit, und so kochte sie sich Kaffee, stellte die Kanne mit einer Tasse auf das chinesische Lacktablett und trug es hinüber ins Wohnzimmer. Hier auf dem Sofa würde sie auf Antonia warten.

Als Anna das Tablett auf den niedrigen Tisch stellte, sah sie, dass Antonias Unterlagen auf dem Tisch lagen. Während sie den heißen Kaffee langsam schlürfte, blätterte sie sie kurz durch. Eigentlich wollte sie die *Maria Stuart* lesen, das ungeliebte Drama aus der Schulzeit, das sie mit verteilten Rollen in der sechsten Klasse gelesen und sich schrecklich gelangweilt hatten, doch dann blätterte sie neugierig die kurzen Aufzeichnungen durch. Sie betrafen das Suchkind Nummer 3201.

Eine Kopie der Geburtsurkunde lag dabei, der Name des Kindes war Marie-Luise, geboren am 17. Januar 1942. Vater: Heinz Obermayr.

Das war das Unfassbare. Antonia hatte es ihr erzählt, dieses Mädchen sei im Lager geboren und das Kind des damaligen Lagerkommandanten, der sich zu seiner Vaterschaft bekannte.

Die Mutter starb bei der Geburt, ihr Name war nur unleserlich in die Urkunde eingetragen. Der Arzt im Lager, Dr. Kleinschmidt, aber hatte sich aus dem Staub gemacht, als die Amerikaner mit ihren Panzern anrückten. Der Kommandant Heinz Obermayr, verantwortlich für den Mord an Hunderten Frauen, hatte sich erschossen.

Marie-Luise aber hatte in den ersten vier Jahren ihres Lebens in seinem Haus auf dem Gelände des Lagers gelebt. Marie-Luise, die in einer sehr guten gesundheitlichen Verfassung gewesen war, wurde damals vom Roten Kreuz an das Kloster des Ursulinenkonvents übergeben, das die vorläufige Vormundschaft übernahm, bis das Kind adoptiert wurde. Das aber war nie eingetreten. Also lebte die Sechzehnjährige immer noch im Kloster ganz nahe bei München und besuchte die dem Kloster angeschlossene Schule. An die ersten vier Jahre ihres Lebens habe sie keine Erinnerung.

Es war ein kurzer Bericht, der das tragische Leben eines jungen Mädchens betraf. Anna war gespannt, was Antonia über sie erzählen würde, denn sie wusste, dass die Akte des jungen Mädchens beim Roten Kreuz unter *Geheim* geführt wurde. Antonia aber hatte sich Zugang verschafft.

Jetzt war sie in »Sachen Marie-Luise« unterwegs, wie sie Anna gesagt hatte.

Anna erhob sich, holte die Gesamtausgabe von Schiller aus dem Bücherregal, schlug die Seiten mit *Maria Stuart* auf und begann zu lesen. Sie freute sich auf die Arbeit mit Julian und wollte ihn in dieser Rolle nicht enttäuschen, ihn nicht und auch nicht sich in ihrem ständig wachsenden Anspruch an sich selbst.

Das aufgeschlagene Buch lag vor ihr, und sie goss sich gerade die letzten Tropfen aus der Kanne in ihre Tasse, als Antonia nach Hause kam und atemlos in der Tür zum Wohnzimmer erschien.

»Ich bin einfach zu dem Kloster hingefahren, weil ich telefonisch immer abgewiesen wurde. Aber ich habe es nicht geschafft, mit dem Mädchen zu reden, leider. Die Äbtissin war nicht zu sprechen, und mir wurde erklärt, sie werde mich nicht empfangen, auch nicht nach vorausgegangener Anmeldung. Das hat mir eine Schwester am Empfang gesagt.« Antonia ließ sich in den weichen Sessel fallen. »Ich habe betont, dass ich nicht von der Presse bin und das Mädchen suche, um sie zu einem Treffen einzuladen. Dann habe ich der Nonne die ganze Geschichte unserer Mütter erzählt, aber keine Chance. Die ehrwürdige Mutter würde mich nicht empfangen. Ich bekam keinen Termin.«

»Vielleicht solltest du eine schriftliche Eingabe an die Mutter Oberin machen«, schlug Anna vor.

»Ich habe meine Visitenkarte dort gelassen und warte jetzt ein paar Tage ab.«

»Vielleicht will dieses Mädchen im Kloster bleiben und Nonne werden?«

Antonia schüttelte den Kopf. »Nein, sicher nicht, sie geht dort ins Gymnasium. Ich stelle mir vor, sie ist ein ganz normales sechzehnjähriges Mädchen und will auch ein ganz normales Leben führen.«

»Kann sie das überhaupt? Als Tochter eines vielfachen Mörders?«

Antonia dachte angestrengt nach. Langsam schüttelte sie den Kopf. »Darum wird sie auch so abgeschottet, du kennst ja den Artikel aus der Zeitung.«

Anna nickte. Vor einem halben Jahr wurde über die Kinder der Kriegsverbrecher berichtet. Viele hatten eine neue Identität angenommen oder waren ins Ausland gegangen.

Die Kinder des Bösen, so hatte man sie in der Presse genannt.

»Ich möchte ihr helfen!« Antonia ereiferte sich. »Ich könnte sie doch adoptieren, dann bekommt sie auch einen neuen Namen.«

Anna, die nervös auf die Uhr sah, da sie längst im Theater sein musste, setzte sich auf die Lehne von Antonias Sessel. »Das kannst du nicht«, erklärte sie. »Du bist nicht verheiratet, das geht nicht.«

»Ja, stimmt, das habe ich vergessen.«

»Außerdem«, warnte Anna sie, »kennst du das Mädchen doch gar nicht.«

»Du meinst, sie ist die Tochter eines Verbrechers, da kann sie kein guter Mensch sein?«

Antonia war aufgesprungen, sodass Anna fast das Gleichgewicht verlor.

»Nein, natürlich nicht«, betonte Anna, die sich ebenfalls erhob und wieder nervös auf die Uhr sah. »Aber letztendlich kannst du nicht der ganzen Welt helfen, Antonia, jedenfalls nicht jedem, von dem du hörst, er braucht Hilfe.«

Auf Antonias Stirn zeigte sich eine tiefe Falte, das Zeichen, dass sie sich zutiefst ärgerte.

»Aber jetzt muss ich wirklich los.« An der Tür blieb Anna

noch stehen, suchte nach versöhnlichen Worten. »Also warte einfach ab, vielleicht empfängt dich … wie hast du sie genannt?«

»Man spricht eine Äbtissin mit Ehrwürdige Mutter an.«

»Nun, also vielleicht bekommst du doch einen Termin. Bleib dran. Und bis später, mach dir jetzt keinen Kopf, es klappt sicher noch.«

»Ja, dein Wort in Gottes Ohr«, rief Antonia ihrer Cousine nach.

Doch Anna hatte bereits mit Schwung die Tür hinter sich zugeworfen.

Kapitel neun

Marie-Luise

Marie-Luise rannte. Sie rannte den langen, dunklen Gang entlang, schlitterte auf dem glatten Holz, als habe sie Schlittschuhe an den Füßen. Das war strengstens verboten, und schließlich war sie ja eigentlich schon fast erwachsen, aber es machte Spaß.

Wenn sie erwischt wurde, musste sie zu Pater Theodor zur Beichte gehen. Wegen Ungehorsams. Aber an diesem späten Nachmittag war niemand zu sehen, denn die Nonnen im Konvent bereiteten sich auf die Abendandacht vor. In der Küche wurde das Abendessen gekocht, und im großen Klostergarten waren einige Nonnen dabei, Salat und Kräuter zu schneiden.

Jetzt lief Marie-Luise die ausgetretene Holztreppe hoch und den Gang entlang bis zu ihrer Kammer. Als sie die Tür öffnete, blieb sie überrascht stehen. Lernschwester Agnes saß auf ihrem schmalen Bett. In dem kleinen Raum mit dem vergitterten Fenster gab es nur noch den Stuhl vor Marie-Luises Schreibtisch. Also saß Agnes auf ihrem Bett, über dem ein Druck der Mutter Maria mit dem Jesuskind des Malers Raffael hing.

»Ich weiß etwas, das du nicht weißt«, lachte Agnes und schwenkte einen Zettel.

»Du bist kindisch.« Marie-Luise mochte es nicht, wenn irgendjemand in ihrer Abwesenheit ihr Zimmer betrat. »Also, was willst du?« Sie war nicht sehr neugierig, denn Lernschwester Agnes erzählte meist die langweiligsten Geschichten aus dem Klosterleben.

»Ich war vorhin am Empfang, da kam eine junge Frau und

wollte die Mutter Oberin sprechen. Aber Schwester Cäcilia erklärte, das ginge nicht, sie habe keinen Termin. Die junge Frau erklärte, es gehe um Marie-Luise Obermayr, und es sei dringend.«

Marie-Luise erstarrte, sie blieb stehen, während ihr Herz immer schneller schlug.

»Schwester Cäcilia war sehr unfreundlich«, erzählte Agnes weiter, »so wie wir sie gar nicht kennen. Sie sagte nur, die Presse habe keine Chance, die Mutter Oberin zu einem Termin zu überreden.«

»Die Presse?« Marie-Luise verstand sofort.

Sie war von der Mutter Oberin vorbereitet worden, seit vor einigen Jahren die Geschichte der beiden Frauen groß durch die Medien gegangen war. Es war eine alte Geschichte, die irgendein Presseheini noch mal aufgegriffen habe. Es ging um diese beiden, die die Frauen des bayerischen Lagers unter Einsatz ihres Lebens gerettet hatten. Ein Kind sei unter den Geretteten gewesen. Damals war sie dreizehn geworden, und die Mutter Oberin hatte ihr eingeschärft, niemandem von ihrer Kindheit im Lager zu erzählen. Aber das tat sie sowieso nicht. Damals verstand sie die Mutter Oberin nicht, bis sie ihr erklärte, sie wolle nicht, dass Marie-Luise, für die sie die Vormundschaft übernommen habe, in die Medien gezerrt werde. Das werde ihr ganzes weiteres Leben negativ beeinflussen.

Marie-Luise lebte ab diesem Tag in ständiger Vorsicht – in Gefangenschaft, wie sie es nannte. Vielleicht rannte sie deswegen so gern durch die langen Gänge, durch den Garten. Es gab ihr ein trügerisches Gefühl von Freiheit.

Vor ein paar Tagen war Frau Kraillinger, die Frau vom Jugendamt, hier gewesen und hatte sie wieder ausgefragt. Erinnere sie sich jetzt vielleicht doch noch an ihre frühe Kindheit?

Marie-Luise hatte abgewehrt. Nein, hatte sie erklärt, nein, leider nicht.

»Und willst du jetzt wissen, wer sich nach dir erkundigt?«, fragte Agnes sie ungeduldig.

Marie-Luise nickte, sie war neugierig.

»Sie sagte, sie sei nicht von der Presse, sie wolle dich zu einem Treffen einladen, und dann hat sie ihre Visitenkarte dagelassen.«

»Zu was für einem Treffen?«

»Das weiß ich doch nicht.« Agnes war enttäuscht, sie hatte sich mehr Reaktion von Marie-Luise auf diese Nachricht erwartet.

»Jedenfalls«, erzählte sie weiter, »musste Schwester Cäcilia ans Telefon, und da habe ich heimlich die Karte genommen und eingesteckt. Du darfst mich aber nicht verraten«, beschwor sie Marie-Luise. Erst als die erklärte, nein, werde sie nicht, großes Indianerehrenwort, da legte sie die Karte in Marie-Luises ausgestreckte Hand.

Antonia Kroll, stand darauf.

Die Fünf-Uhr-Andacht war vorbei. Die Glocke rief zum Abendessen, doch Marie-Luise saß auf dem Bett und rührte sich nicht.

Es gab also jemanden, der sich für sie interessierte. Zu was für einem Treffen wollte diese Antonia Kroll sie einladen? Wollte auch sie Marie-Luise nur ausfragen?

Nein, leider, keine Erinnerung, würde sie sagen.

Es gab sie, doch sie gehörte nur ihr.

Sie erinnerte sich an ihren Papa, mit dem sie in einem Haus gewohnt hatte, das von einem hohen Zaun umgeben war. Ihr hübsch eingerichtetes Zimmer war voller Spielsachen gewesen, immer war ein Kindermädchen an ihrer Seite, hatte mit ihr gespielt und sie versorgt. Sie wechselten auch. Sie erinnerte sich nur an eine junge Frau, die ganz plötzlich ausgetauscht wurde. Sie war die Netteste, strich ihr oft über die Haare, was sie damals nicht verstand. Marie-Luise erkannte Mitleid darin.

Doch von einem Tag auf den anderen war sie weg. Gudrun hieß sie, auch daran erinnerte sie sich.

Und sie erinnerte sich an Sirenengeheul am Abend, in der Nacht, an aufgeregtes Hundegebell, an Schreie und Schüsse. Außerdem erinnerte sie sich an den Tag, als Panzer anrollten, an weitere Schüsse, sie wollte zu ihrem Vater laufen, der sie liebte und seine *kleine Prinzessin* nannte. Und sie rannte zu ihm, den Plüschhasen, sein letztes Geschenk, fest an sich gedrückt.

Voller Angst lief sie bis zu seinem Arbeitszimmer. Die Tür stand einen Spalt offen, und sie sah ihren Vater hinter seinem Schreibtisch stehen. Er hob die Arme, starrte auf eine Frau. Und Marie-Luise sah diese Frau, die so erschreckend wirkte, fast wie ein Gespenst aus einem der Märchen, die ihr Vater ihr abends oft vorlas. Sie stand auf der anderen Seite des Schreibtischs, mit dem Rücken zu ihr, und jetzt richtete sie eine Pistole auf den Vater und sagte mit kalter, ruhiger Stimme: »Fahr zur Hölle, dort wartet man schon auf dich.« Und dann schoss sie. Direkt in seinen Kopf.

Marie-Luise blieb erstarrt vor der Tür stehen, konnte nicht schreien, sie konnte nicht einmal atmen, denn jetzt brach ihr Vater über dem Schreibtisch zusammen, und überall war Blut. Da ging die Frau um den Tisch herum und drückte ihm die Pistole in die Hand. Dann drehte sie sich um und kam auf die Tür zu. Sie erschrak, als sie das Kind sah, und sie blickten sich stumm an: die abgemagerte Frau mit den Narben im Gesicht und auf der Schulter und dieses hübsche kleine Mädchen in dem rosa Kleidchen mit dem Spitzenkragen und den dunklen Locken.

Das Kind des vielfachen Mörders, des Kommandanten des Lagers, auf dessen Befehl Frauen erschossen, geschlagen und von ihm und den anderen Aufsehern vergewaltigt und gefoltert worden waren. Die Tochter eines Monsters.

Da nahm die Frau das erschrockene Kind an der Hand, und Marie-Luise war so entsetzt, dass sie sich nicht wehren konnte, obwohl sie Angst vor der Frau hatte. Doch dann ging sie mit ihr. »Eines Tages«, sagte die Frau ganz ruhig, »wirst du es verstehen.«

Eines Tages.

Schon bevor sie ins Kloster kam, hörte sie die Krankenschwestern und die Frauen vom Roten Kreuz erzählen, das sei die Tochter des Lagerkommandanten, des Verbrechers, des Monsters. Die Tochter, die man ausfragte, im Krankenhaus, in das sie zuerst gebracht wurde, beim Roten Kreuz, überall. Doch sie schwieg, sie erinnere sich nicht. Nein, wirklich an gar nichts.

Und nach ihrer Ankunft im Kloster sagte ihr die Mutter Oberin, sie müsse für ihren Vater beten, da er ein großer Sünder gewesen sei.

Ich erinnere mich nicht mehr ...

Auch zur Mutter sagte sie es, und sie schwieg bis heute über die ersten vier Jahre ihres Lebens. *Ich erinnere mich nicht mehr.*

Doch tief im Herzen trauerte sie um den Mann, den man einen Mörder, einen Verbrecher, ein Monster nannte.

Denn er war ihr auch ein liebevoller Vater gewesen.

Kapitel zehn

Vivien stand vor der weit geöffneten Tür des Prinzregententheaters und wartete ungeduldig auf Antonia. Das Publikum war längst in der Oper, nur Vivien wartete noch. Ein paar vereinzelte Zuschauer hasteten die Auffahrt hoch, trotz des warmen Nachmittags Frauen in Pelzen, die die Röcke ihrer langen Abendkleider rafften, um noch rechtzeitig hineinzukommen. Heute sang die weltberühmte Sängerin Birgit Nilsson und machte die Aufführung zu einem großen Ereignis.

Da raste ein rotes Cabrio die Straße entlang, hielt mit quietschenden Reifen, und Antonia winkte, rief ihrer Mutter zu, sie suche nur noch schnell einen Parkplatz, und bog in rasantem Tempo in die Lucile-Grahn-Straße ein. Die Glocke schrillte zum letzten Mal. Der Türsteher wollte bereits die Eingangstür schließen, da hastete Antonia die Auffahrt hoch, nestelte die Karten aus ihrer kleinen goldenen Abendtasche, und dann wurden sie gerade noch in den Zuschauerraum eingelassen. Ihr Glück war, dass sie zwei Seitenplätze hatten. »Es tut mir leid«, flüsterte Antonia während der Ouvertüre zu *Walküre* von Richard Wagner, »aber ich war noch so lange im Lager.«

»Macht nichts«, flüsterte Vivien zurück. »Ich habe mir inzwischen die Frauen hier angesehen. Kaum eine ohne Pelzstola oder Juwelen oder beides.«

»Das ist das neue München, aber ich kenne auch das andere, das weißt du ja.«

Vor ihnen drehte sich ein Mann um und machte *psst,* und so lächelten sich Vivien und Antonia verschwörerisch an und wandten sich der Bühne zu, wo sich der Vorhang langsam hob. Manchmal warf Antonia ihrer Mutter, die mit einem Lächeln ganz in der Musik versunken zu sein schien, einen schnellen Seitenblick zu.

Zwei lange Pausen gab es während der Oper, in denen Vivien und Antonia einen Sekt tranken und die Leute beobachteten, bis Antonia ihre Mutter fragte, ob sie Pläne für die großen Schulferien habe.

»Wieso? Ich war doch auch in den letzten Jahren nie weg. Aber manchmal habe ich mir überlegt, ob ich nach London fliege, um mich mit Mutter auszusöhnen.«

Antonia war vollkommen überrascht. Sie wusste, dass Viviens Kontakt zu ihrer Mutter abgebrochen war, als sie vor dreiunddreißig Jahren einen Deutschen heiratete.

»Vielleicht wäre das für dich auch wichtig, schließlich ist sie deine Großmutter.«

»Ich hatte eine, eine wunderbare sogar.«

»Ja, Philips Mutter, aber ich weiß nicht …« Der Satz blieb in der Luft hängen, während Vivien an ihrem Glas nippte.

»Helen ist achtundsiebzig, da sollte ich mich versöhnen.«

»Meinst du, sie möchte das auch?«

Vivien zuckte mit den Schultern. »Es war nur so ein Gedanke, aber ich war tief verletzt, als sie mich so fallen ließ.«

»Und das nur, weil du einen Deutschen geheiratet hast?«

Vivien schüttelte den Kopf und holte ihr Zigarettenetui aus ihrem goldenen Abendtäschchen. Antonia wartete, bis sie sich eine Zigarette angezündet und ein paar tiefe Züge gemacht hatte. »Es ging nicht um einen Deutschen, obwohl auch sie sie seit dem Ersten Weltkrieg hasste. Sie hat nicht verstanden, dass ich für einen Mann – und auch noch einen Deutschen – mein Studium in Oxford abgebrochen habe. Sie sagte, ihre Generation konnte nur durch eine Heirat Anerkennung und gesellschaftliche Stellung erreichen, aber meine hätte die Möglichkeit, selbstbestimmt zu leben und diese Anerkennung durch Leistung zu bekommen.«

»Und dein Vater, ich meine, dein Stiefvater?«

»Gregory? Er hasste die Deutschen und hat mir die Heirat

mit Philip nie verziehen.« Vivien zuckte die Schultern und nahm einen tiefen Zug.

»Aber?«

»Aber er war mir ein guter Vater. Sein Tod ist auch schon zwanzig Jahre her.« Vivien seufzte.

Antonia wusste nicht viel über die Kindheit und Jugend ihrer Mutter, Vivien blieb meist einsilbig. Bis zu ihrem vierten Lebensjahr war sie in einem zugigen, heruntergekommenen Schloss aufgewachsen, dem Schloss der Familie ihres Vaters. Er starb an Lungenentzündung, und Helen heiratete bereits sechs Monate nach seinem Tod einen reichen Geschäftsmann: Gregory. Plötzlich lebten Vivien und ihre Mutter in London in einem luxuriösen Haus. Gregory bezahlte Vivien eine teure Privatschule und verwöhnte sie. Bis zu dem Tag, als sie nach Hause kam und erklärte, sie heirate Philip Kroll, einen Deutschen, den sie liebe. Für alle Zeiten liebe. Für alle Zeiten … daran dachte Vivien, als sie jetzt das Gesicht abwandte.

Antonia aber wagte nicht, weitere Fragen zu stellen. Ihre Mutter hatte immer eine gewisse Aura um sich, die es niemandem erlaubte, ihr zu nahe zu kommen, auch ihrer Tochter nicht. Schon gar nicht für ein vertrauliches Gespräch.

»Wir ziehen die Kinder nur groß, ihr Leben müssen sie dann selbst leben.«

Antonia schwieg betroffen. War das eine Anspielung auf sie, weil sie ihren eigenen Weg gegangen war und ihre Mutter enttäuscht hatte, als sie damals nach München ging? Als sie ihr Studium aufgab?

Da schrillte die Klingel. Antonia trank den letzten Schluck Sekt, und Vivien drückte ihre Zigarette aus. Der Moment, ihrer Mutter eine persönliche Frage zu stellen, war vorbei.

Nach der Vorstellung tobte das Publikum. Es wurde geklatscht, Bravo gerufen und mit den Füßen getrampelt, auch noch, als sich der Vorhang wieder senkte. Birgit Nilsson verneigte sich, hob die Blumen auf, die auf die Bühne flogen, und endlich verließen auch die letzten Zuschauer die Reihen und gingen ins Foyer.

»Es war schön. Es erinnert mich an früher, weißt du noch? Philip und ich sind oft in die Oper gegangen, damals vor dem Krieg ins Nationaltheater.« Während sie noch ein wenig abwarteten und als Letzte das Opernhaus verließen, sagte Vivien plötzlich etwas, das Antonia fast erschreckte: »Damals, die Jahre mit Philip, das waren die schönsten meines Lebens. Nun, wo steht dein Auto?«, wechselte sie betont forsch das Thema.

»Gleich ums Eck.« Antonia war nachdenklich.

»Das war heute auch die Demonstration eines neuen Münchens: die Stadt der Reichen«, sagte sie, während sie zum Auto gingen. »Ich kenne die andere Seite, die Menschen im Lager, die darauf warten, dass man ihnen endlich die versprochene Siedlung baut. Obdachlose, die in den Trümmern der Häuser sitzen, in denen sie früher gelebt haben.«

»Und du kannst helfen, Antonia, das wolltest du ja immer. Das war doch auch der Grund für dich, Medizin zu studieren.«

»Ja, aber ich habe es aufgegeben. Es war leichter, im Lager zu helfen, als erst viele Jahre zu studieren. Weißt du, ich bin an der Basis, ich kann direkt helfen.«

»Ja, es ist wohl leichter, die Träume anderer Menschen zu erfüllen, als die eigenen«, sinnierte Vivien beim Einsteigen.

Während Antonia durch die Stadt brauste, als sei es eine Rennstrecke, schwiegen sie. Erst als Antonia mit quietschenden Reifen vor dem Bahnhof hielt, nahmen sie das Gespräch wieder auf.

»Ich habe dich wohl sehr enttäuscht«, meinte Antonia, während sie noch das Steuerrad umfasste. »Ich habe nicht studiert, ich habe auch keinen Mann, der mich heiraten wollte, kein Kind.«

»Nein, das hast du nicht, Antonia. Als du auf die Welt gekommen bist, da wollte ich nicht nur eine Frau sein, die ein Kind hat, sondern ich wollte dir eine gute Mutter sein. Wie alle Mütter wünsche ich mir, dass du glücklich bist.«

Vor dem Wort *glücklich* machte Vivien eine ganz kleine

Pause, die ihr selbst nicht bewusst war. Sie bedeutete: Aber ist meine Tochter denn glücklich? Doch sie fragte Antonia nicht danach. »Mein Zug geht«, murmelte sie, während sie ausstieg. »Es ist der letzte.«

»Ich werde mein Studium wieder aufnehmen. Das wollte ich dir schon den ganzen Abend sagen.« Antonias Stimme klang ein wenig atemlos. »Ich verspreche es dir.«

»Du sollst es nicht mir versprechen, sondern nur dir selbst, und nur, wenn es das ist, was du wirklich willst.«

Sie standen sich gegenüber, dann umarmte Vivien ihre Tochter rasch, und während sie sich schon zum Gehen wandte, drehte sie sich noch einmal um. »Du solltest Autorennen fahren!« Lachend winkte sie Antonia zu, hastete die wenigen Treppen hoch und verschwand in der Bahnhofshalle.

Antonia blieb noch stehen, dann stieg sie wieder ein und fuhr los. Langsam, sehr langsam fuhr sie am Botanischen Garten vorbei, bog in die Brienner Straße ein und fuhr die Ludwigstraße hoch. Es war ihre Lieblingsstrecke, und Autofahren entspannte sie.

Doch heute machte sie sich Sorgen um ihre Mutter. Vivien sah müde aus und nicht wirklich glücklich. War sie einsam? Fühlte sie sich alt, da sie offenbar an die Vergangenheit dachte, daran, sich nach Jahrzehnten mit ihrer Mutter zu versöhnen?

Es beunruhigte Antonia. Sie wusste, dass ihre Mutter jahrelang eine Beziehung mit einem viel jüngeren Mann gehabt hatte, die dann doch noch auseinandergegangen war. Aber sie hatte Karriere gemacht, war Direktorin eines Gymnasiums. Sie konnte stolz auf sich sein.

Und sie selbst? Würde sie es wirklich schaffen, mit einunddreißig Jahren ihr Studium wieder aufzunehmen?

Aus einer plötzlichen Spontaneität heraus hatte sie es ihrer Mutter versprochen – aber würde sie es auch halten können?

*

Der Zug ratterte durch die Landschaft. Vivien saß allein in einem Abteil, das sich in der Fensterscheibe spiegelte, in der sie ihr eigenes angespanntes Gesicht erkennen konnte. Sie lehnte die Stirn an die Scheibe und sah hinaus in die Dunkelheit, in der hie und da ein paar Lichter auftauchten und wieder versanken.

Sie zündete sich eine Zigarette an und dachte an die Musik, die sie heute Abend gehört und die sie so tief berührt hatte. Das letzte Mal, als sie in der Oper gewesen war, lag lange zurück. Es war vor dem Krieg gewesen, sie hatte sich mit Philip die *Zauberflöte* angesehen. Warum war sie Ende der Vierzigerjahre nicht nach München zurückgegangen? Hier war sie glücklich gewesen. Oder war eine Rückkehr für sie zu sehr mit Erinnerungen belastet, damit, sich vorzustellen, dass Philip mit ihrer besten Freundin verheiratet war?

Aber jetzt konnte sie zurück, die Wunde schien verheilt. Sie konnte alles zurücklassen, den Drohbrief vergessen, die Schwierigkeiten abstreifen.

In der *Süddeutschen Zeitung* hatte sie gelesen, dass ein Münchner Gymnasium für das nächste Schuljahr eine neue Direktorin suchte. Warum also nicht dort ein neues Leben beginnen?

Ängste abschütteln, in der Kleinstadt zurücklassen. Und wenn sie nach München zurückging, konnte sie auch Antonia öfter treffen, am Leben ihrer Tochter teilnehmen.

*

Als der Zug hielt, beeilte sich Vivien beim Aussteigen, und als sie vom Bahnsteig direkt in den Wartesaal lief, hüpfte ihr Daniel entgegen und umarmte sie so fest, dass sie keinen Schritt weiterkam.

»Daniel.« Sie versuchte, streng zu bleiben. »Bist du schon wieder ausgerissen? Du weißt doch, dass du abends nicht hierherkommen kannst, um auf deinen Vater zu warten.«

Daniel ließ sie los und sah zu ihr hoch. »Ich bin hier, weil ich dich abholen wollte.«

Sein Stimmchen war ganz klein geworden, und sie begriff seine Enttäuschung über ihre verärgerte Reaktion. Da ging sie in die Hocke, nahm ihn in den Arm und drückte ihn ganz fest an sich. »Das ist lieb von dir, aber ich mache mir eben Sorgen, dass dir etwas passieren kann. Das verstehst du doch, oder?«

»Natürlich, ich bin doch kein Baby«, entrüstete er sich. »Aber du musst keine Angst um mich haben, weil ich mich nämlich unsichtbar machen kann«, versicherte er ihr ernsthaft. »Das habe ich dir schon oft gesagt.«

Vivien musste lächeln, doch ihr Ärger auf Maria wuchs. Wieso konnte Daniel ungesehen aus dem Haus laufen, ohne dass Maria es bemerkt hatte?

Sie nahm Daniel an die Hand, und zusammen verließen sie den Wartesaal, vorbei an den vollbeschmierten Wänden.

Die Straßen waren leer, die Stadt einsam, doch Vivien drehte sich ständig nervös um. Hatte sie nicht Schritte gehört? »Als du zum Bahnhof gelaufen bist, hast du da das Gefühl gehabt, verfolgt zu werden?«, fragte sie Daniel.

Er sah zu ihr hoch, zog die Stirn kraus. Man sah sein kleines Gesicht kaum, denn Vivien hatte ihm neulich eine Schirmmütze gekauft, die er gar nicht mehr ausziehen wollte. Nur wenn er ins Bett ging, setzte er sie widerwillig ab.

»Warum fragst du das, Vivien?«

»Es könnte doch sein.« Sie versuchte, ihrer Stimme einen sorglosen Klang zu geben.

»Nein«, erklärte Daniel entschieden. »Jedenfalls habe ich nichts gemerkt.«

Sie kamen am Gasthof Grieser vorbei, aus dem lautes Lachen und Rufen zu hören war. Heute tagte dort der Stadtrat.

Manchmal stellte sich Vivien die Frage, wie eine junge, schöne Frau wie Veronika Baronin von Freyberg Abend für Abend hier arbeiten konnte und sich dabei sicher gegen die

Zudringlichkeiten der angetrunkenen Männer wehren musste. Wieso tat sie das?

Gab es für sie kein anderes Leben, keine neue Chance? Sie wussten kaum etwas über Veronika, nur die Fakten, die das Jugendamt erzählt hatte. Daniel war nach der Geburt in ein Heim gesteckt worden. Veronika schwieg, und Vivien ahnte, dass sie Schreckliches durchgemacht hatte. Für Vivien war es enttäuschend, dass Veronika sich nicht öffnete, nichts erzählen wollte. So blieb sie die stigmatisierte Frau mit einem kleinen schwarzen Jungen.

Vivien sah zu Daniel hinunter, der ihren Blick spürte und zu ihr hochlächelte. Dann drückte er ihre Hand, und schweigend gingen sie nach Hause. Immer wieder warf Vivien einen nachdenklichen Blick auf den Kleinen. Er liebte sie, er brauchte sie. Wie hatte sie nur einen Moment überlegen können, von hier wegzugehen und diesen Jungen allein zu lassen?

Bei Frau Hofer brannte noch Licht, und als Vivien das Gartentürchen öffnete, war es ihr, als stünde ein Mann hinter dem Zaun im Nachbargrundstück und beobachtete sie. War es Frau Hofers Neffe? Er, der mitverantwortlich war, dass Nadja Pimarova von der Gestapo abgeholt und ins Lager gebracht worden war? Er, der im Namen Hitlers die Ansicht vertreten hatte, das deutsche Volk müsse gesäubert werden von Juden, Schwarzen, Zigeunern und Regimegegnern?

Vivien erschrak zutiefst. Ihre unbestimmte Angst wuchs.

Kapitel elf

Veronikas Geschichte

Emmi sagt, sie müssten weg. »Veronika, komm, hörst du? Geh rauf und packe rasch ein paar Sachen in die Tasche, die ich dir aufs Bett gelegt habe.«

»Und Mama? Soll ich auch für sie packen?«

Sie sieht, wie Emmi mit den Tränen kämpft, als sie sich der offenen Tür zum Wohnzimmer zuwendet. Dort sitzt Mama und starrt vor sich hin, leblos, ohne Reaktion. Wie lange schon hat sie nicht mehr gesprochen? Nach Papas Tod wurde ihre Sprache zuerst langsamer, die Worte entfielen ihr, dann suchte sie hilflos danach, bis sie letztendlich ganz verstummte.

Sie sitzt dort, starrt vor sich hin. Emmis Blick wandert von Mama zu ihr und zurück. Und Veronika begreift, ihre Mutter kann nicht mehr mit. Sie erkennt niemanden mehr, sie verweigert das Essen, sie schlägt nach Emmi, wenn die sie versorgen will. Hört sie nicht die Panzer, die Schüsse, die Schreie? Sieht sie das Feuer nicht, das näher kommt?

»Veronika«, sagt Emmi leise, »der Zug wartet nicht auf uns, wir müssen gehen, und Hedwig, die den Zug fahren wird, kann uns dann keinen Platz mehr frei halten. Er wird gestürmt werden, sobald er auf dem Gleis steht, jetzt rangiert sie ihn noch vom Abstellgleis, aber dann ... jeder will noch mit. Bitte, beeil dich, Veronika. Schnell, und während du packst, muss ich noch etwas erledigen.«

Doch Veronika bleibt stehen.

Dann aber geht sie Emmi nach, die aus der Küche zwei Eimer mit heißem Wasser geholt hat und durch die Hintertür in den Garten läuft. Das Wasser schwappt über, Emmi stöhnt, läuft weiter. Und Veronika folgt ihr. Sie sieht, wie Emmi ganz nach hinten läuft und dort das Wasser, das sie unter großen Mühen über dem Kamin erhitzt hat, auf den Boden schüttet. Dann nimmt sie die Harke, die dort liegt, und versucht, ein Loch in den zugefrorenen Boden zu schlagen – vergebens.

Was macht Emmi da? Jetzt fällt es Veronika ein, sie will die Kassette mit dem Schmuck ausbuddeln, den sie mit Veronika vor Monaten vergraben hat. Doch die eisige Erde gibt die Kassette nicht frei.

Veronika wendet sich ab, läuft nach oben, wirft ein paar Sachen in die bereitgestellte Tasche, macht sie zu und greift nach der Pistole ihres Vaters, mit der sie so gut umzugehen gelernt hat. Sie steckt sie in die Tasche ihrer dicken pelzgefütterten Jacke, sofort greifbar.

Unten geht sie ins Wohnzimmer, beugt sich zu ihrer Mutter, die sie ansieht und mit dem Oberkörper zurückweicht. »Mama«, stammelt sie, »Mama, bitte ... wir können nicht ohne dich weg ... liebste Mama, bitte, sieh mich an, bitte«, weint sie.

Doch ihre Mutter erkennt sie nicht.

Da hört sie ein Krachen, ein Splittern, voller Angst fährt sie herum, bleibt regungslos stehen, horcht nur. Draußen hört sie laute Schritte, Schritte von Stiefeln. Da stößt ein großer, massiver Mann die Tür zum Wohnzimmer auf, macht ihr ein Zeichen herauszukommen, doch sie bleibt stehen. Jetzt taucht ein zweiter Mann auf. Es sind Russen, sie erkennt sie an den Uniformen. Der eine Russe kommt auf sie zu, packt sie an den Haaren und zerrt sie hinaus in die Diele. Die beiden Soldaten grinsen, rufen sich etwas in ihrer Sprache zu, lachen. Veronika sieht erstarrt zu, wie der eine sein Gewehr auf den Boden legt, den Pistolengürtel heruntergleiten lässt und dann die Hose auszieht. Der andere spart sich die Mühe, doch auch er wirft sein Gewehr weg, öffnet dabei bereits seine Hose, und sie sieht, wie er seinen erigierten Penis herausholt. Jetzt kommt Leben in sie,

sie weicht zurück, aber der Soldat packt sie, drückt sie zu Boden. Sie hat noch nie einen Penis gesehen, tiefe Abscheu ergreift sie, und sie tritt nach dem Mann, schreit, weint, dann spuckt sie ihn an. Doch er lacht, er lässt sich auf sie fallen, reißt ihr die Beine auseinander, den dicken Rock hoch, und da spürt sie diesen furchtbaren Schmerz, dann wieder und noch einmal. Der Russe stöhnt kurz auf und rollt sich von ihr herunter. Da ist schon der Zweite da, auch er presst sich auf sie, packt sie bei den Haaren und drückt ihren Kopf auf den Steinboden. Wieder dieser furchtbare Schmerz. Da hört sie einen gellenden Schrei – hat sie ihn ausgestoßen? Sie weiß es nicht. Der Mann rollt sich weg, steht auf. Und sie krümmt sich, hält sich den Leib, versucht aufzustehen, taumelt, dabei ertastet sie die Pistole, die schwer in ihrer Jackentasche liegt, geschützt durch den Pelz, von außen nicht zu spüren. Und wieder ein Schrei. Es ist ihre Mutter, die vom Wohnzimmer aus die Szene gesehen haben muss, die plötzlich erkannt hat, dass man ihrem Kind etwas angetan hat. Sie stürzt sich auf den ersten Russen, schreit weiter, hämmert mit den Fäusten auf ihn ein. Er wehrt sie mit einem Auflachen ab, als sei sie ein lästiges Insekt, wirft sie zu Boden. Doch als sie nicht aufhört zu schreien und sich dabei an sein Bein klammert, da hebt der andere sein Gewehr vom Boden auf, gibt mehrere Schüsse auf die Mutter ab, die blutüberströmt in sich zusammensinkt. Ihr Körper zuckt noch, sie hebt den Blick, ein lautloses Wort, ein Erkennen. Sie sieht ihre Tochter an, die taumelnd aufsteht, dann sinkt ihr Kopf zur Seite. Sie ist tot.

Veronika spürt die Pistole in der Tasche, sie greift sie, holt sie heraus, es geht schnell, der Instinkt diktiert ihr Handeln, die Mutter zu rächen, sich zu rächen, alle Frauen zu rächen, die getötet und vergewaltigt worden sind. Sie hat nur diesen Hass in sich und diese furchtbare Wut. Die beiden Männer richten sich noch die Hosen, wechseln ein paar Worte, der eine schiebt mit seinem Stiefel die Tote verächtlich zur Seite. Sie sind abgelenkt durch die Tote, doch jetzt dreht der andere sich um: Er kann nicht so schnell reagieren, er hat den Angriff nicht erwartet, denn Veronika zielt, ihre Hand zittert nicht, Hass lässt sie ruhig sein, lässt sie das Richtige tun. Und sie schießt, sie schießt dem Mörder ihrer Mutter mitten ins Gesicht, Blut spritzt. Sein Gesicht ist nur noch eine blutige Masse. Der andere starrt Veronika an, hebt dann aber sein Gewehr, hebt es hoch. Doch auch er ist nicht schnell genug, denn jetzt ist Veronika schneller. Und wieder schießt sie. Dieses Mal richtet sie die Pistole auf sein Herz, zwei Schüsse, genau gezielt, den letzten auf seinen Unterleib. Ein ungläubiger Blick, ein gurgelnder Laut, dann bricht er tot zusammen.

»Gut gemacht«, hört sie Emmi hinter sich sagen. Erst jetzt weint sie. Sie lässt die Pistole sinken, geht zu ihrer Mutter, bricht in die Knie, nimmt ihren Kopf und bettet ihn in ihren Schoß, schließt ihr sanft die Augen.

»Komm, wir müssen gehen«, flüstert Emmi, die ebenfalls weint und sich bekreuzigt. »Herr, nimm sie zu dir, erbarme dich ihrer«, murmelt sie stammelnd.

Emmi kommt zu ihr, zieht sie hoch, weg von der toten Mutter. Als sie steht, spürt Veronika wieder diesen furchtbaren Schmerz im Unterleib, spürt, wie ihr das Blut die Beine herunterläuft.

Irgendwo pfeift eine Lokomotive. Sie müssen rennen, wenn sie noch mitkommen wollen, denn in der Ferne hören sie wieder Schüsse, die Panzer der Russen rollen an.

Sie müssen weg, ein angstvoller Blick zurück. Veronika bleibt ganz kurz stehen, dreht sich nach dem Haus um, in dem sie eine glückliche Kindheit hatte, das ihr Zuhause war. Da, wo jetzt ihre tote Mutter einsam zwischen zwei russischen Soldaten liegt, ihrem Mörder und dem Vergewaltiger ihrer Tochter. Beide erschossen von ihr, Veronika, ihrer kleinen, verwöhnten Tochter, die in ihrer Kindheit nichts anderes kannte als Lachen, Musik und Geborgenheit.

Es ist eisig und einer der kältesten Winter des Jahrhunderts, während sie und Emmi weiterhasten und endlich am Zug stehen. Es ist kein Platz mehr, die Menschen sitzen, stehen gedrängt, doch Emmi schiebt sie hoch. Hände greifen nach ihr, und so steht sie schließlich eng zwischen Menschen eingezwängt, als der Zug langsam anfährt. Wie lange kann sie das aushalten? Emmi ist am Zug entlang bis vor zur Lokomotive gehastet, dort schwingt sie sich auf das Trittbrett. Ihr wird von innen geöffnet, denn Emmi wird zusammen mit zwei anderen Frauen die Lokomotive beheizen.

Irgendwann wird Veronika schlecht, sie kann nicht mehr, sie muss sich erbrechen. Wie lange fährt der Zug schon? Eine Stunde, zwei?

Sie würgt, schreit, kann sich nicht bewegen. Sie stöhnt und gerät in Panik, immer noch hat sie die furchtbaren Schmerzen im Unterleib, doch sie kann sich nicht krümmen. Eingepfercht steht sie zwischen den Menschen, der Zug fährt jetzt ganz langsam. Jemand öffnet die Tür und stößt sie einfach mit ihrer Tasche hinaus. Sie rollt den Abhang hinunter und bleibt liegen.

In der Ferne sieht sie Pferdewagen, die sich auf dem schmalen Weg am Bahndamm entlang vorwärtsbewegen, knatternd schaukelnd, bepackt mit Möbeln, Säcken und Koffern. Die Pferde schnauben, ihr Atem bildet in der kalten Luft kleine Wolken. Dann nähert sich langsam ein Auto. Es ist wie ein Wunder, denn wer besitzt heute noch ein Auto?

Sie versucht aufzustehen, zu winken. Doch da hört sie das Brummen am Himmel, das sich schnell nähert. Schon sind sie da, Tiefflieger der Alliierten. Sie kommen schnell, zu schnell. Sie werfen Bomben auf den Zug, der fast schon in der Ferne verschwunden ist, doch da gibt es ein Krachen, ein Bersten, Flammen, eine Explosion, ein Inferno. Die Flieger der Alliierten verschwinden am Horizont so schnell, wie sie gekommen sind. Emmi, schreit sie, Emmi … aber es ist nur noch ein Flüstern. Dann verliert sie das Bewusstsein.

Doch Emmi ist tot, das erfährt sie viel später, denn keiner der Flüchtlinge im Zug hat den Angriff überlebt. Sie ist die einzige Überlebende. Sie habe unglaubliches Glück gehabt.

Monate vergehen, während sie langsam gesund wird, als sie hört, dass das Auto damals anhielt und sie mitnahm. Der Fahrer und seine Frau brachten sie zur Hilfsorganisation der evangelischen Kirche, durch die sie Monate später in Mecklenburg in ein Lager gebracht wird. Vier Jahre wird sie dort leben.

Kapitel zwölf

Maria

Der Hass, die Fremdenfeindlichkeit mussten endlich aufhören! Endlich!

Sie sollte sich vor dem Rathaus auf eine Kiste stellen und es den Leuten, die heute Nachmittag auf dem Markt einkaufen gingen, ins Gesicht schleudern, sie wachrütteln, an ihr Gewissen appellieren. Ihnen zurufen, wie gefährlich die Partei *Freunde der Heimat* war, wie sehr sie die Menschen aus Ostpreußen stigmatisierte, ihnen einen Weg in die Gesellschaft verwehrte.

Wütend trat Maria in die schweren Pedale ihres alten Rads, sie fuhr auf holprigen Wiesenwegen nach Hause. Es war mühsam, denn Maria trug den Rock, der zu eng war, sich ständig beim Fahren hochschob, obwohl er hinten eine Falte hatte, eine sogenannte Diorfalte, wie Vivien ihr erklärt hatte. Sie hatte sich gefreut, als ihre Schwägerin ihr diesen Rock und die Seidenbluse aus München mitgebracht hatte. Sie hatte *sich in Schale geworfen,* wie Vivien es nannte, als sie zum Grafen Zell fuhr, aber es war umsonst gewesen. Er hatte sie kaum angesehen. So war es also, wenn man als Frau fünfzig war – Männer beachteten einen nicht mehr.

Sie hatte ihn überreden wollen, sich an den hohen Baukosten für die neu entstehende Flüchtlingssiedlung am Stadtwall zu beteiligen. Die Kosten stiegen, und das bereitgestellte Geld von der Gemeinde war aufgebraucht.

Aber der Graf hatte strikt abgelehnt.

Einen Moment musste sie durchatmen. Sie stieg ab und

schob ihr Rad den holprigen Weg entlang, blieb kurz stehen. Dann schirmte sie ihre Augen gegen die Sonne ab und sah hinüber zu den Spargelfeldern, auf denen viele Flüchtlinge das Gemüse ernteten. Bald aber würde die Saison vorbei und viele von ihnen wieder arbeitslos sein.

Ein Flüchtling, der Name falle ihm gerade nicht ein, hatte Graf Zell ihr erzählt, sei in ein abseits stehendes Haus eingebrochen, habe eine alte Frau niedergeschlagen und sie ausgeraubt.

Maria hatte sich bemüht, ihm geduldig erklärt, die Menschen aus Ostpreußen seien nicht anders als die Menschen hier in Bayern, gut und schlecht, freundlich und abweisend, liebevoll und ruppig, fleißig und faul. Außerdem sei der Täter gefasst worden und sitze jetzt hinter Gitter.

Da hatte Graf Zell befremdet den Kopf geschüttelt und erklärt, sie sei eine hoffnungslose Idealistin, aber er bewundere ihren Einsatz für diese Leute. Und nein, er werde den Bau am Stadtwall nicht mitfinanzieren, es tue ihm leid, aber da sei sie wohl umsonst gekommen. Auch wenn er sie als Witwe seines Freundes Werner sehr schätze. Und schneller, als sie dachte, stand sie wieder draußen vor seiner Villa.

Er hatte ihr noch vorgeschlagen, die ehemalige Jagdhütte von Werner zu übernehmen, für einen kleinen Preis natürlich, sie stehe ja schon seit Jahren leer.

Doch Maria hatte abgelehnt. War das richtig? Vielleicht hätte sie den Grafen umstimmen können, wenn sie ihm die Hütte überließ? Hatte sie einen Fehler gemacht?

In einem plötzlichen Entschluss bog Maria vom Weg ab, stieg wieder aufs Rad und fuhr zurück in den Wald, bis zur Hütte. Manchmal kam sie hierher, putzte und lüftete, bürstete Werners Jagdkleidung aus und sah nach dem Gewehr.

Das tat sie für ihn. Sie wollte sein Andenken lebendig halten, und hier, wo er sich so gern aufhielt, gelang es ihr.

Vor der Hütte sprang sie vom Rad, holte den Schlüssel unter dem Stein neben der Tür hervor und betrat die Hütte. Sie stieß den Fensterladen auf, öffnete das Fenster weit und atmete die frische Waldluft tief ein. Dann setzte sie sich auf die Bank mit den alten, ausgebleichten Kissen, die sie vor Jahren gekauft hatte, weil ihr das Dunkelblau so gut gefallen hatte.

Tiefe Stille umfing sie, und wie immer fand Maria hier die Ruhe, um nachzudenken. Sie versuchte, sich die Jahre mit Werner ins Gedächtnis zu rufen, sich vielleicht an etwas zu erinnern, das vergessen war. Sie wollte nachvollziehen, wieso es dazu kam, dass sie von Anfang an der Ehe ablehnend gegenübergestanden hatte. Hatte sie ihn wirklich durch die Augen ihres Vaters gesehen, der seinen Schwiegersohn missbilligte, da er seinem intellektuellen und gesellschaftlichen Anspruch nicht genügte? War es wirklich so gewesen, hatte ihr geliebter Vater einen so großen Einfluss auf sie, dass sie sich nie zur Liebe zu Werner bekannte? Tiefe Schuldgefühle erfassten sie jetzt noch, nach Jahren, als sie an ihre Ablehnung ihm gegenüber dachte. Ablehnung, die über Jahre ging, ein Gefühl, das sie heute nicht mehr begriff, sondern zutiefst bedauerte. In der Nacht, bevor sie Werner zusammen mit Anna an den Zug nach Russland gebracht hatte, da hatte sie endlich begriffen, dass sie ihn liebte. Doch es war zu spät gewesen. Es war das letzte Mal, dass sie ihren Mann gesehen hatte.

Vivien hatte ihr schon vor Jahren gesagt, sie müsse sich endlich von den Wertebegriffen ihres Vaters lösen, sie sei schließlich erwachsen. Maria legte die Hände in den Schoß und lehnte den Kopf gegen das Polster der Bank.

Sie horchte auf die Stille, schloss die Augen und genoss diesen Moment.

Als ihr Vater vor fünf Jahren starb, dachte sie, sie habe ihren Halt im Leben verloren, doch im Laufe der Zeit begriff sie es: Durch seinen Tod hatte sie ihre Freiheit bekommen. Sie hatte endlich verstanden, dass sie den Halt nur in sich selbst fand, und als ihr das klar wurde, fühlte sie sich frei und endlich in der

Lage zu handeln, wie sie es für richtig hielt. Manchmal stellte sie sich die Frage, was ihr Vater dazu sagen würde, dass sie sich so sehr für die Flüchtlingshilfe einsetzte und in die Fußstapfen ihrer Mutter trat.

Wäre sie nur nicht so kleingeistig gewesen, als Anna den Wunsch äußerte, Schauspielerin zu werden. Ihr Vater hatte diesen Beruf strikt abgelehnt. Solche Leute seien nichts weiter als die Clowns der Bourgeoisie.

Maria war in der Premiere der *Heiligen Johanna* gewesen, und als sie Anna, *ihr Kind,* auf der Bühne erlebte, waren ihr die Tränen über die Wangen gelaufen.

Ihr glaubt, leben sei nichts anderes, als nicht mausetot sein …
Ich kann von Brot leben, wann hätte ich mehr verlangt …

Sie war nicht die Einzige gewesen, die bei Annas Worten geweint hatte. Anna, die schmale junge Frau, stand da oben, Anna *war* jetzt Johanna und zog das Publikum in ihren Bann. Anna, ihre unglaubliche Tochter.

Es war noch nicht zu spät, mit ihr eine neue Basis zu finden, ihr Vertrauen zurückzugewinnen, ein Vertrauen, das sie jahrelang nicht verdient hatte. So war es. Sie musste nichts beschönigen.

Und sie selbst hatte sich endlich akzeptiert, sie war nicht mehr das kleine Mädchen ihres Vaters. Sie war erwachsen geworden in den Jahren des Kriegs.

Vivien hatte neulich gesagt, sie sei enttäuscht. Nie mehr habe sich eine von den Frauen gemeldet, die ihnen ihr Leben verdankten. Sie wüssten so gar nichts über sie. Waren viele dann doch an den jahrelang erlittenen Qualen im Lager gestorben? Konnten sie nicht mehr in ein normales Leben zurückfinden, waren sie zu krank, zu geschwächt?

So viele Gedanken gingen ihr durch den Kopf, seit sie heute beim Grafen Zell gewesen war. Sie erhob sich, zog den Fensterladen zu, verriegelte ihn und schloss das Fenster. Dann verließ sie die Hütte, die zu einem Ruhepunkt in ihrem Leben geworden war, zu einem Ort, an dem sie sich mit Werner verbunden fühlte.

Als sie erhitzt und mit aufgelösten Haaren nach Hause kam, wartete Wolfgang von Heimhausen auf sie.

»Ich habe mir erlaubt, das Abendessen zu planen. Ich war beim Spargelbauern Schmidinger und habe Spargel besorgt und geputzt, auch Schinken gekauft und die Kartoffeln aufgestellt. Ich hoffe, Sie sind einverstanden.«

Maria freute sich. Der Gedanke, heute nicht kochen zu müssen, war wunderbar. Sie bedankte sich und sagte, sie wolle sich nur schnell umziehen, um dann die Sauce hollandaise zu schlagen.

Walter hüstelte, erklärte, wie attraktiv sie aussähe, wie gut ihr der enge Rock und die Bluse stehen würden. »Und die Pumps runden die Eleganz ab«, erklärte er.

Maria schoss die Röte ins ohnehin erhitzte Gesicht, sie konnte sich nicht erinnern, wann Walter von Heimhausen ihr jemals ein solches Kompliment gemacht hatte. Sonst bewunderte er nur ihre Koch- oder Backkünste, ihren Einsatz für die Flüchtlingshilfe, die er mit unterstützte. Doch sie freute sich. Es war der richtige Augenblick, da sie beim Grafen plötzlich das Gefühl hatte, als Frau nicht mehr wahrgenommen zu werden. Manchmal hatte sie in den vergangenen Monaten den Eindruck gehabt, der Einsatz von Walter im Haushalt gälte ihr, doch dann verwarf sie den Gedanken wieder. Sie war eine Frau von einundfünfzig, eine Kriegswitwe, die sich selbst als unattraktiv betrachtete. Sie besaß auch nicht die selbstverständliche Eleganz und das Selbstbewusstsein von Vivien.

»Die Kartoffeln sind fast gut, ich stelle jetzt noch das Wasser für die Spargel auf«, schlug Walter vor.

Maria nickte ihm zu, schlüpfte aus ihren Pumps und wandte

sich zur Treppe. Da ging die Haustür, und Vivien kam mit Daniel zurück.

»Wir waren an der Baustelle, Daniel schaut so gern dem Bagger zu, aber alles steht still«, erzählte Vivien.

»Ja, das Geld ist ausgegangen«, bedauerte Maria. »Deswegen war ich heute beim Grafen, aber er lehnt es ab, sich an den hohen Kosten zu beteiligen, damit die Baufirma weitermachen kann. Leider war ich umsonst bei ihm.«

»Ich habe Hunger«, meldete sich Daniel, und Wolfgang rief aus der Küche, es sei bald so weit. Er versuche sich jetzt an der Sauce hollandaise, die habe er schon immer mal ausprobieren wollen.

»Isst Mama mit uns?« Daniel warf einen schnellen Blick zur Treppe, wartete die Antwort nicht ab, sondern ging neugierig in die Küche. »Ich helfe Walter bei der Sauce«, erklärte er großspurig.

Vivien und Maria lächelten sich an. »Er ist so ein lieber Kerl.«

»Ich weiß«, lachte Maria, »du bist richtig verliebt in den Kleinen.«

»Ja, das stimmt«, gab Vivien zu. »Glaubst du, Veronika kommt herunter?«

»Ich denke, nein«, war Marias Antwort. »Sicher bleibt sie oben, bis sie zur Spätschicht muss. Sie hat neulich erzählt, im Grieser könne sie umsonst essen.«

»Nun ja, wenn es ihr dort besser schmeckt ...« Vivien zuckte die Schultern.

Veronika vermied es, mit ihnen zu essen, und wenn sie zu Hause war, zog sie sich in ihr Zimmer zurück. Es kam auch selten vor, dass sie mit ihrem Sohn spielte, doch das war alles, was überhaupt auf eine Beziehung zwischen Mutter und Kind hinwies.

»Sie geht uns aus dem Weg«, flüsterte Maria mit dem Blick nach oben. »Wir wissen so wenig über sie und nichts über Daniels Vater … wie sie ihn kennengelernt hat, warum er nach Amerika zurückging, nichts.«

»Sie wird darüber sprechen, wenn sie bereit dazu ist«, war Viviens Antwort. »Wir müssen abwarten und sollten sie nicht bedrängen.«

Kapitel dreizehn

Vivien

Am ersten Schultag nach den Pfingstferien regnete es in Strömen. Vivien rannte die Treppen zum Gymnasium hoch, schüttelte kräftig ihren Schirm aus und betrat das Schulhaus. Es war noch still, nur vereinzelt trafen die Schülerinnen ein. Vivien ging an den offenen Klassentüren vorbei, lief weiter ins Lehrerzimmer. Nur Dr. Feldmann war schon da, er saß an dem großen Konferenztisch in der Mitte des Raums und ordnete Unterlagen. Als sie hereinkam, schob er seine Brille auf den kahlen Kopf, grüßte unfreundlich und beobachtete sie, als sie zielstrebig zu ihrem Postfach ging.

Es gab sieben männliche Lehrkräfte, drei sehr junge, die noch Kinder gewesen waren, als der Krieg ausbrach, und die noch nicht an die Front mussten, und vier, die sich dem Pensionsalter näherten und damals schon zu alt waren, um noch einberufen zu werden.

Dr. Feldmann gehörte keiner der beiden Gruppen an. Er war gerade fünfzig geworden und verbarg auch nicht, dass er fest mit der Berufung zum Direktor gerechnet hatte. Diese Position stünde ihm zu. Er hatte es nicht verwunden, dass man ihm die *Engländerin,* wie er Vivien nur nannte, als Vorgesetzte vor die Nase schob.

Er war ehemaliges Parteimitglied, was er heftig bestritt und als üble Nachrede bezeichnete. Auch hätte er gern dem Vaterland gedient, doch seine Sehschwäche habe ihn daran gehindert.

In Viviens Postfach lagen mehrere Briefe. Sie nahm sie

rasch heraus und verließ mit einem Nicken in Richtung Dr. Feldmann das Lehrerzimmer. Er hielt den Kopf gesenkt, aber sie spürte, dass er sie beobachtete, bis sich die Tür hinter ihr schloss.

Sie ging weiter zum Direktorat, grüßte im Vorzimmer ihre Sekretärin, Frau Pfleiderer, die bereits an der Schreibmaschine saß, sofort aufsprang und Vivien den nassen Schirm abnahm.

Vivien wechselte ein paar Sätze mit ihr: *Wie waren Ihre Ferien, haben Sie sich erholt, und jetzt geht es zum Endspurt vor den großen Ferien.*

»Möchten Sie einen Kaffee, Frau Direktor?«, fragte Fräulein Pfleiderer.

Mit einem »Sehr gern« öffnete Vivien die Tür zum Direktorat und setzte sich an ihren Schreibtisch. Sie stellte die Tasche ab und griff nach den Briefen. Es waren drei Einladungen, darunter eine zum Sommerfest des Tennisclubs und zum Schulfest, das vom Elternkomitee am Tag vor Beginn der Schulferien arrangiert wurde.

Dann noch eine Karte vom Kaufhaus Bohnenberger, das Vivien Kroll zu einer Modenschau für Strandkleidung einlud. Doch die Einladung zum Sommerfest des Tennisclubs war erstaunlich. Vivien hatte vor vielen Jahren gern Tennis gespielt, und als sie sich vor drei Jahren für eine Mitgliedschaft im Club beworben hatte, hieß es, alleinstehende Frauen könnten leider nicht aufgenommen werden. Wurde sie plötzlich von der Gesellschaft akzeptiert? Das musste sie Antonia erzählen. War das nicht ein weiterer, wenn auch kleiner Schritt zur Emanzipation?

Mit einem Lächeln legte sie die Briefe in die Schublade. Ein dünnes Kuvert aber war zwischen den anderen durchgerutscht und flatterte zu Boden. Vivien beugte sich hinunter und hob es auf. Sie erschrak, fast ahnte sie, was es enthielt.

Ihre Zeit läuft ab.

Mehr nicht.

Ihre Zeit läuft ab.

Der Satz verfolgte sie über den Vormittag hinweg, an dem sie zwei Stunden Englisch in der sechsten und eine Stunde in der achten Klasse gab, und dann immer noch, als sie bereits auf dem Heimweg war. Der Regen hatte aufgehört, die Sonne schien bereits wieder, und irgendwann fiel ihr auf, dass sie ihren Schirm vergessen hatte. Aber das war nicht mehr wichtig.

Ihre Zeit läuft ab.

Plötzlich rannte sie los und kam atemlos zu Hause an.

»Wo ist Daniel?«

Maria kam gerade mit einer Schüssel geernteter Erdbeeren aus dem Garten und steuerte die Küche an. »In seinem Zimmer.« Verwundert blieb sie stehen.

»Wolfgang war mit ihm *Bagger anschauen,* und seine Mutter ist oben in ihrem Zimmer. Auch wie immer.«

Doch Vivien hörte nicht wirklich zu. Sie riss die Tür von Daniels kleiner Kammer auf, und da saß er auf dem Boden, vertieft ins Spiel mit seiner elektrischen Eisenbahn, die ihm Vivien zu Weihnachten geschenkt hatte. Der Boden war bedeckt mit Gleisen, auf denen zwei Züge tuckerten, Daniel trug die Mütze eines Bahnvorstehers, hatte ein Haltschild in der Hand und eine Pfeife im Mund.

Erleichtert schloss Vivien die Tür. Er war so vertieft ins Spiel, dass er sie gar nicht bemerkt hatte.

Maria war inzwischen in der Küche, schob die aufgeschlagene Zeitung zur Seite und breitete die Erdbeeren auf dem Schneidebrett aus. »Ich koche heute nichts«, erklärte sie, »ich mache Marmelade ein. Walter holt uns etwas zum Mittagessen bei dem Italiener.«

»Bei welchem Italiener?«

»Hast du das kleine Lokal neben dem Rathaus noch nicht gesehen? Eine italienische Familie hat sich hier vor ein paar Wochen niedergelassen und ein kleines Lokal eröffnet. Bis jetzt bleiben die Gäste den Italienern aber fern. Den Gastarbeitern, wie man sie nennt. Die Leute kennen die italienische Küche nicht und gehen lieber ins Grieser.«

»Was gibt es denn bei dem Italiener?«

»Nudeln mit Hackfleisch und Tomatensauce und dann noch Pizza, die holt Walter gerade.«

»Pizza?«

»Ja, ich bin schon gespannt, was das ist.« Maria war gut gelaunt, schob sich eine Erdbeere in den Mund und bot Vivien eine an. »Walter hat erzählt, dass es in Würzburg schon seit fünf Jahren in einem Restaurant Pizza gibt. Dort haben sich auch Italiener niedergelassen, und ihr Lokal ist bereits sehr bekannt, weit über Würzburg hinaus.«

»Da bin ich aber gespannt.«

Vivien fiel auf, dass Maria schon seit einiger Zeit nicht mehr ihre geblümten Kittelschürzen trug, obwohl sie jetzt doch Marmelade einkochen wollte. Sie hatte das leichte roséfarbene Sommerkleid an, das ihr Vivien schon vergangenes Jahr geschenkt hatte. Bis jetzt hatte es aber nur im Schrank gehangen. Die Farbe sei zu auffällig, das Kleid zu tief ausgeschnitten, hatte sie damals erklärt.

Vivien unterdrückte ein Lächeln. Es war eindeutig, Maria machte sich schön. Und für wen, lag auf der Hand.

Vivien setzte sich auf einen Stuhl und griff nach der Zeitung. In Gedanken mit der Frage beschäftigt, ob sie Maria endlich von den Briefen erzählen sollte, fiel ihr der Artikel auf Seite drei auf.

»Wirklich anders?«

Vivien überflog den Artikel. *Sind die Flüchtlinge wirklich andere Menschen, oder sind sie nicht wie wir, mit guten und schlechten Eigenschaften?*

So der Anfang. Darunter das berühmte H.S.

»Das ist genau das, was du neulich gesagt hast.« Erstaunt sah Vivien hoch. »Und zwar, als du vom Grafen gekommen bist, da hast du genau das thematisiert, ich erinnere mich noch.«

Maria zuckte die Schultern, setzte zu einer Antwort an, da aber kam Walter mit drei großen, flachen Schachteln und forderte sie auf, schnell auf die Terrasse zu kommen, wo er bereits gedeckt hatte. »Die Pizzen sind noch warm.«

»Da bin ich aber mal gespannt.«

Auch Daniel kam neugierig aus seinem Zimmer, und sie folgten Wolfgang auf die Terrasse.

»Hm … das riecht aber gut«, stellte Maria fest.

Nur Veronika fehlte. Auch als Maria hochlief, an ihrer Tür klopfte und leise rief, es gebe etwas Exotisches zu essen, blieb sie für sich und kam nicht herunter.

Kapitel vierzehn

Antonia

Antonia kannte Frank Mähler seit zwei Jahren. In den letzten Monaten aber trafen sie im Lager öfter aufeinander als sonst. Antonia bewunderte den jungen Mann, der bereits Oberarzt in einer Münchner Klinik war und seine Freizeit dazu nutzte, ehrenamtlich tätig zu sein. Antonia beobachtete ihn. Er war geduldig, tröstete, versorgte die Lagerinsassen. In Gedanken beschäftigte sie sich immer häufiger mit ihm, sie wusste, dass er nicht verheiratet war, aber hatte er eine Freundin? Dann musste sie sehr tolerant sein, denn ein Privatleben schien etwas zu sein, das Frank Mähler nicht kannte.

Mehrmals waren Antonia und er einen Kaffee trinken gegangen. Dann sprachen sie über die Menschen, über die Schicksale der Lagerinsassen. Über Krankheiten, Depressionen.

Als er sie vor einigen Tagen heimfuhr, ging er ums Auto herum und öffnete ihr höflich die Wagentür, er reichte ihr die Hand beim Aussteigen, und für einen ganz kleinen Moment hatte er sie an sich gezogen.

Es war ein Augenblick, den Antonia nicht vergaß, denn er hatte etwas an die Oberfläche geholt, das sie seit Jahren verdrängte: die Sehnsucht nach der Umarmung eines Mannes.

Und heute hatte sie eine Verabredung mit ihm, ein richtiges Rendez-vous. Er hatte sie gefragt, ob er sie zum Abendessen einladen dürfe, und zwar zu sich nach Hause.

Es war ein Vorschlag, der sich auf ihr Gespräch vom Vortag bezog. Da hatten sie nach ihrem Rundgang im Lager übers

Kochen gesprochen. Antonia hatte gelacht, als er sagte, er koche gern und auch gut. Sie glaubte es ihm nicht so ganz. Und da hatte er sie spontan für den Abend zum Essen eingeladen, und sie hatte zugesagt.

Seit Frank Mähler sie an sich gezogen hatte, stellte sie sich vor, von ihm geliebt zu werden. »Er ist nicht in dich verliebt, und auch du bist es nicht«, erklärte sie sich, während sie sich sorgfältig zurechtmachte und mehrmals umzog, bis sie sich für einen leichten Pulli entschied, den man über die Schulter herunterziehen konnte, einen weiten Rock und ihren neuen breiten Gürtel. Sie frisierte und schminkte sich sorgfältig, ein zartes Make-up, das ihre Narbe mildern sollte. Sie war nervös. Zu lange hatte sie schon keine Verabredung mehr gehabt. Aber wahrscheinlich war seine Einladung nur eine nette Geste, ein spontaner Einfall, als sie übers Kochen gesprochen hatten.

Aber er hatte sie auf die Art angesehen, die sie nicht gewohnt war. Ein Blick, der ihr signalisierte, dass sie ihm gefiel.

Frank Mählers Wohnung lag in einem Haus aus der Jahrhundertwende in Schwabing, und als sie zu seiner Wohnung im dritten Stock hochfuhr, fing ihr Herz so stark an zu klopfen, dass sie fast wieder umkehren wollte.

Als er ihr öffnete, verflog die Unsicherheit, denn Frank trug über seiner Blue Jeans und dem weißen Hemd eine Schürze in den Farben der italienischen Flagge. Antonia fand es witzig und die Situation nicht so angespannt, wie sie befürchtet hatte.

»Ich bin noch in der Küche, wollen Sie mitkommen?«

Sie nickte und folgte ihm durch ein Wohnzimmer in ein kleines Esszimmer, das sich der Küche anschloss. Eine Altbauwohnung mit hohen Decken, verziert mit Stuck. Im Wohnzimmer hing ein ausladender Leuchter von der Decke, dessen Kristallsteine im Kerzenlicht funkelten, denn Frank hatte überall welche aufgestellt.

»Ich habe ein Saltimbocca mit Gnocchi und einem Salat vorbereitet, ein Rezept von einer italienischen Tante.«

»Riecht schon sehr gut«, stellte Antonia fest. »Und die Musik passt auch.«

Er hatte eine Schallplatte mit Dean Martins *Memories Are Made of This* aufgelegt. »Ich mag ihn«, erklärte sie mit Blick ins Wohnzimmer auf den Plattenspieler, während sie sich neben Frank stellte und zusah, wie er die Gnocchi vorsichtig aus dem heißen Wasser schöpfte.

»Kommen Sie.« Ganz leicht berührte er ihre Hand, als er ihr den Stuhl im Esszimmer zurechtrückte. »Ich habe einen wunderbaren leichten Weißwein«, flüsterte er ihr zu, während er sich über ihre nackte Schulter beugte, auf die er einen leichten Kuss hauchte.

*

Leise schloss Antonia die Wohnungstür auf, überrascht blieb sie stehen. Hatte Anna Besuch?

Sie wollte sich an der offenen Wohnzimmertür vorbeischleichen, als ihr Schlüsselbund krachend auf den Parkettboden fiel.

»Antonia?«, rief Anna, und so atmete sie tief durch und stieß die angelehnte Tür zum Wohnzimmer auf.

Anna saß in ihrem alten grauen Bleyle-Trainingsanzug im Schneidersitz auf dem Sofa, ein dickes Buch auf den Knien.

»Ich dachte, du hast Besuch«, murmelte Antonia schwach.

Anna schüttelte den Kopf, legte das Buch auf die Seite. »Nein, ich lese gerade die Rolle der Maria Stuart laut vor mich hin. In der Schule mussten wir das Drama durcharbeiten, die ganze Klasse fand das furchtbar öde. Ich übrigens auch.« Sie lachte, beobachtete dabei ihre Cousine scharf.

»Aber jetzt noch?«, fragte Antonia. »Es ist doch schon drei Uhr durch.«

»Ich konnte nicht schlafen«, erklärte Anna. »Ich war unruhig und wollte die *Maria Stuart* ganz durchlesen. Denn jetzt«, fügte sie hinzu, »finde ich das Stück sehr spannend und die Rolle der Maria unglaublich dramatisch. Weißt du, Antonia, heute hat mir der Intendant bestätigt, dass ich sie spielen werde. Obwohl ich dafür noch zu jung sei und das Charakterfach eigentlich noch nicht zu mir passe.«

»Wenn Julian Winter Sie will, dann setze ich dem nichts entgegen«, hatte er erklärt.

Anna redete, während Antonia unschlüssig an der Tür stehen blieb. Annas Blick blieb an der Taille ihrer Cousine hängen.

»Wo ist dein schöner Gürtel?«

»Ich habe ihn verloren. Liegen gelassen«, verbesserte sich Antonia.

»Ach ja?« Mehr fragte Anna nicht.

Antonia schleuderte in einem plötzlichen Impuls ihre Tasche in einen der Sessel und warf sich in den anderen. »Ich war verabredet. Mit Frank Mähler.« Antonias Stimme klang spröde.

»Ist das nicht der gut aussehende Arzt?«

»Woher weißt du das?«

»Du hast mir von ihm erzählt, das ist schon ziemlich lange her.«

Antonia nickte schwach. »Er hat mich zu sich nach Hause eingeladen und für mich gekocht.«

»Und? Hat's geschmeckt?«

Antonia nickte. »Ja, ja, schon.«

Anna sah sie abwartend an, und Antonia fuhr sich durch die langen Haare, die ziemlich zerzaust wirkten.

»Weißt du, Anna, ich habe diesen Mann schon seit Langem wegen seines Einsatzes im Lager bewundert.« Sie machte eine Pause, zupfte den Rock zurecht. »Er hat mir auch gefallen«, setzte sie hinzu.

Anna hatte sich aufgesetzt, wartete.

Antonia nestelte weiter an dem Rock herum und sah nicht hoch, als sie sagte: »Ich bin geblieben, auch nach dem Essen.«

»Nun ja, das kann ich mir denken, dass ein Abendessen nicht bis um drei Uhr früh dauert.«

Da Anna sie nur weiterhin ansah, erzählte Antonia weiter. Auch wenn es sie Überwindung kostete, hatte sie das Bedürfnis, sich ihrer Cousine mitzuteilen. »Es ging alles sehr schnell, wir hatten auch zu viel getrunken, erst einen Sekt, dann eine Flasche italienischen Weißwein.«

»Und dann?«

»Ja, was wohl.« Antonia seufzte auf. »Wir waren kaum mit dem Essen fertig, da lagen wir schon im Schlafzimmer auf seinem Bett.« Sie schwieg, wandte ihr Gesicht zur Seite, und Anna erkannte, dass sie mit den Tränen kämpfte.

»Hat es dir nicht gefallen?« Anna blieb vorsichtig. »Glaubst du, es war ein Fehler?«

Antonia zuckte mit den Schultern. »Ich kann nicht sagen, dass es mir gar nicht gefallen hat, aber es war so banal.«

Frank hatte gesagt, er sei erstaunt, wie wenig Erfahrung sie habe, das habe er nicht erwartet. Obwohl er sehr neugierig gewesen sei, da sie sich bereits drei Jahre kennen würden und kein Mann jemals in ihrer Nähe gesichtet worden war.

Gesichtet. So hatte er es formuliert.

Antonia sah ihre Cousine unsicher an, doch auf Annas Gesicht zeigte sich große Anteilnahme und Gott sei Dank kein Mitleid. »Ich bin schnell aus dem Bett gestiegen und habe mich angezogen, hastig! Darum habe ich meinen Gürtel vergessen.«

»Warum? Wolltest du nicht bleiben?«

»Nein, es ist keine Vertrautheit zwischen uns entstanden, und da wollte ich nicht neben ihm aufwachen.«

Sie wollte nicht, dass er ihr Gesicht mit der roten Narbe sah, die sie doch so sorgfältig überschminkt hatte. »Ich wollte einfach weg, und er hat mich auch nicht aufgehalten. Und da wollte ich es nicht so … so … banal enden lassen und ihn zum Abschied auf den Mund küssen, aber da …«

Anna wartete geduldig.

Antonia atmete durch. »Er hat sein Gesicht weggedreht. Dann sagte er, ich hätte einen unglaublich erotischen Körper, aber er könne mich nicht auf den Mund küssen, er sei ein Ästhet, und meine Narbe sei …« Antonia presste die Lippen zusammen. Sie musste nicht weitersprechen, Anna wusste, was kommen würde.

Schweigend erhob sich Anna, setzte sich auf die breite Sessellehne und legte ihrer Cousine den Arm um die Schulter. »Du wirst diesen Abend vergessen, hörst du? Und diesen Mann dazu, er ist es nicht wert, dass du nur einen Gedanken, einen einzigen Herzschlag an ihn verschwendest. Du bist doch nicht wirklich in ihn verliebt, oder?«

Antonia schüttelte heftig den Kopf. »Nein, das nicht. Aber ich habe ihn als Arzt immer sehr bewundert.«

»Wenn er als Arzt bewundernswert ist, bedeutet es noch lange nicht, dass er es als Mann ebenfalls ist.«

Anna sah, wie sehr Antonia zitterte, vor Müdigkeit, vor Nervosität, aus dem Gefühl dieser Demütigung heraus. Sie überlegte, dann schlug sie spontan vor: »Machen wir uns einen Kakao? Weißt du noch? Früher hat uns das immer geholfen.«

Antonia nickte, sie rang sich ein Lächeln ab. Früher, das war damals, als sie zusammen mit ihren Müttern im Haus in der Kleinstadt gewohnt hatten. Als sie junge Mädchen gewesen waren.

Das *Wir* bedeutete, sie solle den Kakao kochen, denn Anna hatte in der Küche zwei linke Hände, wie sie selbst immer sagte.

Also standen sie beide auf und gingen in die Küche. Während Antonia die Dose mit dem Kakao aus dem Schrank holte und die Milch aus dem Kühlschrank, schwiegen sie. Erst als Anna zwei große Tassen mit dem heißen Getränk auf den Tisch stellte und sich setzte, ging es weiter.

»Weißt du«, Antonia umfasste mit beiden Händen ihre Tasse, »er hat sich an meiner Narbe gestört. Bei einer Frau geht es immer nur um das hübsche Gesicht. Wenn du ein kleines Mädchen bist, sagt man dir, was du für ein niedliches, hübsches Ding bist und wie deine Puppe heißt und ob du auch eine Prinzessin sein willst, die ihren Prinzen heiratet. Aber einen Jungen fragt man, ob er Fußball spielt oder wie seine Noten in Latein sind. Und was er einmal werden will. Bei einer Frau dreht es sich immer nur um das Äußere.«

»Du warst ein niedliches, hübsches Ding«, war Annas Antwort, »als du zu uns aufs Land kamst. Und eitel dazu, aber du hast dich verändert.«

Mit einem kleinen Auflachen antwortete Antonia: »Ja, ich habe mich verändert, das ist richtig. Aber ich bin eine Frau, verunstaltet durch eine Narbe, die mir heute eine Demütigung eingebracht hat.«

»Antonia«, betonte Anna, »du hast dich insgesamt verändert, dir ist doch nicht nur die Narbe geblieben. Du bist zu einer Frau mit einer großen Ausstrahlung geworden, du bist nicht mehr die kleine Egoistin. Du willst helfen, du willst die Welt verändern. Hast du noch nie bemerkt, wie die Menschen sich in deiner Umgebung wohlfühlen? Sie lächeln dich an, weil sie spüren, dass du etwas Besonderes bist.«

Da fing Antonia an zu schluchzen. Bis jetzt hatte sie sich beherrscht, doch bei den Worten ihrer Cousine brachen alle Dämme. Sie weinte und schluchzte, und Anna wartete und reichte ihr ein Papiertaschentuch, dann noch ein zweites, bis die Tränen versiegten.

»Fühlst du dich jetzt besser?«

Antonia nickte. »Danke, danke, das ist das Schönste, was mir jemals ein Mensch gesagt hat.«

»Es ist die Wahrheit«, antwortete Anna. »Und daran erkennst du, dass sich eine Frau nicht unbedingt nur durchs Äußere definiert. Es kommt auf sie selbst an. Und jetzt sollst du diesen Mistkerl einfach vergessen. Vor vielen Jahren hast du eine große Liebe erlebt, und das ist mehr, als viele Frauen von sich sagen können.«

Antonia hob den Kopf. Annas Stimme klang sachlich, vielleicht zu sachlich.

Anna trank ihren Kakao aus, dann sprach sie weiter: »Ich habe dir von meinen vielen Affären erzählt. Ich kenne ganz unterschiedliche Gefühle, kurze, hastige Augenblicke der Leidenschaft, dann die der Ernüchterung, der vielen Verletzungen, der Enttäuschung. Und die Sehnsucht nach der Liebe, der wirklichen Liebe.«

Antonia vergaß Frank Mähler, vergaß die Demütigung, sie griff nach der Hand ihrer Cousine und drückte sie ganz fest.

Anna lächelte. »Weißt du, ich bereue nichts, gar nichts. Denn all diese durchlebten Gefühle, auch diese Sehnsucht, die kann ich in meine Rollen einbringen, ich leihe sie den Figuren, die ich auf der Bühne darstelle. Und darum werden sie zu echten Frauen, die das Publikum fesseln, berühren können. Und dann ist mein Augenblick gekommen, um glücklich zu sein. Und darum war in meinem Leben nichts umsonst, keine Demütigung, keine Enttäuschung, und auch die Leidenschaft nicht, die ich mit Männern erlebt habe, die ich nicht geliebt habe.«

Noch nie hatte Anna so offen über sich gesprochen, und auch Antonia hatte ihr heute etwas anvertraut, von dem sie dachte, es ganz tief in sich verschlossen zu haben.

»Weißt du was, Antonia? Lass uns eine Fahrt mit dem Cabrio machen, die Sonne geht langsam auf. Ist das eine Idee?«

Schon war sie aufgesprungen, und auch Antonia erhob sich, ihr gefiel der Gedanke. An der Garderobe riss sie noch schnell ihren Mantel vom Haken. »Aber, Anna, willst du in diesem alten Trainingsanzug fahren?«

»Warum nicht? Ich liebe ihn.«

Sie sahen sich an und lächelten. Beide erinnerten sich an ihre Mädchenjahre, in denen sie sich ein Zimmer geteilt hatten, und dann waren sie in den Jahren des Kriegs miteinander erwachsen geworden und hatten sich doch verloren. Heute hatten sie einander endlich wiedergefunden.

*

Am übernächsten Tag ging Antonia in die Bibliothek der Universität. Sie hatte sich für das Wintersemester angemeldet, und die ersten Vorlesungen begannen im November, genug Zeit, um sich einzuarbeiten und vorzubereiten. Und das wollte sie. Arbeit würde sie diesen Abend vergessen lassen.

Am Morgen hatte Frank ihr einen großen Strauß rosa Nelken schicken lassen. Ein Päckchen lag dabei, es war ihr Gürtel. Eine kleine Notiz. *Es tut mir leid, ich war wohl zu taktlos, Gruß, Frank.*

Antonia hatte ihn zerrissen und schenkte die Nelken der Putzfrau, die an diesem Tag gekommen war. Sie wollte ihn vergessen. Anna hatte recht, er war keine Tränen wert, und doch dachte sie an ihn.

Tief atmete sie jetzt die Stille im Saal ein, horchte auf das Flüstern einiger Studenten, die am Nebentisch saßen und sich unterhielten.

Die Atmosphäre tat ihr gut, beruhigte und animierte sie zu lernen. Das Studium wieder aufzunehmen war genau die richtige Entscheidung zum richtigen Zeitpunkt gewesen.

Während sie sich in ein Buch über Psychosomatik vertiefte, nahm sie aus dem Augenwinkel wahr, dass sich eine Frau an den Tisch setzte und sie leise grüßte. Doch als ihr ein Buch krachend auf den Boden fiel und alle Studenten sich unwillkürlich nach ihr umdrehten, lachte Antonia die junge Frau an, erklärte, das hätte ihr auch passieren können, und kam mit ihr ins Gespräch. Ihr Name war Margot, und sie erzählte, sie sei bereits sechsunddreißig, aber fange gerade erst ein Jurastudium an. »Ich wollte schon immer Rechtsanwältin werden. Schon als

Kind«, erzählte sie. »Aber meine Eltern erlaubten es nicht, ein Mädchen berufstätig, das ginge nicht. Und unter ihrem Druck heiratete ich. Viel zu früh«, setzte sie hinzu, »aber jetzt bin ich geschieden und beginne ein neues Leben, und es fühlt sich wunderbar an.«

Die Unterhaltung mit Margot beschäftigte Antonia auf dem Weg nach Hause. Diese Frau hatte Mut, sie stellte sich nicht infrage, schien auch nicht unsicher wegen der männlichen Konkurrenz zu sein.

Und sie, Antonia, die große Zweiflerin an sich selbst und ihren Möglichkeiten, erkannte, dass auch sie Mut beweisen sollte, ein neues Leben zu beginnen.

Und hatte sie nicht die besten Voraussetzungen dazu?

An diesem Nachmittag kam sie in gelöster Stimmung nach Hause und fand in ihrer Post eine Ansichtskarte mit dem Foto eines Kamels vor einer Wüste. Dieses Kamel sah direkt in die Kamera und schien zu lachen. Als Antonia die Karte umdrehte, war sie bis in den letzten Winkel vollgekritzelt.

Liebes Fräulein Kroll,

die Schrift war so klein, dass Antonia lange brauchte, um sie zu entziffern.

ich habe Ihre Karte erst heute erhalten, da ich die vergangenen Monate als Arzt bei den Nomaden unterwegs war.
Ich habe mich sehr über Ihren Gruß aus dem wieder erstrahlten München gefreut, und vor allem auch darüber, dass Sie Thomas gekannt haben und noch an ihn denken, die Erinnerung an ihn bewahren.
Viele Grüße und …

Stand da wirklich … *bis bald …?*

Mit einem Lächeln nahm sie die Karte hoch, ging in ihr Zimmer und lehnte sie dort gegen den Fuß ihrer Schreibtischlampe, sodass sie immer, wenn sie hier saß, das lachende Kamel ansehen konnte.

Wie alt mochte Marius von Lilienfeld sein? Sie rechnete nach, vielleicht sechzig.

Sie würde ihm wieder eine Karte schicken, vielleicht vom Münchner Kindl. Der Einfall amüsierte sie, und dann merkte sie plötzlich, dass sie seit ein paar Stunden nicht mehr an Frank Mähler gedacht hatte.

Kapitel fünfzehn

Maria

Maria hängte den Hörer ein. Nachdenklich blieb sie neben dem Telefon stehen. Antonia hatte angerufen und Vivien sprechen wollen.

»Deine Mutter ist mit Daniel unterwegs, sie machen eine Radtour.«

Vivien schien überarbeitet, die Position der Direktorin verlangte viel Einsatz. Dazu unterrichtete sie, spielte plötzlich wieder Tennis, und vor allem verbrachte sie viel Zeit mit Daniel. Eigentlich sollte sich seine Mutter um ihn kümmern, doch sie überließ den Sohn Vivien. Unwillkürlich warf Maria einen Blick die Treppe hoch, Veronika hatte sich wie immer in ihr Zimmer zurückgezogen.

Nachdenklich ordnete Maria in der Küche Zweige von Heckenrosen in eine große Vase. Aus einem spontanen Entschluss nahm Maria sie hoch, lief die Treppe hinauf und betrat Viviens Zimmer. Sie liebte die zarten Heckenrosen und würde sich über die kleine Geste von Maria freuen. Ein Gruß: Ich bin immer für dich da. Vivien würde ihn verstehen.

Als sie die Vase auf den Tisch stellte und dabei ein paar Briefe und Zettel zur Seite schob, erregte der oberste ihre Aufmerksamkeit. Ein Brief, zusammengesetzt aus den ausgeschnittenen Buchstaben einer Zeitung. Befremdet nahm sie ihn hoch und las. Sie erschrak so sehr, dass sie auf den Stuhl sank, und las ihn noch einmal.

»Du spionierst mir nach?«

Maria fuhr herum, sie hatte Vivien nicht kommen hören, die

jetzt mit verschränkten Armen in der Tür stand. Die Schärfe in ihrer Stimme war unheilvoll.

Langsam stand Maria auf. »Wann wolltest du es mir sagen?« Sie hob den Brief hoch.

»Am besten gar nicht, zumindest jetzt noch nicht.« Viviens Stimme klang kühl, abweisend.

»Du musst zur Polizei gehen, du wirst bedroht, du kannst das doch nicht auf sich beruhen lassen«, bedrängte Maria ihre Schwägerin.

»Da war ich schon.« Wieder war da diese Schärfe in ihrer Stimme.

»Und?«

Viviens Ton wurde verbindlicher, sie lehnte sich an den Türrahmen. »Der Dienststellenleiter erklärte mir, solange nichts passiert, seien ihm die Hände gebunden. Diese Briefe könnten auch nur ein schlechter Scherz sein, mehr nicht. Wir sollten aufpassen, Augen und Ohren offen halten.«

»Und das ist alles?« Maria konnte es nicht glauben.

»Was hast du denn erwartet? Polizeischutz für uns alle, rund um die Uhr?«

»Ach Unsinn, aber irgendetwas muss doch unternommen werden.«

Vivien zuckte die Schultern. »Das Einzige ist, aufzupassen, gerade auf Daniel. Ich denke, die Aggression richtet sich gegen ihn.«

»Nein, vor allem gegen dich, da du ihn schützt und aus dem Heim geholt hast. Wir alle sollten aufpassen, wir haben Veronika und Daniel aufgenommen. Auch Walter scheint in Gefahr zu sein, er ist es doch, der Daniel jeden Tag vom Kindergarten abholt.«

Jetzt plötzlich schob sich Daniel neben Vivien durch die Tür. »Auf mich müsst ihr nicht aufpassen«, erklärte er und verschränkte die Arme auf die gleiche Weise wie Vivien. »Ich kann mich doch unsichtbar machen.«

Vivien strich ihm über die krausen Haare. »Jaja, trotzdem müssen wir alle aufpassen. Auch deine Mutter muss das.«

»Mama?« Daniel schüttelte den Kopf. »Die passt auf sich auf, das hat sie gesagt. Ihr kann nichts passieren, denn sie kann sich immer verteidigen.«

»Hat sie das gesagt?« Maria staunte. »Du und deine Mama habt darüber gesprochen, dass ihr in Gefahr seid?«

Daniel nickte. »Mama trägt immer ein Messer bei sich, sie sagt, damit kann sie sich verteidigen. Sie hat es mir gezeigt. Die Klinge ist so scharf, dass man sie gar nicht berühren darf.«

»Deine Mutter hat ein Messer?«

Daniel nickte. »Ja, sie hat gesagt, niemand wird ihr jemals wieder etwas antun können.«

Maria und Vivien sahen sich stumm an. Vivien zuckte die Schultern und zog die Augenbrauen hoch, Zeichen einer gewissen Ratlosigkeit. Eine stumme Aussage, die Maria verstand.

»Komm«, sagte Vivien aufmunternd zu Daniel, »gehen wir hinunter, ich habe riesigen Hunger.«

Maria schloss sich ihnen an. Vor Veronikas Tür verharrte sie kurz, es war nichts zu hören. *Veronika Vera Baronin von Freyberg, was hast du erlebt, und warum trägst du ein Messer bei dir?* Sie wussten nichts über Veronika, gar nichts.

Sie wollte auch nichts preisgeben, warum sonst zog sie sich in ihr Zimmer zurück, wenn sie zu Hause war? Ein Signal, das Maria verstand: Sie wollte nicht gefragt werden und auch nichts erzählen.

Langsam wandte Maria sich ab und folgte Vivien und Daniel die Treppe hinunter. Jetzt beschäftigten die Briefe sie wieder, Briefe, die von der Polizei nicht ernst genommen wurden. Es musste erst etwas passieren, bis sie eingriffen.

Kein Schutz also, sie waren auf sich allein gestellt.

Wieso erkannte die Polizei die Bedrohung nicht? Oder hatten sie Erfahrung mit anonymen Drohbriefen, stellten sie wirklich keine Gefahr dar?

Doch eine unbestimmte Angst überfiel Maria, und sie ahnte, dass sie ab sofort ihr ständiger Begleiter sein würde.

Kapitel sechzehn

Veronikas Geschichte

Sie erinnert sich nur vage an das Lager der evangelischen Hilfsorganisation, an den Schlafsaal mit den vielen Frauen und Kindern, ihren Schicksalen, das Erkennen, dass dieser Krieg nicht nur sie in die Verzweiflung gestoßen hatte. Es gab Kinder, die mit ansehen mussten, wie ihre Mütter vergewaltigt wurden, Frauen, deren Männer an der Front gefallen waren, die aus Ostpreußen fliehen mussten, die keine Heimat mehr hatten.

Und jetzt ist sie in Bayern auf einem Bauernhof. Sie sei doch auf einem Gut aufgewachsen, also auf einem Bauernhof, da könne sie auch mitarbeiten.

Sie schweigt. Sie erinnert sich an das alte Gutshaus mit seinen fünfzehn Zimmern, den Säulen vor der Eingangstür, überall Rosen, Blumen, die gepflegten, gewachsten dunklen Holzböden, die polierten Möbel, überall Vasen mit Blumen, das Lachen der Dienstmädchen und der Köchin im Souterrain, Sommer. Der Duft nach Jasmin, nach Rosen und Rhabarberkuchen aus der Küche.

Hier auf dem Hof nahe Freising ist alles einfach. Sie hat ein Zimmer, direkt über der Waschküche, wo sich auf dem Boden das Wasser mit Blut mischt, denn der junge Bauer schlachtet dort die Schweine. Sie hält sich die Ohren zu gegen das Quieken, die Schreie eines Schweines in Todesangst. Nie mehr wird sie Schweinefleisch essen können.

Sie muss den Stall ausmisten, muss alles machen, was dreckig und anstrengend ist. Die junge Bäuerin hat keine Kinder, sie schimpft viel und beobachtet Veronika scharf. Alles mache sie falsch, ein dummes Mädchen, das behauptet, die Arbeit auf dem Bauernhof zu kennen. Das hat sie nicht, sie kann es ja nicht.

Doch die Bäuerin spioniert ihr nach, vor allem wenn sich der junge Bauer in der Nähe von Veronika aufhält. Und das tut er immer häufiger.

Der Hof ist klein, ein paar Schweine, Hühner, eine kleine Wiese, ein Obstgarten mit Äpfeln, ein Feld mit Kartoffeln, die die Bäuerin auf dem Markt in Freising verkauft. Da muss sie mit. Sie steht dort, wird angestiert, sie versteht die Menschen nicht, sie versteht das Bayerisch nicht, sie versteht nicht, warum sie so angestarrt wird. Sie weiß nicht, wie schön sie geworden ist.

Jetzt ist sie neunzehn, zwei Jahre hat sie schon ausgehalten. Schweigend und still die Arbeit ertragen, die schmutzigen Räume, die Küche, in der es nach Stall riecht. Dort sitzt die alte Bäuerin, die ihr erklärt, der Hof gehöre ihr, der Sohn und die Schwiegertochter müssten gehorchen. Ein Jammer, dass ihre ungeliebte Schwiegertochter kein Kind bekomme, zu was sei sie dann überhaupt nütze? Der andere Sohn ist gefallen.

So sitzt sie auf der Küchenbank, unter dem Kreuz, die Hände, verkrüppelt von der Arthritis, liegen auf dem Tisch. Sie versucht zu stricken, doch meist sitzt sie hier, an ihrem Fuß der alte Hund mit wässrigen Augen, traurig. Ahnt er das baldige Ende von ihnen beiden?

Manchmal kommt der Pfarrer zu Besuch. Er wird fürstlich bewirtet, jedenfalls nach der Meinung des Bauern. Eier, Kartoffeln und den Schweinebraten, den es sonntags gibt.

Er interessiert sich für Veronika, stellt Fragen, doch sie bleibt stumm. Sie solle mit in die Kirche kommen, fordert er sie auf, aber sie schüttelt den Kopf, sie sei evangelisch. Außerdem glaube sie nicht mehr an Gott.

Da erschrickt der Pfarrer, bekreuzigt sich, das Ehepaar

schüttelt die Köpfe, flüstert. Doch die alte Mutter des Bauern lacht. Ihr gefällt die ehrliche Antwort des Mädchens, das Stolz zeigt und sich nicht einschüchtern lässt.

Sie ist auf der Seite von Veronika, während die Bäuerin ihr immer mehr Arbeit aufhalst, sie auf den Hinterkopf schlägt, an den Haaren zieht. Da wehrt sich Veronika und versetzt der jungen Frau einen Stoß, dass sie taumelt.

Die alte Bäuerin hält zu Veronika, beschimpft die ungeliebte Schwiegertochter. Veronika versteht kein Wort, das Bayerische wird ihr immer fremd bleiben.

Doch jetzt hasst die junge Bäuerin Veronika erst recht, und sie muss noch mehr arbeiten. Veronika beißt die Zähne zusammen und schweigt. Es geht einigermaßen gut, bis zu dem Tag, als die junge Bäuerin in die Stadt gefahren ist. Veronika soll die Küche putzen, die alte Bäuerin schläft in ihrer Kammer. Den Eimer neben sich, rutscht sie mit einem Lappen auf dem Boden herum. Da plötzlich greift ihr jemand von hinten unter den Rock und zwischen die Beine. Einen Moment verharrt sie völlig erstarrt. Dann dreht sie sich um. Der Bauer hat sich hinter sie gekniet, nestelt an seiner Hose, stöhnt bereits, während er mit der anderen Hand versucht, um Veronika herumzugreifen und in ihrem Ausschnitt ihre nackte Brust zu umfassen.

Da schnellt Veronika hoch und kann sich befreien. Sie greift sich das Messer vom Küchenbord und weicht zurück, die Hand mit dem Messer erhoben.

Der Bauer lacht, er hat zu viel getrunken, da seine Frau nicht da ist. Er taumelt auf sie zu, hat die Hose heruntergelassen, halb nackt steht er vor ihr. Wieder sieht sie einen erigierten Penis, wieder ein Mann, der nach ihr greift. Nicht noch einmal, nie wieder, und da sticht sie zu.

Mit einem Schrei taumelt er zurück, hält sich die blutende Hand. Dort hat das Messer ihn getroffen, als er Veronikas Brust umfasste.

Er schreit und schlägt sie, sodass sie gegen den Tisch fällt, wieder schlägt er zu. »Du Hure«, schreit er, »du Hure, dir zeig ich's.«

Doch da steht seine Mutter in der Tür. »Lass sie sofort los, du erbärmlicher Wicht. Du lebst, und Franz ist tot. Warum hat der Himmel nicht dich genommen, sondern Franz?« Sie schreit, erhebt ihren Stock gegen den eigenen Sohn.

Er zieht die Hose hoch, seine Hand blutet jetzt stark. Da taucht hinter der Mutter auch die Schwiegertochter auf.

Mit einem Schrei will sie sich auf Veronika stürzen, doch sie kommt an ihrer Schwiegermutter nicht vorbei, die fest in der Tür steht.

»Du Hure«, schreit sie über ihren Kopf hinweg. »Ich habe es immer gewusst, du hast ihm schöne Augen gemacht, du ...«

Veronika rennt raus und durch die andere Tür, die zum Stall führt, stolpert, läuft durch die offene Haustür und die Treppe hoch in ihre Kammer. Dort reißt sie die Tür zu dem schmalen Schrank auf, holt die paar Sachen heraus. Bei der evangelischen Flüchtlingshilfe hat sie ein paar getragene Kleider aus Spenden bekommen, einen Mantel, zwei Pullover, Schuhe. Sie stopft die Sachen in ihre Tasche, ebenfalls eine Spende der Flüchtlingshilfe.

Als sie sich umdreht, steht die alte Bäuerin in der Tür.

»Ich habe nichts gemacht.« Aufrecht steht sie vor der Bäuerin, sie presst die Lippen zusammen. »Ich bin keine Hure.«

Erst im Lager hat sie dieses Wort zum ersten Mal gehört, und sie hatte begriffen, dass es das Schlimmste ist, was man einer Frau sagen konnte.

Die alte Bäuerin sieht sie an, fast scheint es, als wollte sie das Mädchen, das vor ihr steht, so trotzig und mutig, umarmen. Doch ihr hartes Leben hat sie alle Gesten der Zärtlichkeit vergessen lassen. Aber sie lächelt Veronika an, ein Lächeln der Bitterkeit über ihren Sohn. »Ich weiß«, sagt sie, »und ich weiß auch, dass mein Sohn ein Taugenichts ist, ein Faulpelz, ein Lügner.« Dann greift sie in die Tasche ihres weiten, schmuddeligen Rocks und zieht ein speckiges Ledertäschchen heraus. Sie holt ein paar Geldscheine hervor, reicht sie Veronika, die sie nur zögernd nimmt. Am Schluss behauptet die alte Frau noch, sie habe sie ihr gestohlen. Doch dann erkennt sie in den Augen der Bäuerin Mitleid. Es ist neu, dass jemand mit ihr empfindet, ihr schießen die Tränen in die Augen. *Danke,* stammelt sie, *danke …*

»Die Frau von der Flüchtlingshilfe, die dich hierhergebracht hat, hat gesagt, du kannst lesen und schreiben.«

Veronika nickt, wischt sich die Tränen aus den Augen.

»Das ist gut, die Nichte meiner Schwester hat ein Café in Freising eröffnet, sie kann jemand wie dich gebrauchen. Hier …« Jetzt nestelt sie einen zerknitterten Zettel heraus.

Veronika nimmt ihn, starrt darauf. Wird das ihr Leben ändern, besser machen?

»Du musst zur Straße gehen und dann immer geradeaus, dann kommst du nach Freising. In zwei Stunden ungefähr bist du dort, dann fragst du jemanden. Das Café heißt Café Bavaria. Du musst dich beeilen. Gott schütze dich, auch wenn du nicht an ihn glaubst.«

Und Veronika verabschiedet sich von der alten Bäuerin. Sie geht, aber sie nimmt das Messer mit, das sie in der Küche vom Bord genommen hat. Sie wird es immer bei sich tragen.

Noch weiß sie nicht, dass im Café Bavaria, wie es sich nennt, viele amerikanische Soldaten ein und aus gehen, sie kommen aus der nahe gelegenen Kaserne.

Zwei Jahre sind vergangen.

Die Amerikaner, die GIs, sind höflich, freuen sich wie die Kinder, als sie erfahren, dass sie Englisch spricht. Sie bekommt Heiratsanträge, die sie höflich, aber bestimmt ablehnt. Sie hat sich verändert. Im Spiegel sieht sie, dass ihre blonden Haare glänzen, dass ihre Wangen eine zarte Farbe bekommen haben und sie allmählich anfängt, sich selbst zu mögen. Das Leben kann auch anders sein, nicht nur Gewalt und Angst und Tod. Das muss sie lernen, auch jetzt noch, nach sechs Jahren.

Die anderen zwei Kellnerinnen, Iris und Kathi, schließen sie aus. Sie sei zu ernst, sagen sie, sie ziehe sich zurück, wisse nichts von der Liebe. Veronika sei sicher noch Jungfrau, kichern sie.

Sie fragen Veronika danach. Da dreht sie sich um und läuft hinauf in ihr Zimmer. Die beiden Mädchen sind betroffen, sie hatten sie nicht kränken wollen, erklärt Kathi. Doch sie beobachten sie, Veronika hat sie neugierig gemacht. Ein so schönes Mädchen, das von vielen Gästen oder auch den Amerikanern umworben wird, und trotzdem bleibt sie immer für sich.

Dann, eines Tages, kommt Elias.

Er hat dunkle Haut und ist groß, seine Bewegungen sind geschmeidig, und wenn er tanzt, starren ihn die weiblichen Gäste an. Sie wollen von ihm aufgefordert werden, auch wenn er ein Schwarzer ist, denn er ist schön. Er kommt immer allein, er tanzt, dann geht er wieder. Doch während er tanzt, sieht er immer nur Veronika an. Seine Blicke folgen ihr, wenn sie bedient, wenn sie hinter der Theke steht.

Sie spürt die Blicke, bekommt Herzklopfen. Sie sieht ihn auch an und lächelt. Ist sie verliebt? Sie kennt die Liebe nicht, und doch weiß sie, dass dieser Mann sie in seinen Bann zieht. Es sind die Wochen ihres Lebens, die für sie die schönsten sind und auch die bittersten.

Durch ihn lernt sie Zärtlichkeit und Leidenschaft kennen. Er hat Urlaub und bleibt in Deutschland, ihretwegen. Veronikas Schicht fängt um zwei Uhr nachmittags an, und so treffen sie sich jeden Morgen. Sie gehen durch die Wiesen, lachen. Sie fühlt sich leicht, und sie fühlt sich schön. Die Wiesen mit ihren Blumen, ein Kornfeld in der Ferne, sie erinnern Veronika an ihre Heimat und geben ihr ein kindliches Erinnern wieder.

Und manchmal geht sie jetzt auch nach ihrer Schicht nachts heimlich mit ihm. Er hat ein Zimmer in einer abgelegenen Pension gemietet. Und dort erlebt Veronika die Liebe.

Wenn sie heute daran denkt, weint sie und ballt die Hände zu Fäusten. Sie presst ihr Gesicht in die Kissen, denn eines Tages kommt er nicht mehr.

Sein Freund will sie sehen. Er erzählt, Elias musste überstürzt in die USA zurück, sein Vater sei verhaftet worden. Im Bus in seiner Heimat South Carolina habe er einem Weißen seinen Platz nicht überlassen, jetzt sitze er deswegen im Gefängnis. Veronika kann das nicht glauben, doch der Freund John sagt, in Amerika sei das traurige Wahrheit: Kein Schwarzer dürfe ein Restaurant betreten, in dem Weiße ein und aus gehen. Zum ersten Mal hört sie das Wort Rassentrennung.

Seit sie weiß, dass sie ein Kind erwartet, schweigt sie. Aber sie will es nicht. Ihre Chefin hat längst gemerkt, dass sie schwanger ist. Jetzt hilft sie ihr, aber für einen Abbruch sei es zu spät, und so bringt sie Veronika in ein Kloster. Dort leben einige schwangere Mädchen, die ihr *Kind der Sünde* heimlich zur Welt bringen. Direkt nach der Geburt werden sie von anständigen katholischen Ehepaaren adoptiert. Das ermöglicht den Mädchen, anschließend wieder zurück in ihr Leben zu gehen. Das Kloster trägt die Kosten der Unterbringung und der Geburt im nahen Krankenhaus. Von den Adoptiveltern bekommen sie das Geld für diese Unkosten. Veronika verbringt die Monate dort in absoluter Apathie. Sie muss beten, sagen, sie sei eine Sünderin, das Kind ein Kind der Sünde. Veronika kann das nicht glauben. Es ist ein Kind der Liebe, fährt sie auf.

Und wo ist dann der Mann, der dich liebt?

Er wird zurückkommen, sagt sie, doch sie glaubt selbst nicht mehr daran.

Die Geburt ist schwer. Sie weint, als man ihr das Kind sofort wegnimmt, doch dann nach einigen Stunden wird es ihr zurückgebracht. Sie habe nicht gesagt, dass es ein Mischling sei. Die Adoptiveltern sind wütend, sie wollen es nicht, man habe sie hintergangen. Sie wollen kein schwarzes Baby.

So gibt sie den Kleinen, den sie Daniel nennt, in ein Waisenhaus und kehrt zurück in das Café. Die Chefin nimmt sie aus Mitleid, und sie gibt ihr auch einmal in der Woche frei, damit Veronika ihr Kind in dem katholischen Waisenheim besuchen kann.

Drei Jahre lebt sie in dem Zimmer über dem Café. Sie ist still, bleibt für sich und schweigt. Manchmal noch sieht sie zur Tür, doch Elias kommt nicht mehr wieder.

*

Er ist fast vier Jahre alt, als sie ihn aus dem Heim holen kann, denn sie hat ein Angebot eines Gastes angenommen, der in einer Kleinstadt ein großes traditionell geführtes Gasthaus hat und ihr ein sehr gutes Gehalt anbietet.

Und Veronika nimmt an, denn sie will ihren Sohn nicht mehr im Heim lassen, nicht mehr die verächtlichen Blicke der Gäste spüren müssen. Sie will weg, dorthin, wo man sie nicht kennt.

Bevor sie geht, nimmt sie Daniel an die Hand und geht mit ihm in den Dom. Sie will ihn taufen lassen.

Seit sie ein Kind hat, denkt sie viel an ihre eigene Mutter. Manchmal spricht sie auch mit ihrer toten Mutter, und sie hat das Gefühl, ihre Mutter möchte, dass sie den Sohn taufen lässt.

Doch man verweigert die Taufe für ein Kind der Sünde, noch dazu das Kind eines Schwarzen.

Veronika beißt die Zähne zusammen, fährt mit dem Fahrrad alle kleinen Orte ab und besucht die dortigen Pfarrer, bis sie einen findet, der ihren Sohn taufen wird. Sie muss spenden, angeblich für eine neue Glocke, das würde den Herrn versöhnlich stimmen, meint er. Und so lässt sie ihn an einem schönen Sommertag taufen. Sie fährt mit ihm auf dem Rad dorthin, sie hat ihm ein weißes Seidenhemd gekauft und eine weiße kurze Hose. Seit er aus dem Heim raus ist, sieht er nicht mehr so krank aus. In ihrer neuen Stelle wird sie viel Geld verdienen. Und sie will sparen, für ihn. Er soll ein gutes Leben haben.

Der kleine Daniel ist jetzt drei Jahre alt. Mit großem Ernst verfolgt er das Ritual der Taufe. Zum ersten Mal ist er in einer Kirche, schüchtern sieht er sich um. Er wird diesen Moment nie vergessen – es ist der Augenblick, in dem die Glocken läuten und ein paar alte Frauen, die in der Kirche sitzen, mit dem Pfarrer beten. Als sie die Kirche verlassen, kommen die alten Frauen auf Veronika zu. Sie weicht zuerst zurück, doch sie lächeln, geben ihr die Hand, segnen sie, wie es der Pfarrer gerade getan hatte, schlagen das Kreuz und streicheln Daniel über die krausen Haare. Da sieht Daniel, dass seine Mutter weint. Und Veronika weiß, Daniel wird diesen Moment nie vergessen.

Scheu greift er nach ihrer Hand und sieht zu ihr hoch. Für Veronika ist es der schönste Moment seit Jahren. Auch weil sie in diesem Moment spürt, dass ihre Mutter bei ihr ist.

*

Sie glaubt an eine bessere Zukunft im Gasthof Grieser, auch wenn das Flüchtlingsamt ihr nur eine feuchte alte Wohnung am Stadtwall zuweist und sie sich jeden Abend gegen angetrunkene Stadträte, Mitarbeiter des Grafen Zell und Spargelbauern wehren muss. Sie tut es mit einem Lächeln. Sie ist stolz und hat gelernt, sich so zu verhalten, dass es letztendlich kein Mann wagt, sie zu belästigen. Und sollte es doch so weit kommen, hat sie ihr Messer in der Tasche ihres weiten Dirndlrocks.

Sie schmiedet Pläne, doch mit dem Hass, der auf sie und ihr Kind einprasselt, hat sie nicht gerechnet.

Kapitel siebzehn

Maria

Maria erhob sich von ihrem Schreibtisch und legte das Blatt in eine Mappe. Dann stülpte sie die Schutzhülle über die Schreibmaschine. Es war ein altes Modell, eine Olivetti Modell ICO, auf der Werner in den Dreißigern viel geschrieben hatte. Er wollte einen großen Roman verfassen. Maria hatte ihn oft gehänselt – offenbar wolle er ein zweiter Thomas Mann werden?

Er hatte nur gelacht.

Während sie noch an der Schutzhülle herumnestelte, horchte sie nach unten. Wie immer um diese Zeit saß Walter im Biedermeierzimmer am Flügel und spielte. Sie horchte angespannt, doch sie kannte die Melodie nicht.

Bevor sie nach unten ging, stellte sie sich vor den Spiegel und drehte sich. Sie war schlank, hatte aber einen großen Busen, den sie als junges Mädchen immer flach gedrückt hatte, da in den Zwanzigerjahren flachbusige Mädchen als schön galten. Heute trug sie ein neues Kleid, das sie sich vor ein paar Tagen gekauft hatte. Vivien kannte es noch nicht, und Maria fürchtete das Urteil ihrer stilbewussten Schwägerin. Aber es hatte ihr gefallen, als sie es im Kaufhaus Bohnenberger sah. Es war aus dunkelblauem Baumwolltwill mit kleinen Tupfen und einem weißen Piquéekragen. Vivien würde es vielleicht ein wenig bieder finden, aber ihr gefiel es.

Ob es wohl auch Walter gefiel, schoss es ihr plötzlich durch den Kopf. In letzter Zeit beschäftigte sie sich in Gedanken oft mit ihm, und plötzlich fielen ihr Eigenarten an ihm auf, die sie früher kaum beachtet hatte. Sein Klavierspiel hatte sie schon immer bewundert, aber es waren diese anderen Kleinigkeiten. Seine nette Eigenart, nur in Socken zu musizieren. Oder wie er lässig die Beine übereinanderschlug, wenn er auf dem Sofa saß. All das fand sie liebenswert.

Spontan öffnete sie die oberen beiden Knöpfe, sodass man den Ansatz ihrer Brüste sehen konnte. War das zu viel? Aber es sah hübsch aus, also ließ sie es so.

Wieder horchte sie nach unten. Jetzt spielte Walter die Ouvertüre zu *Lohengrin,* eine ihrer Lieblingsopern. Daniel hielt sich in seinem Zimmer auf. Er konnte sich stundenlang mit seiner elektrischen Eisenbahn beschäftigen. Vivien verwöhnte ihn einfach zu sehr, kaum ein Wunsch, den sie ihm nicht erfüllte. Er soll sich geliebt fühlen, war Viviens Argument.

Sie lief die Treppe hinunter. Vivien hatte heute ihre letzte Lehrerkonferenz vor den Sommerferien, und Veronika war bereits auf dem Weg zu ihrem Spätdienst. Sie würde auf der Terrasse den Tisch decken. Es gab eine kalte Platte, Käse, Wurst, Schinken, Radieschen, die mochte der kleine Daniel so gern.

Veronika brachte vom Grieser immer Bier mit, das sie selbst nicht trank, aber Walter von Heimhausen hatte sich gefreut. Ein kühles Bier an einem Sommerabend, da sage er nicht Nein.

Sie holte Teller aus dem Schrank und horchte ins Wohnzimmer hinüber. Walter hatte aufgehört zu spielen, die Tür vom Biedermeierzimmer öffnete sich, und schon stand er an der offenen Küchentür.

»Wie hübsch Sie aussehen«, bewunderte er sie und ließ den Blick über das Kleid gleiten. Oder über ihre Figur?, schoss es Maria durch den Kopf. Dann lächelte sie. »Helfen Sie mir, den Tisch zu decken?«

»Ja, ich schaue nur schnell nach Daniel«, schlug Walter vor. Als er zurückkam, zuckte er die Schultern und hob die Hände in einer ratlosen Geste. »Er ist nicht da.«

*

Daniel hatte sich in die Küche geschlichen und stellte sich auf den Schemel. Er wollte sich ein Keks aus der Dose holen, die im obersten Schrankfach stand. Aber da hörte er Maria rasch die Treppe herunterkommen, und so sprang er leise vom Stuhl herunter.

Plötzlich hatte er die Idee, Vivien von der Schule abzuholen, und bevor Maria ihn sehen konnte, flitzte er bereits aus dem Haus und die Straße entlang. Außer Atem kam er auf dem leeren Platz vor der Schule an und sah sich um.

Im Fahrradständer stand nur ein einziges Rad, und das war Viviens. Daniel erkannte es an der auffälligen Klingel. Irgendwie war es ein bisschen unheimlich, das Schulgebäude lag im Dunkeln, auch oben in Viviens Fenster brannte kein Licht mehr.

Auf der Seite der Schule, neben den Stufen, die hoch zum Eingang führten, stand ein Fenster offen. Dort brannte noch Licht. Daniel wusste, es war das Konferenzzimmer. Jetzt sah er Vivien ans Fenster treten, sie streckte sich, dann drehte sie sich wieder um. Da raschelte es im Gebüsch.

Und dann ging alles sehr schnell.

Er sah einen Arm durch die Blätter greifen, eine Hand, die einen großen Stein hielt. Der Arm holte aus und da … da sah Daniel, wie er Vivien traf, wie Vivien taumelte, und dann war sie nicht mehr zu sehen.

»Vivien«, flüsterte er mit erstickter Stimme, doch dann: »Vivien?«, lauter, dann schrie er: »Vivien, Hilfe … Hilfe …«

Es raschelte, jemand lief davon. Daniel schwang sich von der Stufe und hangelte sich am Geländer entlang, von dort konnte er in den Raum sehen.

Vivien lag am Boden, seltsam verrenkt. Am Kopf blutete sie, das Blut lief ihr über die Wange und die Schulter und auf den Boden. Daniels Herz flatterte, er zitterte und schnappte nach Luft, dann aber schrie er weiter, so laut und noch lauter und immer wieder, bis endlich ein paar Anwohner über den Platz liefen. Einige schimpften, warum er solchen Lärm mache.

»Dort drinnen, dort liegt Vivien, sie ist tot«, schluchzte Daniel. »Vivien ist tot … tot …«

Doch ein Mann sah zu ihm hoch, wie er am Geländer hing, kam näher, bog die Zweige der Sträucher auseinander, stellte sich auf die Zehenspitzen und sah durchs Fenster ins Lehrerzimmer. Dann wandte er sich zu Daniel um. »Schnell, einen Krankenwagen, einen Arzt, schnell …«

Schon lief er an Daniel vorbei die Treppe zum Eingang der Schule hoch.

Daniel folgte ihm. »Vivien ist tot«, schluchzte er. »Jemand hat sie ermordet, ich hab's gesehen … ich hab's gesehen.«

Kapitel achtzehn

Marie-Luise

In der Telefonzelle war es heiß und stickig, aber Marie-Luise blieb einfach drinnen stehen. Tief enttäuscht hatte sie eingehängt. Sie hätte damit rechnen müssen – wie immer war sie zu impulsiv gewesen, als sie bei Antonia Kroll anrief. Doch nur eine Frau Mayr hob ab und erklärte, das Fräulein Kroll sei nach Hause gefahren, es sei etwas Furchtbares passiert. Wann sie zurückkäme, wisse sie nicht, sie sei nur die Putzfrau.

Nun stand Marie-Luise also in der Zelle. Was sollte sie jetzt machen? Im Kloster hatte sie angegeben, dass sie heute, am ersten Ferientag, mit einigen Mitschülerinnen an den Starnberger See fahre. Die Mutter Oberin hatte gezögert und ihr dann doch die Erlaubnis gegeben.

Marie-Luise tat es leid, die Mutter Oberin anzulügen, aber manchmal musste es eben sein. Sie war mit dem Vorortzug nach München reingefahren, in der unsinnigen Vorstellung, bei Antonia Kroll anzurufen und sie heute noch treffen zu können. Viele Wochen hatte sie gewartet und gehofft, Antonia Kroll käme noch einmal in den Konvent. Doch sie kam nicht noch einmal und hatte auch nicht angerufen. Darum war sie heute kurz entschlossen in die Stadt gefahren.

Als ungeduldig an die Glastür der Zelle geklopft wurde, schrak Marie-Luise zusammen. Ein Mann stand davor und tippte mehrmals auf seine Armbanduhr. Sie öffnete die Tür, während der Mann sich bereits an ihr vorbeidrückte und den Hörer abnahm.

Ratlos sah sie sich draußen um, sie stand am Eingang zum

Starnberger Bahnhof. Direkt an den Stufen, die zu den Bahnsteigen hochführten, gab es ein Café mit Terrasse. Sie musste irgendwie die Zeit totschlagen, bis sie zurück ins Kloster konnte, letztendlich dauerte ein Badeausflug an den Starnberger See doch mehrere Stunden. Sollte sie einen Kaffee trinken oder einfach in die Stadt gehen? Aber was, wenn sie sich verlief? Bei dem Gedanken bekam sie Herzklopfen. Auch die Vorstellung, allein in ein Café zu gehen, war ihr unbehaglich. Sie wuchs in einem Kloster auf, wurde streng überwacht, wie sollte sie sich da auch einfach so bewegen können wie ihre Mitschülerinnen, für die sie immer nur das *Klostermädchen* war? Ein Mädchen, das nichts durfte und unter strenger Kontrolle stand. Während sie noch überlegte, stand plötzlich ein Mann neben ihr, nahm sie in einer vertraulichen Geste am Ellenbogen. Wütend machte sich Marie-Luise los. Niemand durfte sie ohne ihre Erlaubnis anfassen.

Der Mann lächelte bedauernd, entschuldigte sich, stellte sich vor. Sein Name war Klaus Lohmann. Er sei von einer großen Illustrierten, und sicher wolle Marie-Luise doch berühmt werden? Misstrauisch sah sie ihn an.

»Sie sind doch Marie-Luise Obermayr? Wir haben nur ein paar Fragen an Sie, nicht lange, nichts Schlimmes, wir bezahlen auch gut. Aber wollen wir uns nicht setzen?« Er wies mit dem Kopf auf die paar Tische des Cafés.

»Lassen Sie mich in Ruhe«, fuhr sie ihn an. »Ich werde nichts sagen, ich weiß nichts, hören Sie, gar nichts!«

»Nur ein paar Fragen über Ihren Vater, über Ihr Leben als Kind in seinem Haus auf dem Terrain des Lagers.«

Er lächelte freundlich, doch Marie-Luises Herz fing wild an zu klopfen. Sie sah an ihm vorbei, ein wenig abseits von ihm stand ein Mann, der seine Kamera hob und Marie-Luise fotografierte.

»Bitte«, Klaus Lohmann lächelte, »Sie müssen auch meine Fragen nicht beantworten, wenn Sie nicht wollen. Wir möchten nur gern wissen: Wie haben Sie die Zeit erlebt, wie haben Sie als Kind diese ersten Jahre erlebt? So wie ein ganz normales Kind?«

»Ich war ein normales Kind.« Marie-Luise begann zu zittern. Sie sah zum Fotografen, auf das ständige Klick, Klick, Klick, die Kamera lief und lief.

»Sie könnten uns vielleicht kurz erzählen, wie Sie Ihren Vater erlebt haben, ich habe nur ein paar Fragen. Kannten Sie Ihre Mutter?«

Marie-Luises Zittern erfasste ihren ganzen Körper.

Der Mann, der Klaus Lohmann hieß, lächelte jetzt, wieder griff er vertraulich an ihren Ellenbogen. »Kommen Sie, sicher möchten Sie bei der Hitze einen schönen großen Eisbecher.«

Marie-Luise kannte das Gefühl drohender Gefahr, sie roch sie geradezu.

»Endlich haben unsere Recherchen Erfolg, es ist eine sensationelle Geschichte«, hörte sie den Journalisten auf sie einreden. »Die Erzählung der Tochter, die zusehen musste, wie ihr Vater Selbstmord beging, als die amerikanischen Panzer schon anrollten, und er dadurch einem Prozess wegen vielfachen Mordes entging. Wir würden auch eine hohe Summe für ein Exklusivinterview zahlen.«

»Ich erinnere mich nicht.« Ihre Stimme klang so emotionslos wie immer, wenn man sie ausfragen wollte. Jeder Psychologe, jeder Arzt, jeder Mitarbeiter des Jugendamts war schon an ihr gescheitert. Das Zittern wurde heftiger, ihre Zähne schlugen aufeinander. »Ich weiß gar nichts«, flüsterte sie.

»Aber Sie waren doch schon vier Jahre alt.«

Sie schwieg. Es blieb ihr Geheimnis, ihre kostbare Erinnerung an den Vater, der sie liebte und der ein Ungeheuer gewesen sein soll und den sie doch geliebt hatte.

Tränen stiegen ihr in die Augen. In diesem Moment begriff sie: Sie hatte im Kloster gar nicht wie in einem Gefängnis gelebt. Dort hatten sie sie vor einer Welt beschützt, in der es Leute gab wie diesen Klaus Lohmann, der ihr das Geheimnis entreißen wollte, wie der Kommandant Heinz Obermayr als Vater gewesen war … wie das private Leben eines solchen Verbrechers ausgesehen hatte. Man wollte sie in die Medien zerren, sie gnadenlos benutzen, um eine Geschichte zu bekommen. Eine Geschichte, die unbekannt war, von dem Mädchen, das das Kloster schützte. Vor den Medien, den gierigen Reportern, die nur eine Geschichte wollten. Das Kloster schützte sie, damit man sie nicht mit dem Vater identifizierte, indem man sie einfach Marie-Luise sein ließ. Und das hatte seinen Preis gefordert, den Preis, den sie in diesem Moment klar erkannte.

Wie dumm war sie gewesen. Aber sie würde sich wehren, sie würde sich nicht für eine billige Zeitungsgeschichte benutzen lassen, eine Geschichte, die ihr Leben zerstören könnte.

Sie drehte sich zu dem Fotografen, der gerade wieder die Kamera hob. Marie-Luise handelte blitzschnell. Einen Schritt auf ihn zu, dann riss sie ihm die Kamera aus den Händen, rannte damit die Treppe hinunter und weiter bis zum Eingang des Hauptbahnhofs.

Drinnen blieb sie einen Moment stehen, um Luft zu holen. Sie würde den Film herausnehmen, das Negativ zerstören. Und was dann?

Da wurde sie mit eisernem Griff an der Schulter gepackt. Als sie herumfuhr, stand ein Polizist hinter ihr. Es war nur ein Reflex, dass sie die Kamera gegen die Wand schleuderte, direkt neben den vielen Schaltern, wo sie krachend auf den Boden fiel.

*

Sechs Tage hatte Marie-Luise Zimmerarrest. Sie bekam ihr Essen, serviert von einer schweigenden Nonne, und wurde nicht einmal aufgefordert, zur Beichte zu gehen, da sie gelogen hatte. Im Kloster herrschte Schweigen.

»Vor dem Tor stehen Reporter herum«, flüsterte ihr Agnes

zu, als sie sich kurz in ihr Zimmer schlich. »Aber niemand von uns darf raus.«

Am siebten Tag wurde sie endlich zur Mutter Oberin beordert.

Marie-Luises Augen waren auf den Boden gerichtet, als sie den Raum betrat und an der Tür wartete, bis die Mutter Oberin sie ansprach. »Ehrwürdige Mutter, es tut mir leid.«

»Setz dich, mein Kind.«

Die Stimme der Mutter Oberin klang streng, doch nicht unerbittlich, und so atmete Marie-Luise durch. So schlimm würde es vielleicht nicht werden. Sie nahm ihren Mut zusammen und hob den Kopf, blickte der Mutter Oberin direkt in die Augen. »Ich habe richtig gehandelt«, erklärte sie mit einem gewissen Trotz in der Stimme.

»Du hast richtig gehandelt?«

Jetzt klang die Stimme der Mutter Oberin doch vernichtend.

»Es war also richtig, dass du gelogen hast und allein in die Stadt gefahren bist, anstatt mit deinen Mitschülerinnen an den See zu fahren? Und es war richtig, dass du einem Fotografen die teure Kamera gestohlen und sie dann mutwillig gegen die Wand geschleudert und sie dadurch kaputt geschlagen hast und …«, betonte sie, »dass du dich gewehrt hast, als die Polizei dich festnehmen wollte? Und war es auch richtig, dass sie dich hierherbringen mussten und du dich im Polizeiwagen wie eine eingefangene Katze verhalten, um dich geschlagen und dem Beamten die Mütze vom Kopf geschlagen hast? Das war also richtig?«

»Ja, vielleicht nicht alles«, gab Marie-Luise zu, »aber …«

»Nichts aber«, unterbrach die Mutter Oberin sie. »Ich habe ein gewisses Verständnis für dein Handeln. Es ist etwas passiert, das wir schon lange befürchtet haben. Man sucht nach der Tochter des berüchtigten Lagerkommandanten Heinz Obermayr. Und man hat dich aufgespürt.«

Marie-Luise fuhr hoch. »Ich habe nichts gesagt, und Fotos haben sie auch nicht, da ja die Kamera kaputt ist.«

Ein leichtes Kräuseln um den Mund der Mutter Oberin verriet, dass sie nicht ganz so unerbittlich war, wie sie vorgab. Eine kleine Pause entstand, in der die Mutter Oberin sie lange ansah und dann mit einem kleinen Seufzen erklärte: »Wir können dich nicht mehr schützen, Marie-Luise.«

Marie-Luise hatte eine Strafpredigt und hundert Ave-Maria als Sühne erwartet, doch nicht diesen einfachen Satz, der plötzlich das Band zwischen ihr und dem Kloster zerschnitt.

»In den vergangenen Tagen ging bei uns pausenlos das Telefon. Anrufe von verschiedenen Zeitungen, das Interesse an der Aufklärung unserer deutschen Vergangenheit sei groß, wurde uns erklärt. Das Kloster hätte die Verpflichtung, Informationen an die Öffentlichkeit zu geben.«

Marie-Luise erstarrte. Dass sich durch ihr spontanes Handeln eine Welle in Bewegung setzte, hatte sie nicht geahnt.

»Die Ruhe des Klosters ist in Gefahr, mein Kind, ich muss sie schützen. Darum haben wir uns in Zusammenarbeit mit dem Jugendamt entschieden.«

Marie-Luise erschrak. »Werfen Sie mich aus dem Kloster?«

Die Mutter Oberin sah sie lange an, bis sie die Schultern zuckte. »Ich habe nur eine Entscheidung vorgezogen, die unvermeidlich ist. Es hat dich immer aus diesen Mauern hinausgezogen, das habe ich respektiert. Dein Zeugnis mit einer Eins in fast jedem Fach hat mich auch überzeugt, dass du das Abitur machen sollst. Unsere Schule geht ja nur bis zur Mittleren Reife, die du so bravourös abgeschlossen hast. Jetzt habe ich auch keine Zeit mehr für längere Überlegungen, und, wie gesagt, es muss sofort etwas passieren. Meine Schwester, meine leibliche Schwester«, betonte sie, »leitet in München ein christliches Wohnheim für junge berufstätige Frauen und Mädchen. Ich glaube, es sind insgesamt zehn. Ich übergebe dich in ihre Obhut. Es ist die beste Lösung für dich und uns.«

Marie-Luise konnte kaum erfassen, was die Mutter Oberin ihr sagte. Plötzlich kam sie raus, konnte das Abitur machen?

Sie spürte, wie trocken ihr Mund war, wie ihr Herz schlug. Hatte erst etwas passieren müssen, dessen Ausmaß sie bis jetzt nicht erkannte, damit dieser Wunsch in Erfüllung ging?

»Du wirst diese Schule besuchen, und du bist eine Waise. Dein Vater fiel in Stalingrad, und deine Mutter kam während eines Fliegerangriffs in München ums Leben. Da sollst du dir gut merken. Aufgewachsen bist du dann in Garmisch in einem katholischen Internat, in das dich eine Tante schickte.«

»Wieso Garmisch?«

»Weil du jeden Sommer mit den Ferienkindern aus dem Ruhrgebiet dort gewesen bist. Du hast mit ihnen Ausflüge gemacht, sie beaufsichtigt, kennst also die Stadt und die Umgebung gut.«

Marie-Luise bekam kaum Luft – eine neue Identität? »Und mein Name, behalte ich den?« Alles drehte sich um sie. Ein solches Ausmaß an Konsequenzen hatte sie sich niemals vorgestellt.

»Das weiß ich noch nicht, das müssen die Behörden entscheiden. Aber du wirst als Luise Obermayr in die Schule gehen. Und wenn du gefragt wirst, musst du aufpassen. Du stehst nicht unter Eid, aber du sollst dich schon an diesen Rahmen halten.«

Als die Mutter Oberin ihr erklärte, sie würde in den frühen Morgenstunden abgeholt und nach München gefahren, kämpfte Marie-Luise mit den Tränen.

Dann erhob sich die Mutter Oberin. »Es ist alles gesagt, und ich habe getan, was ich für dich tun konnte. Gott segne dich, mein Kind.«

Gott segne dich, mein Kind.

Plötzlich klang es wie eine Beschwörung, ein Wunsch, und nicht wie ein oft wiederholter Satz, der schnell vergessen wurde. Heute hatte er große Bedeutung, es war wie ein kostbares Geschenk, das die Mutter Oberin ihr mitgab.

Sie hatte es gespürt, dass es der Mutter Oberin schwerfiel, sie loszulassen. Jetzt saß sie am Ende des Gartens auf ihrer Mauer, wie immer, seit sie mit vier Jahren hierhergekommen war.

Das war ihre Heimat, ihr Zuhause, hier schützte man sie vor der Vergangenheit, vor eigenen Ängsten, vor Erinnerungen.

Niemand hatte sie jemals auf den Vater angesprochen. Hier war sie Marie-Luise gewesen, eine Waise, ein Kind, das man beschützen musste, dem man eine gute Schulausbildung gab und das umsorgt wurde.

Marie-Luise rannen Tränen über die Wangen. So plötzlich musste sie gehen, so plötzlich verlor sie ihr Zuhause. Sie sah hinüber zum Gemüsegarten, aus dem einige Nonnen in ihrer Arbeitskleidung und den gestreiften Schürzen kamen. Gleich würde die Glocke zur Abendandacht läuten.

Sie hatte diesen ganzen strengen Ablauf des Klosters gehasst. Schon morgens um fünf Uhr musste sie zur Frühmesse, auch im Winter, wenn es dort eiskalt war und der Atem kleine Wölkchen vor dem Mund bildete, auch wenn der Magen knurrte und die Andacht sich ewig hinzog. Aber der Tag hatte ein Gerüst gehabt, in das sie sich fügen konnte, das ihr Halt gegeben hatte.

Morgen also schon.

Sie bückte sich, hob einen kleinen abgebrochenen Zweig auf und zog damit im Kies kleine Kreise, kleine Herzen. So wie sie es als Kind getan hatte.

Nie mehr. Wirklich nie mehr? Durfte sie nie mehr hierher?

Langsam ging sie durch den Obstgarten, vorbei am Sportplatz und den Gemüsebeeten. Jetzt rannte sie fast, die Glocke zur Abendandacht läutete, und sie wollte sie nicht versäumen. Ein letztes Mal.

Sie rannte die Holztreppe hinauf, in der Mitte ganz ausgetreten, das fiel ihr jetzt auf. Sie rannte hoch und den Gang entlang bis zu ihrem Zimmer. Dort erwartete sie Schwester Agnes.

»Ich soll dir den Koffer bringen«, sagte sie, während sie sich verstohlen die Tränen abwischte.

»Wir werden uns sehen können«, versprach Marie-Luise, und Agnes nickte. »Ja, das werden wir.«

Sie sagten es, obwohl sie es besser wussten.

»Ich will in die Abendmesse«, erklärte Marie-Luise, schlug aber schon den alten Koffer auf, den Agnes auf ihr Bett gelegt hatte.

Darin lag das alte rosa Plüschhäschen. *Du bekommst es zurück, wenn du das Kloster verlässt,* hatte vor dreizehn Jahren die Mutter Oberin zu ihr gesagt. Marie-Luise hob es hoch, und als sie mit dem Finger rasch in das Innere griff, lächelte sie.

Am Abend versammelten sich die Schwestern des Konvents. Sie standen in einer Reihe im großen Saal, und jede von ihnen drückte Marie-Luise zum Abschied ein Heiligenbild in die Hand, jedes mit dem Namen der Nonne versehen, die es ihr überreichte.

Gott schütze dich … Marie-Luise … Gott schütze dich …

*

Während der ersten Tage in der Pension durfte sie ihr Zimmer nicht verlassen. Man wollte sichergehen, dass ihr bei der Abfahrt im Kloster kein Reporter gefolgt war.

Von den zehn Mitbewohnerinnen der Pension waren die meisten in den Sommerferien, außer einem jungen Mädchen, das bei einer Bank eine Lehre anfangen sollte, und einer der Studentinnen.

Marie-Luise hatte ein entzückendes Zimmer, so etwas hatte sie noch nie gesehen. Jetzt saß sie hier auf ihrem breiten, weichen Bett, das so hoch war, dass sie die Beine baumeln lassen konnte.

Sie strich über die geblümte Tagesdecke, über die vielen kleinen Kissen und konnte sich nicht sattsehen an der Einrichtung.

Geblümte Tapete, passend zur Decke. Alles war romantisch, wie Schwester Agnes sagen würde.

Nirgends in der Pension gab es ein Kreuz an der Wand, auf keiner Kommode stand eine Marienfigur, sondern kleine hübsche Porzellanfiguren, anmutige Balletttänzerinnen.

Es war still im Haus. Das sei ab Ende August dann wieder anders, hatte Christa Friedländer, die Schwester der Mutter Oberin, erklärt.

Die beiden Dagebliebenen würde sie heute Abend beim Essen kennenlernen. Und sie sollte sich nicht versprechen, bei der Frage nach ihrem Namen nicht zögern. Generell müsse sie nichts beantworten, und die jungen Frauen hier seien sowieso mit ihrem eigenen Leben beschäftigt.

Seit gestern wusste sie auch, dass ihr Aufenthalt im Kloster, ihre Kleider, die zwar getragen waren, und die Schulbücher, alles, was sie in diesen Jahren gebraucht hatte, durch eine Stiftung für Kriegswaisen bezahlt wurde. Und zwar bis zu ihrem einundzwanzigsten Lebensjahr. Wenn sie ehrlich war, hatte sie sich nie Gedanken darüber gemacht. Erst Christa Friedländer hatte es ihr erzählt, die Mutter Oberin schwieg darüber. Ein kleines Taschengeld hatte sie sich verdient, da sie den Mädchen aus den ersten drei Schuljahren in der Pause Kakao und Brezen verkaufte, dafür gab es am Ende des Monats einen kleinen Betrag. Mit diesem Geld war sie in die Stadt gefahren, um Antonia Kroll zu besuchen.

»Morgen habe ich noch eine kleine Veränderung mit dir vor«, kündigte Christa Friedländer an.

»Was für eine Veränderung?«, hatte sie misstrauisch gefragt.

»Warte es ab«, hatte Christa lachend erklärt, und gestern am Abend war es passiert. Ein Friseur kam in die Pension. Christa Friedländer stand neben ihm und beobachtete im Spiegel, wie Marie-Luises langes dunkles Haar, das ihr bis über die Taille fiel, abgeschnitten wurde. Frau Friedländer ließ sich durch ihre Tränen nicht erweichen. »Jetzt siehst du erwachsen aus«, hatte sie gesagt, »und nicht mehr wie ein kleines Schulmädchen, das nicht bis drei zählen kann.«

Der Friseur war von seinem Meisterwerk, wie er es nannte, begeistert. »Sie sieht aus wie Audrey Hepburn«, rief er und klatschte sich selbst Beifall. »Die berühmte Hollywoodschauspielerin«, betonte er, da Marie-Luise nicht reagierte, sondern nur die Schultern zuckte und ihr die Tränen weiter über die Wangen liefen.

Es klopfte, und schon stand Christa Friedländer in der offenen Tür.

Marie-Luise hatte sich unter der Schwester ihrer Mutter Oberin eine strenge ältere Frau vorgestellt, in schwarzem Kleid mit weißem Kragen, einen Knoten und eine schwarz umrandete Brille.

Die Brille stimmte, aber sie war nicht schwarz, sondern in Schmetterlingsform und pink. Und ihre Lippen waren in der passenden Farbe geschminkt. Christa Friedländer blieb an der Tür stehen. Sie rauchte, in der einen Hand hielt sie die Zigarette, in der anderen den Aschenbecher. Sie trug einen engen ärmellosen Pulli, und oberhalb des Busens prangte eine riesige Spinne aus funkelnden Strasssteinen.

Wie verschieden Schwestern sein konnten, schoss es Marie-Luise durch den Kopf, und unwillkürlich lächelte sie.

»Da bin ich aber froh, dass du wieder lächeln kannst«, erklärte Christa.

In diesem Moment erkannte Marie-Luise, dass sie in dieser Frau vielleicht sogar eine Freundin fand, und sie schickte ein stilles Dankeschön an die Mutter Oberin.

»Ich weiß, dass dich der Verlust deiner schönen langen Haare schmerzt. Aber wenn du in den Spiegel schaust, siehst du, wie hübsch du mit den kurzen Haaren bist. Du siehst wirklich aus wie Audrey Hepburn.«

»Warum?« Endlich stellte sie die Frage, die sie beschäftigte, seit sie bei der Mutter Oberin gewesen war. »Warum kann ich denn nicht einfach ein Interview geben und sagen, dass ich mich an nichts erinnere. Wäre dann nicht alles erledigt?«

Christa Friedländer drückte die Zigarette in dem Aschenbecher aus und stellte ihn auf die Kommode. Dabei schüttelte sie den Kopf. »Nein, in diesem Moment ginge die Jagd auf dich erst richtig los. Und wenn du einmal groß in einer Illustrierten wie der *Bunten* bist, dann kennt man dich, dann weiß man, wer dein Vater war. Man wird sagen, da ist sie, die Tochter eines Verbrechers, eines Mörders, du bist gebrandmarkt. Diesen Makel wirst du nie mehr los. Und davor wollen wir dich schützen. Auch mit der neuen Identität. Du bist und bleibst die Tochter ...« Hier zögerte Christa Friedländer.

Marie-Luise presste die Lippen zusammen. Ihr Vater, ein Mann, der sie liebevoll an sich drückte, der ihr Spielsachen schenkte, mit ihr scherzte und der sie *meine Prinzessin* nannte. Der Mann, der von einer Frau erschossen wurde, weil er dorthin sollte, wo er herkam: aus der Hölle.

Ein Mann, verantwortlich für den Tod von ungezählten Frauen.

»Ich weiß, du hast gesagt, du weißt gar nichts mehr.« Christa Friedländer warf ihr einen scharfen Blick zu, er erinnerte in seiner Unbestechlichkeit an ihre Schwester.

»Nein, tue ich auch nicht«, sagte Marie-Luise, senkte den Blick und spielte mit den Ohren ihres rosa Hasen.

»Bis zum Schulbeginn wirst du dich an deine neue Vita gewöhnt haben. Und wenn dich jemand ausfragen will, schweigst du. Das kannst du ja gut.« Wieder dieser scharfe Blick.

Sie weiß, dass ich mich erinnern kann, schoss es ihr durch den Kopf.

»Du schaffst das«, erklärte Christa Friedländer. »Und ab jetzt wirst du ein gutes, freies Leben führen können.«

Marie-Luise nickte und spielte mit den Ohren ihres rosa Hasen.

Als Christa sich zur Tür drehte, warf sie noch schnell über die Schulter: »Also bis später. Du lernst beim Abendessen Annemarie Weidinger kennen. Sie kommt aus Regensburg und wird am 1. September eine Banklehre in der Bayerischen Hypotheken- und Wechselbank anfangen. Sie ist dort eine von nur zwei weiblichen Lehrlingen.« Christa lachte ein wenig. »Sie passt zu dir. Sie wird dir die Stadt zeigen, ihr könnt zusammen schwimmen gehen, und so lernst du ein wenig dein neues Leben kennen. Das heißt, du lernst München kennen. Aber immer vorsichtig sein«, setzte sie noch mit erhobenem Zeigefinger mahnend hinzu, als sei Marie-Luise ein Volksschulkind. »Also bis später.«

Nachdem sie gegangen war, blieb Marie-Luise reglos auf ihrem Bett sitzen, dann aber bohrte sie mit dem Finger in das versteckte Loch im Hasen und holte heraus, was sie so sorgfältig bewahrte und worüber sie nie sprach. Eine kleine selbst geschnitzte Holzpuppe, bunt angemalt und mit einer winzigen Schrift versehen, die Marie-Luise nicht kannte und nicht entziffern konnte. Das Püppchen, das ihr diese Frau hinter dem Drahtzaun zugesteckt hatte. »Das war deine Mutter«, hatte ihr Kindermädchen ihr zugeflüstert, bevor sie am nächsten Tag nicht mehr kam und durch eine andere ersetzt worden war.

Doch auch über sie schwieg Marie-Luise.

Kapitel neunzehn

Vivien

Die Aula des Mädchengymnasiums war brechend voll. In der ersten Reihe saßen die zwölf Abiturientinnen, die die Schule verließen und die Vivien in den vergangenen drei Jahren im Unterricht begleitet hatte, manche sogar schon ab der dritten Klasse als Englisch-Anfängerinnen. Man hatte noch Klappstühle aufgestellt für die vielen Menschen, die an der heutigen Abschlussfeier des Jahrgangs 1957/58 teilnehmen wollten. Doch heute war es nicht nur eine der üblichen Abschlussfeiern, heute verabschiedete Vivien zum ersten Mal ihre Schülerinnen als Direktorin des Gymnasiums. Und man war begierig, neugierig. Was würde sie sagen, wie ihre Rede halten?

Zuerst aber sprach der Elternbeirat, dann der Co-Direktor Dr. Feldmann. Der Saal wurde unruhig.

In der Reihe hinter den Schulabgängerinnen saß Maria mit Antonia, die sofort gekommen war, als Maria ihr aufgelöst am Telefon erzählt hatte, was passiert sei.

Sie hätte tot sein können … Maria war außer sich gewesen.

Und nun hatte es sich Vivien nicht nehmen lassen, eine kleine Ansprache zu halten, beurlaubte sich selbst aus dem Krankenhaus, gegen den dringenden Rat der Ärzte. Sie wolle sprechen, nur kurz, aber es müsse sein.

»Sie ist so dickköpfig, lässt sich ja nichts sagen«, seufzte Maria aufgelöst, als sie Antonia bei ihrer Ankunft in die Arme schloss. »Zwei Tage, stell dir vor, nur zwei Tage nach dem Überfall stellt sie sich hin und will eine kleine Rede halten.«

Und nun war es so weit. Im Saal wurde gehustet, sich umgesehen, mit Unruhe registriert, dass zwei Polizisten am Eingang zur Aula standen. In der Zeitung war ausführlich über das Attentat, wie man es nannte, berichtet worden.

Der kleine Daniel, den jeder in der Stadt kannte, hatte den Überfall miterlebt, konnte aber keinen Täter identifizieren. Vivien Kroll hatte Glück gehabt. Sie hatte das Fenster geöffnet, blieb kurz stehen, im schnellen Umdrehen traf der Stein sie an der Schläfe, doch mit solcher Wucht, dass sie das Gleichgewicht verlor und stürzte.

Die Wunde an der Stirn musste genäht werden.

Die Polizei hatte sie verhört, leider gab es keinerlei Hinweise außer denen von Daniel, und er hatte nur eine dunkle Gestalt im Gebüsch gesehen. Mit seinem Schrei hat er vielleicht Schlimmeres verhindert, gab die Polizei zu, die eine Anzeige gegen unbekannt aufnahm.

Nun also wartete der ganze Saal gespannt auf Vivien.

Und dann kam sie. Sie trug einen Verband um die Stirn und ein schickes schwarzes Kleid, aber sie war ja bekannt für ihre kühle Eleganz, um die sie viele Frauen der Gesellschaft beneideten.

Sie lächelte, ging die paar Stufen zum Podest hoch, begrüßte die Eltern, die Lehrer und vor allem ihre Abiturientinnen. Sie nickte den Mädchen in der ersten Reihe zu, sie saßen dort und sahen erwartungsvoll zu Vivien Kroll hoch.

Sie sei sehr stolz auf sie, war ihr erster Satz. »Ein neuer Lebensabschnitt liegt vor Ihnen, aber das hat man Ihnen sicher in den letzten Tagen schon oft gesagt. Aber Sie haben jetzt die Wahl, Sie ganz allein. Sie können sich entscheiden, wie Sie Ihr Leben gestalten wollen. Einige von Ihnen haben sich für ein Studium an der Universität entschieden, andere für einen anderen Weg, und einige wollen heiraten und eine Familie gründen. Aber wer sagt Ihnen, dass Sie sich für das eine oder das andere entscheiden müssen?

Sie können beides tun. Die nächsten Jahre werden Ihnen die Möglichkeit dazu geben, aber machen Sie nichts, was Sie nicht wollen. Es ist alles allein Ihre Entscheidung.« Hier wandte sich Vivien den Eltern in der zweiten Reihe zu. Sie wusste, dass einige von ihnen die Töchter unter Druck setzen wollten, möglichst schnell zu heiraten, um einen gewissen Status zu haben, der einer alleinstehenden Frau verwehrt blieb. »Sie sollten eine Ehe nicht als Absicherung sehen, weil Sie glauben, mit einem Mann, der für Sie sorgt, sei Ihr Leben leichter. Aber ist ein leichtes Leben zwangsläufig auch ein schöneres? Ich denke nicht. Stellen Sie sich den Herausforderungen eines aufregenden Lebens.

Ich wünsche mir, egal, wie Ihre Entscheidung ausfällt, dass Sie offen durch die Welt gehen. Sehen Sie dorthin, wo man Sie brauchen könnte, zeigen Sie Toleranz, seien Sie mutig. Wir haben eine furchtbare Vergangenheit zu bewältigen. Es ist jetzt Ihre Generation, die sich mutig gegen Rassismus aussprechen muss. Stehen Sie auf, wenn Sie Gewalt erkennen, Gewalt gegen Kinder, Gewalt gegen Andersdenkende, Gewalt gegen Menschen anderer Religion, anderer Hautfarbe. Gewalt gegen Frauen. Stehen Sie auf und kämpfen Sie dagegen. Sehen Sie nicht weg, wenn Sie der Ungerechtigkeit begegnen, seien Sie offen, auch wenn es unbequem ist. Werden Sie mutig. Und nun wünsche ich Ihnen alles Gute, und Sie können sich immer an mich wenden, wenn Sie Unterstützung brauchen.«

Mit diesen Worten kam Vivien die Stufen vom Podest herunter, ging zu den Mädchen, die sich erhoben und in den pastellfarbenen Kleidern mit weiten Röcken und den Petticoats darunter vor ihr standen. Einige trugen Ballerinas, andere weiße Pumps und gehäkelte passende Handschuhe.

Vivien umarmte jede von ihnen, und die Mädchen hatten Tränen in den Augen und erklärten, sie würden Vivien nie vergessen. Sie sei die beste und tollste Lehrerin gewesen, die man sich wünschen könne.

Im Saal herrschte überraschte Stille. Alle hatten erwartet, dass Vivien Kroll über den Überfall sprechen würde, dass sie hoffte, der Täter würde bald gefasst werden, dass sie darüber sprach, was sie durchgemacht habe.

»Werden Sie mutig« – das war ihr letzter Satz?

Zögernd erhoben sich Schüler, Eltern, Beiräte, Lehrer. Das eigene Unbehagen wurde weggeklatscht, doch viele riefen Bravo, Hände streckten sich Vivien entgegen, als sie zusammen mit Maria und Antonia die Aula verließ.

»Und jetzt zurück ins Krankenhaus«, flüsterte ihr Antonia streng zu, »und ohne Widerrede!«

Am nächsten Tag war die große Überschrift in der Regionalausgabe der Zeitung: *Werden Sie mutig, sehen Sie nicht weg, wenn Sie der Ungerechtigkeit begegnen.*

Eine mutige Frau wurde gefeiert.

War sie das wirklich?

Vivien lag in ihrem Krankenhausbett und ließ die Zeitung sinken.

Sie hatte einen Standpunkt mit Leidenschaft verteidigt, doch wenn sie die Augen schloss, durchlebte sie diesen Moment des wuchtigen Schlags gegen die Schläfe erneut. Als sie taumelte, den stechenden Schmerz fühlte, das warme Blut, das ihr über die Wange lief.

War sie da mutig gewesen?

Hatte sie nicht vielmehr das Entsetzen gepackt, war ihr nicht der Gedanke gekommen, jetzt sei das Leben vorbei, in diesem einzigen kurzen Moment ausgelöscht? Alles wurde schwarz, sie spürte nur diesen Schmerz, diese Dunkelheit, ihren eigenen Schrei. Oder hatte sie gar nicht geschrien, war sie stumm geblieben?

Sie hatte Angst verspürt, eine tiefe, elementare Angst.

Sie hatte sich so vehement gegen Fremdenhass ausgesprochen, so leidenschaftlich gegen Rassismus aufgerufen, die jungen Mädchen und im Grunde alle im Saal aufgefordert, mutig zu sein. Nicht wegzusehen.

Da fühlte Vivien, wie sich eine kleine Hand in ihre schob, und als sie die Augen öffnete, saß Daniel auf ihrer Bettkante.

»Du weinst doch nicht, Vivien, oder?«, fragte er ängstlich.

Sie drückte seine Hand. »Nein, nein, es ist alles gut, wirklich, nur die Augen tränen, weißt du?«

Sie lächelte ihm zu, und als sie ihn ansah, wusste sie, dass gerade sie nicht aufgeben konnte.

*

Maria

Maria kroch zwischen den stacheligen Brombeersträuchern herum und pflückte vorsichtig die reifen Beeren ab. Dann sah sie hoch. Hatte sie ein Geräusch gehört?

Sie war zu weit von den Wegen abgekommen, zu tief in den Wald hineingeraten. Rasch nahm sie die alte Milchkanne aus Blech hoch, warf die letzten Beeren hinein und lief bis vor zu der schmalen Straße zwischen Wald und den Hopfenfeldern.

Dort arbeiteten Männer, riefen sich laute Bemerkungen zu, lachten manchmal. Ihre rauen Stimmen hallten durch die Stille des Sommernachmittags. Maria atmete durch.

Sie waren vorsichtig geworden. Sie sprachen nicht darüber, aber sie sahen sich um, wenn sie Schritte hinter sich hörten, wurden aufmerksam, wenn jemand sie ansah. Dann fragten sie sich: War er der Briefeschreiber?

Vivien lag noch im Krankenhaus, und das erhöhte die Angst, jeden Moment könne etwas passieren. Auch Maria stand im Fokus der Aufmerksamkeit, letztendlich war sie die Leiterin der Flüchtlingshilfe e.V. Viele unterstützten sie, sprachen sie beim Bäcker an, ihr Engagement sei bewundernswert. Doch viele warfen ihr auch verstohlene Blicke zu, die nichts Gutes bedeuteten.

Maria nahm die Kanne hoch, ein Stück Erinnerung an den Krieg, als sie damit zum Bauern Höflinger gefahren war und seine Frau um Milch anbettelte. Manchmal unterhielten sie sich, manchmal bekam Maria nur Milch, wenn sie etwas anbieten konnte, zum Beispiel eine Jacke aus Viviens eleganter Garderobe. Manchmal gab es auch eine Kanne voll Milch gegen ein Lächeln. Frau Höflinger verschenkte ihre Geberlaune, wie es ihr gerade gefiel.

Maria lächelte in Gedanken an die alte Frau, die auch heute noch in die Stadt kam. Dann unterhielten sie sich über »die alten Zeiten«, die in der Erinnerung von Frau Höflinger doch gar nicht so schlecht gewesen waren.

Es war heiß, als Maria durch die Wiese ging, Mücken abwehrte und irgendwann endlich die Stadt erreichte. Sie ging am Stadtwall vorbei, an dem der Bau für die neuen Flüchtlingshäuser immer noch stagnierte. Von den Wänden des Rohbaus tropfte das Wasser, und vom nahe gelegenen Stadtbach kamen die Ratten herüber. Heute war Marias Geburtstag, aber mit Vivien hatte sie vereinbart, dass sie ihn erst zusammen feiern würden, wenn Vivien aus dem Krankenhaus entlassen worden war.

Endlich zu Hause. Erleichtert sperrte sie die Haustür auf und schlüpfte in der Diele aus den hohen Stiefeln, die sie immer anzog, wenn sie in die Sträucher ging, wie sie ihre Beerensuche nannte. Sie stellte die Blechkanne ab, während sie bereits nach der Post griff, die auf der Konsole lag. Jeden Tag ein Moment der Angst: War ein Brief für Vivien dabei, die nächste Drohung?

Wieder ergriff sie Wut auf die Polizei, die in dem Steinwurf nicht unbedingt eine Tötungsabsicht erkennen konnte, sondern vielleicht ja auch nur einen unüberlegten, wenn auch unentschuldbaren Streich.

Maria ging in die Küche und stellte die Kanne ab. Es war still im Haus, Veronika ging jetzt auch schon nachmittags ins Grieser und arbeitete bis nachts durch. Walter hatte Daniel ins Krankenhaus gebracht, wo der Kleine bei Vivien blieb. Er führte ihr Kartenkunststücke vor, die Walter ihm beigebracht hatte, oder tanzte.

Vivien hatte ihm ein gebrauchtes Kofferradio geschenkt. Das nahm er mit, um mit ihr den amerikanischen Sender AFN zu hören und zu tanzen. Rock 'n' Roll konnte er bereits besonders gut, und wenn die Krankenschwestern Zeit hatten, kamen sie in Viviens Zimmer und sahen zu. Und sie beklatschten den kleinen Amerikaner, der so besonders niedlich sei.

Maria verstand Vivien nicht. Sie brauchte Ruhe mit ihrer Gehirnerschütterung, die durch ihren gewagten Ausflug in die Schule wieder schlimmer geworden war. Starke Kopfschmerzen, Augenflimmern, Schmerzen an der genähten Stirnwunde. Doch Vivien lachte nur, erklärte, wenn Daniel bei ihr sei, ginge es ihr gut, er hielte sie vom Grübeln ab.

»Hallo?«, rief sie laut. Da hörte sie aus dem Wohnzimmer leise Klaviermusik. Die Tür war nur angelehnt, und so ging Maria nach hinten und öffnete sie vorsichtig. Da erhob sich Walter, kam auf sie zu und gratulierte ihr zum Geburtstag.

Als Walter mit einem Strauß Veilchen in der Hand auf sie zukam, freute sie sich über die gelungene Überraschung. Veilchen waren ihre Lieblingsblumen, und dass Walter sich das gemerkt hatte, rührte sie zutiefst. Sie lächelte ihn an, und als er sie an der Hand nahm und zum Flügel führte, ließ sie es gern zu. Sie legte die Veilchen auf den Tisch, dann setzte sie sich neben ihn auf den Klavierstuhl. Leise fing Walter zu spielen an, eine zarte, leichte Melodie.

Er spürte, dass sie ihn ansah, da lächelte er, griff nach ihrer Hand und legte sie auf die Tasten. Es war eine Aufforderung, die Melodie vierhändig mitzuspielen, und es fiel ihr nicht schwer, sie zu übernehmen und sich einzuspielen. Maria hatte jahrelang Klavier gespielt, es hatte ihr in vielen schweren Tagen geholfen. Doch seit ein Pianist in ihrem Haus wohnte, hatte sie das Spielen ganz aufgegeben. Nur an Weihnachten spielte sie noch aus Tradition *Stille Nacht,* ansonsten überließ sie den Flügel Walter. Aber jetzt erfüllte sie eine ungeahnte Freude, mit ihm diese zarte Melodie zu spielen.

Er lachte sie an und nahm die Hände von der Tastatur. »Sie gefällt Ihnen, das freut mich.«

»Ja, sie ist wunderbar. Sie spielen so oft Wagner oder Beethoven, aber Sie sind offenbar auch ein Mann der leisen Töne«, lächelte Maria.

»Ich habe die Melodie für Sie komponiert«, erklärte er schlicht und wandte ihr sein Gesicht jetzt ganz zu. »Ich wollte Ihnen eine Freude machen. Die Melodie ist wie Sie, Maria. Zart und einfühlsam.«

Sein Gesicht war ganz nahe, so nahe, dass ihr Herz zu klopfen anfing.

Noch nie war ihr aufgefallen, wie schön seine blauen Augen waren, wie zärtlich sein Lächeln. Viele Fältchen sammelten sich um die Augen. Seine grau melierten Haare hatte er sorgfältig zurückgekämmt, und Maria hatte plötzlich den Wunsch, mit einer Hand durchzufahren, bis sie ihm ein wenig abstanden. So aber lächelte sie nur, und als er sie küsste, erwiderte sie den Kuss ohne Verlegenheit und ohne darüber nachzudenken, dass sie seit siebzehn Jahren nicht mehr geküsst worden war.

Kapitel zwanzig

Antonia

Zu Hause schlüpfte Antonia mit einem Aufseufzen aus ihren hohen Schuhen. Sie trug keine Strümpfe, und die Füße schmerzten und waren in der Hitze des Tages angeschwollen. »Anna, bist du da?«, rief sie in die stille Wohnung.

»Wohnzimmer«, rief es zurück, und Antonia ging barfuß und stieß die angelehnte Tür auf.

Anna saß auf dem Sofa und lackierte sich die Fußnägel knallrot. Sie trug eine ärmellose weiße Bluse, und ihre knielangen Shorts aus Popeline hatte sie schenkelkurz abgeschnitten, sodass ihre langen, schlanken Beine zur Geltung kamen. Sie sah hoch und lächelte ihre Cousine an. »Heiß draußen?«

Antonia nickte. »Ich bin gleich bei dir.«

Sie ging ins Bad, ließ Wasser über die Ellenbogen laufen und hielt ihr Gesicht unter den Hahn. Dann kam sie wieder zurück.

»Willst du was trinken?«, fragte sie Anna. »Ich habe Eistee gemacht und deine Lieblingsplätzchen bei Rottenhöfer gekauft.«

»Danke, woher hast du gewusst, dass ich mich genau danach sehne?«

»Ich wusste es eben.«

»Aber bleib sitzen, ich hole die Sachen aus der Küche.«

Kurz danach erschien Antonia mit zwei Gläsern, der Kanne mit dem Eistee und einer Schale mit der gemischten Plätzchenauswahl. Beides stellte sie auf den Couchtisch und schenkte ein.

»Ich war im Lager. In den Baracken herrscht brütende Hitze, und dann traf ich mich noch kurz mit einer Studentin.

Sie fährt mit ihrer Freundin an den Comer See. Nach Caddenabia.«

»Wahrscheinlich, um unserem Bundeskanzler beim Bocciaspielen zuzusehen«, lachte Anna. »Um diese Zeit verbringt Konrad Adenauer dort immer seine Ferien.«

»Ach, wirklich? Das wusste ich nicht. Aber weißt du was?« Antonia fuhr wie elektrisiert hoch. »Das könnten wir doch auch, uns einfach ins Auto setzen und losfahren, irgendwohin, es muss ja nicht der Comer See sein.«

Anna aber schüttelte den Kopf. »Tut mir leid«, erklärte sie, »aber heute habe ich einen Vertrag für eine Filmrolle unterschrieben, er wird in den Bavaria Studios gedreht. Ich war heute dort. Du glaubst es nicht, der Film spielt in London, und in einem der Studios wurden mehrere Straßen aufgebaut. Englische Autos fahren durchs Studio, es ist neblig und dunkel. Du denkst wirklich, du bist in London, es ist toll. Drehbeginn ist in einer Woche.«

»Ich freue mich für dich, vielleicht wirst du noch ein großer Star wie Maria Schell.«

»Ach, Unsinn«, wehrte Anna lachend ab. »Es ist nur eine kleine Rolle mit acht Drehtagen, ich spiele eine junge Frau, die ermordet wird.«

»Das ist ja gruselig. Aber vielleicht kannst du dann im Februar auf den großen Filmball gehen.« Antonia war begeistert von der Aussicht, ihre Cousine sei nicht nur der Theaterstar in München, sondern drehe auch noch einen Film.

Sie nahm einen tiefen Schluck ihres Eistees und betrachtete Anna, die immer noch ihre Zehnägel lackierte. Jetzt bemerkte sie, dass Anna eine Zeitung unter ihre Füße gelegt hatte. Mit einem lauten »NEIN« beugte sich Antonia über den Tisch und zerrte die Zeitung hervor.

»Was soll das?« Anna hielt in ihrer Bewegung inne.

»Die Zeitung lag hier auf dem Tisch, weil ich sie aufheben wollte.« Antonias Stimme kippte.

»Das habe ich nicht gewusst.« Anna schüttelte den Kopf. »Sie ist doch bereits zwei Wochen alt.« Vorsichtig nahm sie die Füße hoch und stellte sie auf den Boden. »Ist doch nichts passiert«, erklärte sie ungewohnt sanft, um ihre Cousine zu beruhigen, dann beugte sie sich neugierig über die Tageszeitung.

Von den Medien gejagt.

Darunter ein verschwommenes Foto eines jungen Mädchens mit langen Haaren.

Reporter spüren die Tochter Marie-Luise des ehemaligen Lagerkommandanten in einem Kloster auf. Heinz Obermayr, verantwortlich für den Tod und grausame Folterungen vieler jüdischer und osteuropäischer Frauen.

Darunter ein langer Artikel über die Verbrechen von Obermayr, dem Vater des jungen Mädchens.

Ist dieses Mädchen seine Tochter, eines der Kinder des Bösen?

»Ach so, das habe ich nicht gesehen, es geht um dieses Mädchen, das tut mir leid.«

»Ja, es geht um dieses Mädchen«, bekräftigte Antonia. »Frau Mayr hat mir gesagt, dass sie angerufen hat, ausgerechnet als ich nicht hier war«, klagte sie, während sie die Zeitung sorgfältig zusammenlegte und in das Fach unter dem Glastisch legte.

»Machst du dir Vorwürfe? Letztendlich warst du bei deiner Mutter, auf die ein Attentat verübt wurde.«

»Nein«, wehrte Antonia ab. »Natürlich mache ich mir keine Vorwürfe. Aber es tut mir so leid. Die letzten Tage habe ich so oft angerufen, bis ich endlich die Mutter Oberin sprechen konnte. Aber sie blockt ab, sagt, Marie-Luise sei an einem Ort, wo sie Ruhe hat, sie sei in der Schweiz.«

»Irgendwie glaube ich das nicht.«

»Wieso?«

»Ich weiß nicht, einfach so ein Gefühl. Und hast du beim Roten Kreuz nachgefragt?«

»Ja, jeder schweigt, die Akte sei von höchster kirchlicher Stelle eingefordert worden, auch das Jugendamt schweigt sich aus. Ich komme einfach nicht mehr an sie ran. Ich hätte sie so gern gesprochen und zu dem Treffen eingeladen. Schließlich war sie doch das einzige Kind, und beim Roten Kreuz hatte man vermutet, dass eine der Lagerinsassinnen die Mutter sei.«

»Man will sie offenbar beschützen, und das ist verständlich, wenn man sie zu den Kindern des Bösen zählt.«

»Ja, dieser Ausdruck der Medien ist schrecklich.«

»Wenn man sie einmal in die Medien zerrt, ist sie abgestempelt. Sie wird immer nur die Tochter von Heinz Obermayr sein, wie kann sie da ein normales Leben führen?«

»Ich weiß, ich weiß. Ich weiß aber auch«, fuhr Antonia fort, »dass viele Kinder der Kriegsverbrecher jetzt im Ausland leben, eine neue Identität haben. Und ich denke, der Journalist, der mit ihr ein Exklusivinterview bekommt, erhält dafür eine richtig gute Summe Geld. Man will intime Informationen. Was hat sie damals als kleines Kind gedacht, gefühlt, wie war ihr Vater, der Verbrecher, privat, was hat sie mit ihm erlebt?« Antonia redete sich in Rage, dieses Mädchen beschäftigte sie.

»Hast du nicht gesagt, dass sie sich an nichts erinnern kann?«

»Ja, so steht es in der Akte. Aber irgendwie glaube ich das nicht«, sagte Antonia. »Vielleicht erinnert sie sich und will nur nicht darüber sprechen. Vielleicht hat sie Furchtbares erlebt.«

»Das arme Mädchen«, bedauerte Anna aus tiefstem Herzen, während sie sich die Nägel fertig lackierte.

»Weißt du, ich hätte ihr ja spontan vorgeschlagen, hier bei uns zu wohnen. Daddy ist ja kaum noch da, und Jette lebt nur noch draußen am See, malt und macht dort ihre Vernissagen. Aber …«

»Aber du denkst, dein Vater wird das nicht akzeptieren, nicht wahr?«

Antonia nickte. »Ja, ich gebe es ungern zu. Aber er ist eine Ikone des Widerstands in München. Er kann nicht die Tochter eines NS-Verbrechers bei sich aufnehmen.«

»Antonia! Du weißt doch nichts über sie, kennst sie nicht, weißt nicht, was das Mädchen selbst will. Wie willst du über ihr weiteres Leben entscheiden? Setz dich nicht unter Druck. Freue dich, dass für das Treffen immerhin sechzehn Frauen zugesagt haben. Ich bin schon so gespannt auf die Reaktion unserer Mütter, sie wollten doch immer wissen, was aus den Frauen geworden ist.«

Alle sechzehn Frauen hatten auf die Initiative von Sarah Wertheim zugesagt.

Antonia hatte noch kein Glück gehabt. Sie fand eine Frau, die im Schwarzwald lebte, aber bei Antonias Anruf sofort abblockte. Nein, sie wolle nicht kommen, nie mehr wolle sie an den Ort ihrer Qual zurück. Sie sei den beiden Frauen sehr dankbar, aber damit wolle sie es auch auf sich beruhen lassen.

Aber noch war Zeit, einige andere aufzuspüren.

Sie tranken ihren kalten Tee, aßen von dem Gebäck und horchten auf die Straße hinunter, auf die Geräusche der Stadt, auf das Hupen der Autos, das Lachen der Menschen.

»Weißt du«, überlegte Anna nach einem Schweigen. »Vielleicht erfahren wir bei dem Treffen, wer die Mutter war. Wenn sie dort ermordet wurde, dann bekommt das Leben des Mädchens eine ganz neue Seite. Sie ist dann nicht nur die Tochter des Verbrechers, sondern auch das Kind einer armen Frau.«

»Da könntest du recht haben.«

Wieder horchten sie nach unten auf die Geräusche eines heißen Spätnachmittags in der Stadt.

»Weißt du was?« Antonia stellte ihr Glas auf das Tablett. »Wollen wir eine kleine Spritztour machen?«

Anna sprang sofort vom Sofa hoch. »Aber erst umziehen.«

Kurze Zeit später saßen sie in Antonias Cabriolet und brausten durch Münchens Straßen, zuerst die Maximilianstraße hinunter, dann bogen sie in die Ludwigstraße ein und fuhren langsam durch die Leopoldstraße. Vorbei an Cafés, in denen junge Leute saßen, junge Männer, die ihnen zuwinkten und lachten. Irgendwo stiegen sie aus und setzten sich in der Abendsonne in eines der vielen Cafés und genossen den schönen Abend.

Etwa eine halbe Stunde nachdem sie losgefahren waren, läutete es unten an der Haustür. Dort stand ein junges Mädchen, wartete, klingelte noch mal und wandte sich dann enttäuscht ab.

*

Marie-Luise beugte sich dem Spiegel entgegen und lachte sich zu.

Sie hatte in den vergangenen zwei Wochen viel gelernt, die Stadt kennengelernt, mit Annemarie stundenlang in deren Zimmer gesessen und Filmprogramme durchgesehen. Jetzt wusste sie, wer Audrey Hepburn war, erfuhr, dass Annemarie für Romy Schneider schwärmte und einen Film mit ihr gesehen hatte, *Monpti*. »Da darfst du noch nicht rein«, hatte sie gelacht, »du bist noch nicht achtzehn.«

Sie waren zusammen ins Schwimmbad gegangen, das Schyrenbad, und dort wurde Marie-Luise zum ersten Mal von einem jungen Mann angesprochen, der sie zu einem Eisbecher einladen wollte.

Sie erschrak so sehr, dass sie einfach wegrannte, überzeugt, er sei ein Reporter. Aber die erstaunte Annemarie schüttelte nur den Kopf und sagte, sie habe ihm doch einfach gut gefallen.

»Du bist hübsch«, hatte sie neidlos zu ihrer neuen Freundin gesagt. »Siehst du nicht, wie dir die Männer nachschauen?«

Stumm hatte sie den Kopf geschüttelt. Im Kloster, da hatte niemand gesagt, sie sei hübsch, und in der Schule war sie die Außenseiterin gewesen, das Klostermädchen, das ganz für sich blieb.

Marie-Luise drehte sich vom Spiegel ab. Es war ein schöner Sommernachmittag, Annemarie hatte Besuch von ihren Eltern, und so langweilte sich Marie-Luise. Dann aber hatte sie eine

Idee. Aus der Schublade ihrer Kommode holte sie die Visitenkarte heraus, die Karte, die Schwester Agnes ihr heimlich gegeben hatte. Die Karte von Antonia Kroll.

Die Adresse stand darauf, und Marie-Luise kannte sich jetzt schon so weit in München aus, dass sie wusste, wo die Widenmayerstraße lag. Letztendlich gar nicht so weit weg von ihrer Pension im Lehel.

Sie ging die Treppe hinunter und horchte. Auch Christa Friedländer schien heute beim Baden zu sein, sie fuhr immer an den Starnberger See hinaus. Heidi, die Sekretärin, arbeitete noch, und die beiden Studentinnen waren ebenfalls nicht da.

So schlich sie sich aus dem Haus, ohne wie sonst genau zu sagen, wo sie hinging, wann sie wiederkam und was sie vorhatte. Draußen überfiel sie die Hitze, und so schlenderte sie langsam durch die Straßen. Sie überlegte, was sie sagen sollte, überlegte, ob sich Antonia Kroll durch ihr Kommen belästigt fühlte.

Aber schließlich hatte sie Marie-Luise treffen wollen. Sie fragen, ob sie zu einem Treffen kommen könnte. Ja, würde sie jetzt sagen, ja, ich komme – das Klostermädchen ist erwachsen geworden.

In der Widenmayerstraße suchte sie die Hausnummer. Und dann stand sie davor und klingelte bei Antonias Namensschild. Ihr Herz klopfte vor Erwartung auf die erste Frau, die Interesse an ihr gezeigt hatte.

Noch mal läutete sie, wartete, dann ein drittes Mal. Sie zögerte, lief ein paar Schritte, ging zurück. Sollte sie warten?

Doch sie sollte wieder in der Pension sein, bevor Christa Friedländer vom See zurückkam. So wandte sie sich ab und ging zurück. Sie würde in den nächsten Tagen anrufen, nahm sie sich vor.

Beim Max-II-Denkmal blieb sie stehen. Und da die Sonne so wunderbar schien, kletterte sie die drei Stufen hoch, setzte sich auf die oberste und sah hinunter auf die Maximilianstraße.

»Hallo?«

Sie drehte sich um.

»Meinen Sie mich?«, fragte sie erstaunt den jungen Mann, der zu ihr hochkam.

»Darf ich?« Schon saß er neben ihr.

»Ist das Ihres?«, fragte er und hielt ihr ein kleines rotes Notizbuch hin.

»Nein.« Marie-Luise schüttelte den Kopf.

»Das tut mir leid, ich wollte Sie nicht belästigen.«

Er lächelte sie an, blieb sitzen. Mit einem raschen Blick erkannte Marie-Luise, dass er gut aussah. Braun gebrannt, blonde Haare und ein wirklich einnehmendes Lächeln. Es machte sie verlegen, und sie sah an sich hinunter. Sie trug ein klein geblümtes Kleid mit einem Spitzenbesatz am Ärmel, dazu ihre neuen Ballerinas.

»Klaus Leitner«, sagte er und streckte ihr die Hand entgegen.

Sie sollte sie nicht nehmen, sich auf nichts einlassen, aufstehen, gehen. Doch sie blieb sitzen, nahm die Hand, lächelte zurück. »Luisa«, sagte sie nach einem kurzen Zögern. Das fiel ihr gerade so ein.

»Nun, Luisa, und wie weiter?«

Sie zuckte mit den Schultern. »Egal«, lachte sie. Sie fühlte sich frei und hübsch, und es machte ihr Spaß, ein wenig mit ihm zu flirten. So nah war ihr noch nie ein Mann gekommen, und sie empfand seine Gegenwart als aufregend. Es machte sie aber auch verlegen.

»Nun, Luisa, darf ich Sie auf einen Eisbecher einladen? Um die Ecke, nicht weit weg von hier, gibt es ein italienisches Eiscafé.«

Erwartungsvoll sah er sie an.

Konnte es sein, dass er ein wenig näher gerutscht war, dass die Nähe ihr Herzklopfen bereitete? *Geh nach Hause,* warnte sie ihre innere Stimme, doch sie wurde schnell und erfolgreich zum Schweigen gebracht. »Ja«, war ihre Antwort, »aber nur für eine halbe Stunde.«

Schon erhob er sich, nahm ihre Hand und half ihr die Stufen hinunter. Dabei kam er ihr wieder ganz nahe, verwirrend nahe.

Sie spürte, wie ihr das Blut ins Gesicht stieg.

»Nun, dann wollen wir uns beeilen und die halbe Stunde gut nutzen«, meinte er, »und vielleicht erzählen Sie mir dann doch noch, wie Sie heißen.«

Ein Lächeln, das Marie-Luises Herzschlag beschleunigte.

War das so, wenn man sich Hals über Kopf verliebte? Unsicher sah sie zu ihm hoch, und er lächelte sie an und drückte ganz leicht ihren Arm.

Kapitel einundzwanzig

Maria

Maria stand vor dem Spiegel in ihrem Zimmer und versuchte, ihre Haare ordentlich zu einem Knoten zu drehen. Seit ihrer Kindheit kämpfte sie mit den leichten, fliegenden Haaren, die sich einfach nicht frisieren lassen wollten. Es klopfte leise.

»Ja?«

Walter steckte den Kopf zur Tür herein. »Störe ich?«

Maria ließ die Hand mit der Bürste sinken. Sie lächelte, und wie immer in letzter Zeit stieg ihr die Röte ins Gesicht, und ihr Herz fing an zu klopfen, wenn sie Walter sah.

Er kam ins Zimmer, schloss die Tür und trat hinter Maria. Zärtlich umfasste er mit beiden Händen ihre Schultern, während er ihr einen zarten Kuss auf den Hals gab.

Niemals hatte Maria so empfunden, sich danach gesehnt, umarmt, geküsst, gestreichelt zu werden. Heute erst erkannte sie, dass Werner und sie nicht zusammengepasst hatten, dass sie nur ein einziges Mal nach vielen Ehejahren seine Umarmung genossen hatte und sonst erleichtert war, wenn er nachts schlief und nichts einforderte, wie sie es heimlich nannte.

Er war ihr nicht unangenehm, aber sie wollte keine Sexualität mit ihm erleben. Es hatte ihn verletzt. Maria hatte das gewusst und sich öfter »geopfert«, um ihm eine Freude zu machen. Jahrelang lebten sie in einer unbefriedigenden Ehe, und doch hatte sie ihn geliebt, auf ihre Weise.

Auf eine katholische Weise, nannte Vivien es damals spöttisch. *Deine Erziehung im christlichen Internat lässt sich nicht ver-*

leugnen, die wirst du nie ablegen können. Und doch, jetzt, mit zweiundfünfzig, konnte sie es. Und mit dem Glück, das sie durch Walter erlebte, kam die Angst: Er könne sie verlassen, sie nicht mehr lieben, einfach weggehen.

Walter hatte ihr von seinem Leben erzählt, er war Pianist und Komponist an der Dresdner Oper gewesen. Im letzten Kriegsjahr starb seine Frau an Krebs, sein einziger Sohn fiel an der Front, und nach dem großen Angriff der Alliierten auf Dresden kam er bei Freunden in Ostpreußen unter. Mit ihnen floh er vor den Russen.

Die Geschichte einer Entwurzelung, einer Verfolgung, die erst ihr gutes Ende fand, als das Wohnungsamt ihn bei Maria Richter und Vivien Kroll einquartierte, wie er sagte.

Aber er hatte noch nicht gesagt, dass er sie liebe, und das machte Maria unsicher.

Jetzt aber lächelte sie ihm durch den Spiegel hindurch zu, genoss es, dass seine Hände über ihren Hals, über ihre Brüste glitten, leicht in den Ausschnitt ihres Kleides fuhren.

»Nicht«, flüsterte sie, »Vivien kann jeden Moment zurückkommen. Weißt du«, sagte sie zu Walter, »manchmal habe ich das Gefühl, Vivien will weg von hier.«

Sie gingen zusammen ins Biedermeierzimmer, ohne Daniel zu sehen, der gerade die Tür zu seinem Kinderzimmer öffnete und hörte, was Maria sagte.

*

Vivien

Von der Frauenkirche schlug es fünf Mal.

Sie sollte umkehren. Sicher wartete Maria schon auf sie, und sie sollte sich auch nicht zu weit aus der Stadt entfernen. Sie war zutiefst in Gedanken gewesen, als sie in die Straße eingebogen war und jetzt auf der Wiese stand, die direkt in den Wald führte. Sie sah sich um, nur das Summen der Bienen unterbrach die Stille. Da setzte sie sich im Schneidersitz in die Wiese, strich mit der Hand spielerisch über Zittergras, Glocken- und Schlüsselblumen. Sie erinnerten sie an die Zeit ihrer Kindheit in England. In letzter Zeit dachte sie oft an England, an die Jahre dort, an ihre Mutter. Wie schnell das Leben doch verging.

Das Attentat auf sie hatte Vivien empfindlich, verletzbar und auch nachdenklich werden lassen. Aber das Leben konnte so schnell vorbei sein. Man schmiedete Pläne, machte sich Sorgen, und plötzlich wurde ein Stein auf sie geworfen, und alles hätte vorbei sein können. Auf den Tod war sie nicht vorbereitet gewesen.

»Über die Motive des Täters sind wir uns nicht im Klaren«, hatte ihr der Kommissar vor einer halben Stunde erklärt, als sie noch einmal zu diesem Abend befragt worden war. »Der Überfall auf Sie muss nicht zwingend in Ihrem Engagement für die Flüchtlinge und vor allem auch für Veronika Fryberg und ihren unehelichen Sohn begründet sein.«

»Sondern?«

Der Dienststellenleiter hatte gehustet, ein paar Dokumente auf dem Schreibtisch hin und her geschoben und Vivien nicht angesehen. »Frau Kroll, Sie sind … entschuldigen Sie …« Wieder ein verlegenes Husten. »Wir ermitteln in jede Richtung. Sie sind hier die Frauenrechtlerin, die Vertreterin der weiblichen Emanzipation, und genau das schmeckt vielen Mitbürgern nicht. Viele Mädchen haben Sie als Vorbild genommen, Frau Kroll. Sie sind attraktiv, elegant, beruflich erfolgreich. Sie leben vor, wie man auch ohne Ehemann offensichtlich gut leben kann. Und das sehen viele Eltern nicht so gern, abgesehen von Herrn Wiedemann, der vor einem halben Jahr die Eheschule aufgemacht hat und zuerst großen Zulauf hatte. Aber plötzlich kamen die Mädchen nicht mehr, sie wollten offenbar nicht lernen, wie man die

Rolle der Frau in der Familie und der Gesellschaft erfolgreich ausübt. Das ist ja auch eine große Aufgabe. Es liegt auf der Hand, dass Herr Wiedemann eine gewisse Wut auf Sie hat, da Sie seine Existenz bedrohen. Aber er hat ein Alibi.«

Da hatte Vivien laut aufgelacht. Sie stellte sich diesen kleinen, zierlichen Mann vor, immer korrekt gekleidet, der im Gebüsch lauerte und einen schweren Stein durchs offene Fenster auf sie warf. »Frauen wollen angebetet werden«, das war sein Leitspruch. »Und Männer wollen das ja auch.«

»Das ist komisch, wirklich komisch«, lachte sie weiter und hatte den Dienststellenleiter dadurch irritiert.

»Auch viele Frauen mögen Sie nicht«, fuhr er unbeirrt fort, »Sie sind die erste unverheiratete Frau, die im Tennisclub aus und ein geht. Das stößt ebenfalls auf Kritik.«

»Ich spiele dort mit einem Trainer, komme zu den Stunden und verlasse den Club sofort danach. Ich mache keinem verheirateten Mann schöne Augen, wenn Sie das andeuten wollen.« Ungeduldig hatte sie sich erhoben.

Doch die Realität blieb ungewiss und gefährlich. Die Briefe, das Attentat auf sie. Es konnte ja sein, dass es nur eine Drohung sein sollte, aber wer wusste das schon?

»Es sind rassistische Gründe«, hatte sie dem Kommissar ruhig erklärt. »Und ich denke, das wissen Sie auch. Aber da begibt man sich natürlich auf dünnes Eis. Jeder weiß, dass ich den kleinen Daniel aus dem Heim geholt und ihm ein für viele privilegiertes Leben gegeben habe. In dem Heim leben vierzig Kinder aus sozial schwierigen Verhältnissen, teilweise ausgesetzt, Kriegswaisen, Familien, denen das Jugendamt ihre Kinder wegnahm. Dort ist Gewalt an der Tagesordnung. Und ich gebe diesem kleinen *schwarzen* Jungen die Möglichkeit eines besseren Lebens.«

»Und seiner Mutter«, betonte der Dienststellenleiter. »Letztendlich ist sie eine junge Frau, die das Fraternisierungsgesetz gebrochen hat.«

»Das haben viele«, unterbrach ihn Vivien. »Warum auch nicht? Nach dem Krieg gab es ja kaum mehr junge Männer.« Vivien sprach aus, was sie dachte.

»Ja, aber …«

»Ich weiß«, Vivien stand schon an der Tür, »das Kind ist schwarz, darum geht es doch. Gegen diesen kleinen Menschen richtet sich der Fremdenhass, er ist das Ziel für Vertreter des radikalen Rassismus, gepredigt und auch gelebt von der Partei *Freunde der Heimat*. Hier finden Sie den Attentäter.« Nie war sich Vivien so sicher gewesen.

»Das ist eine schwere Anschuldigung, die durch nichts beweisbar ist.«

Auch der Kommissar hatte sich erhoben, und sie verabschiedeten sich höflich, aber verärgert voneinander.

Während Vivien jetzt in der Wiese saß und ihre Hände über die Blumen streifen ließ, reifte in ihr der Plan, wegzugehen. Die Drohbriefe und das Attentat – waren das nicht Hinweise für sie, ihr hiesiges Leben aufzugeben? Nach dem Besuch in der Oper mit Antonia hatte sie schon gezweifelt, viel auch an die Vergangenheit in München gedacht, auch an ihre Mutter, ihre Jugend.

War das ein Anzeichen, dass sie alt wurde, dass sie sich in der Vergangenheit verlor, die sie sich schöner redete, als sie war?

Vivien erhob sich etwas mühsam, bei der geringsten Bewegung des Kopfes wurde ihr schwindlig. Langsam ging sie durch die Stadt zurück nach Hause.

Vorbei am Rathaus, hier blieb sie stehen. Direkt dahinter lag das Vereinshaus der *Freunde der Heimat,* auf dem Dach wehte die bayerische Fahne. Vor dem Haus stand eine Gruppe Männer, mit Bierflaschen in der Hand hörten sie einem Mann zu, der laut einen Vortrag hielt. Dieser Mann war der Neffe von Frau Hofer.

Sie alle wirkten bedrohlich und gewaltbereit in ihren schwarzen Lederjacken und schwarzen Hosen. Fanden sich unter ihnen der Attentäter oder die Drohbriefschreiber?

Als sie vorbeiging, sah einer von ihnen zu ihr herüber. Er hob seine Flasche und prostete ihr zu, die anderen lachten. Und Vivien lief ein Schauer über den Rücken, hastig lief sie weiter.

Was sollte sie noch in dieser Stadt?

Die Jahre hier waren so schnell vorbeigegangen, das Leben sollte genutzt werden, Tag für Tag, nicht vergeudet werden in Angst und mit Hass. Der Krieg war vorbei. Aber hier war er noch nicht zu Ende. Sie lief schnell, bis sie in die Friedenstraße einbog. Von Weitem sah sie Daniel vor der Gartentür stehen. Jetzt rannte er auf sie zu, und als er vor ihr stand, verbarg er sein Gesicht in den Falten ihres weiten Rocks.

»Ich dachte, du bist weggegangen«, schluchzte er auf. »Maria hat zu Walter gesagt, Vivien will weg.«

Einen Moment verharrte Vivien, dann ging sie langsam in die Knie, umfasste sein kleines Gesicht mit den runden Wangen, über die Tränen liefen. Sie spürte das Zittern seines kleinen, dünnen Körpers, die Wärme, die von ihm ausging. Langsam schüttelte sie den Kopf. »Ich bin doch da«, flüsterte sie mit belegter Stimme, »ich bin doch da, Daniel, und ich bleibe auch. Ich verspreche es dir.«

Und Vivien drückte ihn ganz fest an sich.

Kapitel zweiundzwanzig

Veronikas Geschichte

Wenn sie nachts nach Hause kommt, schleicht sie sich leise ins Zimmer zu ihrem Sohn. Sie legt sich für einen Moment zu ihm, ganz vorsichtig, damit er nicht aufwacht. Sie küsst ihn leise auf die zarte Wange, horcht auf seinen ruhigen Atem. Während sie arbeitet, kann sie diesen Moment kaum erwarten, und wenn sie dann an ihn denkt, weiß sie, warum sie jeden Abend bis zur Sperrstunde im Gasthaus Bierkrüge schleppt und sich dumme Sprüche anhört, obwohl sie am liebsten Ohrfeigen verteilen möchte.

Einmal sagte einer vom Stadtrat, der ihr unter den Rock griff und dem sie auswich, sie ließe wohl nur einen Schwarzen ran. Da holte sie aus und gab ihm eine Ohrfeige. Sie war erschrocken, würde es sie ihre Stelle kosten?

Doch Herbert Grieser verteidigte sie, erklärte dem Stadtrat ruhig, in seinem Lokal hätten solche unverschämten Bemerkungen nichts verloren, sonst müsse der Stadtrat in Zukunft seine Brotzeit und sein Bier woanders einnehmen.

Es ging das Gerücht, die schöne Veronika, die *Baronin,* wie man sie seit Neuestem nur nannte, trage immer ein Messer bei sich und würde auch nicht zögern, es zu benutzen, wenn ihr ein Mann zu nahe käme.

Sie verdient gutes Geld, bekommt gute Trinkgelder, darum arbeitet sie sieben Tage die Woche. Und wenn sie sich nachts zu Daniel schleicht, weiß sie, warum sie es tut.

Sie hat sich einen Prospekt schicken lassen. Am Starnberger See gibt es eine internationale Schule, dort gehen viele Kinder von Amerikanern hin. In dem Prospekt sah man auch ein glückliches schwarzes Kind. Es ist eine Privatschule, und sie kostet viel Geld, darum spart Veronika. Dorthin will sie Daniel schicken, ihm eine Chance auf ein besseres Leben geben.

Sie weiß, dass die Kinder in der Stadt ihn ausgrenzen, verspotten, ihn *Sarotti* nennen: Hallo, wo hast du deine Pumphosen gelassen?

Eine Anspielung auf die Werbung eines Schokoladenherstellers. Sie treten ihn, lassen ihn auf dem Spielplatz nicht mitspielen.

Vivien verwöhnt ihn, sie kaufte ihm die Eisenbahn, das Kofferradio, sie erfüllt seine Wünsche. Und Daniel liebt Vivien.

Oft schmerzt es sie, wenn sie sieht, wie er Vivien anlacht, sie ihm zärtlich über die krausen Haare streicht, sein Leben ordnet. Vielleicht erkennt er, dass es Vivien war, die ihn vom ersten Moment an ganz selbstverständlich annahm. Und sie?

Sie hat Schuldgefühle, denn sie konnte das nicht. Sie hat das Kind, das in ihr wuchs, zuerst abgelehnt, sie wollte es nicht lieben lernen. Sie war verlassen worden und hatte sich entschieden, das Kind adoptieren zu lassen.

Wann war der Moment da, in dem sie erkannte, dass sie ihn liebt?

Als niemand ihn adoptieren wollte? Als sie ihn zum ersten Mal in ihren Armen hielt und begriff, dass dieser kleine Junge in eine feindliche Welt hineingeboren worden war, dass er noch nicht wusste, was es bedeutete, schwarz zu sein?

Hat er vor seiner Geburt ihre Ablehnung gespürt, ihr Zögern? Hat er in seinen ersten Jahren erkannt, dass sie ihn immer noch nicht annehmen konnte, da es sie zu sehr schmerzte, wenn sie ihn ansah? Er konnte nicht wissen, wie schmerzlich es für sie war, zu sehen, wie sehr er seinem Vater glich.

Wenn er sagte, er sei unsichtbar, dachte sie an Elias, der lachte und am ersten Abend genau das gesagt hatte. Und Daniel tanzte wie sein Vater und hatte denselben Charme. Jedes Mal wenn sie ihn ansieht, sieht sie Elias in ihm, den Mann, der sagte, er werde sie immer lieben. Er hatte seinen Schwur gebrochen, denn er ging und kam nicht mehr zurück.

Doch auch sie hat einen Schwur geleistet. Sein Sohn soll ein besseres Leben haben, er soll glücklich werden. Und Glück bedeutet für sie, einen Platz in der Gesellschaft zu haben, einen guten Beruf zu lernen. Bildung war der Schlüssel zu einem guten, zu einem besseren Leben. Sie weiß, sie könnte Vivien bitten, die Privatschule zu bezahlen. Sie würde es sicher tun. Aber das will sie nicht, ihr Stolz verbietet es. Denn sie ist es, die ihm die Bildung ermöglichen will. Es ist ihre Art zu zeigen, was sie für ihn empfindet. Ihm zu zeigen, wie sehr sie ihn liebt.

Und wenn sie nachts bei ihm liegt und seine Wange küsst und ganz leicht seine Wimpern berührt, dann zittern sie ein wenig, und er lächelt im Schlaf.

Spürt er, dass sie da ist?

Kapitel dreiundzwanzig

Marie-Luise

Marie-Luise rannte. Sie rannte auf die Art, wie sie im Kloster immer die langen Gänge entlang und die Treppen hoch oder in den Garten gerannt war. Es hatte ihr das Gefühl von Freiheit vorgegaukelt. Frei von was? Von der Sicherheit, der Geborgenheit, in der sie gelebt hatte?

Jetzt aber war sie frei gewesen, frei und voller Wünsche und Gedanken an Zukunft und der Aussicht auf ein aufregendes Leben.

Sie rannte weiter und immer weiter, die Wege, über die Wiesen des Englischen Gartens, bis sie sich vollkommen erschöpft fallen ließ.

Sie musste den Schmerz überwinden und überleben. Den Schmerz, belogen worden zu sein. Den Schmerz darüber, dass sie nicht mehr zurückkonnte, weil sie jetzt nicht einfach zur Mutter Oberin fahren und sagen konnte: Ehrwürdige Mutter, verzeih mir. Verzeih mir, dass ich dein Vertrauen missbraucht habe, und das Vertrauen deiner Schwester Christa.

Gleichzeitig war aber auch sie hintergangen worden. Ein Kreislauf, ein elender Negativkreislauf.

Marie-Luises Atem beruhigte sich nur langsam. Sie setzte sich auf und umschlang mit den Armen ihre Knie. Hier oder ganz in der Nähe hatte er sie zum ersten Mal geküsst. Sie traf ihn nachmittags, wenn sie Christa Friedländer erklärte, sie gehe ins Schwimmbad. Ihre neue Freundin hatte ihre Lehre in der Bank begonnen. So war sie allein unterwegs, und Christa Friedländer vertraute ihr. Vertraute darauf, dass sie aufmerksam war, sich nicht ansprechen ließ und pünktlich wieder zurück war.

Das war sie auch, doch in diesen drei Stunden traf sie Klaus Leitner. Er sagte ihr, er sei Student, aber da empfand sie einen Anflug von Misstrauen. Schnell verdrängte sie es. Sie wollte ihm glauben, also stellte sie keine Fragen. Wenn sein Gesicht direkt über ihrem war, wenn er sie zärtlich anlächelte, bevor er sie küsste, ihr Gesicht und ihren Hals mit vielen kleinen Küssen bedeckte, wenn seine Hand zärtlich den Ansatz ihrer Brüste berührte, wollte sie nicht misstrauisch sein. Auch nicht, als er sie fotografierte und seine Kamera auf sie richtete, wenn sie durch die Wiese lief oder im Boot auf dem See im Englischen Garten paddelten. Und Marie-Luise hielt ihr Gesicht der Sonne entgegen, den Rock hochgeschoben, um ihre Beine bräunen zu lassen.

Vor vier Tagen, als sie sich drei Wochen kannten, nahm Klaus sie mit an den Tegernsee. Seine Eltern hatten dort ein Haus, wie er sagte. »Nimm deinen Badeanzug mit, ihnen gehört ein Privatstrand.«

Es hatte sich alles gefügt. Christa Friedländer war an diesem Tag zu ihrer Tochter gefahren – ein ganzer Tag Freiheit. »Du bist doch ein vernünftiges Mädchen«, hatte Christa zu Marie-Luise gesagt. »Pass auf dich auf.« Dann war sie gegangen.

Marie-Luise hatte sich mit Herzklopfen schon am Vormittag aus dem Haus geschlichen und Klaus getroffen. Auf der Fahrt hatte er einen Arm um ihre Schultern gelegt und sie an sich gezogen, während er mit dem anderen das Auto steuerte.

Irgendwie ganz tief in sich hatte sie die Hoffnung, Klaus würde sie seinen Eltern vorstellen. Das hätte bedeutet, dass es ihm ernst war.

Doch als sie ankamen, war das Haus leer, die Eltern verreist. Klaus schien das gewusst zu haben. Vielleicht spürte er ihre Enttäuschung, als er ihre Hand nahm und sie zusammen hinunter zum See gingen, sich rasch umzogen und Hand in

Hand ins kalte Wasser liefen. Sie planschten und lachten wie Fünfjährige. Sie schwammen weit hinaus und wieder zurück. Atemlos ließ sich Marie-Luise ins Gras fallen. Da beugte er sich über sie und zog ihr langsam den Badeanzug aus. Marie-Luise hatte keine Ahnung von Sexualität, wusste nichts über ihren eigenen Körper. Doch alles, was Klaus tat, war wundervoll. Er fragte sie, ob es ihr wehtat, war aber zärtlich und vorsichtig. Es war schön gewesen, an diesem sonnigen Nachmittag von ihm geliebt zu werden. Es war das einzige Mal, dass er keinen Fotoapparat dabeihatte und kein einziges Foto von ihr machte. Sie waren allein, ohne Kamera, nur sie beide.

Er hatte sie heimfahren wollen, doch wie immer lehnte sie ab und ließ sich bis zum Max-II-Denkmal bringen. Sie winkte ihm noch zu, und mit dem Gefühl unglaublichen Glücks bog sie in die Thierschstraße ein und rannte zurück in die Pension.

Ungesehen kam sie ins Haus. Am nächsten Tag waren sie in einem Café verabredet, »seinem Café«, wie er sagte: »Hier bin ich öfter auf einen schnellen Kaffee.«

»So weit weg von der Universität?«

Bevor er antwortete, kam eine Bekannte auf ihn zu. Klaus schien überrascht und stellte sie als Evi vor, eine Kommilitonin. Ganz selbstverständlich nahm sie die Kamera von Klaus hoch und machte von ihnen beiden Fotos. Einfach so, zur Erinnerung, lachte sie, als sie den Apparat zurück auf den Tisch legte. Während sie Kaffee tranken, fühlte sich Marie-Luise unsicher, denn diese Frau stellte Fragen, plötzlich und gezielt. Wo sei sie denn aufgewachsen, und hatte sie eine schöne Kindheit? Ob sie nach dem Sommer hier in München in eine Schule ginge, das Abitur machen wolle? Und dann fragte sie so nebenbei: *Luise, wo wohnst du denn?*

Sie hatte Luise gesagt, nicht Luisa.

Da war sie aufgesprungen und weggelaufen. Klaus kam ihr hinterher und griff nach ihrem Arm. »Es tut mir leid«, sagte er und zog sie an sich. »Sie ist unmöglich, sie war immer schon so taktlos. Fragt Leute aus und will Dinge wissen, die sie nichts angehen. Und ihr Versprecher sei ja harmlos, in Deutschland sei der Name Luisa einfach ungewöhnlich. Er klinge so italienisch.

Sie sah ihn an, befreite sich von dem Griff seiner Hand, drehte sich stumm zur Seite und lief weg.

Er folgte ihr nicht.

Das war vor drei Tagen gewesen.

Gut, hatte sie sich beruhigt, er kannte ihre Adresse und ihre Telefonnummer nicht, wie sollte er also mit ihr Kontakt aufnehmen? In den vergangenen Wochen hatten sie immer die nächste Verabredung geplant. Und so war sie vor zwei Stunden zu dem Café, »seinem Café«, gegangen, unsicher, fast von Panik erfasst.

Er saß dort. Aber nicht allein – seine Kommilitonin saß neben ihm, er hatte einen Arm um ihren Stuhl gelegt, und beide beugten sich über Fotos, die Evi auf dem Tisch ausbreitete. Klaus hatte einen Stift in der Hand und schien die Fotos zu markieren. Dann lachten beide, und Klaus sah hoch und küsste sie auf den Mund.

Und da hatte sie sich umgedreht, bevor Klaus sie sah, und war weggerannt. Sie war gerannt und gerannt. Belogen, betrogen. Wie naiv war sie gewesen?

Und als sie jetzt das Gesicht auf die Knie legte, weinte sie hemmungslos. Nicht nur, weil diese Evi offensichtlich seine Freundin war, sondern weil sie, Marie-Luise, ihm vertraut und mit ihm geschlafen hatte. Die Demütigung saß tief.

Das Spiel, das er so offensichtlich mit ihr getrieben hatte, der Verrat an ihr ging noch tiefer, und Marie-Luise ahnte es.

Sie wartete, sie musste nichts anderes tun. Sie verließ ihr Zimmer nicht mehr und wartete.

Drei Tage später war es so weit.

Als sie zum Frühstück hinunterging, rief Christa Friedländer sie in ihr Zimmer. Sie bot ihr keinen Platz an, sondern legte nur schweigend eine Tageszeitung und eine bekannte Illustrierte vor ihr auf den Tisch.

Beide zeigten Fotos von Marie-Luise, wie sie im Boot auf dem Kleinhesseloher See lag, mit hochgeschobenem Rock, das Gesicht in die Sonne gehalten.

So genießt die Tochter eines vielfachen Mörders ihr Leben.

Klein daneben war ein Foto des Lagers, in dem ihr Vater, Heinz Obermayr, der Kommandant gewesen war. Es gab eine ganze Fotostrecke von ihr, auch eines mit Klaus im Café, das Foto geschossen von Evi. Klaus konnte man nicht so genau erkennen, aber die Unterschrift lautete:

Marie-Luise Obermayr im Liebesglück.

Und auf einem Foto sah man sie, wie sie aus der Pension kam.

Hier also lebt Marie-Luise Obermayr jetzt.
Und das auf Kosten der deutschen Steuerzahler?

»Ich muss dir wohl nicht sagen, wie enttäuscht ich von dir bin.« Christa Friedländers Stimme klang ruhig und kühl. Sie stellte nicht einmal Fragen, wer dieser Mann sei, wann sie ihn getroffen habe und wie sie so naiv sein konnte, auf einen miesen kleinen Presseheini hereinzufallen.

Marie-Luise blieb stumm. Die Erkenntnis, dass Christa Friedländer recht hatte, traf sie und ließ sie hilflos vor dem Schreibtisch verharren. Der Verrat an Christa, an der Mutter Oberin und der Verrat an ihr selbst durch Klaus schmerzten zutiefst.

»Dir ist sicher klar, dass du nicht mehr hier wohnen kannst.

Ich gehe davon aus, dass ab spätestens morgen hier Reporter vor der Tür stehen werden. Und wie der Plan mit dem Gymnasium und dem Abitur realisiert werden kann, weiß ich jetzt auch noch nicht. Das werde ich mit meiner Schwester besprechen. Bleib auf deinem Zimmer.« Ihre Stimme verschärfte sich. »Ich werde raus ins Kloster fahren, dann werden wir weitersehen. Hier jedenfalls ist kein Platz mehr für dich, denn du hast das Versprechen, das du mir und meiner Schwester gegeben hast, gebrochen.«

Bis zum späten Nachmittag saß Marie-Luise reglos auf ihrem Bett. Sie nahm das rosa Häschen hoch, holte die kleine Holzfigur heraus und hielt sie in ihren Händen, drückte sie gegen die Wange. Dann erhob sie sich. Ihre neue Freundin, wenn sie sie jetzt noch hatte, würde in einer Stunde aus der Bank kommen. Sie sah sich um in dem Zimmer mit der Blumentapete, dem Bett mit der geblümten Tagesdecke. Alles hier war hübsch und nett und gab ihr ein Gefühl von Geborgenheit.

Eine Geborgenheit, die es für sie nicht mehr gab, und daran war sie selbst schuld. Doch sie hatte die Mutter Oberin enttäuscht, und dieser Schmerz saß tief, denn das hatte sie nie gewollt.

Sicher hatten Klaus und Evi sich über ihre Dummheit amüsiert und gelacht, vielleicht sogar über ihre Unschuld geredet. Dass sie noch Jungfrau gewesen war und so absolut gar nichts über Sexualität wusste. Dieser Gedanke war beschämend.

Er hatte sie benutzt und dadurch tief verletzt. Denn sie hatte sich bereits in dem Moment in ihn verliebt, als er sie anlächelte und ihr das Büchlein entgegenhielt. Damals hatte sie an einen Zufall geglaubt, sogar an Schicksal: dass wirklich jemand ein kleines Buch verlor, Klaus es aufhob und ihr nachlief.

Marie-Luise packte ihre Sachen in den Koffer. Er ließ sich schwer schließen, und sie setzte sich darauf und versuchte, die beiden Schlösser zuschnappen zu lassen.

Sie ging heute mit mehr Sachen, als sie gekommen war. Ein neuer Badeanzug, ein Kleid, ein paar Schuhe, eine Jacke. Sie hatte noch Taschengeld, denn seit sie hier wohnte, hatte sie drei zehnjährigen Mädchen Nachhilfeunterricht gegeben. Sie kamen hierher in die Pension, um für die Aufnahmeprüfung zum Gymnasium zu lernen, da ihr Notendurchschnitt zu schlecht gewesen war. Auch diese Mädchen würde sie sehr vermissen, so wie alles hier. Tränen traten ihr in die Augen, als sie den Koffer hochhob und mit ihm langsam die Treppe hinunterstieg.

Unten blieb sie stehen und horchte. Es war so still, dass sie das Ticken der Küchenuhr hören konnte. Im Flur legte sie einen kurzen Brief für Christa Friedländer auf den Tisch und beschwerte ihn mit einer der kleinen Tänzerinnen aus Porzellan.

Liebe Frau Friedländer,
es tut mir so leid, mehr kann ich gar nicht sagen. Ich hoffe, dass Sie und Ihre Schwester mir eines Tages verzeihen können.
Und ich bedauere aus tiefstem Herzen, dass ich Ihr Vertrauen und das Ihrer Schwester so missbraucht habe. Dieses Vertrauen war ich nicht wert, ich habe es nicht verdient.
Ich gehe, denn ich glaube, es ist besser so.
Marie-Luise

Sie verließ die Pension und sah sich vorsichtig um. Sie konnte keinen Reporter entdecken, und so lief sie einfach in der Hitze des Nachmittags weiter.

Sie lief und lief, sie musste überleben, sie musste die Demütigung vergessen lernen, sie musste …

Aber wohin sollte sie jetzt?

Am Max-Monument blieb sie stehen und stellte den Koffer ab. Sie dachte an den Moment, als Klaus sie genau hier angesprochen hatte. Damals war sie von Antonia Kroll gekommen, die aber nicht zu Hause gewesen war. Antonia, die Frau, die sich für sie interessiert hatte.

Sie atmete durch, nahm den Koffer wieder hoch und bog in die Widenmayerstraße ein. Einen Versuch war es wert, denn wo sollte sie sonst hin?

Kapitel vierundzwanzig

Antonia

Antonia hatte sich im Lager verabschiedet, es war ihr letzter Tag dort gewesen. Ein Händeschütteln, ein Bedauern, Bestürzung, sogar Tränen, dass sie ging. Ihre eigenen Zweifel, ob sie wirklich die richtige Entscheidung getroffen hatte, als sie sich entschloss, ihr Studium wieder aufzunehmen.

Es war Anfang September, und sie hatte sich lange überlegt, ob sie nicht noch bis zum Beginn des Semesters dort arbeiten sollte, doch dann entschied sie sich dagegen. Es war wichtig, sich auf ihr Studium vorzubereiten, nicht noch einmal durchs Physikum zu fallen.

Als sie zum Auto ging, drehte sie sich noch einmal um und winkte den Leuten, die ihr nachsahen. War es Verrat, den sie an ihnen beging? Innerlich hin- und hergerissen, drehte sie sich wieder um und ging zu ihrem Auto. Überrascht blieb sie stehen. An ihrem Cabrio lehnte Frank Mähler in lässiger Pose, die Füße gekreuzt, die Arme vor der Brust verschränkt. Langsam ging sie ihm entgegen, versuchte, durch tiefes Einatmen ihr starkes Herzklopfen zu beruhigen, bevor sie vor ihm stand.

»Hallo«, sagte er lächelnd und hielt ihr die Hand hin, »ich habe auf dich gewartet.«

»Ich wüsste nicht, warum.«

»Um mit dir zu reden, Antonia. Wollen wir in unser Café gehen?«

»*Unser* Café?« Es traf Antonia, dass er so tat, als hätten sie dort verliebte Stunden verbracht und nicht sachliche berufliche Gespräche geführt.

Er verstand sofort die Ironie in ihrer Stimme. »Wenn du willst, können wir gern in die Innenstadt fahren und dort in ein Café gehen. Ich erinnere mich, du hast einmal gesagt, du magst den Kuchen vom Rottenhöfer so gern.«

Antonia wandte ihr Gesicht ab. Sie spürte, wie ihre Abwehrhaltung gegen ihn langsam zusammenbrach, sie gerührt war über seine Aufmerksamkeit. Doch dann wandte sie sich ihm zu. »Ich wüsste nicht, was wir zu besprechen hätten.« Sie blieb kühl.

»Ich denke«, er löste sich jetzt aus seiner lässigen Haltung, »ich habe etwas gutzumachen.«

»Du hast dich ja bereits entschuldigt, als du mir die Nelken geschickt hast. Lassen wir es also auf sich beruhen.«

»Nein, das möchte ich nicht. Und wie gesagt, ich habe etwas gutzumachen, es wird dich freuen«, setzte er noch hinzu.

Doch dann gab sie nach, und kurze Zeit später saßen sie in dem kleinen Café, dessen Decke niedrig war, in dem die Tische eng standen und es nach kaltem Rauch roch.

»Also, zuerst möchte ich dir gratulieren, dass du weiterstudieren willst. Du bist die geborene Ärztin, Antonia.«

Er war höflich und sachlich, und das erleichterte ihr dieses unerwartete Treffen mit ihm.

Sie tranken ihren Kaffee, und da erzählte Frank, sein Vater, sein Großvater und auch sein Onkel seien Ärzte. »Ich habe mit meinem Vater gesprochen, und er hat sich bei seiner Familie umgehört. Sie haben den Kollegen gefunden, der in den Jahren zwischen 1940 und 1945 beim Roten Kreuz arbeitete. Er machte die Erstversorgung bei den Frauen, die durch deine Mutter gerettet wurden.«

Antonia richtete sich gespannt auf. »Und?« Sie wurde ungeduldig, da Frank eine kleine Pause machte.

»Er gab mir die Adresse von zwei Frauen, die damals in ein Krankenhaus nach Frankfurt gebracht wurden. Ich habe meinen Onkel angesetzt, und der hat ihre Adressen herausgefunden, hier.« Frank Mähler zog eine Visitenkarte aus seiner Brieftasche hervor. »Das ist die Karte meines Onkels in Frankfurt, und hier hinten«, er drehte die Karte um, »stehen die Adressen der beiden Frauen, mein Vater hat schon mit ihnen gesprochen. Wenn du dich also bei ihnen meldest, wissen sie, dass du die Tochter der mutigen Frau bist, die sie gerettet hat.«

Antonia sah auf die Karte in ihren Händen. Nur langsam hob sie den Kopf. »Danke dir. Warum hast du das getan?«

»Wie ich schon sagte: Ich habe bei dir etwas gutzumachen.«

Dieser Satz klang noch in Antonia nach, als sie nach Hause fuhr. Sie hatten sich verabschiedet, und Antonia hatte gewartet, vielleicht auch gehofft, er schlage ihr ein neues Rendezvous vor. Doch das tat Frank nicht. Er wünschte ihr alles Gute, blieb aber zurückhaltend und freundlich.

Sollte sie jetzt zufrieden sein? Er hatte sich bemüht, hatte gewusst, wie sehr sie sich wünschte, Frauen von damals ausfindig zu machen, um ein Treffen zu arrangieren. Er hatte es nicht vergessen und etwas für sie getan, das ihr wichtig war. Aber trotzdem blieb die Demütigung, die er ihr als Frau beigebracht hatte. Das konnte Antonia nicht, zumindest jetzt noch nicht; die Verletzung saß zu tief.

Als sie nach Hause kam, das Auto abstellte, den Hausschlüssel aus ihrer Tasche kramte, sah sie ein junges Mädchen vor der Tür auf einem karierten Koffer sitzen. Als Antonia näher kam, erhob sich das Mädchen und sah ihr entgegen.

»Sind Sie Antonia Kroll? Ich brauche Ihre Hilfe.« Die Stimme des Mädchens klang verzweifelt und atemlos, sie schien geweint zu haben. Mit verquollenen Augen sah sie Antonia entgegen.

Und da wurde Antonia bewusst, wer vor ihr stand. Tief atmete sie durch. »Ja, möchten Sie mit mir hochkommen?«

Sie lächelte Marie-Luise an, und ihr Lächeln wirkte beruhigend auf das Mädchen, das den Koffer hochnahm und Antonia ins Haus und in die Wohnung folgte.

Kaum dass Antonia sie aufgefordert hatte, sich zu setzen, zog sie die Illustrierte und die Tageszeitung aus ihrer Tasche und legte sie schweigend auf den Tisch.

Antonia las, sank in den Sessel und sah das Mädchen an, dem man mit diesen Artikeln das Leben zerstörte. Und das schien erst der Anfang zu sein. Kinder des Bösen.

Kapitel fünfundzwanzig

Anna

Anna saß in ihrer Pause in der Kantine und aß eine Butterbrezel. Morgen ging die neue Spielzeit am Theater wieder los, und in den vergangenen Tagen hatten sie Proben für die Stücke gehabt, die wiederaufgenommen wurden. Heute hatte sie die *Heilige Johanna* geprobt. Sie sah sich in der Kantine um, wie immer saß sie im Eck, von wo aus sie den Raum überschauen konnte. Sie spürte, dass die Kollegen sie mieden, wenn sie auch freundlich zu ihr herüberlachten. Durch ihren großen Erfolg in beiden Stücken war sie zum neuen Star des Residenztheaters geworden, und jetzt hatte man erfahren, dass sie in den Ferien auch noch eine Filmrolle ergattert hatte.

Anna Richter. Der beneidete Star. Und dann sollte sie auch noch in der Julian-Winter-Inszenierung die Maria Stuart spielen.

Anna war es recht, dass sie allein hier saß. Sie war müde, kam unausgeruht in die neue Saison, denn das Drehen hatte sie angestrengt. Vor ihr auf dem Tisch lag die Illustrierte, deren Titelblatt das Mädchen zierte, dem Antonia helfen wollte. Auf Seite zehn gab es einen Artikel über Anna Richter privat. Man hatte sie im Hofgarten fotografiert, wo sie angeblich ihre Theaterpausen beim Entspannen verbrachte. Ein Foto zeigte sie beim Tennisspielen, obwohl Anna völlig unsportlich war. Aber das mache sich gut, meinte die Redakteurin, die sich schwertat mit Annas magerem Privatleben. Die Frau verzweifelte fast. »Was machen Sie denn in Ihrer Freizeit?«

Anna hatte die Schultern gezuckt. »Ich fahre gern mit meiner Cousine im Auto durch München, an die Seen, aber zum Schwimmen sind sie mir zu kalt. Außerdem habe ich in den Bavaria Studios gedreht.« Und so hatte man Anna noch fotografiert, wie sie das Gelände verließ, als habe ein Paparazzo sie überrascht. Der Artikel war gefällig und würde ihr Publicity einbringen. Davon konnte man nie genug bekommen, wie der Intendant ihr erklärt hatte. Ihr neuer Ruhm kam auch dem Theater zugute, da die Leute in die Vorstellungen gehen wollten, in denen man Anna sehen konnte.

Und es war harmlose Werbung. Nicht wie bei Marie-Luise Obermayr, über die man so erbarmungslos schrieb.

Plötzlich spürte sie eine leichte Berührung an der Schulter, und als sie verärgert herumfuhr, stand Julian Winter vor ihr. »Darf ich?«, lächelte er sie an, und sie nickte nur und wartete, bis er sich ein Bier bestellte und ihr gegenüber Platz nahm.

»Ich bin kein Biertrinker«, erklärte er, »aber hier in München mache ich eine Ausnahme.«

Er nahm einen Schluck und sah sie mit seinem Röntgenblick an, sodass Anna nervös das Gesicht zur Seite wandte.

»Sie sehen müde aus«, stellte er fest. »Sie haben sich in den Ferien nicht erholt, sondern einen dieser dummen Krimis gedreht und Ihre Kraft verpulvert. Glauben Sie mir, der Film ist nichts für Sie. Sie gehören dem Theater.«

»Zuerst«, murmelte Anna schwach, die sich noch nicht von der Überraschung erholt hatte, dass Julian ihr so plötzlich gegenübersaß, »gehöre ich niemandem, auch dem Theater nicht.«

»Immer noch so kratzbürstig.« Julian lachte sie an, und da lächelte sie zurück.

Es war schön, dass er hier war.

»Wie lange bleiben Sie?«

»Nur heute, um 11.30 abends geht mein Zug nach Rom. Ich komme dann erst wieder zu Beginn der Proben zu *Maria Stuart,* also am 15. Oktober.«

Anna versuchte, ihre Enttäuschung zu verbergen. Bevor sie antworten konnte, griff Julian nach der Illustrierten. »Es ist schlimm, was man diesem Mädchen antut.«

Anna nickte. »Ja, meine Cousine wollte ihr schon vor Monaten helfen, sie sprechen, aber in dem Kloster, in dem sie aufwuchs, wurde sie komplett abgeschirmt.«

»Offenbar nicht genug.«

Julian trank von seinem Bier, griff dann in seine Jackentasche, holte einen Bogen Papier heraus und schob ihn Anna über den Tisch zu.

»Was ist das?« Neugierig griff sie danach.

»Eine Liste«, antwortete Julian. »Neunzehn Frauen, die meine Tante überall in der Welt, außer natürlich im Ostblock, aufgespürt hat. Und sie alle könnten am 18. November nach München kommen und von hier aus dann aufs Land fahren, um ihre mutigen Retterinnen zu besuchen. Es war nicht leicht, sie alle an einem bestimmten Termin unter einen Hut zu bekommen.«

Anna war überwältigt. »Danke, sagen Sie Ihrer Tante bitte, das ist wunderbar, und ich freue mich schon auf sie.« Sie sah hoch und lächelte Julian an. Seine Tante … ob er ihr ähnlich sah?

»Meine Cousine hat auch zwei Frauen im Schwarzwald aufgespürt, aber die wollten nur vergessen und nicht mehr an die Vergangenheit denken. Sie kommen nicht.«

»Nun ja, es ist eine persönliche Entscheidung«, meinte Julian. »Und dieses Mädchen? Wollen Sie und Ihre Cousine sie auch dazu einladen?«

»Dazu müssten wir sie erst finden.«

»Anna …« Julian beugte sich ihr entgegen. »Ich habe nicht viel Zeit, haben Sie Lust, mit mir etwas zu essen? Nur eine Kleinigkeit in meinem Hotel?«

Anna nickte sofort. Und so erhoben sie sich und verließen unter den verstohlenen Blicken der Schauspieler und des Stabs die Kantine.

Auf dem Weg ins Hotel nahm er leicht ihren Arm, sie schwiegen. Wussten sie nicht beide, dass sie miteinander schlafen würden? Hatte sich Anna das nicht den ganzen Sommer über gewünscht, an ihn gedacht, sich ausgemalt, wie es sein würde, wenn sie sich liebten? Ihr Hunger nach ihm, nach seiner Nähe, wurde größer, vielleicht hatte sie deswegen auch die Filmrolle angenommen – um die Zeit zu überstehen, bis er zurückkam. Und heute war er da.

In der Suite stand in einem silbernen Behälter eine Flasche Champagner. Hatte er damit gerechnet, dass sie so einfach mit ihm kommen würde? Hatte er es geahnt oder vielleicht sogar gewusst?

Schweigend schenkte er den Champagner ein, schweigend prosteten sie sich zu.

Dann stellte Julian sein Glas ab. »Anna, ich wünsche mir nichts so sehr, als dass Sie jetzt bleiben. Aber ich muss Ihnen etwas sagen, und Sie können frei entscheiden. Ihre Entscheidung wird nicht unsere Zusammenarbeit beeinflussen, ich werde sie akzeptieren.«

Langsam, fast behutsam stellte Anna ebenfalls ihr Glas ab. »Sie sind verheiratet, nicht wahr? Im Theater hat man es sich erzählt, dass Sie so oft nach Rom fahren oder fliegen, da dort Ihre Frau lebt.« Sie versuchte die Gefühle, denen sie auf dem Weg ins Hotel nachgegeben hatte, zu unterdrücken. Wenn er verheiratet war, würde sie gehen und sich nicht auf ihn einlassen. Denn eines wusste Anna: Tat sie es, würde es keine ihrer Affären werden.

»Ja«, sagte er. Der Tisch stand zwischen ihnen, schuf eine Distanz. Und aus dieser Distanz heraus sprach Julian ruhig weiter: »Meine Frau Paola ist Italienerin. Vor fünf Jahren hatte sie einen schrecklichen Autounfall und lag monatelang im Koma. Als sie endlich aufwachte, war sie geistig behindert, die Ärzte hatten mich darauf schon vorbereitet. Paola braucht rund um die Uhr Betreuung, seit sie erwacht ist, spricht sie kein einziges Wort. Sie ist stumm geblieben. Sie erkennt nichts und niemanden. Auch mich nicht.« Jetzt atmete Julian tief ein, seine Stimme wurde brüchig, obwohl er versuchte, emotionslos zu sprechen. »Und auch unsere beiden Söhne nicht, sie sind achtzehn und sechzehn. Es ist für uns alle eine Tragödie.«

Automatisch griff er nach dem Glas, trank einen Schluck, während Anna ihm schweigend zuhörte und ihn nur ansah.

Es fiel ihm schwer, darüber zu sprechen, und Anna wusste, dass niemand in der Theaterszene oder in den Medien jemals von dieser Tragödie erfahren hatte.

»Und … liebst du sie?« Es fiel Anna schwer, diese Frage zu stellen, deren Antwort sie zutiefst verletzen würde. Doch sie musste die Wahrheit kennen.

Immer noch durch den Tisch von ihr getrennt, sah Julian sie an. Dann nickte er. »Ja, Anna, ich liebe sie. Wir haben geheiratet, als wir beide zwanzig Jahre alt waren. Wir sind verbunden. Für alle Zeiten«, fügte er hinzu. »Ich kann mich nicht scheiden lassen, das wäre der größte Verrat an ihr.«

Anna wandte das Gesicht ab, sie konnte ihn jetzt nicht ansehen, während er über die Liebe zu seiner Frau sprach, deren Schweigen sie von der Welt trennte, von der Welt und von ihm, dem Mann, der sie immer noch liebte. »Es ist gut, dass Sie mir das gesagt haben«, flüsterte sie. »Und meine Antwort ist: Ich will bleiben.«

Da kam er um den Tisch herum auf sie zu, umschloss sie fest mit seinen Armen, und sie lehnte den Kopf an seine Schulter. So lange, bis er sie küsste und ihren Namen flüsterte und sie wieder küsste, mit einer Zärtlichkeit, nach der sie sich immer gesehnt hatte.

Als sie nach Hause kam, hoffte sie, Antonia sei schon ins Bett gegangen. Sie wollte allein sein mit diesen kostbaren Momenten, die sie mit Julian erlebt hatte und aus denen bereits Erinnerung geworden war. Mit zweiunddreißig, nach unsäglich vielen Affären, hatte sie heute zum ersten Mal die Liebe erlebt.

Als sie die Wohnungstür öffnete, stolperte sie im Dunkeln über einen Koffer.

»Anna, bist du es?«

»Wer sonst?« Anna machte das Licht an und stieß die angelehnte Tür zum Wohnzimmer auf. Dort saß ihre Cousine mit vor Aufregung geröteten Wangen in einem Sessel, und auf dem Sofa kauerte ein junges Mädchen, das ihr Taschentuch gegen sein verquollenes Gesicht drückte.

Als Anna hereinkam, ließ sie die Hände mit dem Taschentuch sinken. »Hallo«, sagte sie leise.

Es dauerte einen Moment, bis Anna begriff, wer sie war: Das Mädchen aus der heutigen Zeitung saß hier im Wohnzimmer.

»Das ist Marie-Luise, und sie wird heute bei uns übernachten«, erklärte Antonia mit einer Stimme, die keinen Widerspruch duldete.

Kapitel sechsundzwanzig

Vivien

Vivien trat aus dem Schulgebäude hinaus in einen strahlend schönen Septembertag. Auf dem Platz vor dem Gymnasium standen die Schülerinnen in kleinen Gruppen zusammen, manche an ihr Rad gelehnt, und unterhielten sich. Manchmal sahen sie kichernd zu den Jungs des Theodor-Storm-Gymnasiums hinüber.

Vivien verharrte einen Moment an der Treppe, ging dann langsam die Stufen hinunter. Vor zwei Wochen hatte das neue Schuljahr begonnen, und Vivien machten ihr Unterricht und ihre Stelle als Direktorin wieder Spaß. Langsam entspannte sie sich, denn seit Beginn des neuen Schuljahrs hatte es keinen weiteren Drohbrief gegeben.

Die Wochen in den Schulferien waren ruhig verlaufen, Vivien war nicht nach London geflogen, denn sie hatte Maria geholfen, Spenden für den Bau der Wohnungen am Stadtwall zu organisieren, damit noch vor dem Winter die Flüchtlinge dort einziehen konnten.

Vivien stand noch auf der letzten Stufe der Treppe, als ein Mann auf sie zukam und sie mit ihrem Namen ansprach.

»Hätten Sie einen Moment Zeit für mich, Frau Kroll? Ich habe ein paar Fragen an Sie.« Er hielt ihr seine Visitenkarte entgegen, und als Vivien erstaunt einen Blick darauf warf, las sie: *Theo Müller, Chefredakteur.*

»Sie sind doch die mutige Frau, die damals die Brotlieferungen in das Lager gebracht hat?«

»Und?«

Theo Müller sah sich um. »Vielleicht könnten wir irgendwo einen Kaffee trinken oder in diese Pizzeria gehen«, setzte er schnell hinzu, als er ihre Ablehnung spürte.

»Um was geht es denn?« Vivien blieb stehen und ging auf seinen Vorschlag nicht ein.

Theo Müller schob seine Sonnenbrille auf die Stirn und holte ein Magazin aus seiner Mappe, das er ihr hinhielt. Ein schönes Mädchen, das in einem Boot saß und ihr Gesicht in die Sonne hielt.

»Hören Sie«, Vivien wurde ungeduldig, »Sie verschwenden meine Zeit, was wollen Sie?«

»Dieses Mädchen ist die Tochter des Lagerkommandanten Heinz Obermayr. Haben Sie gewusst, dass er ein Kind hatte?«

Langsam schüttelte Vivien den Kopf. Nein, das habe sie nicht gewusst, und sie könne das auch nicht wirklich glauben.

»Aber Sie und Ihre Schwägerin gingen dort ein und aus. Da müssen Sie doch wissen, dass dieses Mädchen existiert.«

Vivien wurde wütend, sie versuchte, sich ihm zu entziehen, und machte ein paar Schritte über den Platz, aber er hielt sich an ihrer Seite. »Hören Sie, ich kann Ihnen nicht weiterhelfen, wirklich nicht.«

»Ein Kollege von mir hat das Mädchen aufgespürt, und jetzt ist sie verschwunden. Aber wir werden sie auch dieses Mal finden.«

»Nun, dann viel Erfolg.«

»Wenn Sie etwas erfahren, rufen Sie mich an«, rief er ihr nach. Doch da drehte sich Vivien plötzlich um und ging auf ihn zu.

»Ich hätte eine andere Geschichte für Sie. Die Geschichte von Hass, Bedrohung von Menschen, die Flüchtlinge, Juden und Schwarze diskriminieren, die sogar eine Partei gegründet haben und diejenigen Menschen unter Druck setzen, die den Ausgegrenzten helfen.«

Theo Müller schüttelte den Kopf. »Das ist keine Sensation.

Wenn es einen Mord gegeben hat, dann können Sie sich an uns wenden.«

Er hob die Schultern, lachte und ließ sie bedauernd wieder fallen.

Auf dem Weg nach Hause hatte sie sein Lachen noch im Ohr.

Es war Nachmittag, die Illustrierte lag offen auf dem Küchentisch. Vivien und Maria versuchten, sich zu erinnern. Nein, ein kleines Mädchen hatten sie damals nicht gesehen, aber sie hatten auch nur gehört, dass sich Heinz Obermayr eine Villa hatte auf dem Gelände des Lagers bauen lassen. »Wir haben ihn ja auch nur einmal getroffen, als die Brotlieferungen plötzlich untersucht wurden.«

»Ich hatte furchtbare Angst, dass Obermayr mich festnehmen lässt, da ich Engländerin bin, also eine Feindin des Großdeutschen Reiches war.«

Für einen Moment schwiegen sie, tranken ihren Kaffee.

»Das Mädchen also ist verschwunden, und sie wird gejagt. Die Presse kennt kein Erbarmen.«

»In gewisser Weise ist es auch eine Sensation.«

»Sie ist abgestempelt, sie wird nie ein normales Leben führen können.«

»*Kinder des Bösen,* wie schrecklich, wer hat nur diesen Ausdruck geprägt?«

Am späten Nachmittag dann rief Vivien ihre Tochter an. »Vielleicht kann Antonia über das Rote Kreuz etwas erfahren.«

Maria blieb sitzen, sah sich immer wieder die Fotos von Marie-Luise an. Doch es gab keine Erinnerung an ein Kind.

Viviens Stimme wurde lauter, erstaunter, sodass Maria den Kopf hob und gespannt lauschte. Aber das Gespräch schien zu Ende, und Vivien kam zurück und ließ sich auf ihren Stuhl fallen.

»Was ist los, ist etwas passiert?«

Maria erschrak.

Vivien musste erst durchatmen, bevor sie fassungslos antwortete: »Marie-Luise Obermayr lebt seit drei Tagen bei Antonia.«

Vivien schüttelte immer wieder den Kopf und beruhigte sich auch nicht, als sie sich eine Zigarette anzündete und einen tiefen Zug nahm. »Woher kennt sie das Mädchen? Oder hat das Rote Kreuz sie gebeten, Marie-Luise aufzunehmen?«

»Ich weiß es nicht. Sie sagte irgendetwas vom Roten Kreuz, also wird das so sein.«

»Aber was sagt Philip dazu?«, überlegte Maria. »Jeder kennt sein Engagement im Widerstand und seinen Einsatz für Juden. Er kann doch nicht die Tochter eines Hitlerkommandanten in seiner Wohnung aufnehmen, dort, wo er Juden versteckt hielt.«

Maria hatte sich in Rage geredet, sie dachte an ihren Bruder und an den Verlust seines Rufs. »Philip und Jette sind bis Ende September in Griechenland, das zumindest hat Antonia erzählt.«

»Nun, dann wird sich alles klären.« Wolfgang stand in der Tür und hatte die letzten Sätze noch mitgehört.

Erstaunt wandten sich die Frauen ihm zu, sie hatten ihn nicht kommen hören.

»Wolfgang, wieso bist du hier? Du wolltest doch mit Daniel zur Eröffnung der neuen Bäckerei gehen, die Luftballons an Kinder verteilt.«

Wolfgang schüttelte erstaunt den Kopf. »Nein, ich hatte doch gesagt, ich gebe heute Nachmittag Klavierunterricht in der Schule.«

Vivien sprang sofort auf. »Daniel?«

Sie lief in sein Zimmer, aber es war leer, und auf ihr Rufen kam keine Antwort. Langsam kehrte sie um und ging in die Küche zurück, wo Maria sie erwartete.

Stumm sahen sie sich an.

Als Maria und Vivien im Wohnzimmer saßen und sich über eine Illustrierte beugten, nutzte Daniel den Moment und schlich sich heimlich aus dem Haus. Den ganzen Tag hatte er in seinem Zimmer verbracht. Jetzt wollte er durch die Straßen laufen, sehen, ob er Felix traf, den er so gern als Freund gehabt hätte.

Er rannte, sah sich mehrmals um, ob Vivien ihn nicht zurückrief, doch er kam unbehelligt bis zur Volksschule. Dort blieb er stehen. Auf dem Sportplatz daneben spielten ein paar Jungs Fußball, und auch Hansi war dabei. Neben ihm stand der kleine Felix und dessen Freund Max. Sehnsüchtig sah Daniel ihnen zu, bis das Spiel zu Ende war und Hansi mit den beiden anderen den Platz verließ und direkt auf Daniel zukam. Ganz nahe vor ihm blieben sie stehen.

»Warum kommst du nicht in die Schule?«, fragte Felix.

»Er ist noch zu klein und zu schwach, wie ein Baby.«

Sie lachten ihn aus, und Daniel versuchte, lässig zu wirken, und schob seine Schirmmütze nach hinten. »Ich komme nächstes Jahr in die Schule, aber in eine andere, wo nicht so doofe Buben sind wir ihr.«

Daniels Herz klopfte, als Felix sich vor ihm aufbaute und die Arme vor der Brust verschränkte.

»Ach so, in eine andere«, antwortete er gedehnt. »Wahrscheinlich in eine Hilfsschule für dumme kleine Kinder.«

Daniel schwieg. Er spürte, dass alles, was er sagen könnte, Hansi und die beiden anderen zu weiteren Hänseleien aufstacheln würde.

Hansi machte noch einen Schritt auf ihn zu, und mit einer blitzschnellen Bewegung riss er ihm die Schirmmütze vom Kopf und wedelte damit in der Luft herum. »Hol sie dir, hol sie dir.« Er drehte sich, warf die Kappe in die Luft und fing sie geschickt auf, bevor Daniel nach ihr greifen konnte.

Dann plötzlich flüsterte Max seinem Freund etwas zu, sie sahen Daniel an, flüsterten weiter, kicherten. Dann erklärte

Hansi großspurig: »Pass auf, du kannst unser Freund werden, aber du musst erst eine Mutprobe bestehen.«

Eine innere Stimme warnte Daniel: *Geh nicht darauf ein, dreh dich um und verschwinde.*

Doch er ging nicht. Er nickte stumm, und da nahmen die drei Buben ihn in die Mitte und gingen mit ihm den Weg aus der Stadt hinaus und immer weiter, bis sie zu dem alten verlassenen Wasserturm kamen. Max zog mit einer wichtigen Miene einen Schlüssel aus seiner Hosentasche. Dann trat er auf die Tür zu und schloss sie auf.

»Komm.« Mit einem Grinsen forderte er Daniel auf, hineinzugehen. »Siehst du da oben das Fenster? Wenn du von dort herunterspringst, dann kannst du unser Freund sein.«

Felix und Hansi stießen sich an und sahen Daniel herausfordernd an. Gespannt warteten sie, wie sich Daniel entschied.

Daniel sah hoch zu dem Fenster des runden Turmes, das seiner Einschätzung nach drei Meter über dem Boden lag. Sein Herz klopfte wie wild. Er zögerte, sein Verstand sagte ihm, das Fenster sei zu hoch, um herunterzuspringen und unbeschadet unten zu landen.

»Dir passiert nichts«, erklärte Felix großspurig. »Der Boden hier ist weich, alles Sand.«

»Traust dich wohl nicht«, lachte Hansi ihn aus, und Max stimmte in das Lachen ein.

Daniel atmete tief ein, ballte die Fäuste, streckte sich und marschierte durch die offene Tür. Sie wurde von außen zugeworfen und fiel krachend ins Schloss. Dunkelheit umfing ihn, nur durch das Fenster oben fiel ein schmaler Lichtstrahl in den runden Turm, in dem eine Wendeltreppe nach oben führte. Daniel verharrte, wagte kaum zu atmen. Es nur schnell hinter sich bringen, ich schaffe es, murmelte er, und seine Stimme hallte in dem runden Raum und erschreckte ihn noch mehr. Die ersten Stufen der Wendeltreppe ging er zaghaft nach oben, krallte sich am Geländer fest, beugte sich vorsichtig darüber und sah tief unter sich dunkles, stilles, Wasser. Nur ein lautes, stetiges Tropfen durchbrach diese Stille, die nichts an Geräuschen von außen hereinließ. Wieder ein paar Schritte, nur schnell springen, dann war er ein Held, und Hansi wäre dann für immer sein Freund. Sie würden ihn für seinen Mut bewundern und ihn aufnehmen, er könnte mit ihnen Fußball spielen und nachmittags mit ihnen zusammen sein. Zaghaft sah Daniel hoch zur Decke. Das Fenster war viel höher, als er es von draußen gesehen hatte, aber auch kleiner, fast nur eine Luke, die in die dicken Mauern eingebaut war. Daniel schluckte, er spürte, wie seine Kehle trocken wurde und seine Angst wuchs. Ein trockenes Schluchzen presste ihm die Brust zusammen, er sprang die Stufen hinunter bis zur Tür, pochte und schlug dagegen und rief die Namen der Jungen. Er konnte es nicht, sein kindlicher Verstand ließ ihn die Unmöglichkeit erkennen, zu dieser Luke vorzurutschen, sich durchzuzwängen und dann zu springen. Daniel begriff, wie Hansi und die beiden anderen ihm übel mitgespielt hatten. Das tat weh, furchtbar weh. Er rief die Namen der Jungen, die seine Freunde sein wollten und gesagt hatten, er müsse nur oben aus der Luke springen. Und die ihn doch nur verspottet hatten. Langsam ging er die Treppe hoch, klammerte sich ans Geländer. Wenn er oben ankam, konnte er aus der Luke schauen und rufen, irgendwer musste ihn doch hören. Tiefe Angst erfasste ihn, Angst, nicht entdeckt zu werden, Panik, an diesem verlassenen Ort niemals gefunden zu werden. Er hatte Hunger, sein Mund war ausgetrocknet. Und als er atemlos verharrte und nach oben auf den Lichtstrahl sah, der durch die Luke hereinfiel, musste er noch viele Stufen laufen, er bekam kaum noch Luft. Je höher er kam, desto mehr schien sich die Luke von ihm zu entfernen. Und er erkannte, dass er aus dieser Höhe niemals unbeschadet springen könnte.

Ein leises Geräusch ließ ihn verharren, er wagte kaum zu atmen. Im Halbdunkel erkannte er eine Ratte, die an ihm vorbeihuschte, dann eine zweite.

Daniel schrie verzweifelt auf. Irgendwer hatte ihm mal erzählt, dass Ratten, wenn sie hungrig waren, über Menschen herfielen, sie annagten und dann auffraßen. Er presste die Lippen zusammen, nur weiter, nicht stolpern, nicht hinfallen. *Nicht stolpern,* murmelte er, um sich Mut zu machen. *Wenn du oben bist, kannst du ganz laut durch die Luke nach Hilfe schreien.* Man würde ihn finden. Würde man das wirklich?

Endlich erreichte er die Luke, durch die er springen sollte. Sie war zu eng, das hatten die Jungen gewusst, aber sie war groß genug, um nach Hilfe zu schreien.

Doch draußen war es bereits dunkel, und als er rief und noch mal schrie und weinte und schluchzte, begriff er, es würde ihn niemand hören. Da lief er nach unten, kauerte sich auf die unterste Stufe, direkt vor die Eingangstür, schlang fest die Arme um seine Knie und legte den Kopf darauf. Er wollte nichts sehen. Ganz nahe spürte er Ratten an sich vorbeihuschen, sie streiften ihn, aber er konnte sie nicht mehr erkennen. Der Lichtstrahl war verblasst, vollkommene Dunkelheit umfing ihn.

Daniel spürte, wie seine Finger und die Zehen sich nicht mehr bewegen ließen, wie die Kälte und die Nässe durch seine Glieder fuhren, wie die Zähne aufeinanderschlugen, wie er schläfrig wurde, sich die Glieder immer steifer anfühlten, wie seine Gedanken sich verloren, er nur mühsam die Lippen bewegen konnte. Ein kleines Flüstern.

Mama … Mama …

*

Vivien traf sich vor der Volksschule mit Maria und Wolfgang, die ebenfalls suchten und Daniel riefen. Es wurde dunkel, und sie hatten ihn nicht gefunden. Sie waren durch die Straßen gelaufen, hatten Leute befragt, doch die zuckten die Schultern. Nein, den kleinen Neger hätten sie nicht gesehen.

»Wir sollten zum Grieser gehen und Veronika benachrichtigen«, schlug Maria vor. »Sie muss wissen, dass ihr Sohn vermisst wird, und sie muss entscheiden, ob wir zur Polizei gehen. Das sollte sie als Mutter tun.«

Doch als Vivien im Gasthof Grieser anrief, erfuhr sie, dass an diesem Abend Herr Grieser persönlich bei einer privaten Gesellschaft das bayerische Buffet ausrichte und Veronika als Kellnerin mitgenommen habe. Die Villa des Kunden lag ungefähr hundert Kilometer entfernt, und Herr Grieser habe schon angekündigt, vor dem frühen Morgen kämen sie nicht zurück. Aber die genaue Adresse wusste man nicht.

Eine Zeit der Angst und Erschöpfung lag hinter Vivien, Maria und Wolfgang, als sie nach Stunden der Suche und des Herumlaufens nach Hause zurückkamen. Es gab keine Spur, keinen Hinweis.

Maria und Wolfgang hatten versucht, Leute zu animieren, eine Suche zu organisieren und die Stadt und Umgebung abzuklappern, während Vivien auf der Polizei erfuhr, man könne noch nichts tun. »Wenn wir jeden Buben, der ein paar Stunden weg ist, suchen müssten, dann wären wir jeden Tag unterwegs«, erklärte der Dienststellenleiter mit einem Achselzucken und biss seelenruhig in seine Leberkäsesemmel.

»Wir müssen wissen, wo Veronika heute arbeitet, wir müssen sie verständigen, als Mutter hat sie die Verantwortung.«

»Ach ja?« Vivien reagierte aggressiv auf Marias Vorschlag, während sie sich eine Zigarette anzündete. »Von ihrer Verantwortung haben wir nicht viel gemerkt, und wo sollen wir bitte erfahren, wo sie heute arbeitet, wenn nicht einmal die Mitarbeiter beim Grieser die Adresse kennen?«

Die Stimmung von beiden eskalierte, artete fast in einen Streit aus, doch letztendlich waren beide zu müde, zu unruhig. Wo sollten sie ansetzen, gab es etwas, das sie übersehen hatten?

Die Stunden zerrannen, sie wurden immer schweigsamer,

aber niemand wollte ins Bett gehen. Die Angst saß zu tief. »Wenn er jetzt nicht nach Hause kommt, dann …«

»Was dann?«, fuhr Vivien Maria an. »Was?«

»Nichts, gar nichts.« Maria versuchte, ruhig zu sein.

So saßen sie in der Küche, kochten immer wieder Kaffee, hüllten sich in Decken, um gegen die Müdigkeit, die furchtbare Hilflosigkeit und die Furcht anzukämpfen. Doch es gelang ihnen nicht.

Der Tag brach bereits an, als das Telefon klingelte. Maria sprang auf, rannte auf die Diele und hob ab. Angespannt horchten Vivien und Wolfgang nach draußen, Maria blieb einsilbig, sagte, ja, vielen Dank. Dann hängte sie ein.

»Die Polizei hat angerufen«, erklärte sie so laut, dass Vivien und Wolfgang sofort verstummten. »Sie wollten Veronika von Freyberg sprechen. Mir wollte der Beamte nichts sagen.«

Kapitel siebenundzwanzig

Veronikas Geschichte

Warum er? Warum quält man ihn? Hat er andere Gefühle, andere Wünsche, schläft in ihm Grausamkeit, sodass man ihn meiden muss? Ist er zum Leiden geboren, weil er schwarz ist, keinen Vater hat? Weil er sich nicht wehren kann, weil er ein Kind ist?

Doch er weckt in anderen Kindern die Lust an der Grausamkeit, an ihm lassen die Kinder sie aus. An ihm, dem friedlichen Jungen, der nichts anderes will als ihre Freundschaft, Zuneigung.

Im ersten Morgengrauen hat Bauer Anton Brugger die Kappe vor der Tür des alten Wasserturms entdeckt. An diesem Tag hat er einen anderen Weg gewählt, es war Zufall, dass er dort vorbeikam, dass er achtsam war, dass ihm die rote Kappe im Gras auffiel. Als er sie aufhob, kam es ihm vor, als höre er ein kleines Wimmern. Er ging ganz nahe an die Tür, presste sein Ohr dagegen, nur ein schwacher Klagelaut, dann Stille.

Doch Bauer Anton Brugger überlegte nicht lange, sondern reagierte. Er lief zurück in die Stadt, er lief direkt zur Polizei. Jetzt erinnerte man sich, dass ein kleiner Junge als vermisst gemeldet war, und endlich wurde die Polizei aktiv und fuhr sofort zum Wasserturm. Sie brachen die Tür auf und fanden ihn.

Zufall oder Schicksal, dass Anton Brugger an diesem Tag einen anderen Weg wählte?

Achtundvierzig Stunden Angst, Daniel habe Glück gehabt, dass er in buchstäblich letzter Sekunde gerettet wurde.

Während er im Krankenhaus noch um sein Leben kämpfte, liefen die polizeilichen Untersuchungen. Man fand heraus, dass Kurt Mayrhofer seinem Vater heimlich den Schlüssel für den alten Wasserturm aus der Schublade entwendet hatte. Kurts Vater war bei den Wasserwerken und für den alten Wasserturm zuständig, der zweimal im Jahr gewartet wurde. Die drei Buben gaben bei der Polizei eingeschüchtert zu, dass sie vorhatten, den kleinen Neger ein bisschen zu ärgern und ihn dort einzusperren, aber dann hatten sie ihn einfach vergessen.

Doch nur ein harmloser Streich von Buben, denen gefährliche Konsequenzen noch nicht bewusst waren. Die Eltern standen hinter ihren Söhnen, und die Polizei stellte die Bedingung, sie sollten sich bei Daniel entschuldigen.

Aber Daniel rennt weg, wenn er sie sieht, und die Jungen machen keine großen Anstrengungen, ihm nachzulaufen.

Daniel hat sich verändert. Er ist ängstlich geworden, sein Lächeln ist verschwunden, sein Augenzwinkern, wenn er sagt, er könne sich unsichtbar machen, gibt es nicht mehr.

War sie in der Vergangenheit nicht eifersüchtig gewesen auf Vivien, die ihr Daniel wegnahm? So hat sie es empfunden. Daniel liebt Vivien, sie kümmert sich weiterhin um ihn, überhäuft ihn mit Geschenken. Doch in der Nacht, wenn sie nach Hause kommt, wartet er auf sie. Dann legt sie sich zu ihm, und er schmiegt sich ganz fest an sie, und sie spürt sein Zittern und seine Angst.

Es sind Momente, die sie nie vergessen wird. Er zeigt ihr, dass er sie liebt, dass er sie braucht. Sie, seine Mutter.

Vielleicht spürt er, dass sie arbeitet, für ein besseres Leben für ihn, dass sie nie aufgeben wird, um das zu erreichen. Dass auch sie ihn liebt. Mehr als alles auf der Welt, denn er ist der einzige Grund für sie, um zu leben. *Und irgendwann werden wir zurückgehen nach Ostpreußen, wo unsere Heimat ist. Denn wer aus Ostpreußen kommt, kann dieses Land niemals vergessen. Man hat es im Blut.*

Kapitel achtundzwanzig

Anna

»Meine Damen, meine Herren, leider muss ich Ihnen sagen, dass die ersten Sprechproben sehr mäßig gewesen sind. Für die morgige Probe verlange ich mehr Einsatz, mehr Spielfreude, mehr Leidenschaft. Guten Tag.«

Die Schauspieler erhoben sich von ihren Stühlen und gingen schweigend durch die Bühnengasse ab. Julian Winter war bekannt dafür, Distanz zu halten. Aus diesem Grund duzte er niemals einen Schauspieler, auch nicht, wenn die Proben an Intensität zunahmen.

»Eingebildeter Kerl, was denkt er, wer wir sind, Anfänger?«

Hans Dunker und Anna verließen das Theater. Anna blieb stumm und packte nur ihre Ausgabe von *Maria Stuart* mit den Kürzungen, Strichen und kleinen Anmerkungen in ihre Beuteltasche.

»Lass es gut sein, er kann es sich erlauben«, meinte sie dann.

»Wieso, nur weil er ein berühmter Regisseur ist? Und wer bitte bin ich? Ich hatte gerade eine große Rolle in einem Ufa-Film.«

Anna nickte ihm nur zu und lief hastig die Treppe hinunter, über den Hof und auf die Maximilianstraße. Es war ein kühler Oktobernachmittag, und sie zog fröstelnd ihren dünnen Mantel um die Schultern.

Sie hatte vor Dunker nicht zeigen wollen, wie verletzt sie war. Seit vier Tagen war Julian in München. Er hatte sich nicht bei ihr gemeldet, und in den beiden Proben der vergangenen drei Tage hatte er sie nicht angesprochen, sie nicht einmal angelächelt. Es schmerzte Anna mehr, als sie vor sich selbst zugab. Was hatte sie erwartet in den Monaten, in den Wochen, den letzten Tagen, als sie der ersten Probe zu *Maria Stuart* entgegenfieberte?

Als er ihr damals sagte, er sei verheiratet, war sie geblieben. Sie hatten sich geliebt, und die Erinnerung daran war für Anna das Kostbarste, was sie jemals mit einem Mann erlebt hatte.

Sie hatte es akzeptiert. Aber bei seiner Rückkehr wollte sie hören, dass er sie vermisst habe, so wie sie ihn. Sie hatte erwartet, dass er sie nach seiner Ankunft anrufen und bitten würde, zu ihm ins Hotel zu kommen, er wolle sie unbedingt sehen.

Auf der Maximilianstraße blieb sie stehen, für einen kurzen Moment sah sie sich um, in Erinnerung an den Nachmittag vor einem Jahr, als Antonia hier stand, an ihr Cabrio gelehnt, und sie ihr lachend entgegenwinkte. An den Nachmittag am Starnberger See, an die Pralinen, an die Erinnerungen, die sie austauschten, während sie die Gegenwart genossen.

Aber Antonia erwartete sie nicht, und so lief Anna unentschlossen die Straße vor bis zur Theatinerstraße. Sie starrte in die Auslagen der vielen Pelzgeschäfte, die in den vergangenen Monaten wie Pilze aus dem Boden schossen. In einer Boutique sah sie eine rote Handtasche, die ihr sofort gefiel. Sie hatte noch die Gage des Films, davon wollte sie endlich Miete bezahlen, doch Antonia hatte abgelehnt.

Aber dann hatte sie keine Energie, das Geschäft zu betreten. Nichts machte ihr Freude, und so kehrte sie um und lief die Maximilianstraße entlang. Vor dem Hotel Vier Jahreszeiten blieb sie stehen. Aus einem Impuls heraus betrat sie die Halle. Sie musste mit Julian sprechen. Sie wollte ihm sagen, sie wolle die Rolle der Maria Stuart abgeben. Basta.

Am Empfang musste sie warten, Julian war schon oben in seiner Suite. Der Portier telefonierte hoch, dann nickte er Anna zu. Herr Winter erwarte sie.

Im Aufzug starrte sie sich im Spiegel an. War sie einem so privaten Treffen mit ihm auch gewachsen?

Julian öffnete ihr die Tür, ließ sie eintreten und fragte höflich, was sie trinken wolle.

Anna atmete tief durch. Bevor sie seine Frage beantwortete, brach es ihr heraus: »Was zum Teufel ist los, wieso verhältst du dich so?«

Julian war sehr blass, das war schon bei den Proben nicht zu übersehen gewesen. Er antwortete nicht auf ihre Frage, sondern bot ihr einen Platz auf dem Sofa an.

Noch im Mantel setzte sie sich auf die Kante des Sofas, bereit, sofort wieder aufzuspringen, ihre Tasche zu nehmen und die Suite zu verlassen. Sie beobachtete ihn stumm, wie er telefonisch Kaffee und ein paar Petits Fours bestellte, sah zu, wie er das Fenster schloss, da es doch kühl geworden sei. Dann warteten sie schweigend, bis es klopfte und ein Kellner einen Tisch hereinschob, auf dem kleine Mokkatassen, eine silberne Kanne und eine Etagere mit den Törtchen standen. Er verbeugte sich, Julian steckte ihm ein Trinkgeld zu, und Anna sah nur zu, bis sich die Tür hinter ihm schloss. Julian schenkte ein, fragte, welches Petit Four sie haben wolle, und legte ihr dann das kleine Schokotörtchen auf den Teller.

Vielleicht war dieses Ritual gut, denn ihr Impuls, ihm kühl ins Gesicht zu sagen, sie verzichte auf die Rolle der Maria Stuart, löste sich auf.

Julian setzte sich in einen Sessel ihr gegenüber und nahm einen Schluck Mokka. Dann lehnte er sich zurück und fragte Anna, ob sie die Liste erhalten habe. »Ich hatte sie dir vor einer Woche per Luftpost zugeschickt.«

Anna nickte. Sie hatte sie erhalten und sofort an Antonia weitergegeben, die Adressen und Telefonnummern der Frauen, die bereit waren, zu kommen, um ihren Retterinnen zu danken.

»Ich verstehe«, begann Julian nervös, »dass du gekränkt bist, weil ich mich nicht gemeldet habe und jetzt seit einigen Tagen in München bin, ohne dich anzurufen.«

Anna sah ihm direkt ins Gesicht. »Ja, es hat mich verletzt«, erklärte sie ruhig.

»Es ist für mich nicht leicht«, sagte er.

»Ach so.« Annas Antwort kam schnell, hastig und ein wenig zu scharf: »Ich verstehe, du hast einem Moment der Schwäche nachgegeben und mit mir geschlafen, und jetzt willst du mir sagen, es sei nur ein Ausrutscher gewesen, den man schleunigst vergessen sollte.« Annas Hand zitterte, als sie ihre Tasse hochnahm.

Ein Moment, ein entsetzlich langer Moment, verging, bis Julian antwortete. »Siehst du, Anna, genau diese Angst hatte ich auch. Ich weiß, dass du in Wien viele Affären und kurze Beziehungen hattest. Wieso sollte ich da jetzt die Arroganz haben, dass ich für dich mehr bin als eine deiner vielen Affären? Du hast nie von einer Liebe erzählt, nur von kurzen, unwichtigen Begegnungen.«

Zum ersten Mal sahen sie sich in die Augen. Anna schüttelte langsam den Kopf. »Einmal«, erzählte sie leise, »war ich verliebt, ich habe mit den großen Gefühlen einer Vierzehnjährigen geliebt.« Sie lächelte in Gedanken an die Intensität, an das Glück dieser ersten Liebe. Als sich auf Julians Gesicht ein Lächeln ausbreitete, sagte sie: »Sein Name war Manfred, und er war der Junge, der mich zum ersten Mal geküsst hat.«

»Und dann?«

»Das ist eine längere Geschichte«, erklärte Anna, sprach aber nicht weiter.

Jetzt setzte sich Julian neben sie aufs Sofa, sein Arm legte sich langsam um ihre Schultern, zögernd, unsicher. Zuerst wollte sie ihn abwehren, doch dann ließ sie es zu. Sie wusste nicht, was er empfand, aber dann spürte sie, wie sehr ihr Körper bereits auf seine Berührung reagierte, und sie wandte sich ihm zu und ließ sich von ihm umarmen.

Es war egal, was der nächste Tag brachte. Sie war gekommen, um mit ihm zu schlafen. Alles andere war ohne Bedeutung.

Langsam und zärtlich begann er sie zu lieben, so wie sie es wollte, Stunde um Stunde.

Es wurde Nacht, und in tiefer Dunkelheit sagte Anna ihm, dass sie ihn liebe, dass sie das vom ersten Moment gewusst habe, es aber nicht habe zugeben können. Sie musste vergessen, dass er verheiratet war, dass er niemals die Bindung zu seiner kranken Frau lösen konnte, es war egal, es war egal …

Und als er sie wieder liebte und sich in ihr verlor, wussten beide, es gab kein Zurück mehr.

*

Antonia

Trotz des kühlen Herbstabends brauste Antonia mit offenem Verdeck durch die Stadt. Seit einer Woche verbrachte Anna ihre Nächte mit Julian Winter in seinem Hotel, sonst hätte sie sicher auch heute Abend mit im Auto gesessen. Aber so hatte sie Marie-Luise mitgenommen, das Mädchen brauchte einfach ein wenig Abwechslung. Es machte Spaß, so schnell zu fahren und den Wind in den Haaren und im Gesicht zu spüren. Manchmal warf sie einen raschen Blick auf ihre Beifahrerin. Marie-Luise hatte die neue Pelzmütze tief in die Stirn gezogen, aber sie strahlte, warf die Arme in die Luft und lachte, wenn Antonia eine scharfe Kurve nahm.

Einmal schon waren sie an den Starnberger See gefahren und hatten auf dem Steg in Possenhofen gesessen und der Sonne zugesehen, wie sie langsam unterging. Sie redeten wenig, und wenn Antonia vorsichtige Fragen stellte, schwieg Marie-

Luise. Sie könne sich einfach an nichts aus der Kindheit erinnern. Sie erzählte auch wenig über die Jahre im Kloster, doch Antonia konnte ihre Einsamkeit spüren und den Schmerz über das Ende ihrer ersten Liebe nachvollziehen. Die furchtbare Enttäuschung, die Demütigung, sich einem Mann ausgeliefert zu haben, der sie benutzte, um eine Story über sie zu verkaufen. Sie bewunderte auch Marie-Luises Tapferkeit, ihr Schicksal anzunehmen, das sie weiterhin als Tochter eines Lagerkommandanten Hitlers abstempelte und ihr offenbar kaum eine Chance gab.

Seit Wochen führte Marie-Luise in Antonias Wohnung ein Leben in totaler Isolation, und heute Abend hatte sie so traurig ausgesehen, dass Antonia sie spontan auf eine Tour durch München mitnahm. Für sie war es zur Gewohnheit geworden, wenn sie sich mutlos oder depressiv fühlte, sich ins Auto zu setzen und loszubrausen. »Nächstes Jahr kaufe ich mir einen Floride«, hatte sie Anna erzählt, die keine Ahnung von Autos hatte und nicht wusste, dass der Floride ein elegantes, schnittiges Auto war, den ein französischer Autobauer nächstes Jahr auf den Markt brachte.

»Kauf dir doch gleich einen Porsche und rase damit die Autobahn rauf und runter«, hatte Anna lachend erklärt.

Als Antonia jetzt daran dachte, lächelte sie und wandte sich an Marie-Luise, die mit einem strahlenden Lachen ihre Arme in die Höhe warf, als Antonia eine rote Ampel fast übersah und scharf bremste.

Sie standen in der Leopoldstraße, auf der an diesem Abend viele Leute flanierten und Stühle eines Cafés bis direkt zur Straße standen. Einige Köpfe drehten sich sofort nach dem roten Cabrio um, der mit quietschenden Reifen an der Ampel zum Stehen kam.

Als sie langsam anfuhren, warf Antonia einen Blick in den Rückspiegel. Direkt hinter ihr fädelte sich ein unscheinbarer Opel rücksichtslos in die Autoschlange ein. Sie fuhr schneller, er glich sich ihrem Tempo an. Er beschleunigte, wenn Antonia es tat, fuhr langsam, wenn sie das Tempo drosselte.

Waren es ihre überreizten Nerven, oder wurden sie wirklich verfolgt?

Sie presste die Lippen zusammen, machte eine scharfe Drehung und wendete. Sie fuhr so schnell, dass sie Marie-Luises entsetzten Aufschrei nicht wahrnahm, sondern losbrauste, Umwege fuhr.

»Wir werden verfolgt, nicht wahr?« Marie-Luises Gesicht unter der Pelzkappe war bleich geworden.

»Nein, nein«, beruhigte Antonia das Mädchen, auf dessen Gesicht blanke Angst die Freude an der abendlichen Fahrt ablöste.

Über Umwege gelangten sie in die Widenmayerstraße, wo sie vorsichtshalber ein paar Häuser weiter parkte.

»Komm, lass uns rasch aussteigen.«

Sie schloss das Verdeck, während Marie-Luise schon auf dem Gehsteig wartete. Sie verständigten sich mit einem Blick, und dann rannten sie los.

Vor der Haustür sah sich Antonia noch rasch um, ein grauer Opel aber war nicht zu sehen. Hatte sie sich getäuscht?

»Vielleicht hat sich der Fahrer des Opels einfach nur einen Spaß erlaubt«, war Marie-Luises Meinung, als sie im Aufzug nach oben fuhren.

»Ja, natürlich, so wird es gewesen sein«, stimmte ihr Antonia sofort zu.

Stumm sahen sie sich an, als wüssten sie es besser.

Stunden später saß Antonia auf dem Sofa im Wohnzimmer, hatte sich ein Glas Rotwein geholt, sich in eine warme Decke eingehüllt, vor sich auf dem Tisch die Listen mit den geretteten Frauen. Doch Antonia schob sie weg, sie hatte schon so viel organisiert. Das Hotel in München, den Termin am 1. Dezember, den Bus, der die Frauen von München aus an den Ort bringen sollte, an dem sie die schlimmste Zeit ihres Lebens verbracht hatten, aber auch dahin, wo die Frauen wohnten, die ihnen das Leben retteten. Eine Hommage an die große Stunde ihrer Mütter. In Gedanken lächelte Antonia, sie wusste, wie sehr sich Vivien und Maria freuen würden, hatten sie doch oft überlegt, was aus den Frauen von damals geworden war.

Antonia war müde geworden, auch müde, das Leben von Marie-Luise organisieren zu müssen. Die Euphorie empfand sie nicht mehr.

Auch bereitete Marie-Luise ihr Sorgen. Wie sollte es weitergehen? Es musste einen Plan geben, an den man sich halten konnte. Marie-Luise lernte immer noch, versuchte mit dem schulischen Stoff mitzuhalten, um dann nach den Weihnachtsferien in das laufende Schuljahr einsteigen zu können. Bis dahin sei Gras über die »Sache« gewachsen und das Interesse der Medien erloschen. So hoffte auch die Direktorin des Gymnasiums, denn sollte das nicht der Fall sein, könne man Marie-Luise leider nicht weiter den Platz in der siebten Klasse frei halten.

Antonia hatte die Idee ans Jugendamt weitergegeben, ob man dem jungen Mädchen nicht eine neue Identität geben könne, einen neuen Pass mit einem anderen Namen, doch irgendwie stellten die Behörden sich quer. War das nicht die Chance für Marie-Luise, frei leben zu können und nicht nur die Tochter eines Vasallen Hitlers zu sein? Vivien hatte ihrer Tochter vorgeschlagen, Marie-Luise ins Ausland gehen zu lassen.

»Dazu ist sie zu jung«, hatte Antonia abgelehnt, »zu jung und viel zu unerfahren.«

»Aber eingesperrt zu sein bringt sie nicht weiter, so macht sie keine Erfahrungen, die für ihr Leben wichtig wären«, hatte Vivien dagegengehalten.

Antonia erhob sich, ging in die Küche und schenkte sich ein zweites Glas Wein ein. Es war bereits zwei Uhr nachts, aber sie war zu unruhig, um ins Bett zu gehen. In der Küche löschte sie das Licht und spähte durch den Vorhang hinunter auf die Straße. Doch einen Opel konnte sie unter den parkenden Autos nicht entdecken. Mit einem Seufzer der Erleichterung ging sie zurück ins Wohnzimmer, stellte das Glas ab und hüllte sich wieder in die Decke ein. Ihre Gedanken kreisten immer wieder um Marie-Luise oder die Organisation des Treffens am 1. Dezember.

»Du siehst blass aus, du solltest dich mehr um dich selbst kümmern«, hatte Anna ihr schon mehrmals eingeschärft.

War das ein Problem für sie? Antonia griff nach dem Glas und nahm einen tiefen Schluck. Sie verdrängte ihre Wünsche, ihre Bedürfnisse, kümmerte sich lieber um Marie-Luise, die sie brauchte.

Jetzt, in der Stille der Nacht, kamen ihr Zweifel, ihre Angst, ob die Wiederaufnahme des Studiums die richtige Entscheidung gewesen war. Würde sie es dieses Mal schaffen?

Und es gab noch etwas anderes, das sie nicht schlafen ließ. Vorgestern war sie beim Roten Kreuz gewesen, und da stand plötzlich Frank vor ihr. »Ich habe auf dich gewartet«, sagte er mit einem Lächeln, das sofort ihr Herz schneller schlagen ließ. Ihr ganzer Körper erwachte.

»Hast du Lust, mit mir essen zu gehen?«

Sie hätte absagen sollen, doch dann stimmte sie zu. Gern, warum nicht? Sie hatten lange in dem Restaurant gesessen, Wein getrunken, geredet. Über dies und jenes, über seine Arbeit im Krankenhaus, die Leute im Lager, die Antonia vermissten. Fast hätte sie ihm erzählt, dass sie Marie-Luise Obermayr in ihrer Wohnung aufgenommen hatte, aber dann ließ sie es.

Es war spät geworden, als sie das Restaurant verließen. Er nahm leicht ihren Arm und begleitete sie zu ihrem Auto. Einen Moment verharrten sie, dann zog er sie an sich und flüsterte: »Komm, Antonia, komm mit zu mir, es war doch schön mit uns.«

Für eine Sekunde gab sie nach, als seine Umarmung leidenschaftlicher, sein Atem schneller wurde, sein Flüstern beschwörender.

Doch dann befreite sie sich. »Nein, Frank, nein, es geht nicht.«

Sie nestelte ihren Autoschlüssel aus der Handtasche, sie war zu erregt, kaum fand sie das Schloss.

»Warum nicht?«

Da sah sie ihn an. »Ich denke, das weißt du.«

»Nun, ich habe mich doch entschuldigt.«

Stumm sahen sie sich an. Würde er sie küssen, ihren Mund mit seinen Lippen berühren, obwohl er es als Ästhet abgelehnt hatte? Vielleicht tat er es, aber es würde ihn Überwindung kosten.

Da stieg sie in ihr Auto und brauste davon, sie hatte ihn einfach stehen lassen.

Noch ein Schluck Rotwein, danach lehnte sie sich seufzend in die Sofakissen zurück. Vierzehn Jahre waren vergangen, seit sie aus rassistischen Motiven überfallen worden war. Sie hatte die Worte noch im Ohr: Eine dreckige Engländerin habe im Großdeutschen Reich nichts verloren. Die Auswirkungen des Attentats hatten sie geprägt, sie verändert, sie auch unsicher werden lassen. Aber es hatte damals einen jungen Mann gegeben, Thomas, der sie zart geküsst und zärtlich ihre Narbe berührt hatte. Sie gehört zu deinem Leben, Antonia, es ist das Zeichen, dass du einmal etwas Furchtbares durchmachen musstest. Sei stolz darauf.

Aber das konnte sie nicht sein, und Frank hatte sie mit seiner Ablehnung bestärkt. Sie konnte ihren Makel nicht vergessen, kaum eine Stunde in ihrem Leben.

Als die Wohnungstür mit lautem Knall zugeworfen wurde, schreckte Antonia hoch. »Anna?«

Ihre Cousine erschien in der Tür, ging wortlos zu den Vorhängen und zog sie auf, helles Tageslicht brach herein.

»Wie spät ist es denn?« Verwirrt richtete sie sich auf, irgendwann war sie auf dem Sofa eingeschlafen.

»Acht, es ist acht«, erklärte Anna. »Ich habe Brötchen, frische Butter und Marmelade mitgebracht, ist ja nichts mehr im Kühlschrank.«

»Warum bist du so aggressiv?« Antonia erhob sich, streckte ihre steifen Glieder und nahm die Decke hoch.

»Mach dich fertig«, war Annas Antwort. »Ich erzähle es dir dann beim Frühstück.«

Sie verließ mit ihren Tüten das Wohnzimmer, und Antonia sah, dass sie eine Zeitung unter den Arm geklemmt hatte. Kurze Zeit später kam sie aus dem Bad, klopfte leise an Marie-Luises Tür, doch es kam keine Antwort. Also ging sie in die Küche hinüber, angezogen von dem Duft frischen Kaffees.

Anna hatte den Tisch gedeckt und das Frühstück gerichtet. »Ich habe überall die Heizungen angemacht, es ist lausig kalt draußen.«

Antonia setzte sich ihr gegenüber, schenkte Kaffee ein und wartete. Anna war blass und hatte tiefe Ringe unter den Augen.

»Was ist los?«, wollte sie wissen, zutiefst beunruhigt. »Ich dachte, du verbringst die Nacht bei Julian und gehst vom Hotel aus direkt zu deiner Zehn-Uhr Probe.«

»Es ist aus, einfach aus, alles ist aus.«

Bevor Antonia eine weitere Frage stellte, knallte ihr Anna die Tageszeitung neben den Teller auf den Tisch. »Hier, lies.«

Antonia griff mit zittrigen Händen danach, hatte der Opel sie doch verfolgt? Aber es kam anders.

Die große Überschrift lautete:

Anna Richter im Liebesglück.

Der Star des Münchner Residenztheaters verbringt ihre Nächte in ihrem Liebesnest in einem berühmten Münchner Hotel mit dem weltberühmten verheirateten Regisseur Julian Winter.

Antonia war zuerst erleichtert. Nichts über Marie-Luise und sie.

Seit gestern Abend, seit ihrer Spritztour durch München, dachte sie an den Opel Rekord und an eine mögliche Verfolgung durch die Presse. Sie seufzte auf, es ging nicht um sie. Doch als sie in das verzweifelte Gesicht ihrer Cousine sah, bereute sie dieses Gefühl sofort. Sie erhob sich und nahm Anna in die Arme. »Du bist berühmt«, sagte sie. »Da musst du damit rechnen, dass man über dich schreibt. Es ist ein gefundenes Fressen für die Presse, du und Julian Winter. Dass er verheiratet ist, macht die Geschichte natürlich noch brisanter.«

Heftig löste sich Anna aus der Umarmung. »Das Schlimme ist, dass auch die Kollegen im Theater jetzt Bescheid wissen. Es gab schon während der Proben zu *Was ihr wollt* Gerüchte, da entsprachen sie aber nicht der Wahrheit.«

»Was sagt Julian dazu, hat er es schon gelesen?«

Anna lachte auf, es klang bitter und enttäuscht. »Jeden Morgen werden ihm die Zeitungen gebracht. Als ich im Bad war, las er den Artikel. Er schäumte vor Wut und ...«

»Ja?«

»Fast dachte ich, er geht auf mich los.« Anna trank nervös ihren Kaffee aus.

»Wie kommst du darauf?«

»Ich weiß nicht, ich kenne ihn doch zu wenig, seit einer Woche schlafen wir miteinander, mehr nicht, ich meine ...« Plötzlich brach sie in nervöses Weinen aus. »Irgendwer vom Hotelpersonal oder vom Theater muss der Presse einen Wink gegeben haben. Ganz kurz hatte ich vorhin den Eindruck, Julian glaubt, ich sei es gewesen.«

»Ach Unsinn, wenn er dich kennt, weiß er, dass man dir vertrauen kann.«

»So? Meinst du? Er kennt mich doch noch kaum. Ich habe Angst«, murmelte sie, »dass er mit mir Schluss macht, weil ihm nichts so heilig ist wie sein Privatleben.«

»Warte ab, Anna. Es wird sich alles lösen.«

Anna seufzte. »Ich liebe ihn. Zum ersten Mal im Leben habe ich das Gefühl, wirklich zu lieben. Und schon ist es voller Schwierigkeiten. Wäre ja auch ein Wunder, wenn in meinem Leben etwas glattginge.«

»In deinem Leben ist im letzten Jahr ziemlich viel *glattgegangen,* wie du es nennst. Du bist der Shootingstar des Residenztheaters und spielst in einem Film mit, also hast du keinen Grund, dich zu beklagen.« Antonias Stimme klang bitter, während sie aufstand und die Tassen in die Spüle stellte. Mit dem Rücken zu Anna blieb sie stehen und spülte die Tassen kurz aus.

»Du hast recht«, erwiderte Anna, überrascht durch die Schärfe in Antonias Stimme. »Ich werde zur Probe gehen und arbeiten, die Bemerkungen einfach überhören.«

Sie erhob sich, Antonia stand immer noch mit dem Rücken zu ihr.

»Weißt du«, erklärte Anna langsam, »ich habe Angst, ihn zu verlieren. Angst, er wird sich von mir trennen.«

»Warte ab.« Jetzt drehte sich Antonia um. »Wenn er das Gleiche für dich empfindet, wird er das nicht tun.«

»Heute ist auch eine Abendprobe angesetzt. In den Pausen bleibe ich im Theater und komme spät heim.« Damit verabschiedete sich Anna.

Erst unten auf der Straße fiel ihr im Nachhinein ein, wie müde und blass Antonia aussah, als sie sich zum Spülbecken umdrehte. Hatte sie auch geweint?

Antonia betrat am Abend die dunkle Wohnung und atmete tief durch, während sie das Licht einschaltete. Sie war so müde, dass sie sich auf den Stuhl fallen ließ.

Annas Geschichte ging ihr nicht aus dem Kopf. Ihre Cousine hatte gesagt, dass sie zum ersten Mal im Leben wirklich lieben würde. Und sie wurde zurückgeliebt, davon war Antonia überzeugt.

Sosehr sie sich für Anna freute, fühlte sie sich vom Leben betrogen. Die Narbe in ihrem Gesicht hinderte Frank Mähler daran, sie zu küssen, aber er wollte mit ihr schlafen. Er hatte sie angerufen und eingeladen, er habe den Abend und die Nacht nicht vergessen können.

Antonia hatte aufgelegt, doch ihr Herz hatte nicht aufhören wollen zu rasen. War sie in ihn verliebt, oder sehnte sie sich nur nach der Umarmung eines Mannes? Immer wieder stellte sie sich die Frage, wenn sie an Frank dachte, Frank, der sie so tief gedemütigt hatte. Es war beschämend, dass sie in Gedanken nicht von ihm loskam.

Mit einem Seufzen schlüpfte sie aus ihrem Mantel, hängte ihn in der Diele auf und griff nach der Post. Als sie eine Karte herausgriff, lächelte sie, Post aus Marrakesch. Sie hatte Marius Ende September eine Karte vom Oktoberfest geschickt, eine junge Frau im Dirndl mit einem Bierkrug in der Hand, und heute hatte er mit einem Gruß aus Marrakesch geantwortet: ein Mann, der eine Wasserpfeife rauchte.

Die Karte versetzte sie in bessere Laune, als sie durch die Wohnung rief: »Marie-Luise? Kommst du? Ich habe eingekauft, wir können uns was Nettes kochen.«

Es kam keine Antwort, alles blieb still. Antonia rief noch einmal, legte das volle Einkaufsnetz in die Küche auf den Tisch. Dort lag eine hastig geschriebene Nachricht für sie. Geschrieben auf dem Block für Einkäufe.

Er hat mich gefunden.
Darum kann ich nicht bleiben. Danke, danke für alles. Aber es wäre für Sie und Ihren Vater zu riskant. Einem Kind des Bösen Unterschlupf geben … das will ich nicht.
Ich werde nie vergessen, was Sie für mich getan haben.
Marie-Luise

Antonia lief den Gang hinunter zu Marie-Luises Zimmer. Sie rief, klopfte, als keine Antwort kam, öffnete sie vorsichtig die Tür.

Das Mädchen war nicht da, und ihr Koffer, der seit Wochen auf dem Fußboden vor dem Schrank lag, war weg. Der Schrank stand offen, die Kleiderbügel baumelten leer an der Stange.

Marie-Luise war gegangen.

Kapitel neunundzwanzig

Vivien

Es war halb acht, als Vivien das Schulgebäude betrat. Früher war sie meist die Erste gewesen, die kam, und abends die Letzte, die ging.

Aber als sie ins Lehrerzimmer ging, um die Post zu holen, grüßte sie dort schon der Hausmeister, der die Order vom Schulrat bekommen hatte, die Direktorin gut im Auge zu behalten, morgens vor ihr da zu sein und abends erst zu gehen, wenn sie das Schulgebäude verlassen hatte.

Wie meistens saß Dr. Feldmann am großen Tisch und korrigierte Hefte. Sie gingen höflich miteinander um, doch jeder konnte seine Abneigung gegen den anderen kaum verbergen. Vivien spürte seine Blicke im Rücken, während sie zu ihrem Postfach ging. Wie jeden Tag zögerte sie einen Moment, bevor sie hineingriff. Sie zog die Briefe rasch heraus und verließ das Lehrerzimmer, ohne einen Blick darauf zu werfen. Sie wollte die Post erst in ihrem Zimmer durchsehen.

Sie grüßte Frau Pfleiderer, schloss hinter sich die Tür zum Direktorat, ließ ihre Mappe fallen und sah mit zittrigen Fingern die Post durch. Und wieder gab es einen anonymen Brief.

Knappe vier Wochen waren vergangen, seit Daniel eine qualvolle Nacht im Wasserturm verbracht hatte, eine Nacht, in der er dem Tod so nahe gewesen war.

Langsam setzte sich Vivien auf ihren Stuhl hinter dem Schreibtisch. Vor ihren Augen begann es zu flimmern, sie hörte, wie auf den Gängen die Mädchen lachend und mit lautem

Geplapper zu ihren Klassenzimmern liefen. Kaum nahm sie das Schrillen der Glocke wahr, die auch sie zum Unterricht in der achten Klasse rief.

Doch Vivien blieb einfach sitzen. Heute war dieser Brief mehr, als sie ertragen konnte. Er war der dritte seiner Art, jedes Mal aggressiver, jedes Mal direkter.

Frau Pfleiderer klopfte diskret, und als Vivien nicht antwortete, steckte sie den Kopf zur Tür herein und erinnerte die Direktorin an ihre Stunde in der 8c. Jetzt kam Leben in Vivien, sie fuhr vom Stuhl hoch, nahm ihre Mappe, den Brief und lief zur Tür.

»Sagen Sie die Stunde ab, die Mädchen sollen die Vokabeln der letzten Lektion lernen, ich bin um 8.45 Uhr wieder hier.«

Schon war sie an der verblüfften Sekretärin vorbei, rannte fast den Gang entlang und an den jetzt geschlossenen Klassentüren vorbei.

Auf der Polizeiwache bestand sie darauf, den Dienststellenleiter zu sprechen. Er machte keinen Hehl daraus, dass er wenig begeistert über Viviens Kommen war. Zu oft erschien die Direktorin in letzter Zeit und forderte lautstark Konsequenzen. Auch in Artikeln der Regionalzeitung wurde er stark angegriffen und war ins Visier dieses Journalisten geraten, der nur mit H.S. unterschrieb. Gegen diesen impertinenten Schreiberling sollte er vorgehen, aber wenn er ehrlich war – konnte er das überhaupt? Denn letztendlich hielt sich der Journalist an die Fakten, aber er stellte sie so geschickt dar, dass er immer mehr ins Zwielicht geriet und um seine gut bezahlte Stelle mit Pensionsberechtigung bangen musste.

Er konnte nur schwer seine Wut unterdrücken, als Vivien sich ihm gegenübersetzte, obwohl er ihr keinen Platz angeboten hatte. Ungeduldig schob sie den Brief über den Schreibtisch zu ihm hinüber. »Es ist der dritte seiner Art, und ich denke, Sie wissen, dass es sich jetzt nicht mehr nur um einen Dummejungenstreich handelt. Was gedenken Sie zu unternehmen, jetzt endlich?«

Widerstrebend nahm Huber ihn hoch und las ihn. Dann legte er ihn auf den Tisch zurück.

Der Neger hätte im Turm verrecken sollen.
Aber seine Zeit läuft ab.

»Nun ja, das klingt nicht gut«, seine Stimme klang träge, ein wenig überheblich, während er Vivien ansah und sich seine Pfeife anzündete. *Es fehlt nur noch, dass er die Beine auf den Schreibtisch legt,* schoss es ihr durch den Kopf.

»Es ist jetzt Oktober, und innerhalb von vier Monaten bekamen Sie vier Briefe. Das deutet darauf hin, dass es nur leere Drohungen sind. Und«, hier beugte er sich vor, »wussten Sie, dass auch Grieser anonyme Briefe erhält, da er Veronika von Freyberg bei sich arbeiten lässt? Er aber nimmt die Angelegenheit nicht so ernst, und das sollten Sie auch nicht.«

»Es muss wohl erst ein Mord passieren, bevor Sie tätig werden.«

Vivien nahm den Brief wieder an sich und verließ mit lautem Türknallen das Zimmer.

Sie blieb auf dem Gang stehen und musste sich erst einmal beruhigen, griff nach ihrer Zigarette und verließ so wütend, wie sie gekommen war, das Gebäude. Von dem Telefonhäuschen aus rief sie die Schule an und entschuldigte sich für diesen Tag, es gehe ihr nicht gut.

Der sonnige Herbsttag ließ Vivien jetzt doch ein wenig ruhiger werden. Sie lief durch raschelndes buntes Herbstlaub der Kastanienallee, die zum Rathaus führte. Vivien hob einige letzte Kastanien vom Boden auf, sie würde sie Daniel mitbringen. Seit der Nacht im Wasserturm hatte er sich sehr verändert. Er war ängstlich geworden, flitzte abends nicht mehr an den

Bahnhof, um auf seinen Vater zu warten. Vielleicht spürte er, dass er niemals kommen würde. Er war fünf Jahre alt und erlebte bereits Enttäuschungen, Niederlagen und Feindschaft. Es war zu viel für den kleinen Jungen.

Er schlief schlecht und weinte im Schlaf, und oft hörte Vivien ihn die Treppe zu seiner Mutter hochschleichen, wenn sie endlich nach Hause kam. Es war neu, dass er sich so sehr an seine Mama klammerte, während er noch vor einem Monat ganz auf Vivien konzentriert gewesen war, sie die Einzige schien, die ihn trösten konnte, mit der er sich ganz verbunden fühlte.

Es ist richtig so, sagte sich Vivien, und doch schmerzte es sie. *Er braucht seine Mutter, so soll es auch sein.* Sie steckte die Kastanien ein und ging durch die Sonne nach Hause. Ihre Schritte wurden langsamer, mehrmals blieb sie stehen und sah sich um.

In den letzten Wochen hatte sie viel nachgedacht. Gefiel es ihr in dieser Stadt noch, oder waren es die Erinnerungen, die sie hier hielten? Die Jahre des Kriegs, die Zeit danach? Sie hatte Maria und sie zusammenwachsen, eine starke, feste Beziehung entstehen lassen. Aber gab es dieses Band noch?

Sie selbst war beruflich ausgelastet, fühlte sich oft überfordert, und Maria widmete sich intensiv der Flüchtlingshilfe, packte an, wo Hilfe gebraucht wurde. Maria setzte sich für den Wiederaufbau der Siedlung ein, die größer und moderner werden sollte. Sie war wütend geworden, als Vivien sie in ihrer Arbeit skeptisch beobachtete. Wie lange würde die Siedlung stehen, bevor sie wieder angezündet und die Täter nicht gefasst wurden, weil angeblich der Brand von irgendeinem der achtlosen Flüchtlinge selbst verursacht worden war? Wie lange würde es dauern, bis Wände wieder beschmiert, Steine geworfen wurden? Der Hass war schleichend gekommen, hatte sich in diesem Jahr ausgebreitet wie ein Flächenbrand. Irgendwann würde es zu einer Katastrophe kommen.

Viviens Meinung hatte bei Maria heftige Proteste ausgelöst, und seit dieser Zeit gingen sie kühl miteinander um.

Langsam lief Vivien weiter, sie erinnerte sich an den Tag, als sie mit der vierzehnjährigen Antonia hier angekommen war, begrüßt auch von dem schönen russischen Mädchen Nadja Pimarova.

Die Stadt veränderte sich von Tag zu Tag. An einer alten Mauer, die langsam zerfiel, konnte man noch die Schrift lesen:

Ami go home.

Ein Satz, den man direkt nach dem Krieg, als die Amerikaner kamen und das Land besetzten, oft lesen konnte. Heute las man andere Sätze, hastig hingeschrieben von Menschen, die ihren Hass, ihre Abneigung gegen die Flüchtlinge loswerden wollten.

Maria versuchte, den Menschen zu helfen, die Meinung der Bevölkerung zu beeinflussen, aber war es ihr gelungen?

Kaum. Und doch gab Maria nicht auf. Woher nahm sie nur diese Energie, den Willen und Optimismus? Vivien spürte, wie müde sie selbst geworden war. Wie sie sich morgens schon überlastet fühlte, wie sie nur mit äußerster Disziplin den Tag durchstand.

Wenn sie etwas ändern wollte, dann würde es bedeuten, ihr ganzes Leben zu verändern, vielleicht auch die Stadt zu verlassen.

Ein neues Leben. Irgendwo.

Als sie vor dem Zaun stand, musste sie mehrmals hinsehen, bevor sie die Schrift entziffern konnte. Auf jedem Pfahl rechts des Gartentors stand jeweils ein Buchstabe:

A-m-i-h-u-r-e

Links: N-e-g-e-r s-i-n-d h-ä-s-s-l-i-c-h

Maria setzte sich in ihrem Zimmer an den Tisch. Ihre Hand, mit der sie die Schutzhülle von der Schreibmaschine nehmen wollte, fiel wieder herab. Sie war unkonzentriert, und mit einem leichten Seufzen wandte sie den Kopf und betrachtete sich im Spiegel, der an der Innenseite der Tür befestigt war.

Sie fuhr sich durch die Haare, die sich wie immer nicht legen lassen, keine Form annehmen wollten. War sie überhaupt noch attraktiv, gefiel sie Walter?

Sie dachte zu wenig an sich, weil sie zu sehr mit den Schicksalen einzelner Flüchtlingsfamilien beschäftigt war. Und sie machte sich auch viele Gedanken um Anna, deren Beziehung mit einem verheirateten Mann in die Presse gezerrt worden war.

Aber manchmal, so wie jetzt, stellte sie sich die Frage, ob Walter sie überhaupt begehrenswert fand. Er schwieg sich aus über Frauengeschichten und Beziehungen. Aber man wusste doch, dass Künstler Frauen jeden Alters und Aussehens in ihren Bann ziehen konnten. Und Walter war immer noch ein interessanter Mann, auch mit einundsechzig. Hier in der Stadt war er nur ein Flüchtling, der bei Maria Richter einquartiert worden war und in den beiden Gymnasien am Nachmittag gelangweilten Kindern und Jugendlichen Klavierunterricht gab. Meist nur, weil es die Eltern wollten.

Und Walter hatte sich in den vergangenen Wochen verändert. Er hatte sich zurückgezogen, verbrachte die meiste Zeit in seinem Zimmer, er vermittelte ihr schon lange, dass er nicht mehr glücklich sei. Aber sie hatte doch Verständnis für ihn in seiner Situation, hatte immer versucht, ihm das Leben hier angenehm zu machen, einen Ausgleich für sein sicher aufregendes Künstlerleben zu schaffen, das längst Vergangenheit war. Morgens wartete er am Gartentor auf den Briefträger, und wenn das Telefon läutete, sprang er auf. Und gestern hatte er telefoniert, als sie nach Hause kam, sich hastig umgedreht und dann das Gespräch beendet.

Was war los mit ihm? Warum konnten Männer nie über Gefühle sprechen, warum glaubten sie, alles mit sich selbst ausmachen zu müssen? Maria kannte zwar nur wenige Männer, aber das hatte sie schon bei ihrem Vater begriffen. Ein Mann muss allein mit Schwierigkeiten fertigwerden, sonst ist er kein

Mann, sondern ein Weichling – sie hatte den Satz ihres Vaters noch im Ohr.

Als sie unten die Haustür hörte, straffte sie den Oberkörper, erhob sich und ging nach unten. Walter war nach Hause gekommen, er begrüßte sie und brauchte lange, um seine Schuhe auszuziehen und in die Pantoffel zu schlüpfen. »Walter, ich …«

Er unterbrach sie. »Lass uns in die Küche gehen, ich will mit dir reden.«

»Das wollte ich gerade vorschlagen.« Maria folgte ihm mit klopfendem Herzen, und sie versuchte durchzuatmen.

Jetzt, jetzt wird er mir sagen, dass er mich verlässt, schoss es ihr durch den Kopf.

»Komm, setzen wir uns«, schlug Walter in ruhigem Ton vor.

Sie rückten die Stühle zurecht, Maria setzte sich kerzengerade auf die Kante, während Walter einen Brief aus seiner Tasche zog, den er am Vormittag erhalten hatte.

»Ich wollte es dir erst sagen, wenn der Vertrag vorliegt, ich wollte einfach …«

»Was für ein Vertrag?«, unterbrach Maria ihn.

»Ich habe mich vor einem Monat in Augsburg an der Musikhochschule als Lehrer beworben. Ich habe dir nichts davon erzählt, weil ich, ja, ich dachte nicht, dass sie mich nehmen würden.«

»Und heute früh kam der Vertrag«, übernahm Maria mit tonloser Stimme das Gespräch. Sie hatte es geahnt – er verließ sie, ging einfach nach Augsburg.

Walter erhob sich rasch. »Ich nehme den Nachmittagszug nach Augsburg, um vor Ort noch ein paar Kleinigkeiten zu besprechen, werde ihn aber unterschreiben. Sie haben mir dort auch eine Wohnung angeboten, und darüber will ich mit ihnen noch reden.«

Er drehte sich weg, und Maria kam es vor, als flüchte er, als wollte er jede weitere Diskussion vermeiden. Einfach nicht weiter darüber sprechen. »Ich muss mich beeilen, damit ich den Zug bekomme, also auf Wiedersehen.«

Sie hörte, wie die Eingangstür hinter ihm zufiel. War er so feige, dass er sich nicht einmal länger mit ihr unterhalten konnte, wenn er sie schon verließ?

Sie saß immer noch reglos am Tisch, als die Tür wieder geöffnet wurde.

»Maria?«

Maria horchte nach draußen. Wieso kam Vivien jetzt schon aus der Schule?

Sie lief hinaus zu ihrer Schwägerin. »Was ist los, wieso bist du schon da?«

»Die letzte Stunde fiel aus. Und du? Bist du allein? Wo sind Walter und Daniel? Es ist so ungewohnt still im Haus, kein Klavierspiel … kein …«

»Daniel ist in seinem Zimmer«, unterbrach Maria sie. »Und Walter …«

»Was ist mit ihm? Ist etwas passiert?« Marias Stimme alarmierte Vivien.

Ihre Schwägerin schüttelte den Kopf. *Nein, das nicht. Nicht direkt.* Dann straffte sie den Oberkörper und versuchte, ihrer Stimme einen festen Klang zu geben. »Walter ist nach Augsburg gefahren, er hat sich als Lehrer an der Musikhochschule beworben, und stell dir vor, er ist angenommen worden. Heute Nachmittag unterschreibt er den Vertrag. Ich habe es immer gewusst.« Maria versuchte, ihre Tränen vor Vivien zu verbergen.

»Was hast du gewusst?«

»Dass er geht, dass er mich verlässt.«

»Maria. Es bedeutet doch nicht, dass er dich verlässt, wenn er in Augsburg eine berufliche Chance bekommt.«

»Du verstehst es nicht …« Maria reagierte gereizt. »Er wird weggehen, ein neues Leben beginnen. Man hat ihm auch eine Wohnung dort angeboten. Er ist ab sofort ein Mann mit Beruf. Und ein Mann mit Wohnung.«

Vivien unterdrückte ein Lachen. »Das ist doch eine wunderbare Chance, du solltest dich für ihn freuen. Und wieso wird er dich verlassen? Ich hatte elf Jahre eine Beziehung mit einem Mann, der in Augsburg lebt.«

Maria schüttelte heftig den Kopf. »Ich will keine Affäre, wie du sie hattest. Du bist zu ihm gefahren, wenn du Lust hattest. Aber ich will etwas Festes, verstehst du? Ach, Vivien, ich habe mir so sehr gewünscht, dass es für den Rest unseres Lebens ist.«

Vivien erkannte Marias Schmerz und ihre tiefe Verletztheit.

»Ich bin einsam.« Maria konnte ihre Tränen nicht mehr zurückhalten.

Da ging Vivien zu ihr und nahm sie fest in die Arme. »Du bist nicht einsam, du hast mich. Wir haben uns. Denk an die Jahre, die wir zusammen verbracht haben. Wir haben das alles durchgestanden, weil wir zusammen waren. Wirf das doch nicht weg.«

So verharrten sie einen Moment. Was auch passierte, sie hatten einander.

Sehr viel später, als Daniel schon im Bett war, erzählte Vivien von den Hetzparolen am Gartenzaun. Sofort sprang Maria auf. »Warum hast du mir das nicht heute Vormittag schon gesagt, wir hätten es doch sofort überstreichen können.«

»Ich habe geschwiegen, weil es dir schlecht ging. Und ich habe einen Maler beauftragt, der morgen früh um sechs Uhr kommt und den Zaun streicht. Nötig hatte er es sowieso.«

»Arme Veronika«, seufzte Maria.

»Sie wird es nicht sehen, wenn sie in der Nacht vom Grieser kommt, und morgen früh wird sie noch schlafen. Wenn sie geht, ist alles wie neu.«

»Wann wird es aufhören?«

»Maria, Rassismus wird nie aufhören. Wir haben ihn seit den Zwanzigerjahren wachsen sehen. Nach dem Krieg hat sich jeder gesagt, nie wieder darf Hass auf andere Rassen oder Religionen so schreckliche Ausmaße annehmen, niemand wollte es. Und jetzt?«

Als das Telefon läutete, ging Vivien an den Apparat, es war ihre Tochter. »Sie ist weg …« Antonia schien völlig aufgelöst. »Ich bin mit meinem Latein am Ende, ich kann nicht mehr auf sie aufpassen, es geht nicht mehr.«

»Du meinst die Tochter von …?«

»Ja, wen denn sonst.« Antonia seufzte. »Sie hat mir einen Abschiedsbrief dagelassen und ist einfach weg.«

»Weißt du, Antonia«, Vivien blieb vorsichtig, »da kann ich dir auch nicht helfen, so leid es mir tut.«

»Ich habe mir überlegt, ob ihr sie nicht bei euch aufnehmen könnt. Sie könnte bei dir in die Schule gehen und …«

»Nein«, unterbrach Vivien sie ruhig, »nein. Wenn herauskommt, wer sie ist, das geht einfach nicht. Maria und mein Engagement für Verfolgte kämen ins Wanken, wenn wir die Tochter des Kommandanten aufnehmen würden, und es wäre ein gefundenes Fressen für die Partei *Freunde der Heimat*. Tut mir leid.«

Enttäuscht hängte Antonia grußlos ein.

Kapitel dreißig

Marie-Luise

Marie-Luise wartete. Sie setzte sich nicht, sondern blieb stehen, den Koffer hatte sie direkt neben sich auf dem Boden abgestellt.

Nur der Gesang aus der Kapelle unterbrach die Stille im alten Kloster. Es war die Stunde der Abendandacht. Wie lange ließ die Mutter Oberin sie warten? Nervös zupfte Marie-Luise an ihrem Taschentuch, mit dem sie sich in der Straßenbahn die Tränen abgewischt hatte.

Da ging die Tür zum Besprechungsraum auf. Agnes stand ihr gegenüber. »Gelobt sei Jesus Christus«, begrüßte sie Marie-Luise, während sie das Mädchen mit unverhohlener Neugier musterte.

»In Ewigkeit, Amen«, murmelte Marie-Luise und spürte, wie ihr sofort wieder die Tränen in die Augen stiegen. Als sie Anfang August von hier wegging, hatte sie gedacht, dass sie nie mehr zurückkommen würde. Nie mehr diese Begrüßungsworte sprechen müsste. Doch heute beruhigten sie ihre Nerven, und die Stille der hohen, alten Räume schien wie Balsam für ihre verletzte Seele. Hierher zurückzukehren schien ihr im Moment der einzige Ausweg. Sie hatte erkannt, dass sie hier im Kloster Geborgenheit erleben konnte, Sicherheit und Vertrauen. Aber sie begriff auch, dass die Mutter Oberin sie für den Lebensweg einer Nonne erzogen hatte, nicht aber für ein Leben außerhalb der Klostermauern.

Darauf war Marie-Luise nicht vorbereitet.

»Ich soll dir ausrichten, die Mutter Oberin kommt in einer

Viertelstunde«, hörte sie Agnes sagen, die sie weiterhin ungeniert anstarrte.

»Danke dir.«

»Von dir hört man ja einiges«, betonte Agnes wichtigtuerisch, »nur nichts Gutes. Wie kannst du dich nur so schnell mit einem Mann einlassen, der dich benutzt? Wir wissen alles«, fuhr sie fort, den kleinen Triumph in der Stimme konnte sie nicht unterdrücken. »Die Presse berichtet ja nur noch über dich, deine Beziehung und über deinen Vater.«

»Lass es gut sein, Agnes«, antwortete Marie-Luise. Sie war müde, ratlos und ohne Orientierung.

»Also, die Mutter Oberin kommt dann.« Agnes verließ enttäuscht das Zimmer, da Marie-Luise schwieg.

Die Tür ließ sie offen, und Marie-Luise ging auf den Gang, blieb dort stehen. Tief sog sie den Duft nach altem Holz der hohen Schränke ein, der sich mit dem Geruch nach Bohnerwachs vermischte, mit dem die Böden jeden zweiten Tag auf Hochglanz poliert wurden. Sie sah vor zur Treppe, die sie immer hochgerannt war, um ein Gefühl von Freiheit zu empfinden. Freiheit, nach der sie sich gesehnt hatte und mit der sie nicht umgehen konnte, als sie sie kurz hatte leben dürfen.

»Du weißt, du gehörst nicht mehr hierher.«

Marie-Luise fuhr erschrocken herum, sie hatte keine Schritte gehört. Die Mutter Oberin war aus der anderen Richtung gekommen und stand nun vor ihr. Ihr Gesicht war verschlossen, in den Augen erkannte Marie-Luise kein Mitleid.

»Was ist los?« Die Mutter Oberin wandte den Kopf in Richtung Koffer. »Wohin willst du?«

An der kühlen, ablehnenden Stimme erkannte Marie-Luise, es gab dieses Zurück nicht mehr, kein Verkriechen hier an dem Ort, den sie jahrelang als Gefängnis empfunden hatte. War das jetzt die Strafe dafür?

»Also, ich höre.« Die Mutter Oberin hatte sich auf den Stuhl hinter dem Tisch gesetzt und forderte Marie-Luise mit einer kurzen Geste auf, sich ihr gegenüberzusetzen. Dann lehnte sie sich zurück.

»Warum bist du nicht mehr bei Antonia Kroll? Sie hatte sich so sehr für dich eingesetzt und dich mit hohem Risiko bei sich aufgenommen. Du weißt, dass es schwierig sein wird, wenn dein Aufenthaltsort bekannt wird. Für Frau Krolls Vater wird es sehr kritisch sein.«

»Darum bin ich hier.« Marie-Luise straffte ihren Oberkörper und sah der Mutter Oberin fest in die Augen. »Ich habe heute einen großen Fehler gemacht.«

»Nur heute?« Ein kleines Lächeln kräuselte die Mundwinkel der Mutter Oberin.

»Seit Wochen lebe ich in der Wohnung von Antonia Krolls Vater. Gestern Abend sind wir mit dem Auto durch München gefahren, mit offenem Verdeck. Irgendwann meinte Antonia, ein Auto würde uns verfolgen.«

»Bitte komm zur Sache.« Die Mutter Oberin sah sie mit ihrem unbestechlichen Blick aus grauen Augen an.

»Heute Nachmittag habe ich es nicht mehr ausgehalten. Ich wollte an die Isar, nur kurz, frische Luft atmen, ein wenig Freiheit spüren. Als ich an den parkenden Autos vorbeilief, sprang plötzlich ein junger Mann aus diesem grauen Opel, und da stand er …« Marie-Luises Stimme versagte fast, dann aber atmete sie durch und sprach weiter. »Der …« Sie kam nicht weiter. Es war Klaus gewesen, aber den Namen brachte sie bei der Mutter Oberin nicht über die Lippen.

»Du meinst diesen Reporter, mit dem du dich eingelassen hast?« Die Stimme der Mutter Oberin klang in Marie-Luises Ohren kalt und ohne Verständnis. »Was wollte er, hat er dich ausgehorcht, dich fotografiert?«

Stumm schüttelte Marie-Luise den Kopf. Es war anders gewesen.

Er hatte erzählt, dass sie seit Tagen gesucht werde, auch von ihm. Und gestern hatte er sie durch Zufall im roten Cabrio auf der Leopoldstraße erkannt. Einen Sechser im Lotto hatte er es genannt.

Klaus redete und redete, erklärte, ja, er habe den Auftrag, sie zu finden, angenommen, da hatte er sie noch nicht gekannt. Dann aber habe er sich in sie verliebt. Als er die Story zurückziehen wollte, war es zu spät. Die Sache lief, Evi hatte die Fotos längst in die Redaktion gegeben.

Sie hatte geschwiegen, hatte ihn angesehen, versucht, in seinem Gesicht zu erkennen, ob er die Wahrheit sagte.

»Ich weiß, in welchem Haus du wohnst«, sprach er hastig weiter, »ich wollte dich einfach nur finden, für mich, weißt du, nicht für eine Story. Marie-Luise, bitte, du musst keine Angst haben, jedenfalls nicht vor mir. Ich werde die Adresse nicht weitergeben, du musst mir glauben.«

Als sie ihm stumm zuhörte, spürte sie, wie sich ihre Feindseligkeit langsam auflöste, zurück blieb aber das Gefühl von Leere und Traurigkeit. Als Marie-Luise es jetzt der Mutter Oberin erzählte, kamen ihr bereits wieder die Tränen.

»Und? Was sagt Frau Kroll dazu?«

»Ich weiß es nicht. Ich habe ihr nur eine Nachricht hinterlassen und bin gegangen. Es ist besser so.«

»Was hast du jetzt vor?«

Marie-Luise schwieg, doch sie ahnte, dass die Mutter Oberin ihr den Wunsch ansah, zurückzukommen.

»Es geht nicht, Marie-Luise. Meine Schwester und ich haben dir eine große Chance geboten, du hast sie selbst vertan. Mehr noch, du hast damit dein Leben zerstört. So sieht es im Moment jedenfalls aus. Ich kann dir nur raten, fahr zurück zu Antonia Kroll und sprich mit ihr.« Die Mutter Oberin erhob sich. »Ich kann nichts für dich tun, selbst wenn ich es wollte«, fügte sie hinzu. Worte, die ein wenig versöhnlicher klangen, auch wenn es an ihrer Ablehnung nichts änderte.

Langsam erhob sich auch Marie-Luise.

»Du musst lernen, für dich selbst verantwortlich zu sein.

Du kannst nicht davon ausgehen, dass andere Menschen deine Fehler korrigieren und dein Leben ordnen. Werde erwachsen.«

Marie-Luise lag auf der Zunge, dass sie das hier im Kloster nicht gelernt habe, doch sie schwieg.

»Gott segne dich, mein Kind.«

Benommen stand Marie-Luise kurz darauf auf der Straße. Es war dunkel geworden, die Scheinwerfer der vorbeifahrenden Autos blendeten sie. Langsam ging sie die Straße entlang, konnte keinen klaren Gedanken fassen. Sollte sie wirklich zu Antonia zurückfahren?

Die Mutter Oberin hatte recht, sie musste mit ihr reden. Sie konnte sich nicht einfach davonstehlen, sich irgendwo verstecken wie ein Kind, das etwas Verbotenes getan hatte. Langsam ging sie weiter, bis sie den Bahnhof erreichte. Viele Menschen waren unterwegs, und Marie-Luise ging um das alte Gebäude herum, bis sie auf der Rückseite des Bahnhofs stehen blieb. Suchend sah sie sich um. Sie wollte von einer Telefonzelle aus Antonia anrufen.

Diese Seite des Bahnhofs war nicht belebt, aber an der unbeleuchteten Seite sah sie im diffusen Licht einer Straßenlaterne Männer, die leise miteinander redeten, Taschen und kleine Koffer bei sich trugen und sich immer wieder umsahen. Menschen, die kurz stehen blieben und dann davonhasteten. Das erkannte Marie-Luise, als sie näher kam. An ihnen musste sie vorbei, da sich die offenbar einzige Telefonzelle direkt hinter dieser Gruppe befand. Jetzt erkannte sie auch einige Frauen mit weiten Mänteln, die sie öffneten und aus ihren Innentaschen etwas herauszogen, das den Besitzer wechselte. Geld gegen Ware. So jedenfalls sah es aus.

Marie-Luise ging einige Schritte vor, suchte einen Weg, um diese Gruppe, die immer größer wurde, zu umgehen. Da plötzlich stellte sich ihr einer der Männer in den Weg.

»Suchen Sie mich, Fräulein?« Schon hielt er ihr verstohlen

eine Stange Zigaretten entgegen. *Viceroy* stand darauf. »Beste Ware, kostet nicht viel.« Er drängte sich nahe an Marie-Luise, ließ sie nicht vorbei. »Beste Qualität«, nuschelte er, wobei er sich immer wieder umsah. »Amerikanische Mentholzigaretten, darauf stehen Mädels wie du.«

»Lassen Sie mich in Ruhe, bitte.«

Während Marie-Luise versuchte, ihm auszuweichen, sah der Mann sich gehetzt um. Da hörte sie einen Warnpfiff, und er verschwand in der Dunkelheit. Marie-Luise aber stand mit zwei Stangen der amerikanischen Zigaretten ratlos auf dem plötzlich fast leeren Platz. Während sie noch überlegte, was sie mit den Zigaretten machen sollte, standen plötzlich zwei andere Männer vor ihr. Sie trugen Trenchcoats und helle Schals, und der eine hielt ihr eine Marke vors Gesicht.

»Polizei, wir nehmen Sie wegen Schwarzhandels fest.«

*

Anna ging von der Bühne, ausgelaugt, fröstelnd und zutiefst verunsichert. Auf dem Weg in ihre Garderobe tauchte plötzlich Martin neben ihr auf.

»Kannst du nicht aufhören, ständig Äpfel während der Proben zu essen?«, fuhr sie ihn an.

»Ich esse ja nur, wenn ich nicht dran bin«, grinste er. »Übrigens, jeder weiß, dass Julian nicht mit dir zufrieden ist, dass er Thekla Wirth als Königin Elisabeth viel besser findet. Da hilft es dir auch nicht, dass du mit ihm schläfst.«

Sie hatten ihre Garderobe erreicht. Schweigend öffnete Anna die Tür und warf sie ihm vor der Nase zu. Tief einatmend umklammerte sie ihren Schminktisch und sah sich im Spiegel an. Blass, die Haare strähnig, tiefe Ringe um die Augen. Maria Stuart war zu groß für sie, die Tragödie schaffte sie nicht. Die Rolle hatte sie nicht haben wollen, doch Julian war überzeugt davon, dass sie eine sehr gute Maria Stuart sei. Und nun war

Thekla Wirth als Königin Elisabeth I. besser als sie, sie brillierte in der Rolle. Und sie, der neue Star? Würde blass und farblos gegen sie wirken. Hatte sie bereits die Grenzen ihres Könnens erreicht?

Wütend riss sie ein Papiertaschentuch aus der Hülle, während ihr Blick auf einen Zettel fiel, der auf dem Tisch lag. Eine kleine Notiz von Julian. Eine Adresse, ein kurzes: *Bitte komm in einer halben Stunde.*

Mehr nicht.

Langsam nahm sie den Zettel hoch, steckte ihn in ihre Tasche, richtete sich noch rasch die Haare vor dem Spiegel und verließ die Garderobe. Sie war zu müde, um sich zu schminken, zu leer, zu ausgebrannt. Und jetzt außerdem zu unsicher, voller Selbstzweifel.

Trotzdem ging sie zu Julian, der ihr sicher sagen würde, sie sei zu schlecht, sie habe ihn in der Rolle der Maria enttäuscht, er denke an eine Umbesetzung. Noch war ja ausreichend Zeit dafür.

Doch als sie bei Julian ankam, sprach er nicht über die Rolle, nicht über das Theater oder die Reporter. Er nahm sie in die Arme und verbarg den Kopf still an ihrem Hals.

Anna saß auf dem breiten Bett, in dessen Kissen sie fast versank. Julians Kopf lag auf ihrem Schoß, er sah hoch in ihr Gesicht. Er betrachtete sie, dann hob er die Hand und strich zart über Annas Augenbrauen, folgte mit dem Finger der Kontur ihrer Wange und verharrte auf ihren Lippen. Es war still, beide sprachen kein Wort, Anna wagte nicht zu atmen, denn seine Berührungen waren von einer Zärtlichkeit, die sie in den tiefsten Winkeln ihrer Seele berührte.

Julians Hand sank herab, und sie beugte sich über ihn und bedeckte sein Gesicht mit kleinen Küssen. »Ich liebe dich«, flüsterte sie leise, so leise, dass sie nicht wusste, ob Julian es gehört hatte, denn seine Augen waren jetzt geschlossen. »Für mein ganzes Leben«, fügte sie atemlos hinzu. Jetzt erkannte sie an dem Flattern seiner Augenlider, dass er nicht schlief.

Er bewegte sich nicht, als er leise sagte: »Ich dich auch, Anna, ich liebe dich auch.«

Es war spät geworden. Als sie nach Hause kam, saß Antonia im Wohnzimmer. »Ich habe auf dich gewartet.« Ihre Stimme klang müde und leicht panisch, wie Anna fand.

»Was ist los?«

»Ich habe versucht, dich im Hotel Vier Jahreszeiten zu erreichen, aber mir wurde nur gesagt, Julian Winter wohne nicht da, und Anna Richter habe man nicht gesehen.«

»Julian ist aus dem Hotel ausgezogen, es lungern zu viele Reporter dort herum«, murmelte Anna. »Für die nächsten zwei Monate hat er die Wohnung eines Dirigenten übernommen, der auf Asientournee ist.«

Antonia nickte, hatte aber nicht wirklich zugehört. »Die Polizei hat mich angerufen«, eröffnete sie ihr.

»Was ist passiert?« Eigentlich wollte Anna nach diesen Stunden mit Julian nichts mehr hören, sie wollte nicht, dass irgendetwas ihr Glücksgefühl zerstören könnte. Doch sie setzte sich neben Antonia aufs Sofa. »Also, erzähl«, forderte sie ihre Cousine auf, die nervös die Hände faltete und sie wieder löste.

»Marie-Luise wurde auf dem Schwarzmarkt in der Nähe des Pasinger Bahnhofs aufgegriffen, als sie mit amerikanischen Zigaretten gehandelt hat.«

»Was? Das ist doch Blödsinn«, rief Anna, die plötzlich hellwach war. »Wer sagt denn so einen Unsinn?«

»Die Polizei, wer sonst?«

»Und wo ist sie jetzt?«

»Wo wohl. Hier natürlich. Ich habe sie vor einer Stunde auf dem Pasinger Revier abgeholt. Vorher habe ich meinen Vater in Bonn angerufen. Mir war klar, dass ich nicht länger schweigen konnte, also habe ich ihm alles erzählt.«

»Wie hat er reagiert?«

»Sehr ruhig und besonnen. Er hat einen Anwalt angerufen, der mich zur Polizeidienststelle begleitet hat und dort mit dem Leiter verhandelte. Offenbar so gut, dass es keine Anzeige geben wird.«

»Dann ist ja alles noch einmal gut gegangen.«

Antonia spürte, dass Anna sich auf kein längeres Gespräch über Marie-Luise einlassen wollte. »Waren denn Reporter dort?«, fragte sie dann doch noch.

»Keine Ahnung. Aber vielleicht gibt ein Polizist der Presse einen Wink, und morgen steht alles groß in der Zeitung.«

»Wieso kommt sie überhaupt in diese Lage?«

»Sie ist heute Nachmittag von hier weg, mit Koffer und ihren Habseligkeiten. Sie wollte mir und Daddy keine Schwierigkeiten machen.«

»Na, das ist ihr ja wirklich gelungen. Dieses Mädchen tappt von einer Schwierigkeit in die nächste.«

»Das ist noch milde ausgedrückt.« Antonia seufzte.

»Aber wieso kommt Marie-Luise nach Pasing auf den Schwarzmarkt?«

Da erzählte Antonia, was passiert war. Dass sie nur schnell Luft schnappen wollte und direkt *ihrem* Reporter in die Arme lief, dass das Kloster sie nicht mehr zurücknahm und sie dann auf dem Schwarzmarkt landete. »Natürlich ohne zu wissen, wo sie hier hingeraten war.«

»Und was sagt dein Vater zu der ganzen Sache?«

»Er fürchtet die Boulevardpresse nicht. Aber er meint, ich sollte an Informationen über die Mutter von Marie-Luise herankommen. Sie ist ja wohl nicht nur die Tochter des Lagerkommandanten Hitlers, sondern auch das Kind einer Lagerinsassin, die sicher vergewaltigt und gefoltert wurde. Vielleicht eine Russin. Ich sollte gründlich recherchieren. Ich bin sehr erleichtert«, fügte Antonia hinzu. »Daddy kommt mit der Presse immer gut zurecht, jeder mag ihn.«

Anna war müde, trotzdem schlug sie ihrer Cousine vor, doch eine kleine Spritztour zu machen, einfach zur Beruhigung.

»Nein, Anna, am Schluss reißt Marie-Luise wieder aus, während wir weg sind.«

Sie sahen sich an und lachten. Sie waren beide glücklich, Antonia, da ihr Vater endlich die Wahrheit kannte, und Anna, da sie heute einen wunderbaren Moment mit Julian erlebt hatte.

»Ich freue mich für Marie-Luise, dass sie hierbleiben kann, sie ist ein so liebes Mädchen.«

»Sie ist ein armes Mädchen, das die Vergangenheit immer wieder einholen wird.«

»Sie hat ein gutes Leben verdient, ein freies Leben. Ich werde alles daransetzen, eine Spur zu ihrer Mutter zu finden.«

Marie-Luise lag wach in ihrem Bett. Heute hatte sie durch Antonia Liebe und Zuneigung erfahren und erkannt, wie viel die junge Frau für sie getan hatte und noch tun wollte.

»Ich werde eine Spur zu deiner Mutter finden, ich verspreche es dir«, hatte sie gesagt, als sie Marie-Luise umarmte, bevor sie in ihr Bett ging.

Marie-Luise kroch unters Bett und holte die kleine Holzfigur aus dem Koffer, geschnitzt von ihrer Mutter. Der einzige Beweis für ihr Leben, vielleicht auch für ihren Tod. Doch ein Zeichen der Liebe für sie, die kleine Tochter, die im schönen Haus des Kommandanten aufwuchs, während sie in den Baracken des Lagers elend lebte und vielleicht auch starb.

Antonia würde es herausfinden. Lächelnd presste sie die Holzfigur fest an ihre Wange und schlief mit einem kleinen Seufzer ein.

Kapitel einunddreißig

Veronikas Geschichte

Der Hass wächst, sie kann ihn spüren, ihn atmen. Egal, wohin sie geht oder ob sie beim Grieser bedient: Er ist greifbar, sie sieht ihn in den Augen der Menschen. Sie versucht, die Hassparolen an Hauswänden und im Bahnhof zu ignorieren. Sie gelten nicht alle ihr, und doch leidet sie, als richte sich der Hass nur gegen sie. Gegen sie und ihren Sohn.

Nachts bringt sie Herbert, der Türsteher vom Gasthaus Grieser, nach Hause. Niemand wagt dann, sie anzusprechen, wenn der große, bullige Mann sie begleitet. Aber an diesem Tag muss sie allein nach Hause laufen. Ihre Hand umklammert fest das Messer in ihrer Rocktasche, in der anderen hält sie ihre Taschenlampe. Es gibt genug dunkle Ecken, an denen ihr Weg vorbeiführt, genug hohe Büsche, dicht gewachsen und undurchdringlich. Sie kennt das Gefühl der Angst, wann hat sie jemals anders empfunden?

Als sie nach Hause kommt, sieht sie die Schrift. *Amihure*.

Es tut weh, auch wenn sie sich längst an diese Beschimpfung gewöhnt hat, doch als sie auf der anderen Seite des Zaunes liest: *Neger sind hässlich,* sitzt der Schmerz tief. Es tut weh, schrecklich weh, da sie nichts tun kann, hilflos zusehen muss, wie ihr Sohn gedemütigt und gequält wird. Er ist ein Kind, er kann sich nicht wehren.

Er sucht Hilfe bei ihr, wenn er in den Nächten auf sie wartet, dann zu ihr hoch in ihr Zimmer kommt und in ihr Bett klettert. Oft zittert er nachts, müde vom Warten, aus Angst, sie komme nicht mehr zurück. Von dieser Angst ist er besessen. Er kann nur einschlafen, wenn sie leise auf ihn einspricht. Dann erzählt sie von ihrer Heimat, von Ostpreußen. Von den wogenden Kornfeldern, der unendlichen Weite der Landschaft, von den Pferden auf den Weiden, dem besonderen Licht im Frühling und Herbst. Nie war es dort schöner.

Daniel lächelt im Schlaf, seine Wimpern zittern ein wenig, wie so oft, wenn sie nicht weiß: Schläft er oder hört er doch zu, wenn sie von der Heimat spricht? Wenn ihre Stimme ganz leise wird, zart, voller Wehmut. Aber sie versucht, die Tränen nicht zu weinen, die hochsteigen und sie fast ersticken lassen. Nie mehr Ostpreußen, nie mehr die Heimat, nie mehr ihre Mutter umarmen können, den Halt der mütterlichen Liebe spüren.

Die Liebe ihrer Mutter, sie sollte sie an Daniel weitergeben. Doch kann sie das? Kann sie ihn so lieben, wie ihre Mutter sie geliebt hat?

Sie weiß es nicht.

Wenn er sich nachts an sie schmiegt und sie seinen dünnen, warmen Kinderkörper spürt, ist sie dann glücklich?

Sie weiß es nicht. Sie hat Angst, nicht für ihn sorgen zu können, immer in der Schuld zu stehen, dass sie ihn nach der Geburt weggeben wollte. Sie weiß nur, sie will sein Leben zum Guten wenden, dafür wird sie alles tun. »Und vielleicht«, murmelt sie dann zärtlich, »wirst du mit mir in die Heimat zurückkehren können. Irgendwann.«

Dann versucht sie, die Tränen zurückzuhalten. Sie darf nicht weinen, sie darf nicht schwach werden. Doch wenn sie die Augen schließt, steht die Erinnerung klar vor ihr, das Gutshaus, in dem sie ihre tote Mutter zurücklassen musste. Es ist der Moment des Abschieds von ihrer Kindheit, ihrer Jugend, der geliebten Mutter. Von allem, was sie geliebt hat. Der letzte Blick über Felder und Wiesen, erstarrt in einer Unendlichkeit aus Eis und Schnee. Und in der Ferne hört sie das dumpfe, stetige Heranrollen der russischen Panzer.

Ostpreußen, die geliebte Heimat, wird es nicht mehr geben.

Kapitel zweiunddreißig

Maria

Der erste Schnee knirschte unter den Sohlen ihrer dicken Stiefel, als Maria mit Daniel zur Jagdhütte stapfte. »Der Schnee wird noch nicht liegen bleiben«, erklärte sie ihm. »Also einen Schneemann wirst du nicht bauen können, es ist ja erst November.«

Daniel stapfte stumm neben ihr her.

Maria sprach das kleine Gedicht *Tief vom Walde komm ich her, ich will euch sagen, es weihnachtet sehr.*

Entzückt sah Daniel zu Maria hoch. Er liebte Verse, Reime, Märchen. Stundenlang konnte er zuhören, wenn man ihm vorlas. Walter hatte das oft getan, aber …

Maria fühlte den Schmerz des Verlustes, die Leere, die Walter zurückließ, seit er sie am 15. November, dem Tag, als er nach Augsburg gefahren war, kurz anrief. Er stehe bereits unter Druck und lasse ein paar Sachen von einem Kollegen aus der Musikhochschule bei ihr abholen. Er müsse sofort den Unterricht übernehmen, und das erfordere auch viel Vorbereitung, und zwar vor Ort, in der Hochschule. »Aber ich melde mich, versprochen. Ich muss mich erst einmal zurechtfinden«, hatte er noch hastig hinzugefügt.

»Ihr seid kindisch«, hatte Vivien mit einem tadelnden Kopfschütteln erklärt, »ihr benehmt euch wie Fünfzehnjährige, aber du bist über fünfzig. Warum rufst du ihn nicht einfach an?«

Aber am Tag zuvor hatte er kurz angerufen und um ein Gespräch gebeten – ob sie am 18. November nach Augsburg kommen könne? Sie hatte zugesagt, aber kein gutes Gefühl dabei verspürt.

»Da sind wir schon«, erklärte sie jetzt Daniel in betont munterem Ton. Sie standen vor der Hütte, und Maria holte wie immer den Schlüssel unter dem Stein hervor.

Eigentlich wollte sie allein hierherkommen, das Feuer im Kamin anmachen, sich auf die Bank setzen und nachdenken. Über ihren Mann Werner, der am Ende des Kriegs in einem Lazarett in Mähren gelegen hatte, als eine Bombe der Alliierten das Hospital traf und er in den Trümmern starb. Erst nach seinem Tod hatte Maria begriffen, dass sie ihn geliebt hatte.

Jahre vergingen, bis sie die Liebe zu Walter zuließ. Walter, der vor fünf Jahren in ihr Leben trat. Erst da erkannte sie, wie einsam sie zuvor gewesen war. Einsam, obwohl sie mit Vivien in dem Haus lebte, einsam, obwohl sie tagtäglich von Menschen umgeben war. Sie versuchte, die Tränen zu unterdrücken. »Weißt du, ich denke, wir können gar nicht lange bleiben.«

Daniel hatte gebettelt, um mit ihr beim ersten Schnee in den Wald zu gehen, und so gab sie nach. Aber jetzt erschien es ihr leichtsinnig, denn es wurde rasch dunkel.

Daniel hatte den Schrank geöffnet und neugierig nach dem Gewehr gegriffen. Mit einem kleinen Schrei war Maria bei ihm und nahm ihm vorsichtig die Waffe aus der Hand. »Daniel, das ist kein Spielzeug«, sagte sie streng und stellte es vorsichtig wieder in den Gewehrschrank zurück. Sie sah sich um, öffnete den schmalen Kleiderschrank, fuhr langsam über den Lodenmantel ihres Mannes und suchte im Fach darüber nach Werners Hut. »Seltsam, ich bin sicher, ich habe ihn dorthin geräumt.« Sie suchte die Hütte ab, und ein Gefühl des Unbehagens befiel sie. »Manchmal«, murmelte sie, »hatte ich schon das Gefühl, jemand war hier.«

»Vielleicht der Nikolaus«, schlug Daniel mit großen Augen vor.

»Ja, ja, das kann schon sein«, antwortete Maria zerstreut, während sie sich weiter umsah. Fehlte etwas, wies irgendetwas darauf hin, dass jemand hier gewesen war?

»Ich werde die Hütte verkaufen«, überlegte sie laut. Endlich einen Schlussstrich unter die Vergangenheit ziehen und Werners Sachen nicht wie ein Relikt in einem begehbaren Schrein aufbewahren.

»Komm«, sie nahm den enttäuschten Daniel an die Hand. »Ich dachte, wir machen den Kamin an und picknicken.« Jetzt lachte Maria. »Ich habe gar nichts dabei, aber weißt du«, sagte sie rasch, »das nächste Mal so kurz vor Weihnachten gehen wir hierher. Dann picknicken wir mit Plätzchen und Stollen und heißem Tee aus der Thermoskanne.«

»Bis dahin hat auch der Nikolaus Zeit, hier zu wohnen. Niemand stört ihn.«

»Ja, ja«, antwortete Maria lächelnd, mit den Gedanken woanders.

Der Schnee vermischte sich mit Regen, es wurde dunstig im Wald. Von den Bäumen tropfte es Maria in den Nacken, zwischen Schal und den Kragen ihres Mantels. Durchnässt kamen sie in der Dämmerung nach Hause.

»Vivien?«

Oben an der Treppe erschien ihre Schwägerin. »Wo steckt ihr denn?« Ungehalten kam sie herunter. »Ich kam aus der Schule, und ihr wart weg.«

Sie war in gereizter Stimmung, wie so oft in letzter Zeit. Vivien rauchte zu viel und wurde immer dünner. Sie schien überarbeitet und nervös.

»Ich habe Daniel zur Hütte mitgenommen.« Maria blieb ruhig.

»Du hättest mir einen Zettel hinlegen können, wann ihr zurück seid, ich habe mir Sorgen gemacht.«

Maria schlüpfte aus ihrem nassen Mantel und zog ihre Mütze

ab, während Vivien sich bereits daranmachte, Daniel von seiner dicken Jacke und den Stiefeln zu befreien.

»Wir haben uns gar nicht ausgezogen«, sagte er, während Vivien ihm mit Mühe die nassen Stiefel von den Füßen zog. »In der Hütte wohnt der Nikolaus«, erzählte er Vivien, doch auch sie hörte ihm nicht richtig zu, nickte nur zerstreut und wandte sich dann an Maria.

»Antonia hat vorhin angerufen, sie kommen am Nachmittag des 18. Novembers zu uns. Wir sollen auf jeden Fall hierbleiben, sie haben eine Überraschung für uns.«

»Das geht nicht«, antwortete Maria prompt. »Genau da fahre ich nach Augsburg, Walter hat mich angerufen und um ein Gespräch gebeten.«

»Es scheint den beiden sehr wichtig zu sein, Maria. Ich denke, das sollten wir respektieren. Und du musst ja nicht gleich nach Walters Pfeife tanzen.«

»So ein Unsinn«, brauste Maria auf, »das mache ich doch gar nicht. Aber er ist berufstätig, und da muss ich mich nun mal nach ihm richten.«

Vivien zog ein wenig ironisch die Augenbrauen hoch. »Ich bin der Meinung, unsere Töchter haben Vorrang. Und das solltest du auch so sehen, gerade du, die immer behauptet, Anna sei das Wichtigste in deinem Leben.«

Maria presste die Lippen zusammen und beobachtete durch die Küchentür ihre Schwägerin, wie sie alte Zeitungen zerknüllte und sie in Daniels nasse Stiefel schob, um sie dann vor den Ofen zu stellen.

Maria blieb die Antwort schuldig, suchte kurz auf der Konsole in der Diele die Post durch. Überrascht zog sie einen Luftpostbrief zwischen Werbung und Rechnungen hervor. Er war an Veronika von Freyberg gerichtet und von Freising, ihrem früheren Wohnsitz, hierher nachgeschickt worden. »Schau, für Veronika. Ein Brief aus Amerika, New York.«

Vivien trat neugierig neben sie. Daniel hatte nur das Wort

Amerika gehört. »Ist er von meinem Papa?« Schon streckte er sich und griff danach.

»Daniel, du kannst doch noch gar nicht lesen. Deine Mama wird es dir dann schon sagen.«

Maria aber hatte den Brief umgedreht. Er war von einer Frau, einer Hilary Damon in New York.

»Mama hat gesagt, wir gehen bald weg«, platzte Daniel heraus. »Im Frühling.«

Marie ließ die Hand mit dem Brief sinken. »Wohin denn?«

»Weiß nicht, aber«, sagte er, »dorthin, wo mich andere Jungen nicht schlagen oder ärgern, nur weil ich schwarz bin.«

»Dann ist es sicher nicht Amerika«, erklärte Vivien.

Als jetzt das Telefon läutete, nahm Vivien ab und sprach ein paar Worte, dann wandte sie sich an Maria: »Antonia möchte, dass wir diesen Termin jetzt verbindlich bestätigen.«

»So weit sind wir schon.« Maria lachte verärgert auf. »Um unsere Töchter zu sehen, brauchen wir einen hochoffiziellen Termin.«

Vivien überging die spitze Bemerkung. »Also, Maria, was ist, die Mädchen wollen es wissen.«

Maria hob die Schultern, seufzte und gab mit einem Nicken ihr Einverständnis. Sie würde Walter ein paar Tage später treffen. Vivien hatte recht, sie musste nicht rennen, wenn er rief.

Ahnte sie denn nicht schon längst, dass er sie um dieses Treffen gebeten hatte, um die Beziehung zu beenden? Jetzt, da für ihn ein neues Leben begann.

Kapitel dreiunddreißig

Antonia

Antonia holte Sarah Wertheim am Flughafen ab. Julians Tante war eine zierliche, dunkelhaarige Frau, die ein Chanelkostüm und auf dem Kopf einen kleinen Hut der französischen Modeschöpferin trug. Fast wäre Antonia damit herausgeplatzt, man könne sie mit der Designerin verwechseln, so sehr sehe sie ihr ähnlich. Doch Sarahs Zurückhaltung hinderte sie daran.

Als sie die Stadt erreichten und die Prinzregentenstraße entlangfuhren, bat Sarah sie plötzlich anzuhalten. Auf dem Platz stiegen sie aus, und Sarah starrte auf ein Haus, beleuchtet von der blassen Wintersonne.

Schweigend verharrte sie, und Antonia wagte nicht, sie zu bitten, wieder einzusteigen, um den straffen Zeitplan einzuhalten. Da aber löste sich Sarah aus ihrer schweigenden Erstarrung und wandte sich an Antonia.

Wenn ich einmal wirklich an der Macht bin, dann wird die Vernichtung der Juden meine erste und wichtigste Aufgabe sein. Sobald ich die Macht dazu habe, werde ich in München auf dem Marienplatz Galgen neben Galgen aufstellen lassen, dann werden die Juden gehenkt …

Sarah zitierte laut aus einer der Reden von Adolf Hitler, und Antonias Herz wurde von einem starken Beklemmungsgefühl umschlossen.

Sarah Wertheim, eine von ihnen, eine der Verfolgten, deren

Familienmitglieder fast alle in Ausschwitz starben. Nur sie hatte Glück gehabt, sie wurde von zwei Frauen gerettet.

»Wie konnten die Leute nach dem Krieg sagen, sie hätten von dem Massenmord nichts gewusst?«

Sarahs Hände zitterten, als sie wieder ins Auto stieg. Und erst in diesem Moment begriff Antonia, was es für Julians Tante bedeutete, hierher zu kommen.

Nie wieder Deutschland, nie wieder zurück in das Land, das fast ihre gesamte Familie vernichtet hatte. Nie wieder Deutsch sprechen, in ihrer Jugend die Sprache der Dichter, dann die Sprache der Mörder ihres Volkes. Das hatte Julian Anna über die Tante erzählt.

Und doch war sie zurückgekommen.

Vor dem Hotel stiegen sie aus, und Antonia holte ihr Gepäck aus dem Kofferraum, das sofort von einem Portier übernommen wurde.

»Also wir sehen uns morgen früh.«

Es klang banal, aber was konnte sie dieser Frau jetzt sagen? Gab es etwas, das sie trösten könnte? Nein, entschied Antonia, und darum erklärte sie ihr in sachlichem Ton noch einmal den Ablauf.

Am nächsten Morgen ein spätes Frühstück mit den dreiundzwanzig Frauen, und um zwei Uhr nachmittags holte ein Bus sie ab und brachte sie zu Vivien und Maria, die noch nicht ahnten, was für eine Überraschung auf sie wartete.

Alles sollte nach einem festen Zeitplan ablaufen. Die Begrüßung bei den Lebensretterinnen, dann ein Besuch auf dem Terrain des ehemaligen Lagers, bei dem der Fotograf einer bekannten Agentur Bilder machen sollte. Das hatte Sarah von London aus bereits gebucht, denn die Bilder sollten durch die Presse gehen, möglichst auch in anderen europäischen Ländern.

»Sie wissen ja, Antonia, ich bin nur gekommen, um den beiden Frauen zu danken, die uns gerettet haben, aber es ist auch eine Verneigung vor den Menschen hier, die Mut bewiesen und sich gegen das Regime gestellt haben.«

Sarah hatte im Vorfeld Antonia gefragt, ob sie nicht auch ihren Vater, einen bekannten Mann aus dem Münchner Widerstand, sprechen könne, aber Philip Kroll war beruflich in Bonn. Er bedauere es sehr, sie nicht treffen zu können, das hatte Antonias Vater ihr ausrichten lassen.

»Was ist mit dem Mädchen, sie kommt doch morgen.«

Es war keine Frage, sondern eine Feststellung, und Antonia nickte. Ja, sie selbst würde mit ihr nachkommen. Aber Marie-Luise sollte auf keinen Fall bei der Begehung des ehemaligen Lagers dabei sein, die Frauen dann erst später im Haus von Maria treffen.

»Ich bin sehr gespannt auf sie, ob irgendeine von uns eine Verbindung zu uns herstellen kann. Vielleicht klärt sich auf, wer sie ist.«

»Das hoffe ich sehr.«

»Auf jeden Fall ist sie die Tochter einer von uns, und es ist unsere Pflicht, uns um sie zu kümmern.«

»Das mache ich bereits.« Antonias Stimme klang jetzt kühl und ablehnend.

Da lächelte Sarah zum ersten Mal und reichte ihr die Hand. »Das weiß ich doch, aber wir sollten an die Zukunft des Mädchens denken.«

Wir? Was hatte Sarah damit gemeint? Antonia fühlte sich für Marie-Luise verantwortlich, und sie empfand dieses *Wir* als Einmischung. Oder sollte sie doch im Interesse von Marie-Luise darauf eingehen?

Man musste abwarten.

Morgen also war der große Tag, auf den Antonia schon so lange hingearbeitet hatte. Sie hatte mit den Frauen telefoniert, korrespondiert und kannte die Lebens- und Leidensgeschichte von ihnen. Die beiden aus Frankfurt, Rebecca und Edith, die ihr Gespartes opferten, um diese Reise zu ihren Lebensretterinnen zu machen.

Antonia hatte auch erfahren, dass die Frauen gar nicht wussten, wo genau das Lager in Deutschland lag. Sie waren damals in dunkle Lastwagen gepfercht hingebracht und nach ihrer Rettung vom Roten Kreuz in viele Krankenhäuser in ganz Bayern verteilt worden. »Ich hatte nicht mehr die Kraft, um nachzuforschen, wo genau ich jahrelang im Lager gewesen bin. Ich wollte auch nur vergessen, nie mehr dorthin fahren. Aber jetzt, nach zwölf Jahren, habe ich sie und werde dorthin zurückkehren, um den Frauen noch einmal für mein Leben zu danken.«

Für Antonia war es nachvollziehbar, dass sie niemals nachgeforscht hatten, wo genau sie inhaftiert gewesen waren. Nur vergessen wollen, das war ihr Wunsch. Erst jetzt, da Antonia die Initiative ergriffen hatte und die Frauen einige ihrer Leidensgenossinnen treffen würden, gingen sie darauf ein.

Antonia hatte gehofft, durch das Rote Kreuz noch mehr Frauen ausfindig zu machen, doch ihre Bemühungen scheiterten. Viele waren nicht auffindbar, vor allem da die meisten Frauen aus Russland kamen, aus Polen, aus Rumänien.

Einige hatten auch geschrieben, sie seien den beiden Retterinnen ewig dankbar, aber sie schafften es nicht, an den Ort ihrer Qualen zurückzukehren. Manche schickten eine Dankeskarte, die Antonia bitte an die Retterinnen weiterleiten sollte. Andere jedoch lehnten jeden Kontakt ab.

Aber diese dreiundzwanzig Frauen waren gekommen und würden morgen zu Vivien und Maria fahren. Wie würden sie reagieren? Sie hatten keine Ahnung, welche Überraschung auf sie wartete.

Bevor Antonia nach Hause fuhr, drehte sie noch eine schnelle Runde die Leopoldstraße rauf und brauste dann wieder zurück auf die Ludwigstraße. Erst als sich ihre Gefühle wieder stabilisiert hatten, bog sie in die Widenmayerstraße ein. Sie fuhr langsam an, blieb vorsichtig, sah sich beim Aussteigen um. Klaus hatte sein Versprechen gehalten, er hatte Marie-Luises Aufenthaltsort nicht weitergegeben. Trotzdem war Vorsicht zur täglichen Routine geworden.

Als sie die Wohnung betrat, saß Marie-Luise im Schneidersitz auf dem Sofa im Wohnzimmer. »Ich habe auf dich gewartet«, lächelte sie ihr entgegen. Seit Antonia sie bei der Polizei abgeholt hatte, herrschte tiefe Vertrautheit zwischen ihnen. Das junge Mädchen erzählte von ihrem abgeschiedenen Leben im Kloster, vom Ausgegrenztsein in der Schule, da sie dort nur das *Klostermädchen* gewesen war.

Ein Leben fern der Realität. Sie vertraute Antonia auch ihre Liebesgeschichte an und das Erkennen, aus dieser Weltfremdheit und einer Naivität heraus auf Klaus hereingefallen zu sein.

»Er war sicher in dich verliebt, sonst hätte er deine Adresse jetzt doch preisgegeben.«

Da glitt ein Lächeln über das ernste Gesicht von Marie-Luise.

Es ist schön, daran zu glauben, zu glauben, nicht benutzt worden zu sein. Zu glauben, doch ein wenig geliebt zu werden. Sie unterhielten sich über vieles, aber über ihre Kindheit sprachen sie nicht. Marie-Luise schwieg dazu.

Antonia setzte sich zu ihr. »Hast du dich entschieden? Wirst du morgen mitfahren?«

»Du hast gesagt, ein Fotograf ist dabei.«

Antonia nickte. »Ja, Sarah Wertheim hat einen Mann von einer bekannten Fotoagentur angefordert, er soll Bilder machen. Aber nur, wenn alle zusammen das ehemalige Lager besuchen. Und«, erklärte Antonia, »ich habe mich entschieden, wir beide fahren allein, kommen später, gehen in das Haus meiner Tante und warten, bis das Buffet gebracht wird. Und vielleicht, Marie-Luise, vielleicht gibt es für dich eine Spur zurück zu deiner Mutter.«

*

Es war ein trüber Tag, an dem es nicht wirklich hell wurde, trüb mit leichtem Wind und aufkommendem Regen. Maria sah auf die Uhr und drehte sich zu Vivien um. »Es ist bereits drei, haben die Mädchen nicht gesagt, sie kommen zwischen zwei und drei?«

Vivien zuckte die Schultern.

»Ein Bus hält vor dem Haus«, rief Daniel, schon hopste er vom Schemel in der Küche und lief ins Wohnzimmer, wo Maria ihren Kuchen auf den Tisch stellte und Vivien die Tassen verteilte.

»Ein Bus? Vor unserer Tür? Sicher täuschst du dich.«

Da klingelte es bereits mehrmals hintereinander, so ungeduldig, wie nur Anna stets läutete. Ungeduldig wie eh und je.

Maria lächelte, zog rasch ihre Schürze aus, warf sie im Vorbeigehen auf einen Küchenstuhl, lief zur Haustür und öffnete. Daniel hatte die Wahrheit gesagt: Direkt vor dem Haus hielt ein Bus. Und aus dem stiegen Frauen, die sich vor dem Gartentor versammelten. Anna stand bereits an der Eingangstür, wandte sich an ihre Mutter und beobachtete ihre Reaktion auf das, was sich vor ihren Augen abspielte.

»Das ist die Überraschung?« Erstaunt stellte sich Vivien hinter Maria und Anna.

Viele Frauen waren da versammelt, in ihrer Mitte stand eine kleine, zierliche Frau mit Hut und einem großen Blumenstrauß in der Hand. Es war ein so dunkler Nachmittag, dass die Straßenbeleuchtung eingeschaltet wurde, und in ihrem trüben Licht standen die Frauen stumm vor dem Zaun und sahen zu Maria und Vivien. Manche winkten, lachten ihnen zu.

»Ich … es ist … wie …«, stotterte Maria.

»Ja.« Vivien griff nach ihrem Arm und drückte ihn fest. »Wie damals, nur … es sind …«

Sie konnte nicht weitersprechen. Sie sahen nur die Frauen an, und die öffneten das Gartentürchen und liefen auf Maria und Vivien zu. Sie drückten ihnen die Hände. Manche wagten es, die beiden Frauen, die reglos auf den Stufen vor der Haustür verharrten, zu umarmen, und Vivien und Maria ließen es zu. Denn ganz allmählich begriffen sie, wer vor ihnen stand, wer gekommen war, um ihnen zu zeigen: *Wir haben nicht vergessen, was ihr für uns getan habt.*

Sie fuhren mit dem Bus zum ehemaligen Lager. Hatten sie auf der Fahrt von München bis hierher noch viel geredet, über ihr Leben nach dem Krieg erzählt, über Kinder, Familie, Beruf, Männer, Albträume, Ärzte, Psychopharmaka, tiefste Ängste, schwiegen sie jetzt.

Jede hielt eine Rose in der Hand, zum Gedenken an die vielen Frauen und Kinder, die hier den Tod gefunden hatten.

Ein Beamter der Stadtverwaltung erwartete sie am Tor mit seinen Wachtürmen, noch vollständig erhalten, zur Erinnerung an diese Stätte des Grauens. Direkt hinter dem Eingang hatte man ein Denkmal errichtet, eine Frau aus Marmor, die beide Hände ausstreckte und deren Mund geöffnet war, als ob sie um Hilfe schrie.

»Es ist kitschig, man muss sich vor den Frauen hier fast dafür schämen«, flüsterte Vivien Maria zu, die bereits bei dem Entwurf dieses Denkmals heftig Einspruch erhoben hatten, leider umsonst.

Sie waren überstimmt worden.

Schweigend standen die Frauen davor, bekreuzigten sich und legten ihre Rosen am Fuß der Statue nieder. Dann nahmen sie sich stumm an den Händen, bildeten einen Halbkreis und verharrten in einer Schweigeminute, nur unterbrochen durch leises Weinen.

Die Wolken wurden dichter, es wurde noch dunkler, und ein kalter Wind strich über das Terrain, riss an dem Stacheldrahtzaun, den man nicht niedergerissen hatte.

»Ein unheimlicher Ort, als seien die Toten anwesend«, flüsterte Anna fröstelnd ihrer Mutter zu.

Maria nickte, auch sie empfand das Gleiche wie vor acht Jahren, als man die Statue aufgestellt und dieses Terrain unter Denkmalschutz gestellt hatte.

Nun kam das Gruppenbild vor dem Denkmal für ein Foto, das die Agentur auch ausländischen Zeitungen anbieten wollte. Dann führte der Beamte sie zu dem Haus des ehemaligen Kommandanten Heinz Obermayr. »Ein kleines Museum«, erklärte er den Frauen, »auf Initiative von Maria Richter und Vivien Kroll errichtet.«

Scheu betraten die Frauen das Haus, in dem Obermayr wie ein Fürst residiert hatte. An den Festen, die er für hochrangige Parteigenossen aus ganz Deutschland gab, flossen Champagner und Kaviar. Und hier wurden den Freunden junge Frauen und Mädchen, die gerade ankamen, als kleiner Nachtisch serviert. »Die Schönsten von uns«, murmelte eine Frau. »Frauen, deren Körper noch nicht durch Misshandlungen zerschunden waren, abgemagert durch Hungern, Frauen, die noch Haare und Zähne hatten. Sie waren das Angebot, sie wurden dort im Haus vergewaltigt und missbraucht, zur Prostitution gezwungen.«

»Dieses Haus, von den Amerikanern niedergebrannt, wurde im Jahr 1949 wieder aufgebaut und nach Fotos restauriert, einige Möbel waren sogar noch erhalten«, erzählte der Beamte. Und dann führte er sie in den großen Raum, dem Festsaal von Obermayr, hier hingen jetzt Fotos der Insassinnen. Ein Fotograf hatte sie gemacht, und die Bilder tauchten nach dem Krieg hier auf.

Die Frauen drängelten sich vor den Bilder. »Das ist Esther, erinnerst du dich? Sie ist schon 1943 an Erschöpfung gestorben, sie hielt nicht mehr durch.«

»Bin das wirklich ich?« Eine Frau, die das Namensschild Lea an ihrer Jacke trug, zeigte auf das Foto einer abgemagerten Frau, deren Augen voller Angst in die Kamera starrten. »Meinst du? Ich denke, ich bin das.«

Die Frauen versuchten, sich und die anderen zu identifizieren. Erschüttert standen Vivien und Maria dabei. Dann griff Vivien nach Marias Hand und drückte sie. Wie verbunden sie beide in den Jahren gewesen waren, als sie halfen, ihr Leben für diese Frauen riskierten.

»Und da«, hörten sie Sarah rufen, »ist das nicht Nadja? Erinnert ihr euch an sie?«

»Aber das Foto muss kurz vor ihrem Tod gemacht worden sein, man erkennt sie kaum mehr.«

Wie elektrisiert trat Maria neben die beiden Frauen. Mehrmals hatte sie bereits hier gestanden und die Fotos angesehen, doch sie hatte Nadja auf dem Foto nie erkannt. Eine abgemagerte Frau mit Augen, die tief in ihren Höhlen lagen. Eine Frau, bereits dem Tod ganz nahe.

Maria schossen die Tränen in die Augen. Nadja, das junge Mädchen, das bei den Richters gelebt hatte und eines Morgens von der Gestapo abgeholt wurde.

Edith, eine der Frauen aus Frankfurt, drehte sich zu ihr um. »Nadja ist kurz vor unserer Rettung gestorben, eines Morgens lag sie tot auf ihrer Pritsche.«

»Was wissen Sie von ihr?«

Edith und einige andere überlegten. »Nicht viel, sie wurde oft zu den Festen geholt, und wir wussten, was da passiert. Sie war eine der Schönsten von uns und musste dort Furchtbares erlebt haben. Sie konnte nicht darüber sprechen.«

»Ja, aber dann blieb sie monatelang im Haus, erinnert ihr euch? Und als sie zurückkam, konnte sie nicht mehr sprechen. Nur weinen. Kein Wort brachte sie mehr heraus.«

»Hatten wir nicht angenommen, sie hat ein Kind bekommen?«

»Ja, aber wir dachten, es sei vielleicht tot geboren.«

Als sie aus dem Haus zurückkam, war sie verstummt.

»Und durch Umwege über ein Mädchen, das im Haus gearbeitet hat, erfuhren wir von dem Kind, Obermayrs Kind, und da nahmen wir an, es sei Nadjas.«

»Ja.« Auch Rebecca erinnerte sich. »Wir stellten Nadja Fragen, aber sie antwortete nicht, sondern weinte. Und dann drang zu uns durch, dass er sich zu seiner Vaterschaft bekannt und dieses Kind bei sich aufgezogen hat.«

»Das haben wir alle gehört, wir konnten es nur nicht glauben. So viele Frauen wurden doch zur Abtreibung gezwungen, erinnert ihr euch an diesen Arzt?«

»Ja, natürlich, ich habe nur den Namen vergessen.«

»Ich denke«, sinnierte Rebecca, »sogar Obermayr hatte Gefühle für Nadja, für dieses Kind.«

Immer mehr Einzelheiten wurden plötzlich aus der Erinnerung abgerufen, blutige und schreckliche Erinnerungen. Wieder weinten viele Frauen, stützten sich und sprachen einander Trost zu.

Doch immer wieder wandten sie sich an Vivien und Maria. Die beiden Frauen, denen sie ihr Leben zu verdanken hatten.

*

Eine Stunde nach Abfahrt des Busses ins Lager kam Antonia mit Marie-Luise an. »Wenn die Frauen erfahren, wer ich bin, werden sie mich hassen.« Marie-Luises Stimme zitterte. »Ich glaube, ich will sie nicht sehen, und sie mich sicher auch nicht.«

»Nein, Marie-Luise, du bist das Kind einer von ihnen, das hat Sarah Wertheim betont. Und du bist hier, weil du vielleicht heute erfährst, wer deine Mutter war.«

Marie-Luise nickte, doch Antonia spürte ihre Angst und versuchte, sie zu beruhigen. »Ich muss mich jetzt um die Leute vom Feinkostladen kümmern, sie bringen gleich das Buffet, bauen es auf, und dann werden die Frauen sicher bald hier sein. Warte im Biedermeierzimmer, ich hole dich dann.« Antonia schob Marie-Luise schnell in den Raum und öffnete die Haustür, da der Lieferwagen mit dem Buffet gerade vorfuhr. Sie würden alles vorbereiten und am nächsten Morgen dann das

Geschirr, die Gläser und die Reste wieder abholen. Vivien und Maria sollten keine Arbeit haben. So hatte es Antonia auf Sarah Wertheims Anweisung hin vereinbart.

»Wenn du Hunger hast oder irgendetwas möchtest, sag es«, schärfte Antonia dem jungen Mädchen noch rasch ein, bevor sie zur Haustür lief.

Marie-Luise sah sich um, dann ging sie zum Flügel, hob den Deckel hoch und nahm die Decke ab.

»Wer bist du denn?«

Marie-Luise hob überrascht den Kopf.

Ein kleiner schwarzer Junge schob sich schnell durch die Tür, schloss sie hinter sich und starrte das junge Mädchen neugierig an.

»Marie-Luise«, murmelte sie. »Und du?«

»Daniel«, erklärte er, »und ich wohne hier.«

Marie-Luise war neugierig. Sie ging zur Tür und öffnete sie ganz leise einen Spalt. Daniel stellte sich neben sie. Schweigend beobachteten sie die Leute, die in der Diele und im Wohnzimmer hohe runde Tische aufstellten, Tischtücher darüberbreiteten und Geschirr und Gläser verteilten. Jetzt kamen die Tabletts mit Delikatessen, die verteilt wurden. Die Flaschen ließ Antonia in die Küche bringen, alles lief schnell und reibungslos. Daniel hatte tief beeindruckt zugesehen.

Kaum, dass alles vorbereitet und der Lieferwagen abgefahren war, trafen die Frauen ein.

»Da vorne, siehst du? Die hübsche Frau mit den blonden Haaren? Das ist meine Oma«, flüsterte Daniel Marie-Luise zu.

Sie folgte seinem Blick. »Deine Oma?«, fragte sie erstaunt.

»Ihr Name ist Vivien«, erklärte er, »und die Frau daneben, Maria, ist meine zweite Oma.« Daniel sah sie baumfest an, und Marie-Luise unterdrückte ein Lächeln.

Sie brachte es nicht übers Herz, ihm zu sagen, dass sie die Wahrheit kannte. Vorsichtig spähte sie weiterhin nach draußen. Die Frauen verteilten sich auf die Küche, das Wohnzimmer, doch die meisten blieben in der Diele stehen, zogen ihre Mäntel aus und nahmen sich Weißwein und Sekt, den Anna in Gläsern herumreichte.

»Ich habe Hunger«, klagte Daniel, »Vivien hat gesagt, ich muss warten, zuerst kämen die Frauen dran. Es gibt nämlich etwas zu feiern.« Erwartungsvoll sah er sie an. »Weißt du, was gefeiert wird?«

»Vivien und Maria werden gefeiert. Und das Leben, man soll glücklich sein, wenn man lebt.«

Er zog die Stirn kraus, dann nickte er. »Weißt du, einmal dachte ich, dass ich schon tot bin. Und dann plötzlich wurde ich gerettet. Und ich war doch nicht tot, sondern lebendig.«

»Siehst du, und das soll man feiern.«

»Und warum bist du dann so traurig?«

»Ich bin traurig, weil meine Mama tot ist.« Marie-Luise erschrak, die Worte waren ihr über die Lippen gekommen, ohne dass sie nachgedacht hatte. Aber in den vergangenen Tagen hatte sie oft an die Frau gedacht, die ihr die Holzpuppe durch den Drahtzaun zugesteckt hatte.

Da schob Daniel seine Hand in die ihre und sah zu ihr hoch. Und Marie-Luise lächelte und drückte sie ganz fest.

Die Unterhaltung wurde lauter, es wurde auch wieder gelacht, erzählt, sich umarmt. Vivien und Maria standen im Mittelpunkt und mussten genau schildern, wie sie sich damals gefühlt hatten, als sie den amerikanischen Panzern entgegenradelten und sie überredeten, die Richtung zu ändern und zum Lager zu fahren.

Maria und Vivien waren überwältigt von dem, was ihre Töchter für sie getan hatten. Oft hatten sie sich in letzter Zeit beklagt, dass sich Anna und Antonia so selten meldeten. »Sie haben so viel Zeit für uns geopfert.«

Es war ein glücklicher Tag für die beiden, die sich doch so oft gefragt hatten, was wohl aus den Frauen geworden war. Sie hatten sich ganz unterschiedlich entwickelt. Einige erzählten, sie hätten ihre Haare für immer verloren und trügen nun Perücken. Zähne mussten ersetzt werden, über bleibende Schäden berichteten alle. Albträume, Traumatherapien, Medikamente waren Alltag geworden. Doch das unglaubliche Glücksgefühl, überlebt zu haben, hatten sie nicht verloren.

Einige hatten geheiratet, viele durch den Nationalsozialismus ihre ganze Familie verloren. Vivien verstand sich sofort mit Mirjam Kreisberger, einer polnischen Jüdin, die direkt nach dem Krieg nach München zurückgekehrt war. Heute betrieb sie eine Boutique mit Taschen, Schuhen und Mode. So verging die Zeit rasch, die Unterhaltung wurde entspannter und das Lachen lauter. Die Umarmungen häuften sich, und Vivien und Maria konnten sich kaum erwehren, so viel wurden sie umarmt und geküsst. Sie waren der strahlende Mittelpunkt des Abends.

Antonia beobachtete sie durch die offene Küchentür. Maria trug ein graues, enges Kleid mit einem grünen Gürtel, und wenn sie auch nicht mehr so schlank war wie früher, stand es ihr dennoch gut. An ihren Ohren steckten Ohrringe in Form einer Rose aus Elfenbein. Ihre Wangen hatten sich gerötet, sie lachte, ließ sich umarmen und schien glücklich.

Ihr Blick wanderte weiter zu ihrer Mutter. Vivien war wie immer so elegant, als sei sie Redakteurin einer französischen Modezeitung. Sie war dünn geworden, ihre Haare waren jetzt mehr grau als blond, und Antonia erschrak. Ihre Mutter, die gerade an einer Zigarette zog, hatte sich verändert, sie sah erschöpft aus, müde, ein Zug tiefer Resignation beherrschte ihr Gesicht. *Sie ist nicht glücklich,* schoss es Antonia durch den Kopf.

Dann aber suchte ihr Blick Marie-Luise und fand sie hinter der Tür des Biedermeierzimmers. Dort stand das junge Mädchen und sah durch den Türspalt auf die Frauen. Antonia stellte sich auf die Zehenspitzen und machte ihr ein Zeichen, doch herauszukommen.

Nur zögernd, fast widerwillig schob sich Marie-Luise durch die Tür und blieb dann stehen. Sie wusste später nicht mehr, wie lange sie reglos dort verharrt hatte und welche der Frauen sie zuerst entdeckte. Nach und nach trat Schweigen ein, sie bildeten einen losen Halbkreis um Marie-Luise. Sie hatten schon erfahren, dass wahrscheinlich auch die Tochter des Kommandanten anwesend sein würde. Sie waren neugierig, starrten Marie-Luise an. Das junge Mädchen bekam Panik. Hassten sie sie für den Vater? Unmerklich wich sie zurück. Da fiel ihr Blick auf eine große blonde Frau, über deren Wange sich eine tiefe Narbe zog. Atemlos starrte Marie-Luise sie an. Über ihr Gesicht glitt zuerst Erstaunen, Befremden, dann ein langsames Erkennen.

Marie-Luise spürte, wie sich ein Zittern von den Händen hoch über den ganzen Körper ausbreitete. Auch wenn zwölf Jahre vergangen waren, Marie-Luise erkannte sie.

Eines Tages wirst du es verstehen, hatte diese Frau zu der vierjährigen Marie-Luise gesagt, zu dem Kind, das zusah, wie sie ihren Vater erschossen hatte.

Eines Tages …

Die Frau kam auf das junge Mädchen zu. »Du bist Marie-Luise, nicht wahr, das kleine Mädchen, die Tochter?«

Marie-Luise gab keine Antwort.

Die Frau drehte sich zu den anderen um. »Das ist sie«, rief sie, »das ist sie, die Tochter dieses … dieses …«

»Halt, sprich es nicht aus.« Sarah Wertheims laute Stimme ließ keinen Widerspruch zu. Sie ging zu Marie-Luise und legte den Arm um sie. »Sie ist das Kind einer von uns, eines Opfers. Und sie muss von uns geschützt und beschützt werden.«

Fragend, stumm sahen die Frauen sich an. Hatte Sarah recht?

Das Kind des Mörders. Sie war ein Kind des Bösen. Jede von ihnen kannte den Ausdruck.

»Es ist nur wichtig, wer die Mutter war, hat eine von euch irgendeine Erinnerung, eine Vermutung?«

Sarah Wertheim drückte Marie-Luise fest an sich und gab ihr dadurch Halt und die Gewissheit: *Ich stehe zu dir, denn du bist das Kind einer von uns.*

»Kann es von Nadja …« Eine Frau sah die anderen fragend an. »Wir wissen doch, dass sie ein Kind bekommen hat.«

»Und wir wussten auch, dass dieses Kind bei *ihm* gelebt hat.«

»Aber so genau wussten wir es auch nicht«, gab Rebecca zu bedenken.

Maria drängelte sich durch den Kreis, immer wieder schüttelte sie den Kopf. Nadjas Kind, das Kind *ihrer* Nadja? »Sie hat Nadjas Augen«, stammelte sie, »und die hohen Wangenknochen, erkennst du das? Sie ist ihre Tochter, sie ist Nadja Pimarovas Tochter«, rief sie den Frauen zu, die sie schweigend beobachteten.

»Du hoffst es«, war Viviens geflüsterte Antwort, »aber dunkle Augen und hohe Wangenknochen haben viele Russinnen. Es kann sein, kann auch nicht sein.«

Maria zögerte. War ihr Wunsch, sie sei Nadjas Tochter, nicht einfach nur so übermächtig?

Antonia drängelte sich zwischen den Frauen durch und trat neben Marie-Luise. »Zeig ihnen die Puppe«, flüsterte sie ihr zu, »zeig sie, damit du den Beweis hast. Du willst doch Gewissheit.«

Da atmete Marie-Luise tief durch. Sie sah die Neugierde bei den Frauen und Mitgefühl und Zuneigung bei Antonia und auch bei Sarah Wertheim, die sie immer noch fest an sich drückte. Ihr Blick wanderte weiter zu Maria, die sie voller Hoffnung anlächelte. Da holte sie die Puppe aus der Tasche, mit steifem Arm hob sie sie in die Höhe.

Hände griffen danach. Frauen sahen sich an. Dann nickten sie, zögernd, wer erinnerte sich?

Ariana, eine Halbrussin, griff nach der Figur, drehte sie um und entzifferte mühsam die winzigen Buchstaben. »Hier steht nur: Die Madonna behütet dich. In kyrillischer Schrift. Und dann noch: Für Natascha.«

Für Natascha? Marie-Luise war vollkommen verwirrt. War die Puppe gar nicht für sie bestimmt?

Betroffen sahen auch die Frauen sich an, doch plötzlich war der Bann gebrochen, alle redeten durcheinander, reichten die Puppe herum. »Es war Nadja«, rief Marlene laut, »erinnert ihr euch denn nicht? Einmal hat sie ihre Tochter gesehen, ein einziges Mal sie durch den Stacheldraht berühren dürfen. Sie war es, die die Puppe geschnitzt hat, es soll eine Madonna sein.«

»Sie ist es, sie ist Nadjas Tochter.«

Alle wollten sie berühren, die Frauen weinten, Nadjas Tochter.

»Es ist ein Wunder.«

»Und sie wollte, dass ihr Kind Natascha heißen soll, ja, ich erinnere mich.«

»Erinnerst du dich an deine Mutter, an den Drahtzaun?« Edith war es, die die Frage stellte.

Marie-Luise schüttelte stumm den Kopf.

»An irgendetwas.« Es war die blonde Frau mit der Narbe, die Marie-Luise geradezu bedrängte.

Stumme Blicke wanderten zwischen Marie-Luise und ihr hin und her.

Sie wissen alle, dass sie meinen Vater erschossen hat. Den Mörder, das Monster. Und sie würden die Täterin decken. Aber wissen sie auch, dass ich es gesehen und nicht vergessen habe? »Nein«, sagte sie, »nein, ich erinnere mich an nichts.«

Kapitel vierunddreißig

Marie-Luise

Maria hatte Marie-Luise das Zimmer gezeigt, in dem Nadja gewohnt hatte. Sie erzählte ihr die Geschichte der Familie, die aus Sibirien kam und in der Nähe der Stadt einen Bauernhof besaß. Eines Nachts war er angezündet worden, und Maria holte die damals Fünfzehnjährige zu sich.

Dann kramte sie ein Fotoalbum aus ihrer Kommode und zeigte Marie-Luise ein paar Bilder von Nadja. Das junge Mädchen im Garten zwischen Anna und dem geliebten Hund Hella. Nadja an einem Geburtstag, die lachend Kerzen ausblies.

»Und das ist das Foto, als Antonia mit ihrer Mutter zu uns kam. Siehst du? Nadja hatte einen russischen Zupfkuchen gebacken, als Willkommensgruß.«

Es war zu viel, was auf Marie-Luise einstürmte. Sie zog sich mit dem Fotoalbum ganz hinten ins Biedermeierzimmer zurück, und dort blieb sie auch. Sie sah die Fotos, schloss die Augen und verglich dieses schöne Mädchen auf dem Foto mit der abgemagerten Frau, verhärmt, zu früh gealtert, die auf der anderen Seite des Zauns in die Knie ging, die Puppe durch den Drahtzaun hindurchzwängte und sie Marie-Luise in die Hand drückte.

Ihre Mutter war also eine gequälte, vergewaltigte Frau, die an ihren Verletzungen und an Schwäche starb? Wie so viele Frauen im Lager, für deren Tod ihr Vater verantwortlich war.

Wut, Verzweiflung, Schmerz, das bewegte Marie-Luise, als sie versteckt auf einem Schemel hinter dem Klavier saß und nach draußen horchte. Die Überlebenden eines Lagers. Aber ihre Mutter starb. Ihr Vater hatte sie sterben lassen und das gemeinsame Kind bei sich im Haus aufgezogen. Verwöhnt, geliebt, umsorgt.

Marie-Luise konnte es nicht verstehen, sie presste ihre Fäuste gegen die Lippen, um nicht laut zu schreien. Es konnte doch nicht sein. Aber wusste sie nicht längst, dass ihr Vater ein Verbrecher war? Ein Mörder, der von der blonden Frau, die jetzt mit den anderen feierte, ermordet wurde? Und alle wussten es, und doch schwiegen sie. War sie denn keine Mörderin, da sie einen Mörder erschoss?

»Marie-Luise?« Vorsichtig wurde die Tür zum Biedermeierzimmer geöffnet und leise wieder geschlossen.

Marie-Luise sah um den Flügel herum Sarah Wertheim im Zimmer stehen, die sich suchend umblickte.

»Hier bin ich.« Sarah war ihr vom ersten Moment an sympathisch gewesen, ihre Herzlichkeit legte sich wohltuend auf ihre Seele.

»Komm, setzen wir uns aufs Sofa«, schlug Sarah vor, und Marie-Luise kam aus ihrer Ecke heraus und setzte sich neben die ältere Frau.

»Ich erinnere mich«, erzählte Sarah und nahm Marie-Luises Hand fest in die ihre. »Nadja war die Schönste von uns, jünger als die meisten, und schon nach einigen Tagen holte sie Obermayr zu sich ins Haus. Sie lebte dort, sie musste die Feste mitmachen, bei denen Frauen aus dem Lager geholt und den Freunden angeboten und vergewaltigt wurden. Doch an Nadja durfte sich niemand vergreifen, sie war Obermayrs Besitz. Auch als sie schwanger wurde, durfte sie das Haus nicht verlassen. Wir erfuhren durch ein Dienstmädchen, mit der wir heimlich Botschaften austauschten, dass sie eingesperrt war, dass sie sein Kind nicht haben wollte. Aber er ließ sie keinen Moment unbeaufsichtigt, bis nach der Geburt.

Du weißt, wie er dich verwöhnt hat. Aber Nadja, die sich

gegen Obermayr wehrte und eines Tages mit einem spitzen Brieföffner auf ihn einstach, wurde in diesem Moment zu uns ins Lager zurückgebracht. Sie wurde noch schlechter behandelt als wir und durfte dich, ihre Tochter, nicht mehr sehen. Obermayr verzieh ihr nicht. Das ist die Wahrheit, mein Kind, und ich denke, es ist richtig, wenn du sie kennst.«

Marie-Luise drückte die Hand von Sarah, und so saßen sie schweigend im Dunkel, bis die Tür leise geöffnet wurde und Antonia erschien. »Darf ich?«, flüsterte sie und machte die kleine Lampe an, die neben dem Flügel stand.

»Ich denke, Marie-Luise, wir fahren nach München zurück, es ist elf Uhr.«

»Ich komme mit euch.« Sarah erhob sich. »Ich werde die anderen ja morgen Mittag bei dem Abschiedsessen in München noch mal sehen. Wir schleichen uns ganz heimlich weg.« Sie lachte und drückte Marie-Luises Arm.

Das Mädchen lächelte, kaum sichtbar im Schein der Stehlampe. Doch für sie hatte sich heute endlich der Kreis geschlossen, sie kannte die Geschichte ihrer Mutter. Und hasste sie jetzt ihren Vater? Nein, sie konnte ihn nicht vergessen. Aber das war ihre Geschichte, die ganz eigene, die niemand verstehen konnte, wenn Marie-Luise sie erzählen würde. Denn trotz aller Grausamkeiten, deren man ihn beschuldigte, erinnerte sie sich an den zärtlichen, liebenden Vater. Konnte sie das einfach so vergessen?

Während Antonia mit Sarah Wertheim und Marie-Luise auf der Heimfahrt war, stellte Vivien den Frauen noch Daniel vor. Sie erzählte die Geschichte seiner Mutter, berichtete über Hass und neuen Rassismus, der schleichend gekommen war und sich weiter ausbreitete. Die Frauen herzten den kleinen, hübschen Jungen, bis er von Vivien unter großem Protest ins Bett gebracht wurde.

Erst gegen vier Uhr verließen die Frauen das Haus, der

Busfahrer hatte es sich auf der Bank hinten bequem gemacht und geschlafen. Und so wurde er geweckt und fuhr die Frauen nach München zurück. Sie hatten Adressen und Telefonnummern ausgetauscht und sich das Versprechen gegeben, in Kontakt zu bleiben. Und, wie Edith vorschlug, man könne sich doch nächstes Jahr hier wieder mit Vivien und Maria treffen. Ein letztes Mal wurden die beiden umarmt, dann fuhr der Bus ab.

*

Ein paar Tage später frühstückten Vivien und Maria in der Küche, Vivien mit halbem Blick auf die Uhr, sie war bereits spät dran. Daniel planschte noch im Bad herum.

»Heute ist das Foto auf der Titelseite.« Sie hob die Zeitung hoch, Maria nickte nur knapp. Ja, sie habe es schon gesehen. Auf der Titelseite prangte das Foto von den Frauen vor der Gedenktafel.

Gegen das Vergessen
Zwei Heldinnen werden gefeiert.
Vivien Kroll und Maria Richter im Kreis der Frauen,
die sie vor dem sicheren Tod gerettet haben.

»Ziemlich spät, findest du nicht auch?«

Mehrere Zeitungen deutschlandweit hatten bereits über das Treffen der Frauen, über den Besuch der Stätte des Konzentrationslagers und des Museums berichtet. Der Bürgermeister hatte einen Blumenstrauß und einen Delikatessenkorb geschickt.

Mit großer Bewunderung, stand auf der beigefügten Karte. Der Korb befand sich auf dem Fensterbrett. Den Stollen hatten sie bereits angeschnitten.

»Er erhofft sich, dass Touristen kommen und das Lager zu

einer viel besuchten Gedenkstätte wird«, lächelte Vivien ironisch.

Maria reagierte nicht. Ihr ging nicht aus dem Kopf, dass Marie-Luise die Tochter *ihrer* Nadja war. »Wir sollten sie zu uns holen«, sagte sie plötzlich. »Ich weiß nicht, was du dagegen hast. Sie kann bei uns wohnen, in deine Schule gehen und das Abitur machen.«

Vivien stellte heftig ihre Kaffeetasse auf den Tisch. »Nein. Du suchst nur wieder jemanden, den du bemuttern kannst. Marie-Luise soll selbst entscheiden, wie sie ihr Leben planen will, und sicher ist es nicht ihr Wunsch, hier zu leben.«

»Aber sie kann sich nicht ewig in Philips Wohnung verstecken.«

»Das muss nicht deine Sorge sein, du bist nicht für sie verantwortlich.«

Maria schwieg, der scharfe Ton in Viviens Stimme verletzte sie.

»Es geht doch nicht, das musst du einsehen. Marie-Luise ist eine Person des öffentlichen Interesses geworden.«

Vivien erhob sich rasch und trank noch schnell im Stehen ihren Kaffee aus. »Am besten wäre es, sie ginge aus Deutschland weg. Viele der Kinder von Parteigrößen leben heute unter anderer Identität im Ausland.« Sie warf einen nervösen Blick auf die Küchenuhr. »Kannst du auf Daniel aufpassen?«

Maria nickte. »Ja, ja geh nur, ich habe meine Termine auf heute Nachmittag gelegt.« Jetzt lachte sie. »Es war zu süß, wie Daniel plötzlich auftauchte und zum Mittelpunkt wurde. Jede hat ihn gedrückt.«

Jetzt lächelte auch Vivien. »Er hat einen unglaublichen Charme, sicher hat er den von seinem Vater geerbt.«

Ein kurzer Blickwechsel, ein Lächeln, dann schlüpfte Vivien in ihren Mantel.

»Pass auf, dass dich kein Reporter abfängt«, rief Maria ihr noch nach. In den vergangenen Tagen riefen Zeitungen an, baten um Interviews. Bereits mehrere Male hatten Presseleute vor der Tür gestanden, mit Mikrofonen in den Händen und umgehängten Kameras.

Vivien und Maria aber waren sich einig, keine Interviews zu geben.

»Ja, ja, du auch, Maria, und ruf endlich Walter an.«

Die Tür flog zu. Vivien war gegangen.

»Komm«, sagte sie zu Daniel, der gerade in die Küche gekommen war. »Komm, wir nehmen deinen Kakao, die Milch und die Cornflakes mit nach oben. Dann kannst du frühstücken, während du dein neues Puzzle zusammensetzt.«

Maria stellte die Kanne mit dem heißen Kakao und die anderen Sachen auf ein Tablett und stieg vorsichtig die Treppe hinauf. Unlustig folgte er ihr. »Warum rufst du Walter nicht an?«, bohrte er nach. »Vivien hat es dir doch schon mehrmals gesagt, warum nicht?«

»Weil ich nicht will«, war Marias knappe Antwort. Wie sollte sie dem Kleinen oder auch Vivien erklären, dass sie das nicht konnte? Dass sie davon überzeugt war, Walter habe sie verlassen?

Sie hatte ihm abgesagt, als die Mädchen mit ihrer Überraschung kommen wollten. Er aber hatte am Telefon nur gesagt, ja, das ginge schon in Ordnung, ihr alles Gute gewünscht und das Gespräch schnell beendet.

Nach was sah es denn aus, wenn nicht nach Trennung? Sicher war er über ihre Absage erleichtert, das ersparte ihm ein peinliches Treffen mit ihr. Nein, sie würde nicht anrufen.

»Vivien hat mir einen Adventskalender geschenkt«, plapperte Daniel hinter ihr, während sie die Treppe hochstiegen. »Mit viel Glitzer und Schnee und einem Nikolaus und vielen Engeln.«

»Ich weiß, ich weiß«, antwortete Maria zerstreut.

»Da kann ich jeden Tag ein Türchen aufmachen.«

»Ja, das kannst du, aber erst ab dem 6. Dezember.«

»Und wann kommt der Nikolaus?«

»Am sechsten, auch das habe ich dir schon so oft gesagt«, seufzte Maria.

»Und er wohnt im Wald, in einer Hütte.«

»Ich weiß es nicht, Daniel, niemand weiß es. Manche sagen, er kommt mit einem Schlitten, gezogen von Rentieren, direkt aus dem Himmel. Aber jetzt muss ich arbeiten. Bitte sei so lieb und setze dein Puzzle zusammen.«

»Aber wenn er aus dem Himmel auf die Erde kommt, muss er doch irgendwo wohnen, meinst du nicht auch? Und das kann im Wald sein.«

»Ja, ja, vielleicht.« Maria hörte nicht mehr richtig zu. Sie setzte sich an den Schreibtisch und nahm die Schutzhülle von ihrer Schreibmaschine. Sie legte ihre Hände auf die Tasten und starrte auf das leere Blatt, das sie eingelegt hatte. Ihr ging so vieles durch den Kopf. Nadja hatte eine Tochter, und wie gern hätte sie das Mädchen bei sich aufgenommen. Oder hatte Vivien recht?

»Schreibst du wieder für die Zeitung?«

Daniel riss sie aus ihren Gedanken. Maria fuhr hoch. »Wie kommst du darauf?«

»Walter hat es gesagt.« Daniel erschrak über ihre heftige Reaktion und brachte sich in Richtung Tür in Sicherheit.

»Das ist dummes Gerede, und außerdem gehört Walter nicht mehr zu unserer Familie.« Sie spürte, wie sie die Tränen nicht mehr zurückhalten konnte, aber als das Telefon klingelte, sprang sie auf und hastete die Treppe hinunter. Vielleicht rief Walter jetzt an?

Doch am anderen Ende war die Polizei.

*

Wenn Vivien im Lehrerzimmer als Erstes am Morgen die Briefe aus ihrem Postfach holte, tat sie es mit einem Gefühl von Angst. Doch es hatte seit Langem keine Drohbriefe mehr gegeben, und Vivien versuchte, sich einzureden, sie sollte damit nur verunsichert werden. Was hatte der Dienststellenleiter gesagt? Bellende Hunde beißen nicht. Sollte sie beruhigt sein? Nein. Ein Gefühl sagte ihr, es ging weiter.

Zerstreut faltete sie die Zeitung des Tages auseinander, beim Frühstück hatte sie nur kurz die Titelseite überflogen. Doch auf Seite drei fand sich ein weiterer Artikel:

Ein Zeichen der Menschlichkeit

Ein Artikel darüber, wie die Bevölkerung den Besuch des Lagers von Überlebenden beurteilte. Die meisten verhielten sich neutral, zweifelten aber, ob es eine gute Idee war, dieses ehemalige Konzentrationslager so plötzlich in den Mittelpunkt der Presse zu stellen.

Wir wollen unsere Ruhe haben. Haben wir nicht genug Ärger mit den Flüchtlingen? Zu wenige Wohnungen, zu hohe Arbeitslosenrate.

Vivien wollte nicht weiterlesen. Waren ihre Appelle für Toleranz gegen den Wind gerufen, war Marias unermüdlicher Einsatz für ein gutes Zusammenleben umsonst?

Vivien legte die Zeitung zur Seite, erhob sich und trat ans Fenster. Wieder ein trüber Tag. Sie sah hinunter auf den Platz. Viele Schülerinnen radelten in Gruppen an, schoben ihre Räder zu den Ständern, unterhielten sich, winkten sich zu und lachten. Wie oft in letzter Zeit überkam Vivien Panik. Diese jungen Mädchen hatten ihr Leben vor sich, sie konnten ihre Jugend genießen, Pläne für ihr Leben machen. Sie hingegen … in einigen Wochen feierten sie bereits Weihnachten. Die Zeit war unerbittlich, die Jahre vergingen zu schnell. Wie viele Feste würde sie hier in der Stadt, in der Schule noch mitmachen?

Da klopfte es, und ihre Sekretärin steckte den Kopf herein. »Frau Direktor, die Polizei will Sie sprechen.«

Eine Stunde später standen Vivien und Maria betroffen vor dem fast zerstörten Denkmal. Die Rosen waren zerrissen, und die Blätter hatte der Wind über das ganze einsame Feld verteilt. Die Außenwände des Museums waren mit roten Hakenkreuzen beschmiert.

Juden und Schwarze sind keine Deutschen.

Nachdenklich verharrten Vivien und Maria davor.

Beide waren durch die Polizei befragt worden, ob sie eine Ahnung hatten, wer die Täter sein konnten, die es nachts geschafft hatten, sich mit Gewalt Zutritt zum Lager zu verschaffen.

»Diese Menschen zeigen uns, sie können machen, was sie wollen. Es ist eine Demonstration ihrer Macht.« Vivien wandte sich an den Polizeibeamten, der sie hierhergeführt hatte.

Er zuckte nur die Schultern. »Wir können wenig dagegen tun, es ist Sachbeschädigung, mehr nicht, und die Anzeige geht gegen unbekannt.«

»Unbekannt«, rief Maria. »Jeder von uns weiß doch, woher diese Hetze kommt, nämlich aus dem Umfeld der Gruppe *Freunde der Heimat.*«

»Kann sein«, der Beamte, »aber beweisen Sie es erst einmal.«

Kapitel fünfunddreißig

Marie-Luise

Nadja hatte zu Maria gesagt, ihre Eltern seien nach Deutschland gekommen, da sie dachten, sie seien hier willkommen. Nadja hatte von Sibirien erzählt. Sie habe es nicht kennengelernt, aber sie habe das Land ihrer Väter im Blut.

Sibirien vergisst du nicht, hatte die Mutter von Nadja zu ihrer Tochter gesagt, *und eines Tages kehren wir dorthin zurück.* Sie waren Nomaden gewesen, sie lebten in der Tundra, und wenn es Herbst wurde, zogen sie mit ihren Rentieren über den Ural in die Taiga. *Und eines Tages kehren wir in unsere Heimat zurück.*

Doch es war anders gekommen, ihr Bauernhof wurde angezündet, und Nadjas Eltern waren in den Flammen umgekommen.

Marie-Luise rannte, sie rannte an der Isar entlang, während ihr die Tränen über die Wangen liefen. War diese Unruhe in ihr das Blut ihrer Vorfahren, der Nomaden? Wo war ihre Heimat, wo war der Ort, wo sie hingehörte, wo sie glücklich sein konnte?

Marie-Luises Atem ging keuchend. Sie kam nicht mehr zur Ruhe, seit sie endlich wusste, wer ihre Mutter war: ein junges Mädchen, das von Maria Richter aufgenommen und wie eine Tochter geliebt worden war. Ein Mädchen, das eines Morgens von der Gestapo abgeholt und in das Lager gebracht worden war. Nadja Pimarova … der Name stieg in Marie-Luise hoch. Sie blieb stehen und schrie ihn in den aufkommenden Wind, der an ihrem Schal und an ihren Haaren zerrte und ihre Tränen trocknete.

Marie-Luise hörte nur auf das stetige Rauschen der Isar, als sie sich langsam umdrehte und zurück zu Antonia ging. Eine junge Frau, die auch sie aufgenommen hatte, ohne zu überlegen, ohne einen Moment zu zögern.

Nadja, Mama, was hat man dir alles angetan? Bin ich in einem Moment der Gewalt, des Abscheus gezeugt worden? Wie furchtbar muss es gewesen sein, als man dir das Kind wegnahm, hast du es doch lieben können? Ja, das hast du. Marie-Luise spürte die Tränen auf ihrem Gesicht. *Denn du hast die Puppe für mich geschnitzt und einen Weg gefunden, sie mir zu geben. Es war der Beweis, dass du mich trotzdem lieben konntest. Aber Vater wollte das nicht, er rächte sich, weil du ihn angegriffen hast. Aber was wäre gewesen, wenn du geblieben wärst, bei ihm und bei mir? War der Abscheu gegen diesen Mann doch größer als die Liebe zu deiner Tochter?*

Eines Tages werde ich in unsere Heimat zurückkehren. Das ist das Einzige, was ich für dich tun kann, und auch für mich. Eines Tages werde ich die Einsamkeit Sibiriens spüren, denn sie ist ein Teil von mir.

*

Ein warmer Wind blies über die Stadt. Die Sonne wärmte, obwohl es bereits Ende November war. Ein Föhneinbruch machte es möglich. Antonia lehnte an ihrem offenen Cabrio und wartete auf ihre Cousine. Ihr Anruf hatte Antonia beunruhigt, Anna hatte am Telefon geweint, sie schien außer sich, und da hatte Antonia ihr vorgeschlagen, sie am Theater abzuholen.

Jetzt kam Anna auf sie zugelaufen, den Mantel hatte sie falsch geknöpft, und ihre Handtasche stand offen. Antonia umarmte sie. In diesen Momenten zeigte sich Anna verletzlich, und Antonias Zuneigung drückte sich in Zärtlichkeit aus. Sie zog ihre Cousine fest an sich.

»Komm, steig ein, wir fahren an den See. Hier, wickle dich in die Decke ein. Wir fahren offen.«

Wie immer brauste Antonia durch die Stadt, und während der Fahrt auf der Landstraße warf sie immer wieder einen besorgten Blick auf ihre Cousine neben sich, die sich in die Decke hüllte und das Gesicht mit geschlossenen Augen dem Wind entgegenhielt.

Schließlich hielt Antonia an. Schweigend stiegen sie aus, Antonia nahm eine weitere Decke und eine Kühltasche aus dem Kofferraum. »Gib sie mir, ich trage sie. Was hast du da drin?« Annas Neugier war geweckt.

»Sekt«, erklärte Antonia. »Sekt ist für gute Momente im Leben, aber auch für die schlechten. Und du wirst mir gleich sagen, welcher Moment jetzt für dich ist.«

Anna brachte ein Lächeln zustande, und so liefen sie den Steg entlang bis ganz nach vorn. »Aber meine Füße muss ich heute nicht ins Wasser halten?« Anna hatte ein kleines Lachen wiedergefunden, und Antonia war erleichtert darüber. »Nein, aber trotzdem setzen wir uns ganz vorne hin.«

Sie breiteten die Decke aus, setzten sich im Schneidersitz darauf, und Antonia öffnete geschickt die Flasche, während Anna die Gläser aus der Tasche holte und sie ihrer Cousine entgegenhielt.

Der Tag war von fantastischer Klarheit, die Berge zum Greifen nahe.

»Prost!« Sie tranken einander zu, sahen in den tiefblauen, wolkenlosen Himmel und horchten auf den Wind, die Schreie der Möwen, das Glucksen des Wassers unter dem Steg und die Rufe der Enten im Schilf.

»Unsere Mütter waren glücklich, nicht wahr?«

»Ja, das waren sie. Vor allem meine Mutter, als herauskam, dass Marie-Luise die Tochter von Nadja ist.«

»Ich erinnere mich«, erzählte Antonia, »als meine Mutter und ich zu euch aufs Land kamen, da empfing Nadja uns mit einem russischen Zupfkuchen.«

»Das weißt du noch?«, staunte Anna. »Ich habe das Foto gesehen, im Album, und da habe ich mich wieder erinnert.«

»Weißt du, dass Marie-Luise einen Brief von Sarah Wertheim bekommen hat?«

Anna war überrascht. »Und hat sie dir erzählt, was Sarah ihr geschrieben hat?«

Antonia schüttelte den Kopf. »Ich kann es mir aber denken, weißt du. Die letzten Worte, bevor Sarah in den Flieger stieg, waren, dass man für Marie-Luise endlich eine Lösung finden müsse.«

»Da hat sie recht, Antonia.«

Schweigend tranken sie ihren Sekt und sahen auf den See, bis sich Antonia an Anna wandte: »Ja, ich weiß, aber jetzt geht es nicht um Marie-Luise, sondern um dich. Also was ist los?«

»*Maria Stuart* wird vom Spielplan genommen. Die Termine für die Vorstellungen werden durch alte Produktionen ersetzt«, platzte Anna heraus.

»Warum?«

Anna blieb stumm.

»Aber ist das nicht gut? Hast du nicht gesagt, diese Rolle bekommst du nicht in den Griff?«

Anna schwieg, schenkte sich noch einmal nach. Erst dann sprach sie. »Ja, so gesehen ist es gut. Einige Termine werden durch eine alte Aufführung von *Minna von Barnhelm* ersetzt. Sie ist vor drei Jahren mit großem Erfolg gelaufen, und ich soll die Rolle der Minna übernehmen. Heute Abend fange ich schon mit einer Sprechprobe an. Mein Gott, und ich bin so müde, so erschöpft, und dann …«

»Also wird *Maria Stuart* einfach so gestrichen?«, staunte Antonia.

»Ja, genau.«

»Aber wieso?«

»Das ist es ja.« Annas Stimme brach, als sie das Gesicht abwandte und so leise sprach, dass Antonia Mühe hatte, sie zu verstehen. »Wir hatten heute Morgen unsere erste Probe in Kostüm und Maske. Wir warteten auf Julian, aber er kam nicht. Aber der Intendant erschien und sagte uns, die Produktion sei ausnahmslos gestrichen. Julian sei vorgestern Abend noch nach Rom geflogen, und dort habe er in den frühen Morgenstunden einen Herzinfarkt erlitten.«

»Deswegen kann er nicht zurückkommen.«

Anna nickte nur und presste die Lippen zusammen. »Weißt du, Antonia, nicht nur, dass Julian einen Infarkt hatte. Es schmerzt, dass ich nicht erfahre, wie es ihm geht. Wenn Julian stirbt, wird mir niemand sagen, was passiert ist, denn in seinem Leben gibt es mich offiziell nicht. Er ist verheiratet, hat zwei Söhne, eine Schwester«, brach es aus Anna heraus. »Eine Familie. Und ich? Wer bin ich? Sein heimliches Verhältnis.« Fast ging Annas Stimme in ein Schluchzen über.

»Aber er hat auch eine Tante, mit der du Kontakt hast.«

Abwehrend schüttelte Anna den Kopf. »Nein, auch sie weiß nichts von unserer Beziehung. Sie würde mir nichts sagen.«

Schweigend tranken sie ihren Sekt.

»Nun, Anna, du musst ja nicht gleich vom Schlimmsten ausgehen.«

»Ach ja? Ich weiß doch, was *Maria Stuart* ihm bedeutet hat. Seit Jahren war es sein großer Wunsch, dieses Drama zu inszenieren, und plötzlich, von einem Tag auf den anderen, weg, einfach weg.

Aber es hilft nichts«, sagte Anna plötzlich und strich sich die kurzen Haare aus dem Gesicht. Sie sah auf ihre Armbanduhr. »Um achtzehn Uhr fängt meine Probe für die Minna an. Auch wenn das nicht gerade meine Traumrolle ist.«

Und Antonia sah erstaunt, wie Leben in Anna kam, sie richtete ihren Oberkörper auf, warf den Kopf in den Nacken. »Ich bin sehr gespannt auf Marc Meier, den unbekannten Regisseur, der aber sehr begabt sein soll. Und er konnte so kurzfristig einspringen.« Gerade noch verzweifelt, bekam ihre Stimme jetzt Farbe und Energie.

Schweigend und in Gedanken versunken saßen sie noch eine kleine Weile nebeneinander, sahen auf den See, der sich im Wind kräuselte, auf ein paar Segelboote, die sich trotz des Wetters aufs Wasser wagten, und drei Schwäne, die sich auf den Wellen schaukeln ließen.

Anna schien in Gedanken weit weg, und so fand Antonia nicht die Gelegenheit, mit ihrer Cousine über die eigenen Selbstzweifel zu sprechen und die Frage, ob es wirklich die richtige Entscheidung war, das Studium wieder aufzunehmen.

Langsam ging die Sonne unter, da erhob sich Anna mit neuer Energie. »Es war schön, mit dir zu reden, Antonia. Aber jetzt muss ich ins Theater, ich will nicht zu spät kommen.«

Antonia lächelte ein wenig wehmütig und auch bewundernd. *Sie wird nie zusammenbrechen,* schoss es ihr durch den Kopf. *Sie geht ihren Weg, und nichts kann sie aufhalten.* Wenn Julian sie wirklich verlassen hatte oder wenn er sterben würde – Anna würde trauern, dann aber den Kopf in den Nacken werfen und weitermachen. Anna würde jede Katastrophe überstehen.

Am nächsten Tag überschlugen sich die Schlagzeile der Boulevardpresse: *Julian Winter bricht die Regie an »Maria Stuart« am Residenztheater ab. Er erlitt in Rom einen schweren Herzinfarkt, und es bleibt die große Frage: Kann Julian Winter jemals wieder am Regiepult stehen?*

*

Anna ballte die Fäuste, lernte die Rolle der Minna, erschien pünktlich zu den Proben und bot ihren Kollegen im Theater keine Angriffsfläche, obwohl sie extrem erschöpft war und öfter gegen starke Übelkeit ankämpfte. Es schien doch alles zu viel für sie zu sein. Die Angst, die Ungewissheit, wie es Julian ging, beherrschte sie und war sicher für die Erschöpfung verantwortlich.

Kapitel sechsunddreißig

Daniel

Maria hatte gesagt, der Nikolaus wohnt im Wald. Maria hatte sich in der Hütte umgesehen und geglaubt, hier sei jemand gewesen. Als er gefragt hatte, ob es der Nikolaus gewesen sein könnte, hatte Maria nur mit den Schultern gezuckt.

Daniel saß auf dem hohen Küchenschemel und sah auf die Straße hinaus. Heute war der 4. Dezember. In zwei Tagen kommt der Nikolaus, hatte Maria gesagt. Seit vier Tagen öffnete er am Adventskalender ein Fenster, einmal war eine kleine Puppe zum Vorschein gekommen, dann eine Trommel, ein Teddybär. Er hatte schon vorsichtig das sechste Fenster geöffnet und hineingelugt: ein Nikolaus.

Sah er wirklich so aus wie im Kalender? Rote Mütze, ein weißer Bart und einen dicken Bauch, gekleidet in einen roten Mantel?

Wenn man ihn im Wald traf, war er da wirklich mit dem Schlitten unterwegs? Er sah so freundlich aus. Sicher gab er den Kindern, die ihm begegneten, schon mal Süßigkeiten. Vivien hatte gesagt, am Abend des 6. Dezember sollte er seinen Stiefel vor die Haustür stellen, und irgendwann käme der Nikolaus dann vorbei und würde den Stiefel füllen. »Aber er ist so klein«, klagte Daniel, »da geht doch gar nichts rein.« Da hatte Vivien gelacht und ihm versprochen, auch ihre großen Gummistiefel danebenzustellen.

Daniel sprang vom Schemel. Er schlenderte durchs Erdgeschoss, setzte sich im Biedermeierzimmer an den Flügel und spielte *Summm summm summm, Bienchen summm herum …*

Dann klappte er den Deckel wieder zu und verließ das Zimmer. An der Treppe blieb er stehen und horchte. Von oben klang das Klappern der Schreibmaschine aus Marias Zimmer. Vivien war noch in der Schule, und Maria war zu Hause geblieben, um auf Daniel aufzupassen. Aber er war groß und kein Baby mehr.

Da hatte er plötzlich eine Idee.

Er konnte ganz schnell bis zur Jagdhütte rennen und nachsehen, ob der Nikolaus dort wohnte. In der Küche warf er einen raschen Blick auf die Uhr. Zwei Uhr. Er war stolz darauf, die Uhr lesen zu können.

Maria wollte nicht gestört werden, aber um vier Uhr käme sie herunter. Sie wollte dann mit ihm in den Wald gehen und Tannenzweige holen. Er konnte ihr eine Freude machen und Zweige auflesen und dabei ganz schnell in der Jagdhütte nachsehen, ob der Nikolaus dort war. Er hatte keine Ahnung, wie lange er brauchen würde, aber sicher wäre er bis drei Uhr wieder zurück. Rasch schlüpfte er in seine Stiefel und die dicke Jacke, zog sich die Mütze auf den Kopf und stülpte sich die Fäustlinge über die Hände.

Einen Moment zögerte er. Es war das erste Mal seit seiner Gefangenschaft im Wasserturm, dass er allein aus dem Haus ging. Er war nicht einmal mehr zum Bahnhof gelaufen, um auf seinen Papa zu warten.

Draußen blieb er einen Moment stehen, zögerte wieder, dann aber rannte er los. Es hatte geschneit, und die Sonne schien, und an diesem hellen Tag konnte ihm gar nichts passieren. Als er aus dem Wasserturm befreit worden war, hatte jeder gesagt, sein Schutzengel habe ganze Arbeit geleistet, aber wahrscheinlich habe er nicht nur einen, sondern gleich mehrere Schutzengel.

Schon hatte er den Waldrand erreicht. Still war es zwischen den Bäumen, manchmal flog ein Vogel erschreckt auf, dann rieselte Schnee auf Daniel herunter. Wo aber ging es zur Hütte? Nur Bäume, überall Bäume … Schnee und Stille. Beängstigende Stille. Er verlor sich im Wald, die Tannen, die Sträucher wurden enger, schienen ihn einzuschließen. Daniel spürte sein Herz kräftig gegen die Rippen schlagen. Überall nur Wald, keine Hütte, kein Weg mehr. Nur Stille.

Doch da fiel ein Schuss. Erschrocken rannte Daniel weiter, er stolperte, lief einfach voran, aber da lichtete sich der Wald, und als er sich zitternd umsah, erkannte er die kleine Lichtung, den Weg, und da war auch die Hütte. Dort ging das Licht an, denn es war dämmrig.

Sicher ist es der Nikolaus, dachte er. Erleichtert rannte er auf die Hütte zu. Sein Schutzengel hatte ihn durch den Wald hierher geführt. Er riss die Tür auf, und da starrten ihm vier junge Männer entgegen.

»Wen haben wir denn da?« Schon warf einer von ihnen die Tür hinter Daniel zu und stellte sich davor.

Die anderen lachten und kamen näher. »Bist du allein?«

Daniel nickte, er spürte sein Herz schlagen und betete zu seinem Schutzengel, denn er fühlte die Gefahr, die von den jungen Männern ausging.

Maria hatte gesagt, dass es Wilderer gab, böse Menschen, die in den Wald gingen und Tiere töteten. Er konnte sich nicht bewegen, blieb stehen, als sie ihn anstießen, bis er hinfiel. Sie traten ihn, bis er sich krümmte, sie lachten, als er weinte. Dann bildeten sie einen Kreis um ihn, und einer sagte: »Hubert, das ist deine Gelegenheit, deine Mutprobe, jetzt zeig uns, dass du zu uns gehörst.«

»Beweis es, beweis es …«, riefen die anderen im Chor.

»Du hast das Reh nicht getroffen, jetzt zeig uns, dass du treffen kannst, dass du kein Feigling bist«, provozierte ihn der Älteste. Ihn kannte Daniel, es war der Neffe der Nachbarin Frau Hofer.

»Er … er ist ein Kind …«, stammelte Hubert, als ihm Roland Hofer das Gewehr in die Hand drückte. »Ich bin auch erst sechzehn und er …«

»Er ist ein Stück schwarzer Dreck. Tu es, tu es, dann gehörst du zu uns. Du willst kein Feigling sein, also schieß, schieß doch.«

Und da nahm Hubert mit zitternden Händen das Gewehr hoch und schoss.

Daniel spürte einen furchtbaren Schlag in der Herzgegend, er wimmerte, sah hoch, wollte die Hand heben, doch sie fiel herab. »Mama …«, flüsterte er, »Mama …«

Dunkelheit umfing ihn.

Gegen ein Uhr morgens tappte der Flößer Martin Bauer nach einer durchzechten Nacht durch den Wald nach Hause. Er war mit der Taschenlampe unterwegs, und als er mit seinem Fuß gegen etwas stieß, dachte er, es sei ein totes Tier. Vorsichtig ging er in die Knie und erkannte mit Entsetzen, dass unter der leichten Schneedecke ein totes Kind lag.

Dreihundert Meter von der Hütte entfernt hatte man den kleinen Daniel in den Schnee geworfen.

Als die Polizei in den Gasthof Grieser kam, um Veronika die Nachricht zu überbringen, war sie gerade im Gehen. Sie sah die beiden Polizisten nur an. Sie antwortete nicht, als habe sie nicht verstanden. Sie stieß einen einzigen Schrei aus, dann brach sie zusammen.

Kapitel siebenunddreißig

Antonia und Anna

Ich hatte Glück damals.« Antonia sah hoch und wies mit dem Kopf auf die Zeitungen, die vor ihr auf dem Tisch lagen.

»Wenn du nicht gekommen wärst, hätten sie mich wahrscheinlich auch getötet.«

Anna stand noch in der Tür zum Wohnzimmer. Über ihr blasses Gesicht huschte ein vages Lächeln. »Ja, und ich bin glücklich, dass ich zur richtigen Zeit am richtigen Ort war. Es ist schrecklich, dass Daniel kein Glück hatte«, setzte sie nach einer kleinen Pause hinzu.

Sie kam näher und ließ sich in einen Sessel fallen. Sie musste eigentlich schon los, ihre Probe fing in einer Stunde an, aber Anna fühlte sich müde, zerschlagen. Sicher war es die Nachricht von dem Mord an Daniel, einem kleinen Jungen, der nur ein Kind hatte sein wollen. Deutschlandweit berichteten die Zeitungen über die Ereignisse in einer bayerischen Stadt.

Ein Initiationsmord.
Der Mord mit einem rassistischen Hintergrund.
Die Verherrlichung von Adolf Hitler.
Der neu aufkommende Rassismus.
Haben wir nichts aus der Vergangenheit gelernt?

So lauteten die Zeilen in der Presse.

»Meine Mutter hat erzählt, dass in der ganzen Stadt Presseleute mit Fotoapparaten und Kameras herumlaufen, Passanten interviewen, den Bürgermeister, den Dienststellenleiter der

Polizei. Er betonte in einem Interview, dass er schon lange die Gefahr erkannt habe, aber nicht ernst genommen wurde, als er Konsequenzen gefordert hat.«

»Und? Was sagt deine Mutter zu dieser Äußerung, hat sie nicht immer schon Konsequenzen gefordert? Es ist empörend.«

»Mehr als das. Meine Mutter gab die Drohbriefe an die Presse weiter und erklärte, die örtliche Polizei habe keinen Handlungsbedarf gesehen. Auch nicht, als sie von der Partei der jungen *Freunde der Heimat* erfuhren und um die Gewaltbereitschaft wussten.«

»Endlich ist die Partei verboten worden. Eine Razzia in ihren Räumen hat unglaublich rassistisches Material entdeckt. Eine einzige Verherrlichung Adolf Hitlers und seiner Rassengesetze.«

»Wie immer zu spät. Es musste erst etwas Furchtbares passieren.«

»Der Mord an Daniel.«

Anna fing an zu weinen. Auch Antonia wischte sich die Tränen weg.

»Das Schlimme ist ja nur, dass der Mörder erst sechzehn ist und unter das Jugendgesetz fällt.«

»Man hat ihn aber bereits in ein Erziehungsheim gesteckt, das für seine harten Maßnahmen bekannt ist. Die anderen sitzen in U-Haft, sind aber auch noch nicht einundzwanzig.«

»Die Eltern des Mörders haben Einspruch erhoben. Ihr Sohn sei benutzt worden, und es sei nicht er gewesen, der geschossen habe, er sei doch so ein braver Junge. Er sei angestiftet worden und habe nur ausgeführt, was ein anderer ihm sagte, weil der ihn sogar bedroht hat. Also sei ihr Sohn unschuldig. Aber der Name wurde nicht genannt, der Junge spricht nicht, hat offenbar große Angst.«

Mit einem kleinen Aufschrei fuhr Anna hoch. »Ich komme zu spät.« Dann hielt sie sich an der Tischkante fest. Ihr war schwindlig, Schweiß stand auf ihrer Stirn. »Ich bin wohl zu schnell aufgestanden«, murmelte sie, atmete durch und ging dann zur Tür.

»Warum nur hatte Daniel kein Glück, warum ist dieser Flößer nicht früher gekommen? Vielleicht hätte er ihn retten können.«

»Er war sofort tot, das hat die Autopsie ergeben.«

Antonia weinte und konnte nicht aufhören, auch als sich Anna mit einem gemurmelten *Bis später* verabschiedete.

Sie ging in die Diele und starrte sich im Spiegel an, sah ihre Tränen über die Wangen laufen, dann folgte sie mit dem Finger der Narbe, die sich von der Nase bis zum Mund zog. Jahrelang hatte sie gehadert, sich nur als Frau mit einer Narbe im Gesicht definiert. Und Frank Mähler hatte das auch noch vertieft. »Aber ich lebe«, murmelte sie. *Ich lebe. Wieso konnte ich das nie als tiefstes Glück ansehen?*

Die Bedeutung dieser zwei Worte: *Ich lebe …*

Und der kleine Daniel musste sterben, da er kein Glück hatte, niemanden, der ihn gerettet hat.

Anna lief, bis sie keuchend stehen blieb und nach Atem rang. Sie kam sowieso zu spät, also war es egal, ob sie sich um eine halbe Stunde statt einer Viertelstunde verspätete. Es war das erste Mal, seit sie am Residenztheater war, dass sie nicht pünktlich zur Probe erschien. Anna Richter war bekannt für Disziplin und Verlässlichkeit.

Aber nichts schien mehr wirklich wichtig in Anbetracht der Tragödie um den kleinen schwarzen Jungen. Antonia, Marie-Luise und sie sprachen von nichts anderem, der Schmerz war bis zu ihnen gekommen und hatte sie mit erfasst. Seit vor sechs Tagen morgens um sieben Uhr das Telefon geläutet und Vivien schluchzend angerufen hatte, seit die Zeitungen berichteten und auch in München jeder wusste, was in ihrer Heimatstadt passiert war. Einer Stadt, die ab sofort für Rassismus stand, für rechte Politik, für Intoleranz.

Anna weinte auch aus Mitleid mit ihrer Mutter. Maria Richter, die seit dem Jahr 1940 gegen Gewalt und den Nationalsozialismus gekämpft und sich seit 1946 für Toleranz für Flüchtlinge eingesetzt hatte.

War alles umsonst?

Und Vivien, die mit ihr gekämpft hatte und heute als Direktorin versuchte, die Jugend zu Toleranz zu erziehen. War sie gescheitert? Wieder wurde ihr schwindlig, sodass sie sich an eine Hauswand lehnte. Vielleicht die Aufregung, die anstrengenden Proben oder auch das Telegramm, das sie gestern aus Rom erhalten hatte: ein kurzer Satz.

Lebe noch-stop-melde mich bald-stop
J.

»Kann ich Ihnen helfen? Sie sind so blass.« Eine ältere Frau sprach Anna an und nahm sie fürsorglich am Arm.

Anna schüttelte den Kopf, murmelte ein Dankeschön, nein, mir geht es gut. Sie löste sich von der Hauswand und ging langsam ins Theater.

Zum ersten Mal ging sie vollkommen emotionslos, sie empfand nichts, keine Empathie für ihre Rolle, keine Begeisterung für die nächste Probe, kein Lampenfieber vor der Premiere am 19. Januar.

Sie sollte sich wirklich freuen, dass Julian noch lebte, aber sie empfand nichts.

Nichts als diese Übelkeit, Erschöpfung und Trauer über den Tod des kleinen schwarzen Jungen.

Kapitel achtunddreißig

Vivien

Stille herrschte auf den Gängen in der Schule, kein Rennen, kein Lachen, kein Türenschlagen. Nur Stille.

Vivien saß am Schreibtisch und korrigierte Schulaufgaben. In zwei Stunden musste sie wieder in den Unterricht der Oberstufe. Sie versuchte sich zu konzentrieren, doch es gelang ihr nicht. Immer wieder dachte sie an Daniel, wie sie ihn am Bahnhof sitzen sah und er auf seinen Vater wartete, den Vater, der nie kam. Sie erinnerte sich, wie er sie abholte, nachdem sie in München gewesen war, wie er vor der Schule stand und strahlte, wenn er sie sah.

Vivien erhob sich, ging ans Fenster und starrte hinunter auf den leeren Platz. Am Denkmal von Theodor Storm hing ein breites Band:

Keine Macht der Gewalt, gegen Rassismus
und für den Frieden in Deutschland.
Frieden in unserer Stadt.

Ein Plakat, wie sie überall in der Stadt hingen. Das Vereinshaus der *Freunde der Heimat* mit dem anschließenden Haus der Jugend war geschlossen worden.

Ein Kind musste sterben, um die Bevölkerung aufzurütteln. Plötzlich schien es keine Anhänger der *Freunde der Heimat* mehr zu geben.

Vivien löste sich vom Fenster. Der Anblick des leeren, verschneiten Platzes war so trostlos, dass ihr sofort wieder die Tränen kamen. Nie mehr würde der kleine Junge dort unten stehen, strahlen, wenn er sie sah, und auf sie zurennen.

Nie mehr, die bittere Wahrheit des Todes. Nie mehr.

Am nächsten Tag sollte die Beerdigung sein.

Der Stadtrat, der Bürgermeister, die Presse hatten sich angesagt. Die Stadt München schickte einen Regierungsvertreter als Zeichen des Mitgefühls, des Miteinanders gegen Gewalt.

Vivien und Maria hatten nicht verstanden, dass Veronika das alles zuließ, dass sie ihr einziges Kind nicht in aller Stille beerdigen wollte.

Veronika, die schwieg. Die nichts sagte. Sie arbeitete nicht mehr, sondern blieb stundenlang oben in ihrem Zimmer.

Maria hatte in der örtlichen Zeitung einen Nachruf auf einen kleinen Jungen, der sterben musste, geschrieben, damit die Menschen sich ihrer Menschlichkeit bewusst wurden. Der Artikel war unterschrieben mit H.S.

Und da hatte Maria Vivien endlich gestanden, dass sie hinter diesem Pseudonym steckte. Hanna Schwertlein, der Name, den ihre emanzipierte Mutter benutzte, um gegen das Frauenbild Adolf Hitlers flammende Artikel zu schreiben, den Frauen bewusst zu machen, sie selbst könnten über ihr Leben bestimmen.

»Meine Mutter war eine Kämpferin, und für mich bedeutete ihr Pseudonym ihr Erbe an mich, das ich weiterführen soll.«

Vivien hatte Maria umarmt. »Danke, dass du es mir gesagt hast. Auch du warst immer eine Kämpferin, aber es ist schön, dass du die Gedanken, die Überzeugungen deiner Mutter nach ihrem Tod weiterführst.«

Morgen also war die Beerdigung von Daniel, der Tag, an dem der ganze Ort dem kleinen Jungen das letzte Geleit geben wollte. Viele überregionale Vertreter der Presse hatten sich angesagt. Vivien hatte die Beerdigung organisiert. Sie hatte verstanden, dass Veronika nicht in der Lage war, die Formalitäten zu erledigen, und so nahm Vivien es in die Hand.

Kapitel neununddreißig

Veronikas Geschichte

Still ist es in der Kirche, totenstill. Ihre Schritte hallen im Dom der Stadt. Leise, zögernd geht sie den langen Mittelgang entlang, tritt an den Sarg, an dessen Ende hohe Kerzen brennen. Ein Blumenmeer umrandet ihn. Scheu beugt sie sich über den offenen Sarg, sie hat lange gezögert, bis sie es endlich schafft.

Man hat ihm seinen Samtanzug angezogen und das weiße Seidenhemd, das ihm Vivien geschenkt hatte. Feierlich hatte er die beiden Sachen anprobiert. Er wollte sie gar nicht mehr ausziehen, sogar damit ins Bett gehen. Nun trägt er ihn zur letzten Ruhe.

Als sie sich über ihn beugt, sieht sie das stille Lächeln auf seinem Gesicht. Wie kann er so friedlich aussehen, wenn er so schrecklich ermordet wurde? Er sei sofort tot gewesen, hatte der Pathologe ihr gesagt, er habe nicht leiden müssen.

Ist es ein Trost? Hat er seinen Frieden mit nur fünf Jahren gefunden, während sie die Fäuste ballt, bis sich ihre Fingernägel tief in die Hände graben und sie bluten? Sie presst die Lippen aufeinander, um nicht zu schreien, um sich nicht hier vor dem Altar auf den Boden zu werfen und Gott zu verfluchen. Er hat ihr alles genommen, die geliebte Mutter, die Heimat, er hat zugelassen, dass sie von brutalen Männern vergewaltigt wurde, geduldet, dass der Mann, den sie liebte, sie verließ. Und jetzt nahm er ihr den Sohn. Gestorben durch einen unsinnigen Mord. Ein Kind, das nie wissen wird, wie sich das Leben anfühlt.

Wie kann ein grausamer Junge von sechzehn Jahren dieses Kind töten, ein Kind, das nur leben wollte wie jedes andere, ein einfaches Kinderleben haben wollte, das man ihm verwehrte. Um sich zu beweisen? Eine tödliche Mutprobe zu bestehen? Was sind das für verrohte Kinder, verroht, weil die Eltern durch den Krieg so geworden sind? Als sie die Nachricht vom Tod ihres Sohnes erfuhr, war ihr Impuls Rache. Das Messer glitt in ihre Hand, die Faust ballte sich darum. Sie wollte losrennen und den Mörder richten. Doch der junge Grieser hielt sie zurück. Antwort auf Gewalt ist nicht Gewalt.

Aber der Krieg ist nicht vorbei.

Der Hass, die Ablehnung gegen das Fremde, gegen Flüchtlinge, Juden und Schwarze ist geblieben. Und ihr Sohn musste das Opfer werden, um die Bevölkerung aufzurütteln, sie endlich aufwachen zu lassen. Um sie Widerstand gegen die Partei der *Freunde der Heimat* leisten zu lassen, endlich die Hakenkreuze und Parolen von den Wänden zu kratzen, zu versprechen, nie mehr dürfe so etwas in ihrer Stadt geschehen.

Hatte dafür wirklich erst ein kleiner Junge ermordet werden müssen?

Kapitel vierzig

Antonia

Es war ein trüber, dunkler Dezembertag, als sich die Menschen in der katholischen Kirche drängten. Veronika von Freyberg saß in der ersten Reihe. Sie trug einen schwarzen Mantel und einen tiefschwarzen Schleier vor dem Gesicht, der ihr Distanz zu den vielen Menschen gab und ihr ermöglichte, für sich zu trauern. Unbeweglich saß sie da, schien kaum zuzuhören, erhob sich, wenn die anderen aufstanden, und blieb sitzen, wenn die anderen es taten.

Der jetzt geschlossene Kindersarg stand vor dem Altar, über und über mit weißen Lilien bedeckt, die ihren starken Duft in der Kirche verströmten, die Kerzen flackerten in der Kälte. Die Orgel spielte, und der Chor sang.

Doch am Schluss stand ein junger Musiker oben auf der Empore und spielte das *Agnus Dei,* Lamm Gottes, aus dem *Requiem* von Verdi. Spätestens in diesem Moment wurde die Kirche von unterdrücktem Schluchzen erfüllt, von Flüstern, von Weinen.

Neben Vivien und Maria saßen ihre Töchter, tief betroffen verfolgten sie die Feier.

Hunderte Menschen standen schweigend vor der Kirche, als der Sarg an ihnen vorbeigetragen wurde. Schweigend folgten sie dem Trauerzug, immer mehr Leute stießen dazu, immer mehr kamen nach, in tiefes Schwarz gekleidet. Sie alle trugen eine Kerze in der Hand.

Veronika folgte dem Sarg, sie hatte gebeten, dass Vivien und Maria neben ihr gingen. Vivien versuchte, sie zu stützen, doch

Veronika richtete sich auf und lehnte jede Hilfe ab. Aufrecht ging sie, stolz wie immer.

Es hatte zu schneien aufgehört, die Wolken rissen auf, und die Sonne des späten Nachmittags schien direkt auf den Sarg, der langsam herabgesenkt wurde. Ein Lichtstrahl direkt vom Himmel, flüsterte jemand, und die Menschen bekreuzigten sich. Dann sprach der Pfarrer das Vaterunser mit den abschließenden Worten: Jetzt hast du deinen Frieden gefunden.

Da plötzlich machte Vivien ein paar Schritte und stellte sich direkt neben den Pfarrer. »Friede? Friede im Tod für einen kleinen Jungen, der nicht leben durfte? Er sehnte sich nach Frieden, nach kindlicher Freude, doch was er bekam, waren Hass, Ausgrenzung und Ablehnung. Im Krieg beteten wir für den Frieden«, rief sie den Leuten zu, die die Köpfe senkten, »wir sehnten uns alle danach. Und diesem kleinen Jungen haben viele von euch ihn verweigert. Er hat den Frieden nicht erlebt, nur den Hass. Und das, weil er eine andere Hautfarbe hatte. Vielleicht erkennt ihr jetzt«, ihre Stimme wurde noch lauter, »wie man Frieden lebt. Für Daniel, den kleinen schwarzen, so liebenswerten Jungen kommt er zu spät.«

Antonia bewunderte ihre Mutter für ihren Mut, für ihr Engagement.

Gestern war sie gekommen, um ihr beizustehen. Sie hatte die Nacht auf dem Sofa im Wohnzimmer verbracht, doch schon bei ihrer Ankunft erkannte sie, ihre Mutter brauchte sie nicht. Sie und Maria waren umgeben von Menschen, mit denen sie sprachen, Menschen, die tief betroffen über den Mord an einem Kind waren. Antonia kam sich vor wie das fünfte Rad am Wagen und wollte direkt nach der Beerdigung zurück nach München fahren. Von ihrer Mutter hatte sie sich heute Morgen schon verabschiedet, Vivien bedankte sich bei ihr für ihr Kommen und schlug noch schnell ein Treffen in München vor, dann läutete es bereits wieder. Es wurden Blumen gebracht und nach der Mutter des toten Kindes gefragt, die jedoch oben im Zimmer blieb, wie immer schweigend. Sie wollte niemanden sehen.

Jetzt stand Antonia ein wenig abseits, und während ihre Mutter die kurze Rede hielt, sah sie sich frierend um. Es war kalt, und über den Friedhof fegte der Wind, riss an Kränzen, Blumen.

Vater unser, wehte es jetzt vom Grab herüber, als Antonia sich noch weiter entfernte. Sie erinnerte sich, wo das Grab von Thomas lag. Als sie näher kam, blieb sie überrascht stehen. Ein Mann beugte sich hinunter, legte eine Silberdistel darauf und richtete sich wieder auf. Er war sehr groß, hager, sein noch junges Gesicht stark gebräunt. Er trug hohe Stiefel, einen Fellmantel und einen dicken Schal um den Hals. Zuerst warf sie einen Blick zurück auf die Menschen an Daniels Grab, dann aber machte sie ein paar Schritte auf den Mann zu.

… geheiligt werde dein Name, dein Reich komme …, klang es leise von Daniels Grab herüber.

Jetzt wandte der Mann den Kopf und sah sie an. Ihre Blicke trafen sich, zuerst fragend, dann überrascht.

»Kann es sein, dass Sie Marius von Lilienthal, der Onkel von Thomas, sind, der Mann, mit dem ich per Ansichtskarten korrespondiert habe?«

Er nickte, lächelte, kam auf sie zu und streckte ihr die Hand entgegen. »Ja, der bin ich, und Sie sind also Antonia.«

Seine Stimme klang erstaunt, wen hatte er erwartet?

Er beantwortete ihre stille Frage, bevor sie sie stellte. »Wenn ich ehrlich bin, ich habe nicht erwartet, dass Sie so schön sind.«

»Und ich habe nicht erwartet«, antwortete sie, »dass Sie noch so jung sind. Ich habe mir immer einen älteren Mann von sechzig, Mitte sechzig vorgestellt.«

Jetzt lächelte er und sah über ihre Schulter, dorthin, wo jetzt viele Leute an das Grab traten und eine Schaufel voll Erde hineinwarfen.

»Ich habe gestern schon versucht, Sie telefonisch zu erreichen.« Er sprach leise, als ob er die Feierlichkeit der Beerdigung nicht stören wollte. »Heute Morgen ein zweites Mal, und da erzählte mir Ihre Cousine, wo Sie sind und was hier Schreckliches passiert ist.«

»Ja, es ist furchtbar.«

Schweigend sahen sie, wie die Menschen weiterhin Erde in das Grab warfen, die Schlange schien kein Ende zu nehmen. Dann aber wandte sich Antonia an Marius. »Ich hatte mit meiner Mutter schon vereinbart, dass ich nicht mehr an dem großen Essen teilnehme, sondern gleich nach München zurückfahre. Ich könnte Sie mitnehmen«, setzte sie nach einem Zögern hinzu.

»Sehr gern.«

Antonia blieb noch stehen, und als Vivien zu ihr herübersah, machte sie ihr ein Zeichen. Und Vivien nickte, ja, es ist in Ordnung, wenn du nicht mehr bleibst.

So also fuhr Antonia mit dem Onkel von Thomas, mit dem sie sich fast ein Jahr Karten geschrieben hatte, nach München zurück. Er hatte ganz selbstverständlich den Arm auf die Lehne ihres Sitzes gelegt und erzählte, er sei in Frankfurt gewesen. Eine spontane Entscheidung, er habe berufliche Pläne. Um sie umzusetzen, brauche er die richtigen Leute, deswegen sei er nach Frankfurt geflogen.

»Warum haben Sie mir nicht geschrieben, dass Sie nach Deutschland kommen?«

»Es ging alles sehr schnell, wie gesagt, eine ganz spontane Entscheidung. Ich dachte, ich rufe Sie an, irgendwann erreiche ich Sie. Jedenfalls wollte ich so lange in Deutschland bleiben, bis wir uns treffen.«

Antonia freute sich, dass er sie hatte sehen wollen. Jetzt aber konzentrierte sie sich aufs Fahren. Sie hielt das Steuer fest umklammert, der starke Wind machte ihr zu schaffen. Trotzdem jagte sie mit Höchstgeschwindigkeit über die Autobahn nach München.

»Sie haben einen sehr beeindruckenden Fahrstil«, grinste Marius. »Das gefällt mir, Sie fahren sicher und ruhig, ich kann mir vorstellen, dass Sie einen Jeep übers Gebirge steuern könnten.«

Sie warf ihm einen raschen Seitenblick zu. Wie meinte er das?

»Erzählen Sie mir von dem kleinen Jungen, der ermordet wurde, Ihre Cousine brach das Gespräch ab, da sie ins Theater musste.«

»Ja, ja, Anna hat heute eine wichtige Probe, deswegen kam sie auch nicht mit.« Und dann erzählte Antonia Marius von Daniel und den Menschen, die ihn ermordet hatten.

Lange schwiegen sie, bevor Antonia ihn kurz vor München fragte, warum es so schwierig sei, Mitarbeiter zu finden.

Er zuckte die Schultern. »Marokko ist ein politisch aufgeheiztes Land, es ist gefährlich.« Er sah sie von der Seite an, fragend, wie es ihr schien.

Als sie ihm ganz kurz das Gesicht zuwandte, lächelte er, und um seine Augen bildeten sich viele kleine Fältchen. »Sie aber lieben die Gefahr, nicht wahr?«

»Ja, Antonia, ich brauche sie. Es ist das Leben«, antwortete er schlicht.

»Es ist *Ihr* Leben«, sagte sie und dachte, wie langweilig ihres doch war. »Es muss schön sein.«

Jetzt hielt sie vor seinem Hotel, das nahe am Hauptbahnhof lag.

»Darf ich Sie zum Essen einladen? Die Küche im Hotel soll nicht schlecht sein.«

Ihre Blicke trafen sich, jetzt fiel ihr das tiefe Blau seiner Augen auf. »Ja«, lächelte sie, »wenn Sie mit einer schwarzen Vogelscheuche essen gehen möchten.«

Seine Stirn zog sich in Falten. »Warum sagen Sie so etwas?« Forschend sah er sie an.

»Das ist mir so rausgerutscht«, erklärte Antonia hastig.

»Nein, sicher nicht. Ich denke, das empfinden Sie auch so. Warum? Sie sind eine wunderschöne Frau mit blonden Haaren, wie ich sie selten gesehen habe. Und Sie haben einen schwarzen Mantel an, der Ihnen sehr gut steht.«

Antonia schoss vor Verlegenheit die Röte ins Gesicht. Da war es wieder, das mangelnde Selbstbewusstsein, ihr Talent, sich selbst kleinzumachen.

»Kommen Sie, wir wollen einen schönen Abend haben, vielleicht ein kleiner Trost nach den schrecklichen Ereignissen.«

Während des Essens erzählte Marius von Marrakesch, von seinem Leben dort, das er größtenteils in der Wüste verbracht hatte. Doch jetzt habe er neue Pläne, zusammen mit zwei Ärzten, einem Franzosen und einem Marokkaner, wollten sie eine Station im Atlas-Gebirge ins Leben rufen, von wo aus sie die Berber in ihren Dörfern besuchen würden. »Sie haben ärztliche Hilfe dringend nötig.«

»Und dafür suchten Sie in Frankfurt Leute.«

Er nickte. Er brauche nicht nur einen Arzt, sondern auch eine Krankenschwester und einen Fahrer, der einen voll beladenen Jeep durchs Gebirge chauffieren könne. Es sind Pläne«, schloss er ab, als er dem Kellner winkte, um zu zahlen. »Noch sehr vage, aber ich möchte sie umsetzen, und zwar nur mit den richtigen Leuten. Das Projekt soll dann im Frühjahr starten.«

Sie standen in der Halle und sahen sich an. Und da nahm er sie in die Arme und küsste sie, küsste sie lange, er küsste sie auf den Mund, immer und immer wieder.

Und Antonia küsste ihn zurück, gierig, leidenschaftlich, dieser Kuss sollte nie zu Ende gehen, und als er sie losließ und anlächelte, nickte sie. Ja, sie wollte mit ihm auf sein Zimmer gehen, bedeutete ihr Lächeln, ja, sie wollte mit ihm schlafen, mit dem Mann, der sie gerade so geküsst hatte, wie es noch keiner getan hatte.

Und als sie im Aufzug standen, um in den sechsten Stock zu fahren, drängte er sie an die Wand und küsste sie wieder und wieder, bis sich oben die Tür des Aufzugs öffnete.

Antonia hatte an diesem Nachmittag den Tod erlebt, und vielleicht ging sie deshalb mit zu Marius: um mit ihm das Leben zu feiern und nicht mehr an den Tod zu denken.

Kapitel einundvierzig

Vivien

Überall in der Stadt hingen Fotos von Daniel. Vivien hatte es im Einverständnis mit seiner Mutter an die Stadtverwaltung gegeben. Vergrößert hing das Foto, das Daniel an seinem fünften Geburtstag zeigte, mit einem Trauerflor versehen, in den Schaufenstern der Buchhandlung, beim Friseur und in einigen anderen Geschäften. Daniel war in der ganzen Stadt gegenwärtig.

Maria erlebte einen neuen Boom bei der Flüchtlingshilfe. Jeden Tag trafen neue Spenden ein, Sachspenden und Geld für den Wiederaufbau der Siedlung am Stadtwall. Die Geldspenden kamen von Geschäftsleuten und Firmen, die Sachspenden wurden von privaten Haushalten getätigt.

In der Schule versuchte Vivien weiterhin, ihren Unterricht abzuhalten und ihrer Funktion als Direktorin gerecht zu werden. Viele Eltern beglückwünschten sie zu ihren mutigen Worten, die sie am Grab gesprochen hatte. Vivien bedankte sich höflich, doch ihre tiefe Traurigkeit über Daniels Tod fand keinen Trost.

An einem Nachmittag stand Vivien lange vor Daniels Zimmer. Mit einem Durchatmen öffnete sie die Tür. Nichts hatte sich verändert, alles wirkte, als hätte Daniel es gerade erst verlassen. Die Wagen der elektrischen Eisenbahn standen auf dem Gleis, in Erwartung, loszutuckern, sobald man sie anstellte. Auf dem Bett lag seine dünne Jacke, achtlos hingeworfen, und über seiner kleinen Kommode hing der Adventskalender. Das Türchen vom 6. Dezember stand bereits offen.

Vivien sank auf das Bett und fing hemmungslos an zu weinen. Wie viel Daniel ihr bedeutet hatte, wurde ihr in diesem Moment richtig klar.

Auch Maria litt. Sie verspürte tiefe Schuldgefühle, als die polizeilichen Ermittlungen ergaben, dass der Kleine in der Hütte erschossen wurde, dort, wo er allein hingelaufen war.

Schuld. Das Wort hatte sich in ihre Seele eingebrannt und ließ Maria nicht mehr los.

Kollektivschuld hatte sie es in ihrem Artikel genannt. Alle hatten weggesehen, als der kleine Daniel gestoßen, geschlagen und gehänselt wurde. Sie hatten alle die Partei der *Freunde der Heimat* toleriert, sie hatten die Schultern gezuckt und weggesehen.

Aber sie, Maria, trug die größte Schuld.

Sie war mit Daniel im Wald gewesen, sie hatte kaum hingehört, als er sie gefragt hatte, ob der Nikolaus in einer Hütte wohne, bevor er in die Stadt kam, um die Kinder zu beschenken. Sie war in Gedanken damit beschäftigt gewesen, dass jemand in Werners Hütte gewesen war. Wie die Polizei ebenfalls herausfand, hatten sich hier Wilderer getroffen, ihre Beute abgelegt oder sogar Werners Gewehr benutzt, um verbotenerweise auf die Jagd zu gehen.

Würde sie sich jemals verzeihen können?

Maria saß in der Küche, die Hände reglos auf dem Tisch gefaltet. Sie sah hinaus in den Schnee, der auf dem Gartenzaun kleine Hauben bildete, sie sah das Vogelhäuschen, das Daniel im vergangenen Winter so ernsthaft betreut hatte. Meisen und Spatzen flatterten um das Häuschen herum und stritten sich um jeden Sonnenblumenkern.

Vivien und sie unterhielten sich wenig, sprachen in letzter Zeit nur über das Nötigste. Veronika wohnte weiterhin bei ihnen, zog sich ganz zurück. Sie arbeitete nicht mehr als Kellnerin, die Gäste waren ihr gegenüber befangen gewesen, wussten nicht, wie sie mit der Mutter des ermordeten Kindes umgehen sollten. So machte der junge Grieser sie zur Restaurantleiterin. Sie blieb im Hintergrund, zeigte sich kaum den Gästen.

Marias Blick fiel auf den Abreißkalender an der Wand. In neun Tagen war Weihnachten. Sie hatte dieses Jahr nur wenige Plätzchen gebacken. Das war das erste Mal, sogar in den Kriegsjahren hatte sie ihre Kriegsleckerli aus den wenigen Zutaten, die sie bei den Bauern erhamstert hatte, hergestellt.

Aber dieses Jahr war alles anders. Maria fühlte sich wie gelähmt. Außerdem beschäftigte sie sich in Gedanken viel mit Walter. Wieso hatte er sich nicht gemeldet, nicht einmal, als der Mord an dem kleinen Daniel die Presse Deutschlands beherrschte? Er war doch viel mit dem Kleinen zusammen gewesen. Wieso, Walter, wieso?

Sie konnte es nicht begreifen. Es wäre schön gewesen, ihn an ihrer Seite zu haben, in seiner Umarmung Halt zu finden. Mit dreiundfünfzig Jahren hatte sie sich ganz auf einen anderen Menschen eingelassen, ohne Wenn und Aber. Und er hatte sich einfach umgedreht und war gegangen.

Maria spürte, wie ihr die Tränen über die Wangen liefen. Sich nur nicht in der Erinnerung an die vergangenen fünf Jahre verlieren, nicht daran denken, nur sich nicht von Gefühlen beherrschen lassen.

Sie wollte, dass Weihnachten dieses Jahr anders sein sollte. Kein Christbaum, keine Plätzchen, kein *Stille Nacht, heilige Nacht*. Sie könnte es nicht ertragen.

Kapitel zweiundvierzig

Silvester 1958/59

Es wurde ein stilles Silvester. Antonia hatte Sekt gekühlt und belegte Brötchen gemacht. Doch weder sie noch Anna hatten Hunger.

Sie telefonierten mit ihren Müttern, und Maria erzählte, Veronika habe über die Weihnachtsfeiertage gearbeitet. Und gestern war Veronika über Silvester verreist, auch wieder um zu arbeiten. Grieser habe ein neues Gasthaus auf dem Land eröffnet und sie für die nächsten Tage engagiert.

»Was sagst du dazu?«, wollte Maria wissen.

»Ich denke, sie will es so. Arbeit ist für sie vielleicht das Beste.«

»Ja, vielleicht«, war Marias einsilbige Antwort.

Auch Antonia hatte mit ihrer Mutter telefoniert. »Ich will weg«, flüsterte Vivien in den Hörer, »ich will nicht mehr hier in dieser Stadt bleiben. Ich gehe.«

»Wohin?«, hatte Antonia vorsichtig gefragt.

»Ich weiß es einfach noch nicht. Aber der richtige Zeitpunkt, um mein Leben zu ändern, ist da.«

»Überleg es dir, Mami, Silvester war schon immer ein schwieriger Tag für dich, ein Tag, an dem du dein Leben infrage stellst.«

»Ach wirklich? Das bildest du dir nur ein.« Vivien reagierte gereizt.

»Es stimmt. Und dieses Jahr belastet dich der Tod von Daniel, das ist doch verständlich. Und wie du erzählt hast, trauert eure ganze Stadt noch um ihn, das macht es noch schlimmer.«

»Kann sein.« Vivien seufzte. »Aber den Schmerz um seinen Tod werde ich noch lange nicht überwinden können, ich habe ihn so lieb gehabt. Ich muss immer daran denken, wie er mich gerettet hat, als jemand einen Stein durchs Fenster warf. Er schrie und schrie und hat mir vielleicht sogar das Leben gerettet.« Wieder seufzte sie.

Die Telefonate mit ihren Müttern hatten Anna und Antonia vor einer Stunde geführt. Jetzt saßen sie schweigend zusammen, sie mussten nicht unbedingt reden. Daniels Tod hatte auch sie sehr betroffen gemacht und sie enger zusammenrücken lassen.

Antonia nahm sich ein belegtes Brötchen und kaute ewig daran herum, dann legte sie es auf den Teller zurück. »Ob es richtig ist, dass wir Marie-Luise heute gehen ließen?«

»Ach, Antonia, sie ist doch nur Schlittschuh laufen.«

»Aber es ist gefährlich, ich hätte es nicht erlauben dürfen.« Antonia machte sich Sorgen.

»Sie hat versprochen, um zehn Uhr zurück zu sein.« Anna reagierte ungeduldig.

Nach einem Schweigen hob Antonia den Kopf und sah ihrer Cousine direkt in die Augen. »Weißt du, es ist …«

»Ja?«

»Sarah hat angerufen, als du noch im Theater warst«, erzählte Antonia. »Ich soll dir ein gutes neues Jahr wünschen, und sie lässt auch Marie-Luise ganz herzlich grüßen.«

»Danke, und ist das alles?«

»Nein, sie hat sich etwas überlegt, und sie würde sich unendlich freuen, Marie-Luise bei sich aufzunehmen. Sie sei doch die Tochter *einer von ihnen,* wie sie es ausdrückt. Aber nur, wenn Marie-Luise wirklich will. Sie könnte Sprachen lernen, bei ihr wohnen und …«

Anna hörte nur den ersten Teil. »Hat sie von ihrem Neffen erzählt?«, unterbrach sie Antonia.

Antonia schüttelte den Kopf. »Es tut mir leid, nein.«

»Wie auch, sie weiß ja nichts von seiner Beziehung zu mir.« Annas Stimme klang verzweifelt, und die Unterhaltung versiegte, auch da es bereits kurz vor zehn war und Antonia ihre Nervosität nicht mehr verbergen konnte. »Hoffentlich hat sie nicht wieder etwas angestellt. Ich habe ein ganz ungutes Gefühl.«

Da fing Anna an zu lachen. »Weißt du noch? Eigentlich ist das der Spruch meiner Mutter. Erinnerst du dich? Wir haben uns oft darüber lustig gemacht.«

»Nun ja, sie hat sich eben Sorgen gemacht«, antwortete Antonia steif.

»Über den Vorschlag von Sarah sollten wir nachdenken. Julian hat mir einmal erzählt, seine Tante besitzt eine riesige Wohnung im Londoner Stadtteil Knightsbrigde, direkt am Hydepark. Und sie hat zwei Dienstmädchen. Sarah ist für ihre Einladungen berühmt, hat viele Freunde in London. Es wäre für Marie-Luise ideal.«

»Was redest du da?«, fuhr Antonia sie an. »Sie lebt bei uns, und sie ist doch nicht unglücklich hier.«

»Ja, wie du sagst, sie ist nicht unglücklich. Aber das kann doch nicht alles sein. Sie sollte glücklich sein, das Leben eines jungen Mädchens führen können.«

»Das konnten wir auch nicht.« Antonia war sichtlich schlecht gelaunt.

»Weil wir im Krieg aufgewachsen sind. Unsere Generation hatte keine unbeschwerte Jugend, aber Marie-Luise sollte sie haben, vor allem bei ihrer Vergangenheit. In London könnte sie ein freies Leben führen, Sarah hat recht.«

Anna spürte genau, dass Antonia davon nichts wissen wollte.

»Du kannst nichts für sie tun, nicht wirklich.« Anna gab nicht nach.

Antonia presste die Lippen zusammen und wandte den Kopf ab.

»Lass sie gehen, Antonia. Ich weiß, du liebst sie, du wolltest für sie ein neues Leben schaffen, aber gerade deswegen musst du loslassen.«

Antonia sah zu Anna hinüber, die auf dem Sofa lag, die Hände auf den Bauch gelegt. Antonia antwortete nicht mehr, tief im Innern erkannte sie, ihre Cousine hatte recht.

Anna hielt die Augen geschlossen, als sie weitersprach. »Vielleicht bist du auch nur so gereizt, weil du keinen Anruf aus Marrakesch bekommen hast?«, fragte sie vorsichtig.

Antonia war am Morgen nach Daniels Beerdigung gelöst und glücklich nach Hause gekommen. Anna dachte, ihre Cousine hätte bei ihrer Mutter übernachtet, bis Antonia ihr nach und nach erzählte, sie habe die Nacht in einem Hotel mit Marius verbracht.

Marius hatte sie von Frankfurt aus noch angerufen, dann aber hatte sie nichts mehr gehört.

»Ja, das ist wahr«, gestand Antonia. »Ich mache mir einfach Sorgen, vielleicht war es für ihn nur ein kurzes Abenteuer, oder ihm ist etwas passiert. Was meinst du?«

»Das kann ich dir nicht beantworten.« Anna blieb vorsichtig.

»Ja, aber du hast doch Erfahrung, ich meine …«

»Antonia, wenn du mir sagen willst, ich hätte ja wohl Erfahrung mit Männern, mit Affären, da kann ich dir nur sagen: Ich weiß es nicht, ich kenne Marius nicht. Aber jetzt warte doch ab, es sind erst zwei Wochen vergangen«, versuchte Anna ihre Cousine zu beruhigen. »Warum strickst du eigentlich nicht? Als ich damals hier ankam, hast du erzählt, Stricken beruhigt dich. Aber ich habe dich nie mehr mit einem Strickzeug in der Hand gesehen.«

»Ich hab's aufgegeben, von einem Tag auf den anderen, ich hatte keine Lust mehr.«

So schwiegen sie, beide in ihren Gedanken verfangen, bis sie kurz nach zehn Marie-Luise kommen hörten.

*

Marie-Luise war glücklich. Sie glitt in Pirouetten zu den Klängen eines Wiener Walzers über die Eisfläche und fühlte sich hübsch in dem kurzen Glockenrock, der bei jeder Bewegung mitschwang. Sie trug eine modische Zipfelmütze mit einem dicken weißen Bommel und glitt in weißen Schnürstiefeln über das Eis, nicht in den hässlichen braunen Stiefeln, an die man Schlittschuhe anschrauben musste. Solche hatte sie jahrelang in der Klosterschule tragen müssen, wenn sie im Winter auf dem zugefrorenen Kanal zum Schlittschuhlaufen fuhren.

Und heute tanzte sie mit einem hübschen jungen Mann, der in die Abiturklasse des Wilhelmsgymnasiums ging. Sein Name war Hermann, geboren war er im Jahr 1938. Er schäme sich für seinen Namen, der ein Beweis dafür sei, dass seine Eltern Parteimitglieder der NSDAP und Verehrer von Hermann Göring gewesen seien. »Obwohl sie sagen, der Name habe ihnen schon immer gefallen und sei nicht politisch motiviert.« Sein Lachen war offen, und als er sie auf eine heiße Schokolade einlud, nahm sie gern an. So saßen sie auf der Holztribüne, die Becher in den Händen, und sahen den anderen Schlittschuhläufern zu.

Marie-Luise wiegte ihren Oberkörper im Takt der Musik und schloss die Augen. Auf seine Frage, wie ihr Name sei und wo sie zur Schule gehe, erklärte sie nach einem kleinen Zögern, sie heiße Luisa und gehe auf das St.-Anna-Gymnasium. Auf seine drängenden Fragen nach ihrem Nachnamen, ihrer Telefonnummer antwortete sie nicht, gab vor, ihn nicht zu hören. Als sie ihm das Gesicht zuwandte, drückte er plötzlich seine Lippen auf ihren Mund, den sie fest zusammenpresste. »Warum lässt du dich von mir nicht küssen?« Hermann reagierte betroffen.

Sie genoss diesen Moment, in dem sie sich jung und begehrenswert fühlte, doch sie war nicht in ihn verliebt und wollte sich nicht küssen lassen. Als sie auf die große angeleuchtete Uhr sah, sprang sie auf. »Ich muss um zehn Uhr zu Hause sein.«

Hermann griff nach ihrer Hand. »Bist du übermorgen wieder hier? Um dieselbe Zeit?«

»Ja, ja«, versprach sie, und schon war sie weg. »Es war schön«, rief sie ihm noch über die Schulter zu. Sie lief in großen Schritten nach Hause, die Schlittschuhstiefel hingen, an den Schnürsenkeln zusammengebunden, über ihrer Schulter.

Als sie nach Hause kam, sahen ihr Antonia erleichtert und Anna gelassen entgegen. »Siehst du«, wandte sich Anna an ihre Cousine, »ich habe es dir doch gesagt, dass sie ihr Versprechen hält.«

»Ich zieh mich rasch um«, rief Marie-Luise und lief nach hinten in ihr Zimmer.

»Sie sieht bezaubernd aus«, meinte Anna. »So jung, so strahlend. Sie hätte es verdient, eine schöne Jugend zu haben.«

Bevor Antonia antworten konnte, klingelte es. Antonia sprang auf und lief zur Tür.

Anna blieb mit geschlossenen Augen liegen. Sie hörte, wie sich der Aufzug auf ihrer Etage öffnete, hörte, wie Antonia etwas sagte, zurückkam und offenbar Geld aus der Schublade der Konsole holte und jemanden verabschiedete.

»War für dich«, sagte sie sichtlich enttäuscht und hielt Anna einen Strauß roter Rosen entgegen.

Anna erhob sich und griff nach der Karte, die an den Blumen hing, und öffnete das Kuvert. Sie las, dann sah sie hoch.

Liebste,
bitte mach Dir keine Sorgen, mir geht es wieder gut. Die Entscheidung, die »Maria Stuart« auf unbestimmte Zeit zu verschieben, war richtig. Leider kann ich auch nicht zu Deiner Premiere am 15. Januar in München sein. Meine Söhne sind nach Hause gekommen, denn es geht Paola sehr schlecht, und wir erwarten das Schlimmste. In Gedanken bin ich bei Dir.
In Liebe, Julian

Anna ließ die Hand mit der Karte sinken. »Er kann nicht zu meiner Premiere kommen.«

Ihre Stimme klang brüchig, und die Blässe ihres Gesichts ließ Antonia erschrecken. »Komm, lass uns den Sekt aufmachen, willst du?«

Doch Anna schüttelte stumm den Kopf. »Nein, keinen Sekt, bitte nicht.«

»Es tut mir so leid für dich«, bedauerte Antonia.

»Gerade jetzt, wo auch ich ihn brauche, kann er nicht kommen. So wird es immer sein.« Und da brach sie in Schluchzen aus, packte in einer wütenden Bewegung die Rosen und schleuderte sie auf den Boden.

Als Marie-Luise in diesem Moment nach vorn kam, sah sie erschrocken, dass die beiden Frauen auf dem Sofa saßen. Anna schluchzte, Antonia umarmte sie, über den Boden verteilt lagen rote Rosen.

Voller Unbehagen setzte sie sich in einen Sessel. Ihre strahlende Laune verflog schlagartig.

»Willst du was essen? Sicher hast du Hunger.« Antonia wandte sich ihr zu.

Doch Marie-Luise schüttelte stumm den Kopf. Die bedrückte Stimmung übertrug sich auf sie. So schleppte sich der Abend dahin, bis um Mitternacht die Glocken aller Kirchen das neue Jahr einläuteten.

Marie-Luise hatte nur an dem Sekt genippt, als sie anstießen, und war dann in ihr Zimmer gegangen. Sie wollte in Gedanken den Abend durchgehen und freute sich auf den 2. Januar, wenn sie Hermann wiedersah, auch wenn sie nicht in ihn verliebt war.

Antonia dachte an ihr Leben, das am 15. Dezember eine so aufregende Wendung genommen hatte. War es vorbei, bevor es richtig begann? Hatte sie diesen Mann verloren, in den sie fast schon verliebt war, als sie seine witzigen Ansichtskarten bekam? Den Mann, der sie küsste und immer wieder küsste und ihre

Narbe nicht zu sehen schien? Den Mann, nach dem sie sich sehnte, von dem sie glaubte, ohne ihn nicht leben zu können? Sie liebte heftig, zum ersten Mal in ihrem Leben. Damals mit seinem Neffen war sie neunzehn Jahre alt gewesen. Thomas war todkrank, und sie verbrachten eine zärtliche, stille Nacht miteinander, beide unerfahren und in dem Wissen seines nahenden Todes. Marius aber hatte ihre Leidenschaft geweckt, sie hatte erfahren, wie viel Liebesfähigkeit in ihr steckte, wie viel Zärtlichkeit und Liebe sie geben konnte.

Hatte sie das alles schon wieder verloren?

Anna wurde bewusst, dass es keine Zukunft mit Julian gab.

Wir gehören zusammen, auch wenn ich nicht immer bei dir sein kann. Wie banal das klang, wie leer.

Sie war immer allein gewesen, und sie spürte, dass das auch in Zukunft so bleiben würde. Sie liebte Julian, und doch war sie allein. Auch tausend Rosen konnten das nicht ändern.

Kapitel dreiundvierzig

Marie-Luise

Als Marie-Luise am 2. Januar aufstand, freute sie sich. Heute Abend würde sie Hermann treffen, mit ihm über die Eisfläche gleiten und dann wieder Kakao trinken. Doch als sie in die Küche kam, erwartete Antonia sie mit verkniffenen Lippen.

»Was hast du hier wieder angestellt, wer ist dieser junge Mann? Hast du nicht gemerkt, dass ihr fotografiert worden seid?«

Sie schob Marie-Luise die Münchner Boulevardzeitung hin.

Wo Promis die Silvesternacht feierten.

Ein paar Fotos der Münchner Prominenten, doch in ihrer Mitte ein Bild von Marie-Luise mit einem Mann, der den Arm um sie legte und sie küsste.

Marie-Luise Obermayr, die Tochter eines Kriegsverbrechers, kann das Feiern nicht lassen.

»Wer ist dieser junge Mann, und was ist da passiert? Wieso hast du dich küssen lassen?«

Marie-Luise blieb stumm, drehte sich um, rannte in ihr Zimmer und warf die Tür zu.

Anna, die Tee trank und an einem gerösteten Brot knabberte, wies Antonia zurecht. »Das geht dich nichts an, Antonia.

Sie ist siebzehn, wird nächsten Monat achtzehn, du kannst sie nicht wie ein Kleinkind behandeln.«

»Das mache ich gar nicht. Ich versuche nur, sie zu schützen.« Antonias Stimme kippte.

»Sie ist jung, sie will leben, ihren Spaß haben. Denk doch an unsere Jugend, wir sind im Krieg aufgewachsen. Wie gern hätten wir frei und ohne Angst vor Fliegerangriffen, ohne Hunger und Kälte gelebt, wir hatten keine Jugend. Aber lass Marie-Luise ein wenig Freude.«

Antonia lehnte sich im Stuhl zurück und atmete aus. »Du hast recht. Ich darf nicht egoistisch sein, ich muss sie loslassen.«

Wenn Antonia Marie-Luise in den nächsten Tagen ansah, versetzte es ihr jedes Mal einen Stich. Drei Tage waren vergangen, drei Tage, in denen Marie-Luise nicht gewagt hatte, die Wohnung zu verlassen. Antonia überlegte. Sollte sie die Äbtissin anrufen, vielleicht hatte sie eine Idee? Doch dann reifte in ihr ein Entschluss, eine Entscheidung zum Besten für das Mädchen.

Sie ging zum Telefon und meldete ein Gespräch nach London an.

Marie-Luise kauerte auf ihrem Bett und starrte auf den Plüschhasen in ihrem Schoß. Sie wirkte kindlich und verletzbar. Antonia setzte sich neben sie, nahm ihre Hand und erzählte ihr von Sarah Wertheims Vorschlag. Marie-Luise strahlte so sehr, dass Antonia fast eifersüchtig wurde.

»London«, lachte sie und erzählte aufgeregt, dass sie in der Klosterschule die Krönung von Elisabeth II. im Fernsehen verfolgen durften. »Im Konvent steht ein einziger Apparat, und man hat viel von London gesehen. Es muss herrlich sein. Das ist fast neun Jahre her, und ich durfte mit den Schwestern fernsehen.« Marie-Luise verhaspelte sich vor Aufregung.

»Du kannst Sprachen lernen, vielleicht auch einmal auf ein College gehen. Willst du das?«

»Ja«, war Marie-Luises klare Antwort. »Ja, das möchte ich. Ich will einen Beruf lernen, unabhängig sein. Aber erlaubt das die Mutter Oberin?«, zweifelte sie plötzlich. »Das Kloster hat doch die Vormundschaft.«

»Ich denke schon, lass das mal meine Sorge sein.«

*

Zwei Wochen später flog Marie-Luise mit der Erlaubnis der Mutter Oberin ab. Sie sollte die erste Maschine am Morgen nehmen.

Sie sprachen wenig, und als sie durch die Halle gingen, sahen sie sich immer wieder um, ob jemand in der jungen Frau mit der großen Pelzmütze und der Sonnenbrille Marie-Luise Obermayr erkennen würde. Aber die Reisenden hasteten an ihnen vorbei, ohne sie zu beachten.

»Sarah Wertheim wird dich in London erst einmal mit einem anderen Nachnamen vorstellen, Obermayr wird nicht genannt. Dann sieht man weiter.«

Sie schwiegen bis zu dem Moment, als der Flug nach London aufgerufen wurde und sie zum Gate gingen. Stumm umarmten sie sich, doch dann flüsterte Antonia Marie-Luise ins Ohr: »Ich will eine Versöhnung mit meiner Großmutter herbeiführen, auch meiner Mutter zuliebe. Und dann möchte ich nach London fliegen, und wir können uns sehen.«

Für beide ein Trost, denn wenn Marie-Luise auch einem neuen Leben entgegenflog, freute sie sich, Antonia treffen zu können.

»Ich werde dich nicht enttäuschen«, erklärte sie noch. »Ich werde lernen und einen Beruf ergreifen. Das ist mein großes Ziel, du sollst stolz auf mich sein.«

»Ach, Marie-Luise, das bin ich doch sowieso.«

Mit Tränen in den Augen verabschiedeten sie sich.

»Vergiss nicht, du wirst in Heathrow abgeholt, es ist der Sohn von Sarahs besten Freunden«, rief Antonia dem jungen Mädchen noch nach.

Sie nickte und winkte und rief, Antonia solle doch bitte von der Terrasse aus beobachten, wie sie über die Gangway ins Flugzeug stieg.

Und Antonia lief hinauf auf die Aussichtsterrasse und sah zu, wie Marie-Luise ihr noch einmal zuwinkte, wie die Gangway hochgezogen wurde und die Türen sich schlossen. Schwerfällig bog das Flugzeug in die Startbahn ein, und Antonia sah zu, wie es in den Wolken verschwand.

Marie-Luise hielt während des ganzen Flugs die Holzfigur ihrer Mutter fest in der Hand. Sie gab ihr Kraft und Mut – nicht nur für den ersten Flug ihres Lebens, sie bestärkte sie auch in ihrem Vertrauen auf ein neues Leben.

Als sie nach der Landung durch die Absperrung kam und die vielen Reisenden in dem großen Flughafen sah, die sich drängelten und riefen, dazu Männer mit Schildern, auf denen fremde Namen standen, blieb sie mit Herzklopfen stehen.

Suchend blickte sie sich um. Wo war der Mann, der sie abholen sollte? Doch da entdeckte sie Sarah Wertheim, die ihr winkte, auf sie zukam und sie umarmte. Auch heute trug sie ein Chanelkostüm und den kleinen runden Hut dazu, die passende Tasche hing über ihrer Schulter.

Marie-Luise fühlte sich durch ihr Kommen aufgenommen und auch angenommen. Als sie sich aus der Umarmung lösten, richtete Sarah ihren Hut, drehte sich um und stellte Marie-Luise einen jungen Mann vor. »Das ist der Sohn meiner besten Freunde, er studiert in Oxford.«

Höflich verbeugte er sich, reichte ihr die Hand und lächelte sie an. Ganz fest drückte sie die kleine Holzfigur in ihrer Jackentasche.

»Ich heiße David«, lächelte er.

»Und ich heiße Marie-Luise Natascha«, erklärte sie und lächelte zurück. Natascha, der Name, den Nadja Pimarova ihrer Tochter hatte geben wollen. Er würde ihr Glück bringen.

*

Während Antonia Marie-Luise zum Flughafen fuhr, lag Anna auf ihrem Bett. In drei Tagen war Premiere, und ihre Angst, ihr Lampenfieber wuchsen. Nachts träumte sie, sie stehe auf der Bühne und habe ihren Text komplett vergessen. Sie öffnete den Mund, doch kein Ton kam heraus.

Anna stöhnte auf. Sie setzte sich, schob die Kissen hinter ihren Rücken und lehnte sich an. Aufstehen, das bedeutete Schmerz. Jede Bewegung eine neue Qual. Sie war so erschöpft, und ständig war ihr übel. Aber das war kein Wunder. Seit November arbeitete sie sich in eine Inszenierung ein, die längst stand, und sie war ganz neu darin. Die Neue, der man die Rolle gab, weil sie der neue Star war.

Stöhnend drückte sie sich in die Kissen. Die Rolle gefiel ihr nicht, schon die zweite, die man ihr gegen ihren Willen aufdrängte. Würde sie es schaffen, würde sie gut sein, würde man sie feiern?

»Anna?«

Antonia war zurückgekommen, und sie hatte sich immer noch nicht aufgerafft. Ihre Cousine klopfte an die Tür und steckte den Kopf herein. »Du bist ja noch im Bett.«

»Ja und? Es ist erst neun Uhr, und die zweite Hauptprobe ist für drei Uhr Nachmittag angesetzt.«

»Du siehst schlecht aus«, kommentierte Antonia.

»Danke«, erklärte Anna schwach. »Das ist genau das, was ein Mädchen hören will.«

Antonia versuchte sich in einem kleinen Lachen.

»Du hast das Richtige getan.« Anna spürte ihre Traurigkeit,

auch ihre Unruhe. »Marie-Luise wird es in London gefallen, und du kannst sie sehen, wenn du deine unbekannte Großmutter besuchst.«

Antonia seufzte. »Wie lange geht das eigentlich so mit dir?«

»Was meinst du?«

»Seit *Maria Stuart* abgesetzt wurde, geht es dir schlecht, und das war schon im November, oder?«

Anna nickte. »Ja, genau.«

»Du bist erschöpft und müde, und dir ist morgens übel?«

Anna nickte. »Ja, aber es wird besser mit der Übelkeit. Ich denke, wenn ich die Premiere hinter mir habe, dann …« Sie schwieg. Sie wollte ihren Verdacht nicht aussprechen, nicht einmal daran denken.

Antonia setzte sich neben Anna auf ihr Bett und griff nach ihrer Hand. »Anna«, erklärte sie vorsichtig, »du bist schwanger.«

Ihre Cousine schwieg, sie hielt die Augen geschlossen und bewegte sich nicht.

»Hast du mich verstanden?«

»Ja, natürlich, ich bin doch nicht taub.«

»Ich verstehe nicht ganz, dass das dir passieren konnte.«

»Ich auch nicht«, war Annas ehrliche Antwort. Sie dachte an die Stunden, an die Nächte mit Julian, in denen sie sich ineinander verloren hatten, ohne an ein Morgen zu denken.

»Ich meine, willst du … aber du solltest in jedem Fall zum Arzt gehen.«

Anna nickte nur und schwieg. Sie erwartete ein Kind. Sie hatte es schon lange gewusst, aber irgendwie verdrängt, nicht darüber nachdenken wollen.

Julians Kind.

»Ich werde es behalten«, sagte sie und drückte Antonias Hand ganz fest. »Und ich schaffe es, auch allein. Ich brauche Julian nicht.«

Antonia schwieg. Sie wusste, dass ihre Cousine es schaffen würde, aber um welchen Preis?

»Und ich freue mich«, betonte Anna. Tat sie das wirklich? Sie wusste es selbst noch nicht so genau.

Kapitel vierundvierzig

Vivien, wir müssen gleich weg, wir verpassen noch den Vier-Uhr-Zug.« Maria stand ungeduldig an der Haustür und schlüpfte bereits in ihren Mantel.

Heute war der 19. Januar, und beide wollten nach München zur Premiere von Anna fahren, sich aber vorher mit Antonia treffen.

Jetzt erschien Vivien auf der Treppe und stieg vorsichtig mit ihren hohen Schuhen Stufe für Stufe herunter.

»Wir haben noch eine Viertelstunde Zeit.« Sie reagierte gereizt, als sie sich vor den Spiegel stellte und die Haare richtete.

Maria lehnte sich gegen die Wand und beobachtete sie. Vivien hatte Puder aufgelegt, um die tiefen Ringe unter den Augen zu überdecken. Sie sah schlecht aus, sie schlief nicht gut. Sie trauerte um Daniel und sprach jetzt auch immer öfter über den Wunsch, ihr Leben zu ändern.

Während sie sich die Haare frisierte, warf sie Maria einen raschen Blick zu. »Antonia hat bereits wieder ihr Studium geschmissen.«

Maria war überrascht. »Warum? Hat das mit diesem Onkel von Thomas zu tun? Du hast doch erzählt, sie hat ihn auf dem Friedhof bei Daniels Beerdigung getroffen und ist gleich mit ihm nach München zurückgefahren.«

»Das wollte sie sowieso, und mehr weiß ich auch nicht. Aber wieder das Studium aufgeben … sie weiß einfach nicht, was sie will.«

Vivien zupfte weiter nervös an ihren Haaren.

»Da ist sie wohl nicht die Einzige«, betonte Maria.

Vivien gab keine Antwort und kramte in ihrer Tasche nach

den Premierenkarten. In letzter Zeit war sie sehr unkonzentriert geworden, vergaß viel, war zu sehr mit sich beschäftigt.

Sie zogen ihre Mäntel an, verließen das Haus und traten auf die Straße.

»Frau Kroll, Frau Kroll.«

Vivien blieb erstaunt stehen und sah einem kleinen älteren Mann entgegen, der über die Straße auf sie zurannte und atemlos vor ihr stehen blieb. »Ihnen wollte ich es auch sagen, da Sie sich doch so um ihn gekümmert haben.«

Jetzt erkannte Vivien ihn, es war der Schalterbeamte vom Bahnhof.

»Was meinen Sie?«

»Er ist gekommen«, keuchte er, »er ist gekommen.« Er packte Vivien am Ärmel ihres Mantels und rüttelte daran. »So oft ist er zum Bahnhof gekommen und hat auf ihn gewartet.«

Vivien verstand nicht. »Wer ist gekommen?« Unwillig befreite sie sich aus seinem Griff.

»Der Vater von Daniel. Jetzt ist er da, jetzt. Da der Kleine tot ist.«

*

Niemand sprach ihn an, aber alle starrten ihn an. Er ging bis zum Grieser, und als er das Lokal betrat, verstummten die Gäste. Alle Köpfe drehten sich, und die Menschen wandten sich ihm zu.

Stille trat ein.

Dann flüsterten die Frauen. Noch niemals hätten sie einen so schönen Mann gesehen, auch wenn er schwarz sei. Groß, schlank, elegant in seinen Bewegungen. Er stand da, bis der junge Grieser, der an der Küchentür erschien und nachsehen wollte, warum es so still wurde, ihn ansah, sich umdrehte und sofort wieder verschwand. Und dann kam Veronika. Zögernd, scheu blieb sie dort stehen und sah Elias aus der Ferne nur an.

Und die Leute, die an diesem frühen Abend im Lokal saßen, sprachen noch lange über diesen Moment, in dem Veronika von Freyberg dem Vater ihres Kindes gegenüberstand. Sechs Wochen zu spät.

Unter den Blicken der Gäste durchquerte Veronika das Lokal. Sie stand vor ihm, stumm, reglos. Dann nahm sie ihn einfach an der Hand und führte ihn aus dem Gasthof.

Schweigend ging er mit. Sie sahen nicht, dass einige beim Grieser aufstanden und ihnen mit Abstand folgten. Sie führte ihn weiter, über den Rathausplatz bis zur Kirche und dann zum Friedhof.

Kapitel fünfundvierzig

Veronikas Geschichte

Eine Fata Morgana? Eine Halluzination?

Er steht an der Tür und sieht sie an. Kein Tag scheint vergangen, seit sie ihn im Café in Freising zum ersten Mal sah.

Elias, Elias … wo bist du gewesen, als es mir schlecht ging, als ich schwanger war, als du auf meinen Brief nicht geantwortet hast?

Langsam geht sie durch das Lokal auf ihn zu. Die Stille fällt ihr nicht auf, doch der Ausdruck seiner Augen, der berührt sie, macht sie betroffen.

Sie steht vor ihm, und da folgt sie ihrem Impuls, nimmt ihn bei der Hand und geht mit ihm aus dem Lokal und die Hauptstraße entlang, über den Kirchplatz bis zum Friedhof. Und noch immer sprechen sie nicht, sie spürt die Wärme seiner Hand, sie spürt seine Nähe, als sie ihn zum Grab führt. »Hier liegt unser Sohn, ermordet durch einen einzigen Schuss ins Herz.« Und da bricht alles aus ihr heraus, Wut, Verzweiflung, Hilflosigkeit. »Wo warst du, Elias, wo warst du, als er geboren wurde, als er aufwuchs, als er verachtet und geschlagen wurde? Wo warst du, als er ermordet wurde, wo warst du, als er jeden Abend zum Bahnhof lief, weil er glaubte, du kommst zurück?«

Als sie auf ihn einschlägt, nimmt er ihre Fäuste, löst sie und zieht sie an sich. Wie sehr hat sie sich nach dieser Umarmung gesehnt, verzweifelt gesehnt. Er begreift zuerst nicht, was sie ihm ins Gesicht schreit, dass hier sein Kind liegt, sein Sohn. »Ich bin zurückgekommen«, sagt er tonlos, hilflos. »Ist er … weil er schwarz war?«

Sie nickt mehrmals, immer wieder.

»Wo?«, fragt sie verzweifelt. »Wo bist du in all den Jahren gewesen?«

Er schweigt einen Moment, starrt auf das Grab seines Sohnes, dann wendet er ihr sein Gesicht zu. »Ich wurde damals mit einer Militärmaschine nach Amerika geflogen, um dort zu erfahren, dass mein Vater an Herzversagen starb. Doch die Wahrheit war eine andere, er wurde aus dem Bus gezerrt, von zwei Polizisten getreten, als Nigger beschimpft, und an den inneren Verletzungen ist er gestorben. Als ich den Namen des Polizisten, der ihm die tödlichen Verletzungen zugefügt hat, erfuhr, lauerte ich ihm auf. Ich wollte ihm nur Angst einjagen, ich zwang ihn in die Knie, doch er war schneller. Er fuhr hoch und schlug mich mit dem Lauf seiner Pistole, ich blutete und schlug zurück. Ich wurde verhaftet und zu sieben Jahren Gefängnis verurteilt. Aber ich hatte Glück, ein Anwalt, der für die Rechte der Schwarzen kämpft, besuchte mich im Gefängnis und erreichte die Wiederaufnahme. Es war Notwehr, und ich wurde freigesprochen. Als ich das Gefängnis verlassen habe, gab man mir die vielen Briefe, die ich an dich geschrieben hatte.«

»Ich habe keinen bekommen.«

Elias nickt. »Ja, sie haben sich einen Spaß daraus gemacht, sie nicht weiterzuleiten. Wenn ich gefragt habe, ob kein Brief für mich da sei, da lachten sie nur. Weißt du«, jetzt wendet er sein Gesicht wieder ab, »und gerade deswegen gehe ich zurück in meine Heimat. Ich habe die Möglichkeit, an einer kleinen Universität ein Sportstipendium zu erhalten, da ich in dem Basketballteam spielen werde. Ich bin siebenundzwanzig, es ist noch nicht zu spät. Ich will Jura studieren.«

»Komm«, sagt sie nach einer Weile, da er schweigt, »komm.« Und sie nimmt ihn wieder an die Hand. Sie verlassen den Friedhof und gehen in den Wald. Es ist kein langer Weg, bis sie stehen bleibt.

Unter einer Tanne brennen Friedhofskerzen, frische Blumen liegen dort. »Hier haben sie ihn hingeworfen, nachdem sie ihn in einer Hütte erschossen haben. Er ist dorthin gelaufen, weil er dachte, dort wohnt der Nikolaus, und da haben sie ihn ermordet und anschließend hierher geschleift. Der Mörder ist ein sechzehnjähriger Junge, doch derjenige, der ihm den Mord auftrug, ihm das Gewehr in die Hand drückte und zusah, ist der Neffe unserer Nachbarin. Heute früh hat der Junge es gestanden, und jetzt wird er gesucht.«

»Wo ist die Hütte?« Elias sieht sich um.

»Die Polizei hat sie versiegelt.«

»Zeig sie mir.«

Sie gehen den kurzen Weg zur Hütte, doch da hält Elias sie abrupt zurück. Sie sehen eine Frau mit einer großen Tasche, die sich vorsichtig der Hütte nähert, die Tür wird von innen geöffnet, als sie klopft, und sie schlüpft hinein. Es ist bereits dunkel, und drinnen leuchtet kurz der Schein einer Taschenlampe auf, erlischt wieder.

Elias und sie schleichen sich an und sehen durch das Fenster, wie die Frau den Mann umarmt, wie sie weint und wie die Taschenlampe wieder kurz aufleuchtet. Dann verlässt die Frau hastig die Hütte, die Tasche hat sie nicht mehr dabei.

»Da drinnen, das ist er, der Gesuchte«, flüstert Veronika und greift nach dem Arm von Elias. »Der Neffe von Frau Hofer, und sie hat ihm eine Tasche gebracht. Aber wieso versteckt er sich hier in der Hütte, die polizeilich versiegelt ist?«

»Hier ist er kurzfristig sicher, hier suchen sie ihn nicht sofort. Er will fliehen«, sagt Elias ruhig, dann wendet er sich an sie. »Du bleibst hier draußen.«

Und schon öffnet er lautlos die Tür, die unverschlossen ist. Sie starrt durchs Fenster, und in der Dunkelheit sieht sie schemenhaft, wie Elias die Taschenlampe greift und dem Neffen von Frau Hofer ins Gesicht leuchtet. Er spricht leise, doch sie ahnt, was er will. Der Neffe soll gestehen, den Mord als Mutprobe befohlen zu haben. Der Neffe schüttelt den Kopf. Elias packt ihn, zwingt ihn in die Knie. Doch er hat nicht mit der Hinterhältigkeit des jungen Mannes gerechnet, der blitzschnell hinter sich greift und eine Pistole auf Elias richtet.

Die Taschenlampe erlischt, sie hört einen Schuss.

Es ist eine gespenstische Szene, erstarrt bleibt sie stehen und presst beide Hände auf den Mund. Elias, Elias …

Da öffnet sich die Tür, und er kommt heraus. »Er wollte auf mich schießen, aber ich war schneller«, sagt Elias mit seltsam ruhiger Stimme. »Er ist tot«, sagt er, »der Anstifter an dem Mord an unserem Sohn ist tot, gestorben durch eine einzige Kugel direkt in sein Herz. Er starb, wie unser Sohn sterben musste.«

Sie friert, sie spürt das Zittern im ganzen Körper.

Sie gehen ein paar Schritte, dann holt Elias ein Tuch aus seiner Tasche und wischt die Pistole, die er noch in der Hand hält, sorgfältig ab und wirft sie weit weg, irgendwohin in den Schnee.

Schweigend gehen sie zurück, sie spürt, wie auch er zittert. Doch sie rühren sich nicht an, nehmen sich nicht mehr an der Hand, zwei Schritte Abstand sind zwischen ihnen. Beide schweigen, versuchen, die eigene Erregung zu unterdrücken. Schweigend gehen sie durch die Hauptstraße, es ist jetzt fast sieben Uhr, und er wird mit dem Zug um 19.30 Uhr nach München fahren.

Morgen früh wird er von dort aus die erste Maschine nach Amerika nehmen und so in seine Heimat zurückkehren.

»Geh zurück zum Grieser und arbeite. Man wird dir Fragen stellen, was wirst du antworten?«

»Ich habe nichts gesehen.« Sie ist ganz ruhig, als sie ihm die Hand gibt, doch als er sie umarmen will, weicht sie zurück. Trotzdem drückt er ihr eine Karte in die Hand.

Doch jetzt fährt der Zug bereits ein, sie begleitet ihn auf den Bahnsteig und verharrt dort, bis er eingestiegen ist. Ein kurzes Winken, dann fährt der Zug ab.

Und sie steht auf dem Bahnsteig und sieht dem Zug nach,

der eine Kurve macht und aus ihrem Blickfeld verschwindet. Dann sieht sie auf die Karte in ihrer Hand. Es ist seine Adresse, und darunter steht: *Bitte komm, wann immer Du willst, ich warte auf Dich.*

Sie starrt lange auf die Karte, bis sie sie langsam zerreißt und in den Papierkorb in der Halle wirft. Dann verlässt sie die Bahnhofshalle, in der Daniel so viele Monate saß, um auf seinen Vater zu warten.

Elias hat eine Zukunft, er wird ein neues Leben haben, und irgendwann wird die Erinnerung an das tote Kind, an seine Liebe zu Veronika verblassen, bis er nur noch selten an sie denkt.

*

Erst am nächsten Tag fand man die Leiche von Roland Hofer in der Hütte. Man habe niemals erwartet, dass er sich dort verstecken würde, gab die Polizei auf ihrer Pressekonferenz bekannt. Roland Hofer habe das Polizeisiegel aufgebrochen und sich dort einige Stunden versteckt, sei auf seiner geplanten Flucht von einem unbekannten Täter erschossen worden.

Kurze Zeit später wurde die Akte geschlossen.

Er wurde nicht ermordet, er wurde gerichtet, sagten die Leute in der Stadt. Und jeder ahnte, wer ihn gerichtet hatte.

Kapitel sechsundvierzig

Veronikas Geschichte

Sechs Wochen sind vergangen.

Sie wird die Stadt verlassen, die ihren Sohn verachtet, verspottet hatte, die Stadt, die es möglich machte, dass er aus Fremdenhass ermordet wurde.

Auch wenn sie jetzt alle freundlich sind, kein Mann ihr mehr unter den Rock greifen will. Sie hat das Messer in die Küche vom Gasthof Grieser zurückgelegt und lässt sich auch nicht mehr nach Hause begleiten. Sie sind freundlich und hilfsbereit, sprechen von ihrem Sohn wie von einem kleinen Heiligen. *Ihr alle seid an seinem Tod schuld,* möchte sie ihnen entgegenschreien, doch sie schweigt. Sie weiß, sie möchten wissen, wieso Elias am selben Tag noch abgefahren ist. Vermuten sie, dass er den Mörder gerichtet hat?

Veronika will es nicht mehr wissen, denn sie wird heute gehen.

Sie hat ein Visum für Amerika beantragt, und es ist bewilligt worden. Sie wird bei ihrer Cousine wohnen, die sie lange innerhalb Deutschlands hat suchen lassen. Cousine Cynthia, die von den furchtbaren Ereignissen in Ostpreußen erfuhr, ließ sie über einen Detektiv suchen, bis sie Veronika nach Jahren endlich fand. Cynthia ist fünfzig, sie lebt in New York und arbeitet als Cheflektorin in einem Verlag, der auch deutsche Romane der Nachkriegszeit herausbringen will. Und der Verlag hat ihr eine Stelle angeboten. Sie wird Recherchen machen, mit deutschen Autoren sprechen, sie wird eine schöne Arbeit haben. Sie freut sich darauf.

Sie wird in New York leben, aber nicht nach South Carolina

fahren, um Elias zu sehen. Er ist die Vergangenheit, sie braucht die Zukunft. Auch wenn Daniel immer ein großer Teil ihres Lebens, ihrer Erinnerung sein wird.

Der junge Grieser fährt sie zum Flughafen Riem, und von dort fliegt Veronika über Irland in die Vereinigten Staaten von Amerika. Europa und Deutschland wird sie für immer verlassen.

Und als sie geht, sieht sie nicht zurück.

*

»Es ist eigenartig, Veronika ist gegangen, und obwohl sie kaum mit uns gelebt hat, werden wir sie vermissen.« Ein leichtes Seufzen begleitete Marias Worte.

»Sie hat bei uns gewohnt, mehr nicht. Sie war die Mutter von Daniel, und darum mochten wir sie, das ist alles.« Vivien blieb kühl.

»Sie wird uns fehlen.«

»Wieso glaubst du das? Sie war eine Schattenfrau, hat kaum mit uns gesprochen, blieb auch zu keiner Mahlzeit und hat sich niemals geäußert, wie es ihr ging, nie von ihrer Vergangenheit erzählt. Sicher hat sie auf der Flucht damals Furchtbares mitgemacht.«

Maria erhob sich, sie saßen beim Frühstück, und auch Vivien stand auf und ging die Treppe hoch, um ihre Tasche aus dem Zimmer zu holen.

Maria war ihr gefolgt und öffnete jetzt die Tür des Zimmers, das Veronika vor drei Stunden verlassen hatte. Alles war aufgeräumt, und neben dem Schreibtisch stand der Karton mit den vielen Beileidsbriefen nach dem Tod von Daniel an Veronika und auch an Maria und Vivien. Maria hatte immer versprochen, sie zu ordnen, vielleicht auch einige davon zu beantworten.

Sie nahm den Karton. Heute würde sie ihn flüchtig durchsehen. Während sie sich bückte, fiel ihr Blick auf den Schreibtisch.

»Vivien«, rief sie aufgeregt, »Vivien, komm doch mal.«

»Ich muss weg.« Wie so oft in letzter Zeit war Vivien gereizt und müde, aber dann erschien sie in der Tür. »Was ist?«

»Hier.« Maria drehte sich zu ihr um und hob ein schmales Heft hoch.

»Sie hat uns einen Brief dagelassen.«

Maria faltete ihn auseinander.

Liebe Frau Richter, liebe Frau Kroll,
heute, an diesem Tag, an dem ich gehe, bedanke ich mich aus tiefstem Herzen für alles, was Sie beide für mich getan haben. Besonderer Dank gilt Vivien, die meinem Kind so viel Liebe geschenkt hat, dadurch konnte er in den letzten Monaten seines Lebens auch Freude empfinden.
Mein Dank ist zu groß, um ihn in einem einfachen Brief auszudrücken, aber ich werde immer an Sie denken.
Sie haben sich sicher oft gefragt, was ich erlebt habe, was mich zu Ihnen führte. Ich konnte nicht darüber sprechen, aber ich hinterlasse Ihnen ein kleines Buch mit nicht allzu vielen Seiten. Es enthält mein Leben. Ich konnte nie darüber sprechen, so schrieb ich es auf und schenke es den beiden Frauen, die so viel für mich und meinen Sohn getan haben.
In großer Dankbarkeit und Liebe
In tiefer Zuneigung
Veronika Vera von Freyberg

Erstaunt griff Maria nach dem roten leinengebundenen Buch, und Vivien sah ihr über die Schulter. Dann ließ sich Maria auf den Stuhl fallen, Vivien schob einen zweiten dazu, und sie begannen zu lesen.

Das kleine Mädchen rennt, rennt über die Wiesen voller Margeriten, Glockenblumen und Zittergras …

»Sie hat es in der dritten Person geschrieben«, flüsterte Maria mit belegter Stimme, als sie zu Ende gelesen hatten und das schmale Heft zuklappten.

»Sie brauchte den Abstand, sonst hätte sie es nicht ertragen«, sagte Vivien, die betroffen aufstand und vergaß, dass sie längst in der Schule sein wollte.

Tief bewegt sahen sie sich an.

Was hatte diese junge Frau alles erleiden müssen.

»Haben wir etwas falsch gemacht, hätten wir uns nicht mehr um sie kümmern müssen?« Maria machte sich bereits Vorwürfe, nicht genug geholfen zu haben.

Doch Vivien schüttelte den Kopf. »Nein, Maria, nein. Sie wollte es so, genau so. Und ich denke, sie brauchte den Abstand, sie wollte nicht gefragt werden. Wir haben uns um ihren Sohn gekümmert, und das weiß sie zu schätzen. Und du hast ihr auch angeboten, Daniels Grab zu pflegen, bis …«

»Nein, ich denke nicht«, unterbrach Maria sie. »Veronika wird niemals zurückkommen.«

Seit dem Tod von Daniel hatte sich in der Stadt viel verändert. Nicht nur, dass der Bau am Stadtwall so gut wie fertig war, sondern es meldeten sich täglich Frauen und auch Männer, um in der Flüchtlingshilfe mitzuarbeiten. Sie waren bereit, einen großen Teil der Arbeiten ehrenamtlich zu übernehmen.

Und heute hatte sich Maria freigenommen. Ein Luxus, den sie lange nicht gehabt hatte. Trotzdem gab ihr das Gefühl, Zeit für sich zu haben, wenig. War sie es so gewohnt, immer für andere zu arbeiten, dass sie nicht einmal mehr wusste, was ihr selbst Freude machte?

Sie kochte sich Kaffee, und während sie ihn trank, sah sie in einen schönen Vorfrühlingsmorgen hinaus. Wenn sie sich ein wenig vorbeugte, konnte sie den Auszug von Frau Hofer aus dem Nachbarhaus beobachten. Die alte Frau zog weg, denn letztendlich war sie schon seit dem Krieg bekannt für ihre

Denunziationen. Hinter vorgehaltener Hand flüsterte man schon seit Jahren über die Gewalttätigkeit ihres Neffen.

Beim Verhör durch die Polizei hatte sie auch gestanden, dass sie irgendwie gewusst hatte, dass ihr Neffe Drohbriefe schrieb. Aber nein, niemals habe er einen Stein durchs Fenster auf Vivien geworfen. Doch davon ging die Polizei nach weiteren Ermittlungen inzwischen fest aus.

Alles veränderte sich, ein Kommen und Gehen. In diesem Fall aber war es eine positive Veränderung.

Maria hatte jede Menge Zeit. Es war still im Haus, und sie fragte sich, wie es weitergehen würde. Sollte sie doch wieder für die Zeitung schreiben, das Erbe ihrer Mutter, wie sie ihre Tätigkeit als H.S. bezeichnete, weiterführen? Aber im Moment gab es nichts, worüber sie einen Artikel verfassen konnte.

Schreib an die Frauen, die sich emanzipieren und ihren Töchtern erlauben sollen, einen Beruf zu wählen und nicht den vorgegebenen Weg zu gehen.

»Was meinst du mit vorgegeben?«, hatte Maria gefragt.

»Den Weg in die Ehe, lebenslang durch einen Mann versorgt zu werden und durch ihn eine soziale und gesellschaftliche Definition zu bekommen«, sagte Vivien.

»Verheiratet zu sein«, hatte Maria leise geantwortet, »das ist doch ein gutes Ziel, gerade wenn man älter wird.«

Vivien hatte darauf nicht geantwortet. Maria ahnte, dass auch Vivien einsam war, und zwar bereits seit der Trennung von Tassilo. Aber sie wusste auch, eine Ehe kam für Vivien nicht infrage. Eine Beziehung ja. Eine Ehe? Nein.

Aber Maria dachte anders, sie wollte auch den Alltag mit einem Mann teilen, das Gefühl haben, füreinander da zu sein. Fast kamen ihr die Tränen – dieses Ziel hatte sie fast erreicht, doch dann war Walter aus ihrem Leben verschwunden. Einfach so. Und jetzt konnte sie die Einsamkeit nicht mehr ertragen.

Sie erhob sich, das Grübeln tat ihr nicht gut. Wenn es nur

nicht so still im Haus wäre. Sie ging in die Diele und sah die Post durch. Zwischen Werbung und Rechnungen lag ein Brief an Vivien. Neugierig drehte sie ihn um, der Absender war das St.-Anna-Gymnasium in München. Maria ließ die Hand sinken.

Irgendwie hatte sie es in letzter Zeit geahnt, Vivien wollte weg. Zog es sie nach München zurück? Vivien hatte die Stadt schon immer geliebt. Gab es etwas, das sie ihr verheimlichte? Maria drehte den Brief in den Händen, fast war sie versucht, ihn über Dampf heimlich zu öffnen und wieder zuzukleben. Dann aber schüttelte sie den Kopf und legte ihn auf die Konsole zurück.

Wie weit ging sie noch in ihrer Neugier und Furcht vor dem kommenden Alleinsein hier im Haus? Die Uhr in der Küche tickte, und die Zeit rückte unerbittlich vor.

Suchend sah sie sich um, überlegte und stieg dann die Treppe hoch in Veronikas Zimmer. Hier stand noch der Karton mit den vielen Briefen, die sie alle drei nicht beantwortet hatten.

Sie hatten einen Artikel in die Zeitung gesetzt, in dem sie sich für alle Briefe und den Beistand bedankten. Sie nahm den Karton und stieg damit vorsichtig die Treppe wieder hinunter, stellte ihn im Wohnzimmer auf das Sofa, setzte sich daneben und begann zu sortieren. Als der Karton fast leer war, griff sie sich einen der letzten. Und dieser Brief war von Walter, adressiert an sie und abgeschickt zwei Tage nach dem Tod von Daniel. Ein Brief, den er am 7. Dezember an sie geschrieben hatte. Und seit damals waren drei Monate vergangen.

Mit zitternden Händen riss sie ihn auf, und als sie ihn gelesen hatte, blieb sie wie betäubt sitzen. Walter schrieb, er habe ihre Absage, ihn zu treffen, als Absage an ihn verstanden. Als das Nein zu einer gemeinsamen Zukunft. Trotzdem wolle er ihr heute nicht nur sein Mitgefühl für den Tod des Kleinen aussprechen, den auch er sehr geliebt habe, sondern ihr sagen, wenn sie ihn noch wolle, würde er zurückkommen.

Ich kann mir vorstellen, wieder bei Euch zu leben und die vier Tage, an denen ich Unterricht gebe, mit dem Bus nach Augsburg zu fahren, also zu pendeln.
Wenn ich nichts von Dir höre, kannst Du Dir keine Zukunft mit mir vorstellen. Ich werde es akzeptieren müssen, doch ich kann Dir nur sagen: Ich vermisse Dich, und ich liebe Dich.
Walter

Langsam ließ Maria den Brief sinken.

Walter, Walter! Walter! Beim dritten Mal schrie sie seinen Namen sogar, warf den Kopf in den Nacken und lachte und weinte. Dann nahm sie den Brief, in dessen Kopfzeile seine Adresse und die Telefonnummer standen.

Ihre Hand zitterte, als sie den Hörer hochnahm und wählte.

Er nahm ab.

»Walter?«, flüsterte sie. »Bitte komm zurück.«

Und Walter lachte und sagte: »Natürlich, natürlich komme ich zu dir zurück.«

»Und wann?«

»Am besten heute, gleich, jetzt.«

Kapitel siebenundvierzig

Anna

Julian hatte ihr ein Kuvert beim Pförtner des Theaters hinterlegt, darin lagen ein Schlüssel und eine kurze Notiz. Sie solle in der Wohnung – *Du kennst sie ja noch* – auf ihn warten. *Ich komme nach.*

Natürlich wusste sie, welche er meinte. Sie ging sofort los, ohne nachzudenken, und dort wartete sie. Als sie hörte, wie Julian die Wohnung betrat, stand Anna am Fenster, mit dem Rücken zu ihm. Wie würde er auf ihre Neuigkeit reagieren? Anna legte ihr Gesicht an die Scheibe des Fensters, die Lippen fest zusammengepresst, als wollte sie die Wahrheit nicht herauslassen. Vielleicht auch nur, um sich gegen eine Verletzung zu schützen.

Julian trat hinter sie. »Es tut mir leid, dass ich noch keine Zeit hatte, mich bei dir zu melden. Ich bin nur kurz hier, heute Abend muss ich München verlassen. Du weißt, ich bin für einen Tag gekommen, um die Probe mit deiner Zweitbesetzung in *Was ihr wollt* anzusetzen, ich war sehr bestürzt, als ich hören musste, dass deine ganzen Rollen umbesetzt werden. Was ist los?«

Anna drehte sich nicht um und antwortete auch nicht.

Er war für eine Probe gekommen, da er Perfektionist war und selbst eine Neubesetzung in einer laufenden Aufführung nicht seinem Assistenten überlassen wollte. Ihr Atem ging schneller, als sie seine Stimme hörte, die sehr besorgt klang.

Als sie immer noch nicht antwortete, sprach er weiter: »Du wirst bis zum Ende der Spielzeit aus gesundheitlichen Gründen ersetzt. Der Intendant gab sich sehr geheimnisvoll, ich hatte das Gefühl, er will mir nicht die Wahrheit sagen.« Da sie immer noch schwieg, setzte er hinzu: »Da kann ich ja froh sein, dass ich die *Maria Stuart* absagen musste, denn diese Rolle hätte keine andere Schauspielerin in meiner Inszenierung geschafft.« Er lachte auf.

Jetzt drehte sie sich zu ihm um. Er sah blass aus, krank, auch wenn er im Theater jedem beteuerte, ihm ginge es nach seinem Herzinfarkt besser denn je.

Er trat ganz nahe an sie heran, sein Blick glitt über ihren Körper. Anna war Anfang des fünften Monats, sie trug ein Kleid, das der Mode folgte, ein Sackkleid, unter dem sich jedoch der leicht anschwellende Bauch schon abzeichnete.

»Bist du etwa …«

Seine Augen wurden groß, sein Blick war erstaunt, dann entsetzt. Sie sah, wie er tief Luft holte, sah, wie er noch eine Spur blasser wurde.

»Ja, ich bin schwanger, deshalb werde ich bis zum Ende der Spielzeit umbesetzt.« Ihre Stimme klang ruhig und besonnen, während sie ihm direkt in die Augen sah.

Julians Gesicht fiel in sich zusammen, er sah alt aus, alt und sehr müde. »Ich meine, warum hast du mir nicht geschrieben oder etwas gesagt? Ich habe dich doch ein paarmal angerufen und dir an Silvester Rosen geschickt …« Er verlor die Kontrolle über seine Stimme. »Ist es … mein Gott, warum sagst du nichts?«

Er kam nicht weiter, denn sie sah ihn an, sah sein Entsetzen, seine Hilflosigkeit. Sie konnte seine Gedanken erahnen, Gedanken an seine kranke Frau, die beiden halbwüchsigen Söhne, die eigene angeschlagene Gesundheit. Julian musste arbeiten, durch die Welt jetten, um zu inszenieren, da das Sanatorium und das Internat seiner Söhne Unsummen an Geld verschlangen.

Langsam schüttelte sie den Kopf, während sie ihn immer

noch ansah, dann antwortete sie: »Du bist nicht der Vater, Julian.«

War es Erleichterung, Ablehnung, Erstaunen, das sie in seiner Miene sah? Sie ahnte, was ihm in diesem Moment durch den Kopf schoss. Anna Richter, bekannt für Affären, war ihm untreu gewesen, hatte sich, kaum dass er weg war, mit einem anderen vergnügt.

Er war verletzt, sie spürte es, und doch schwieg sie. Denn war sie es nicht auch?

Sie wartete, aber er nahm sie nicht in die Arme, sagte ihr nicht, dass er wisse, dass sie nicht die Wahrheit sprach, um ihn zu schützen. Er glaubte ihr die Lüge.

Da wünschte sie ihm alles Gute für die Heimfahrt und ging. Die Tür schloss sich hinter ihr. Einen Moment verharrte sie noch, aber Julian kam ihr nicht nach.

Wie betäubt ging sie zurück ins Theater, trat auf die leere Bühne. Es war früher Nachmittag, nur oben auf der Beleuchtungsrampe hörte sie ein paar Bühnenarbeiter, die sich laut unterhielten.

Wir gehören zusammen, Anna. Das weißt du doch, auch wenn ich lange nicht hier bin, wir beide, wir gehören zusammen.

Das hatte er ihr gesagt, und sie hatte es geglaubt. Doch sein Leben ließ das nicht zu. Sie gehörten nicht zusammen, auch wenn sie sein Kind erwartete.

Da beugte sie sich vor und weinte. Sie nahm Abschied von Julian, Abschied von dem Mann, den sie immer noch liebte und doch nicht lieben durfte.

Und dem sie gerade verschwiegen hatte, dass es sein Kind war, das sie erwartete. Er hatte es sofort als Wahrheit akzeptiert. Hatte nicht mal gezweifelt, sondern glaubte, sie habe eine Affäre gehabt in der Zeit, in der sie einander geliebt hatten.

Die Vergangenheit holte sie ein, jetzt, da sie am verwundbarsten war.

»Warum hast du ihm nicht gesagt, dass es sein Kind ist, letztendlich ist er daran ja nicht unschuldig?«

Antonia saß Anna gegenüber und schüttelte fassungslos den Kopf. »Warum nicht?«, bedrängte ihre Cousine sie, da Anna schwieg.

»Weil ich ihn liebe.«

Antonia konnte es nicht glauben. »Aber jetzt denkt er, du hast ihn betrogen.«

Anna stützte ihre Hände auf die Knie und bedeckte ihr Gesicht. Mit einem tiefen Einatmen sah sie wieder hoch. »Ich habe in dieser Sekunde sein Leben vor mir gesehen, seine Frau, die in einem Sanatorium vor sich hin vegetiert, seine beiden halbwüchsigen Söhne. Eine Familie, die die Tragödie hat zusammenwachsen lassen, die Julian braucht. Er ist bereits überlastet. Vielleicht hätte er einen Herzinfarkt bekommen? Ich konnte es ihm einfach nicht sagen.«

»Ich denke, du hast es nicht getan, weil dich seine Reaktion so verletzt hat, oder?«, wagte Antonia sich vor.

Anna presste die Lippen zusammen und nickte. »Ja, weißt du, als ich ihm gesagt habe, es sei nicht von ihm, wenn er da … wenn er da auf mich zugekommen wäre, gesagt hätte, er glaube das nicht, er durchschaue meine Gründe, es ihm nicht zu sagen, er … wenn er mir nur vertraut hätte.«

Antonia erhob sich, setzte sich neben ihre Cousine aufs Sofa und zog sie an sich. Sie konnte nachvollziehen, wie sehr es Anna verletzt hatte. Julian glaubte einfach zu schnell an Annas Betrug. »Wollen wir eine Spritztour machen?«, schlug sie vor, und Anna nickte.

Sie erhoben sich, verließen die Wohnung und fuhren mit offenem Verdeck durch die Stadt und weiter hinaus an den See. Dieses Mal jedoch fuhr Antonia langsam und vorsichtig, drückte an jeder Ampel die Hand von Anna, und als sie an ihrem Steg ankamen, setzten sie sich und sahen schweigend auf das Wasser hinaus.

»Und … ich meine … wir haben nie darüber gesprochen, ob …«

Jetzt wandte Anna ihrer Cousine das Gesicht zu. »Ja«, lächelte sie. »Ja, ich freue mich auf das Kind, auf *mein* Kind.«

Kapitel achtundvierzig

Vivien

Hier wirst du glücklich sein.«

Maria sah sich in der Wohnung um, zwei hohe Räume mit stuckverzierten Decken im zweiten Stock eines Hauses der Jahrhundertwende in der Bismarckstraße in München.

»Ich denke auch«, antwortete Vivien mit einem Lächeln.

Maria stellte sich ans offene Küchenfenster, mit dem Rücken zu Vivien. »Eine schöne Aussicht, die alten Bäume, die Häuser …« Sie hielt inne, dann aber fragte sie über die Schulter: »Wärst du auch gegangen, wenn Daniel noch leben würde?«

»Ich weiß es nicht.« Viviens Antwort klang ruhig und gelassen.

»Oder wärst du geblieben, wenn Walter nicht zurückgekommen wäre, aus Pflichtgefühl mir gegenüber?«

Jetzt lachte Vivien. Sie saß an dem langen Holztisch, den sie auf einem Trödelmarkt entdeckt hatte und dessen Transport hierher mehr gekostet hatte als der Tisch selbst. »Vielleicht, Maria, oder sogar wahrscheinlich hätte ich dich nicht allein lassen wollen. Aber jetzt hast du ja Walter und bist glücklich.«

»Ja, das bin ich.« Maria drehte sich um. Sie sah hübsch aus in ihrem hellen Leinenkleid, das ihr Vivien geschenkt hatte, als sie den Kleiderschrank ausmistete. Es stand Maria wesentlich besser als ihr.

»Ich wollte Anna noch besuchen, aber sie war im Theater. Sie wird noch zwei Vorstellungen spielen und dann Pause machen. Ich hätte ihr etwas Besseres gewünscht, als ein Kind ohne Vater aufzuziehen«, seufzte Maria.

»Anna geht ihren Weg, glaube mir, du musst dir keine Sorgen machen. Sie schafft es.«

Maria seufzte. »Ich habe gar kein gutes Gefühl.«

»Maria!« Viviens Stimme klang zärtlich. »Gewöhne dir diesen Satz endlich ab. Es geht dir gut, und du wirst Großmutter, darüber freust du dich doch.«

»Ja, schon, aber …«

»Nichts aber. Anna hat einen Fünf-Jahres-Vertrag bekommen, mit der Option auf Hauptrollen, und wie sie erzählte, hat sie auch ein neues Filmangebot. Sie hat Karriere gemacht. Sei stolz auf sie.«

»Ja, schon, aber sie muss ein Kind allein großziehen«, beharrte Maria.

»Das hast du doch auch. Dein Mann war selten zu Hause, dann an der Front, und dann starb er im Lazarett. Also warst auch du eine alleinerziehende Mutter.«

»So habe ich das noch nie gesehen.«

Maria griff nach der Kaffeetasse auf dem Tisch und trank sie aus, während sie Vivien scharf beobachtete. Sie wirkte nicht mehr so blass und strahlte nicht mehr diese Unruhe der letzten Monate aus. »Ich habe schon lange gespürt, dass du wegwolltest. Aber ich hatte keine Ahnung, dass es dir gesundheitlich so schlecht ging.«

Vivien zuckte die Schultern. Sie hatte sich im Krankenhaus untersuchen lassen, wo man eine Herzschwäche bei ihr festgestellt hatte. Überarbeitung, Stress, Aufregung, zu viel Rauchen, lautete die Diagnose. Darum sei sie immer so erschöpft gewesen. Sie war arbeitsunfähig geschrieben worden, für mindestens ein halbes Jahr.

So war sie aus gesundheitlichen Gründen am Maria-Theresia-Gymnasium mit sofortiger Wirkung zurückgetreten. Dr. Feldmann hatte ihr zu dieser Entscheidung gratuliert. Mit einer so verantwortungsvollen Position sei sie als Frau doch überfordert, er habe es immer gewusst.

Die Schülerinnen zu verlassen fiel ihr schwer. Viele weinten, einige brachten ihr zum Abschied Blumen und kleine Geschenke und fragten, ob sie sie in München einmal besuchen dürften.

»Ist es nicht zu früh, wenn du im Herbst hier in München wieder unterrichtest?«

Marias Stimme klang besorgt, aber Vivien schüttelte den Kopf. »Nein, ich werde viel in den Englischen Garten gehen, lesen und entspannen. Ich freue mich.« Sie war zwar nicht Direktorin am St.-Anna-Gymnasium geworden, doch ab September würde sie dort Englisch unterrichten.

Maria sah auf ihre Armbanduhr und stieß einen kleinen Schrei aus. »Ich muss leider gehen, und zwar schleunigst. Ich will den Nachmittagsbus nicht versäumen.«

»Natürlich.« Sofort erhob sich Vivien. »Und danke für die schönen Blumen aus unserem … aus deinem Garten«, verbesserte sie sich. Auf dem Küchentisch stand ein großer Strauß Frühlingsblumen.

Sie lächelten einander an, erinnerten sich an die Jahre im Krieg, als Vivien den Garten versorgte, Salat, Tomaten und Gurken anbaute. Und sie erinnerten sich an Marias Hündin Hella, die immer wieder die Radieschen aus der Erde gebuddelt hatte.

Da umarmten sie sich spontan, und Maria bat Vivien mit Tränen in den Augen, auf jeden Fall zu ihrer Hochzeit am 30. Juli zu kommen.

»Natürlich komme ich, und ich denke, wir sehen uns auch vorher noch. Es ist erst Ende März.«

Auch Vivien wischte sich verstohlen die Tränen weg, als sie sich endlich lösten.

Während sie sich über das Gesicht fuhr, sah Maria noch einmal auf die Straße hinunter. »Die Aussicht ist wirklich hübsch, eine so schöne Straße, und dann siehst du direkt auf dieses Bistro gegenüber. Da kann es dir nie langweilig werden.«

In dem Bistro zwischen blühenden Kastanienbäumen saßen in der Nachmittagssonne ein paar Gäste an runden Marmortischen.

»Da winkt ein junger Mann.« Maria drehte sich erstaunt zu Vivien um, die an ihre Seite trat.

Sie lachte und winkte zurück. »Ja«, antwortete sie ein wenig zu gleichgültig. »Das ist Peter. Ich habe ihn kennengelernt, als ich auf meine Möbellieferung gewartet habe und dort unten Kaffee trank. Er wohnt hier gleich um die Ecke.«

Maria unterdrückte ein vielsagendes Lächeln, schwieg dazu und verabschiedete sich dann.

Vivien wartete, bis Maria unten auf die Straße trat, sich umdrehte und zu ihr hochwinkte. Vivien winkte zurück, und dann machte sie dem Mann, der Peter hieß, ein Zeichen, dass sie gleich herunterkäme.

Kapitel neunundvierzig

Anna und Antonia

Es war schön, fand Anna, am Steg neben Antonia zu sitzen, sie von der Seite anzusehen und zu schweigen. Sie wusste, dass Antonia zuerst betroffen gewesen war, als sie ihr sagte, sie habe sich eine eigene Wohnung genommen, die ihr vom Intendanten vermittelt worden war. »In der Nähe des Englischen Gartens, da kann ich mit meiner Kleinen spazieren gehen.«

»Woher willst du wissen, dass es ein Mädchen wird?«

»Ich weiß es einfach.«

Bei der Erinnerung an dieses Gespräch strich sich Anna über ihren runden Bauch. Sie freute sich auf ihre Tochter, sie freute sich auf die schöne eigene Wohnung, auf ihre Unabhängigkeit. Zuerst hatte sie einfach nicht wahrhaben wollen, dass sie schwanger war, doch dann kam langsam ihre Freude, als sie die ersten zarten Bewegungen des Babys spürte. Und jetzt fand sie es überwältigend, ein Kind zu haben.

Vom Intendanten hatte sie auch erfahren, dass Julian Winter nun doch im nächsten, spätestens im übernächsten Jahr die *Maria Stuart* in München inszenieren würde. Anna war sich nicht sicher, ob sie wirklich die Maria spielen wollte, aber sie hatte Zeit, es sich zu überlegen, und auch, inwieweit sie Julian sehen wollte. Jetzt schob sie all diese Gedanken weg. Nichts war für sie im Moment so wichtig wie das Kind. *Ihr* Kind.

»Weißt du«, Antonia fing an zu sprechen, während sie sich zur Seite beugte und eine Hand ins Wasser tauchte, »ich habe mich gefragt, auf welche wunderbare Zeit kann ich in meinem Leben zurückblicken? Aber dann wusste ich es. Es gab diese eine Nacht und die Begegnung mit Marius, die alles verändert hat.«

Er hatte sich Ende Januar gemeldet. Er war im Atlas-Gebirge unterwegs gewesen, und es gab keine Möglichkeit der Kommunikation mit der Zivilisation. Erst als er zurück nach Marrakesch kam, hatte er ihr sofort ein Telegramm geschickt, gefolgt von Luftpostbriefen.

»Ich habe mich entschieden«, sagte Antonia jetzt.

Anna wandte sich ihr überrascht zu.

»Ich fliege nach Marrakesch.«

»Nun, ich denke, es wird auch Zeit, dass ihr euch wiederseht und du ihn besuchst.«

Antonia schüttelte den Kopf. »Nein, ich besuche ihn nicht, ich werde mit ihm arbeiten. Ich bin Krankenschwester und eine gute Autofahrerin, ich kann einen Jeep steuern und werde mit ihm und zwei anderen Ärzten in einer kleinen Station im Atlas-Gebirge arbeiten. Wir besuchen von dort aus die Berber in ihren Dörfern. Der französische Arzt, der mit uns kommt, beherrscht ihre Sprache.«

War Anna überrascht? Sie antwortete nicht sofort, aber dann wandte sie sich Antonia zu, deren Gesicht strahlte, und zog sie im Sitzen an sich.

»Ich bin sehr glücklich.«

»Wie lange wirst du bleiben?«

»Zuerst ist es ein Projekt für drei Monate, dann werden wir weitersehen. Auf alle Fälle aber komme ich zur Geburt deines Kindes …«

»Meines Mädchens«, verbesserte Anna sofort.

»Ja, also deines Mädchens nach München und werde auch zur Hochzeit deiner Mutter bleiben. Es soll doch ein großes Fest werden. Und Marius liebt mich, und das ist das Schönste, was ich jemals erleben durfte. Er hat geschrieben, die Narbe mache mich schön, sie zeige, dass ich Furchtbares durchmachen musste, und sie sei ein Teil von mir, einer schönen Frau.«

Lächelnd zog Anna ihre Cousine noch enger an sich.

»*Nun walte Schicksal, niemand ist sein eigen. Was sein soll, muss geschehen, so soll's sich zeigen.*«

Antonia löste sich überrascht aus der Umarmung und sah ihre Cousine an.

»Das sind die Worte aus *Was ihr wollt,* da habe ich mich in Julian verliebt«, murmelte Anna. »Es war eine gute Zeit«, setzte sie nach einer Pause hinzu.

Schweigend wandten sie ihre Gesichter dem Wasser zu, und ohne zu sprechen, fühlten sie sich stark miteinander verbunden.

»Ach, schau, da sind sie wieder.« Antonia zeigte auf den See. Dort glitten drei Schwäne über das Wasser, elegant und schweigend.

»Unsere Schwäne, unsere Enten, unser Steg, unser See und …« Anna lachte, dehnte sich und streckte die Arme in die warme Luft. In diesem Moment war sie vollkommen glücklich.

»Und unser Leben, unsere Zeit«, ergänzte Antonia, und beide beugten sich weit vor und sahen den Schwänen nach, wie sie weiterzogen und langsam am Horizont verschwanden.

ENDE

Danksagung

Ich bedanke mich bei meinem Hausverlag Droemer Knaur für die langjährige und sehr gute Zusammenarbeit.

Mein ganz herzlicher Dank gilt meinen Lektorinnen Frau Carolin Graehl und Frau Catherine Beck.

Und wie immer bedanke ich mich bei meinen beiden Kindern Mirjam und David für ihre unermüdliche und positive Unterstützung.

Franco, Flamenco und drei selbstbewusste Frauen

Katja Maybach

Der Mut zur Freiheit

Roman

Margarita, ihre Tochter Valentina und deren Tochter Olivia, sie leben, wie sie lieben: leidenschaftlich und frei. Im Madrid der späten 1940er Jahre teilen sich die drei Frauen nicht nur ein Haus, sondern auch ein Schicksal: Die Liebe wird ihnen zum Verhängnis. So wurde die schwangere Margarita von ihrer streng katholischen Familie verstoßen und musste Valentina allein groß ziehen. Valentinas große Liebe, Olivias Vater, ist ein verheirateter Mann. Und die 24-jährige Olivia, eine engagierte Tierschützerin, hat ihr Herz an einen Stierkämpfer verloren, einen Mann, den sie eigentlich nicht lieben kann …

KNAUR